Jude Deveraux es autora de más de cuarenta novelas tanto históricas como contemporáneas, la mayoría de las cuales han figurado en las listas de best sellers de Estados Unidos. Es muy popular también entre las lectoras de novelas románticas en español. Su serie más conocida es la relacionada con la familia Montgomery.

Títulos de la autora publicados en Zeta Bolsillo:

Orquídeas salvajes
Primeras impresiones
La mujer perdida
Eternity
La mujer de la ribera
La duquesa
La duquesa y el capitán
Deseos
Hermana de fuego
Dulces mentiras

ZETA

Título original: *Sweet Liar*
Traducción: Alberto Magnet
Ante la imposibilidad de contactar con el autor de la traducción, la editorial pone a
su disposición todos los derechos que le son legítimos e inalienables.
1.ª edición: abril 2011

© 1992 by Deveraux, Inc.
© Ediciones B, S. A., 2011
    para el sello Zeta Bolsillo
    Consell de Cent, 425-427 - 08009 Barcelona (España)
    www.edicionesb.com

Printed in Spain
ISBN: 978-84-9872-499-8
Depósito legal: B. 5.884-2011

Impreso por LIBERDÚPLEX, S.L.U.
Ctra. BV 2249 Km 7,4 Polígono Torrentfondo
08791 - Sant Llorenç d'Hortons (Barcelona)

Dulces Mentiras

JUDE DEVERAUX

PRÓLOGO

LOUISVILLE, KENTUCKY
ENERO, 1991

—¿Por qué me habrá hecho esto mi padre? Yo creía que me quería —dijo Samantha Elliot al que había sido abogado y amigo de su padre desde que ella tenía uso de razón. El que aquel hombre de gestos dulces y habla pausada hubiera actuado como cómplice de su padre hacía más doloroso el sentimiento de abandono que la embargaba.

Y no es que Samantha tuviera necesidad de pensar en cosas que intensificaran el dolor que sentía. Hacía tres horas había observado, con ojos irritados y secos, cómo bajaban a la tumba el ataúd de su padre. Samantha sólo tenía veintiocho años, y ya había soportado más muertes de las que cualquier persona soporta en toda su vida. Ahora sólo quedaba ella. Sus padres ya no vivían. En cuanto a Richard, su marido, bien podía darlo por muerto, puesto que el mismo día de la muerte de su padre recibió los documentos que confirmaban su divorcio.

—Samantha —repuso el abogado, con voz muy calmosa y suplicante—, es verdad que tu padre te quería. Te quería mucho, y por eso, por lo mucho que te quería, te exige que hagas esto.

El abogado no le quitaba ojo. Su mujer le había comentado que no había visto llorar a Samantha ni una sola vez por la muerte de su padre.

—Está bien —le había respondido él—. Tiene la fuerza de su padre. Se parece a él.

—Pero su padre no era, precisamente, lo que se dice un hombre fuerte, ¿no crees? —le había espetado secamente su mujer—. Siempre era ella la fuerte. Y ahora ha visto cómo su padre se consumía ante sus ojos sin derramar ni una sola lágrima.

—Dave siempre aseguraba que Samantha era su apoyo.

El abogado, tras cerrar su maletín, salió de casa antes de que su mujer pudiera responderle. Temía lo que pudiera decir cuando todos conocieran el testamento de Dave Elliot.

Ahora, observando a Samantha en la biblioteca de su padre, sintió que unas gotas de sudor le resbalaban por el cuello. Recordaba sus intentos de convencer a Dave Elliot para que cambiara su testamento, aunque no logró persuadirlo. Cuando Dave firmó su última voluntad, no pesaba más de cuarenta kilos y apenas podía hablar.

—Le debo una oportunidad a mi hija —había murmurado Dave—. Le he robado parte de su vida, y ahora tengo la obligación de devolvérsela.

—Samantha ya es una mujer, una mujer adulta que debe tomar sus propias decisiones —había replicado el abogado, pero para el caso que Dave le hizo, bien podía haber permanecido callado. Todo estaba ya decidido y bien decidido.

—Sólo durante un año. Es lo único que le pido. Un año. Nueva York la fascinará.

«Lo detestará», pensó el abogado, pero no manifestó su opinión. Conocía a Samantha desde hacía veintiocho años. La había llevado sobre los hombros de pequeña, y la había visto reír y jugar como todos los niños. La había visto correr y gastarles bromas a sus padres, y recordaba su alegría al sacar una buena nota en el colegio, y su llanto cuando las cosas no le iban tan bien. La había visto discutir con su madre a propósito del color de un vestido, y sobre si podía o no pintarse los labios. Hasta los doce años había sido una niña normal en todos los aspectos.

Al observarla, cuando sólo habían pasado unas horas desde que se celebró el funeral, veía en qué se había convertido. Samantha era una vieja en el cuerpo de una joven, una mujer que ocultaba su belleza bajo un trajecito negro muy discreto que le habría sentado mejor a una matrona de sesenta años. De hecho, parecía hacer todo lo posible para esconder su feminidad. Llevaba el pelo recogido, no se maquillaba ni poco ni mucho y se vestía con ropas holgadas, largas y muy anodinas. Sin embargo, más grave que su apariencia era su estado de ánimo. Desde hacía años, Samantha apenas sonreía, y el abogado no recordaba cuándo la había visto reír por última vez.

«Y cuando sonreía —pensaba él—, era una chica de una belleza extraordinaria.» Sus recuerdos lo transportaron a un tiempo ya pasado, pocos años antes de que Samantha se casara, antes de marcharse de Louisville, un día que había vuelto a casa después del gimnasio. Dave estaba en la sala hablando por teléfono, y Samantha no se percató de que había alguien más en casa. De pie junto a las ventanas correderas del patio, con un vaso de té frío en la mano, el abogado estaba a punto de saludarla cuando Samantha se quitó el chándal y empezó a hacer ejercicios en el salón, pasando un estilizado muslo y la pantorrilla exquisitamente torneada sobre el respaldo del sofá. El abogado olvidó por completo que se trataba de la hija de un amigo y se quedó boquiabierto de admiración al descubrir que aquella jovencita que siempre había considerado bastante anodina era de hecho una mujer hermosa. El pelo, que se le había soltado de la cinta, le colgaba en pequeños rizos sobre el rostro como hebras doradas que se entretejían. El color de su cara era el rosa saludable producto del ejercicio, tenía los ojos azules y vivaces y las pestañas largas y espesas. El abogado jamás se había percatado de la plenitud de los labios casi fruncidos, ni de que la nariz era algo respingona, casi insolente. Tampoco se había dado cuenta de que el cuerpo de Samantha podría haber sido inmortalizado en una de esas revistas donde las tersas curvas siempre están en el lugar adecuado.

—Increíble cómo crecen, ¿no te parece? —había dicho Dave, acercándose por detrás y sorprendiendo al abogado, que se sonrojó al verse atrapado mirando a aquella chica que podría haber sido su propia hija. Era evidente que se le notaba en el rostro lo que había estado pensando. Avergonzado, se giró y salió a acompañar a Dave.

Sólo años después, cuando preparaba su testamento, Dave le dijo que a Samantha le había «sacado todo el jugo».

—Le he hecho cosas que un hombre no debe hacerle a su hija —confesó, y cuando el abogado recordó el cuerpo de Samantha preciosamente ceñido por los leotardos rojos, se apresuró a guardar sus papeles y se despidió. Recordaba con toda nitidez aquella tarde en que había sentido los impulsos de una lujuria prohibida que nadie debería albergar hacia la hija de un amigo. A pesar de que Dave ya era un moribundo, el abogado no quería tener que oír confesiones como las que el enfermo parecía estar a punto de comenzar. No quería oír confesiones de cosas que nunca deberían ocurrir y que, sin embargo, ocurrían con demasiada frecuencia.

Ahora el abogado especulaba sobre qué sería lo que Dave le habría hecho a Samantha, pero no tenía la menor intención de averiguarlo, porque le faltaba el valor necesario para penetrar en una realidad que prefería ignorar.

—No quiero hacer esto —dijo Samantha, mirándose las manos—. Tengo otros planes.

—Sólo será un año —respondió el abogado, repitiendo las palabras de Dave—. Y al cabo del año recibirás una importante cantidad de dinero.

Samantha se acercó a la ventana y palpó las cortinas de brocado. Una de las últimas cosas que había hecho con su madre fue elegir esas cortinas; ahora recordaba haber visto cientos de muestras antes de que decidieran el color y la textura adecuados. En el jardín trasero había un árbol plantado por su abuelo cuando ella aún estaba en edad de gatear. No tenía más de diez años, cuando el abuelo Cal talló en grandes caracteres las letras C+S en el tronco, diciendo que así estarían juntos mientras el árbol viviera. Samantha se giró y paseó la mirada por la habitación de su padre, donde ella se había sentado en sus rodillas, donde había reído y jugado junto a sus padres, donde Richard le propuso matrimonio.

Se acercó con gesto grave y solemne al escritorio de su padre y cogió la piedra que él había usado como pisapapeles. En su suave superficie, pintado en letras azules con mano infantil, se leía *Papá, te quiero*. Samantha se la había regalado cuando estaba en tercer curso del colegio.

Dos semanas antes de la muerte del padre, mientras Samantha lo cuidaba, cuando creía estar más cerca que nunca de él, el viejo vendió la casa y la mayoría de los muebles en secreto. Samantha no había pensado mucho en sí misma en las semanas que precedieron a la muerte de su padre, aunque él no dejaba de preguntarle qué pensaba hacer cuando él muriera. Samantha respondía, con ciertas reservas, que probablemente viviría en la casa, que seguiría unos cursos en la universidad, que impartiría clases de informática y que haría lo que hacen otras personas que no trabajan seis días a la semana como había hecho ella durante los dos últimos años. Su padre no la contradijo, pero era evidente que no le había gustado su respuesta.

Samantha dejó el pisapapeles y miró al abogado.

—¿No dio ninguna razón para vender la casa?

—Sólo dijo que quería que pasaras un año en Nueva York, y que en ese tiempo tendrías que buscar a tu abuela. No creo que esperara que aún esté viva. Tal vez quería que averiguaras dónde había ido después de abandonar a la familia. Tu padre había tenido la intención de llevar a cabo esa búsqueda personalmente, y descubrir lo que había sucedido con ella, pero...

—No tuvo tiempo para hacer todas las cosas que le habría gustado hacer —repuso Samantha, y el abogado frunció el ceño, porque le pareció que lo decía con cierta amargura—, y ahora soy yo la que tiene que buscar en su lugar.

El abogado carraspeó, preguntándose cuánto tendría que esperar antes de poder marcharse sin parecer mal educado.

—No creo que pensara exactamente en una búsqueda. Creo que lo que temía es que te encerraras en esta casa y que no vieras a nadie más. Pensaba que por parte de tu madre no tienes parientes vivos, y que, muerto él, no quedaría nadie de su propia familia sino su madre, si es que aún vive, de modo que... —Dejó la frase sin terminar.

Samantha desvió la mirada para que el abogado no pudiera ver su expresión. No quería revelar sus sentimientos. El profundo dolor que sentía y la traición de que había sido objeto eran algo que no quería demostrar ante nadie. En ese momento, lo que más deseaba era estar sola, que aquel hombre saliera de la casa, que cerrara la puerta al salir y que jamás volviera a abrirla. Cuando estuviera ella sola en casa, tenía ganas de aislarse en un rincón oscuro y acogedor, cerrar los ojos y no volver a abrirlos nunca más. ¿Cuántas cosas horribles era capaz de padecer una persona y seguir viviendo?

El abogado sacó un llavero del bolsillo y lo dejó sobre la mesa.

—Éstas son las llaves del apartamento de tu padre —dijo—. Lo tenía todo dispuesto. Pensaba jubilarse anticipadamente e irse a vivir a Nueva York para buscar a su madre. Alquiló un apartamento, e incluso lo hizo amueblar. Estaba todo listo. Fue entonces cuando decidió hacerse una revisión médica y... le diagnosticaron el cáncer.

Samantha no se volvió para mirarlo, y el abogado empezó a retroceder de espaldas a la puerta.

—Samantha, te diré una vez más que lo siento. Yo quería mucho a Dave, y sé que tú también. A pesar de todo, él también te quería. Te quería mucho y deseaba que tuvieras lo mejor, de modo que sea cual haya sido su decisión, estoy seguro de que lo hacía por amor a ti. —Se dio cuenta de que estaba hablando demasiado deprisa. Tal vez debía ofrecerle algo, aunque no fuera más que un hombro en el que llorar. Pero la verdad era que no quería ser testigo del dolor de Samantha. Le daba pena que la chica hubiera conocido tantas muertes siendo tan joven. No le ofreció el hombro. Prefería volver a su casa, junto a su mujer, sana y alegre, y dejar ese lugar para siempre. Puede que Dave tuviera razón al vender la casa, porque había tantos y tan malos recuerdos que sólo abandonándola podría acabar con ellos.

—Te dejo en la mesa los papeles del apartamento —se apresuró a decirle, y siguió retrocediendo—. El propietario te dará las llaves de la puerta de la calle. Aquí en el suelo te dejo la caja con las cosas de tu abuela.

Al poner la mano en el pomo de la puerta, se sintió como el atleta que espera el disparo del inicio de la carrera para echar a correr.

—Si necesitas cualquier cosa, por favor, dímelo. ¿De acuerdo, Samantha?

Ella asintió con un movimiento de cabeza, pero no se volvió cuando lo oyó partir. Siguió mirando los árboles desnudos del jardín de la casa de su padre. La casa que ya no era de su padre. Que ya no era su casa. De niña pensaba que algún día tendría hijos y los criaría en esa casa, pero... Parpadeó unas cuantas veces para aclararse la vista, y pensó que le quedaban noventa días para sacar sus cosas de aquella casa donde había pasado su infancia.

Se volvió y vio el paquete de papeles sobre la mesa de su padre, una mesa que ahora pertenecía a otra persona. Tenía ganas de renunciar al trato. Sabía que podía mantenerse a sí misma, incluso que podía mantener a una persona más, pero si no hacía lo que su padre le había pedido, perdería todo el dinero que él le había dejado: el dinero de la venta de la casa, el que había ahorrado durante tantos años, y el que él también había heredado de su padre. Estaba segura de que si la usaba con un poco de cuidado, esa herencia podía brindarle una independencia económica para el resto de sus días. Podría vivir donde quisiera y hacer lo que le viniera en gana.

Sin embargo, no se alcanzaba por qué razón su padre había decidido que antes de poder disponer de la herencia tuviera que vivir un año en una ciudad enorme y sucia, y dedicarse a investigar en archivos viejos y mohosos con la esperanza de encontrar el rastro de una mujer que había abandonado a su familia cuando Samantha, su nieta, tenía apenas ocho meses. Una mujer que había dejado a un marido que la adoraba, a un hijo que la amaba, a una nuera que la echaba en falta y a una nieta que algún día la necesitaría desesperadamente.

Se volvió, tomó en sus manos la piedra que servía de pisapapeles y por un momento sintió el impulso de lanzarla contra la ventana. El impulso no duró mucho tiempo y la volvió a dejar, suavemente y con cuidado, encima de la mesa. Si su padre quería que encontrara a su abuela, lo haría. ¿Acaso no había pasado años doblegándose a su voluntad?

Al salir de la habitación se detuvo en la puerta, se volvió y cogió la vieja caja de sombreros que su padre le había dejado y donde guardaba, según le dijo, las cosas de su madre. No sentía curiosidad alguna por saber lo que contenía, ni deseo de mirar lo que había dentro. De hecho, Samantha estaba segura de que, al fin y al cabo, era preferible no pensar en nada, no recordar nada. «Es mejor actuar que pensar», se dijo. En ese momento tenía un buen montón de cosas que hacer, empezando por el equipaje.

1

Quince minutos después de aterrizar en Nueva York, a Samantha Elliot le robaron el billetero. Se dio cuenta de que había sido culpa suya, porque había abierto el bolso para sacar un pañuelo de papel, y se olvidó de cerrar la cremallera. Al ladrón, o ladrona, le había bastado introducir la mano en el interior y sacar el billetero, con una tarjeta MasterCard, otra American Express y además casi todo su dinero. Por fortuna, había tenido la precaución de dejar ciento cincuenta dólares en su equipaje de mano y no se encontró totalmente desamparada.

Tras descubrir el robo, tuvo que pasar por la novedosa experiencia de cancelar sus tarjetas de crédito. Todo lo que le sucedía a Samantha tenía un cariz traumático. Nada más llegar a la Babel que era Nueva York la recibía un ladrón y ahora tenía que cancelar sus tarjetas, un hecho que para la aburrida mujer sentada al otro lado del mostrador se repetía cien veces al día. Le entregó a Samantha los formularios que debía rellenar y le señaló un cartel con los números telefónicos de las compañías de las tarjetas, diciéndole que llamara para avisar que se le habían pèrdido. Mientras Samantha hablaba por teléfono, la mujer tuvo tiempo suficiente para hacer globos con su chicle, pintarse las uñas, hablar con su novio por teléfono y pedirle a una compañera lo que quería para comer. Samantha intentó hablarle de su billetero, decirle que había pertenecido a su madre y que tenía unos repujados de cuero con un diseño que su padre llamaba psicodélico. La mujer se limitó a observarla de arriba abajo con mirada indiferente.

—Sí, claro —fueron sus palabras. Si aquella chica no hubiera demostrado tener la suficiente inteligencia para realizar varias tareas al mismo tiempo, Samantha habría interpretado esa mirada como la de una perfecta estúpida.

Una vez terminado el trámite en la oficina de objetos perdidos, descubrió que le habían guardado el equipaje en una habitación cerrada con paneles de vidrio, y tuvo que buscar un guardia para que le abriera. No fue tarea fácil porque de todas las personas con las que habló nadie sabía quién tenía la llave, incluso parecía que nadie supiera que existía tal habitación.

Una vez recuperado su equipaje, tirando del carro en que lo transportaba y con el bolso cruzado sobre el hombro, Samantha temblaba de agotamiento y frustración.

Lo único que le faltaba era conseguir un taxi, el primer taxi que tomaba en su vida, y dirigirse a la ciudad.

Treinta minutos más tarde, se hallaba dentro del coche más sucio que había visto en toda su vida. Apestaba tanto a tabaco que creyó que se iba a marear, y cuando intentó bajar el cristal de la ventanilla, descubrió que las puertas carecían de manijas. Le habría dicho algo al chófer, pero al leer su nombre en la licencia bajo el contador, vio que contenía muchas equis y muchas kas, y como además el hombre apenas hablaba inglés, desistió de conversar con él.

Mirando por la sucia ventanilla, intentando no respirar, se propuso la imposible tarea de no pensar en nada, ni en dónde estaba, ni en por qué estaba allí, ni en cuánto tiempo tendría que quedarse.

El taxi pasó bajo un puente destartalado y luego siguió por calles flanqueadas por pequeños comercios de vitrinas muy sucias. Cuando el taxista preguntó la dirección por tercera vez, Samantha volvió a decírsela, absteniéndose de comunicarle su frustración. En las explicaciones del abogado de su padre se decía que era una casa de ladrillos rojos en la parte este de la calle Sesenta, entre Park Avenue y Lexington.

El chófer disminuyó la marcha en busca de la casa, y entonces Samantha se dio cuenta de que transitaban por una calle más tranquila y espaciosa que las de los barrios por donde habían pasado.

Cuando el taxi se detuvo, Samantha pagó, calculó rápidamente la propina que le iba a dar, y luego sacó sus dos maletas del coche sin la ayuda del taxista.

Miró el edificio que tenía enfrente, una casa de cinco pisos y del ancho de unas dos ventanas. Era una simpática casa de ciudad a la que se accedía por una escalera que llevaba a la puerta de entrada, rematada por un semicírculo con cristales. Una enredadera de glicina trepaba por el lado izquierdo de la casa hasta el tejado, cargada de racimos morados a punto de florecer.

Samantha apretó el timbre y esperó. No respondieron. Después de llamar tres veces en quince minutos, la puerta permanecía cerrada.

—Desde luego —murmuró, y se sentó en la maleta.

¿Qué se creía, que el propietario la esperaría en la puerta para entregarle la llave? El que ella le hubiera escrito para informarle de la hora de su llegada no le obligaba a esperarla para abrirle la puerta. ¿Qué le importaba al propietario que ella quisiera darse una ducha y sentarse en algo que no se estuviera moviendo?

Mientras esperaba sentada sobre la maleta, preguntándose si el hombre llegaría o no, se entretuvo en pensar qué podía hacer en una ciudad como Nueva York sin un lugar donde hospedarse. Tal vez podría tomar un taxi hasta un hotel donde pasar la noche. O conseguir que el abogado de su padre le enviara un giro bancario hasta que abriera una cuenta en Nueva York.

Pasaban los minutos y no llegaba nadie; los transeúntes no parecían fijarse en ella y sólo un par de hombres le sonrieron al pasar, pero ella no vaciló en desviar la mirada.

Mientras esperaba sentada en lo alto de la escalera, miró a un lado y vio que al nivel de la calle había otra puerta. Pensó que tal vez ésa fuera la puerta de la casa, y que era allí donde debía llamar.

Se preguntó si no sería peligroso abandonar las maletas en lo alto de la escalera, pero decidió dejarlas allí, esperando que no se las robaran. Bajó hasta llegar al nivel de la acera y dio la vuelta para cruzar al otro lado de una verja. Llamó varias veces a la puerta, pero no obtuvo respuesta.

Respiró hondo con los puños apretados, y miró hacia donde había dejado las maletas, que aún permanecían en su lugar. Junto a la puerta de abajo había un macetero de geranios rojos, y Samantha sonrió al verlos. Al menos las flores parecían estar bien cuidadas, no tenían ni una hoja seca, la tierra estaba húmeda y las plantas estaban cargadas de brotes nuevos.

Sin dejar de sonreír, se dirigió a la escalera, pero en el preciso momento en que daba la vuelta alrededor de la verja, una pelota de rugby surcó el aire tan cerca de ella que tuvo que agachar la cabeza. Tras la pelota vio que se le venía encima un individuo de unos ochenta y cinco kilos, vestido con unos vaqueros recortados y una camiseta con los costados abiertos hasta la cintura, Samantha se pegó contra el muro de la escalera, pero por más que intentó apartarse de la trayectoria del hombre, no fue lo bastante rápida. El tipo agarró la pelota que cruzaba por encima de su cabeza, y luego, sorprendido, vio a la muchacha justo en el momento en que estaba a punto de caer sobre ella. En un abrir y cerrar de ojos soltó la pelota, se estiró para coger a Samantha y evitó que cayera contra las puntas de la verja.

Samantha dejó escapar un grito de asombro, pero él alcanzó a sujetarla y la atrajo hacia sí con gesto protector.

Por un instante Samantha permaneció rodeada por sus brazos. Ella medía un metro sesenta y dos de estatura. El hombre era más alto y tal vez midiera un metro ochenta, pero al inclinarse tan protectoramente sobre ella sus miradas se encontraron. Estaban casi aislados, con la escalera a sus espaldas y las de la casa contigua no muy lejos, junto a la verja y al macetero de geranios. Samantha se dispuso a darle las gracias, pero al mirarlo olvidó por completo lo que iba a decir.

El hombre era extraordinariamente guapo. Tenía el pelo oscuro y rizado, las cejas negras y espesas, y las pestañas, envidia de cualquier mujer, coronaban un rostro en el que sobresalían unos labios carnosos que parecían robados a una escultura de Miguel Ángel. Se hubiera dicho que sus rasgos eran femeninos de no ser por la nariz que mostraba señales de haber sido rota un par de veces, por la barba de tres días que le ensombrecía el mentón y porque la cabeza, fina y proporcionada, remataba un cuerpo prieto y musculoso. No, no eran rasgos femeninos. Todas las pestañas del mundo no podrían quitarle a ese hombre un ápice de su virilidad. La verdad era que emanaba un aire varonil, y Samantha se sentía pequeña e indefensa, como si fuera vestida con metros de encaje. Incluso su olor era varonil, pero no se debía a algo comprado en la perfumería. Aquel hombre olía a sudor de macho a secas, con un leve aroma a cerveza y a piel bronceada y acalorada por el sol y el ejercicio.

Fue su boca lo que cautivó a Samantha. Tenía la boca más bella que jamás había visto en un ser humano. Labios carnosos, bien definidos, duros y suaves a la vez. Samantha no podía quitarle los ojos de encima. Cuando vio que esos labios se le acercaban, no apartó los suyos. Él posó sus labios sobre los de ella, primero suavemente, como pidiéndole permiso; pero reaccionando por instinto y por necesidad, o por algo incluso más básico, Samantha abrió levemente la boca, y él presionó. Aunque su vida hubiera dependido de ello, Samantha no habría conseguido quitar los labios de aquella boca, cálida y dulce, y cuando levantó una mano esbozando un amago de protesta, topó con su hombro. Había pasado mucho tiempo desde la última vez que estuvo en contacto con la piel de un hombre, y jamás había tocado un hombro como ése. Músculos duros, firmes, curvos en la parte superior del brazo, por donde Samantha ahora pasaba la mano y hundía los dedos en la carne tersa y flexible.

Cuando ella le cogió el brazo, el joven se inclinó aún más, y ese cuerpo grande, duro y pesado se le aproximó, inmovilizándola contra el muro. Samantha deslizó la mano hasta su espalda, por debajo de la sudadera y recorrió los músculos dorsales.

Dejó escapar un gemido y sintió que su cuerpo empezaba a hundirse en el de aquel hombre.

Con una mano que a ella le pareció enorme él le cogió la cabeza, la volvió hacia un lado y empezó a besarla con toda la pasión que Samantha no había conocido en su vida. La besó como siempre había querido ser besada, como siempre había soñado, como se besa al final de los cuentos de hadas, como los libros describen el beso, como nadie jamás la había besado.

Luego él deslizó uno de sus potentes muslos entre los muslos más menudos de Samantha y ella lo abrazó por el cuello, atrayéndolo hacia sí, lo más cerca que pudo.

Él muchacho dejó de besarla en la boca y siguió besándola en el cuello y en el lóbulo de la oreja, al tiempo que bajándole la mano por la espalda, la cogía por debajo de las nalgas, la alzaba en vilo para dejar que casi todo su peso descansara sobre su propio muslo, y luego le levantaba una pierna hasta colocarle el tobillo a la altura de su cintura.

—Oye, Mike, la gente te está mirando.

Al principio, Samantha no oyó la voz, no oyó nada. Sólo sentía.

Fue el hombre el que se separó, el que apartó los labios, el que levantó una mano y le acarició la mejilla con el pulgar, mirándola a los ojos y sonriéndole.

—Oye, Mike, ¿es tu prima, a la que no has visto en mucho tiempo o te la has ligado en la calle?

El joven se inclinó una vez más para estampar un beso suave en Samantha, luego le desprendió la pierna de su cintura y le cogió la mano.

Cuando él se apartó, Samantha recuperó la capacidad de pensar y lo primero que sintió fue horror, un horror indescriptible ante lo que acababa de hacer. Intentó liberarse de la mano del desconocido, pero éste la retuvo.

Frente a ellos vio a tres hombres sudorosos con aspecto de fumadores empedernidos que se desayunaran con cerveza, que sonreían maliciosamente adoptando un aire bobalicón, como si supieran algo que no tenían por qué saber.

—¿No nos la vas a presentar?

—Claro —dijo el hombre sujetando a Samantha por la mano, y a pesar de sus tirones la arrastró hacia delante—. Os quiero presentar a ... —Se detuvo y le lanzó una mirada de interrogación.

Samantha desvió la vista. No quería mirarlo a la cara. No necesitaba un espejo para saber que se había sonrojado.

—Samantha Elliot —logró balbucear.

—Ah, ¿sí? —exclamó el hombre, sin soltarle la mano. Miró a sus tres amigos, que ahora se daban codazos, divertidos con la idea de que Mike tampoco conocía a la chica que hacía escasos segundos besaba como si fuera a devorarla—. Os presento a mi inquilina —dijo, con una sonrisa franca—. Viene a vivir a la misma casa que yo —declaró, y el tono no dejaba dudas acerca del regocijo y el orgullo que sentía.

Samantha dio un fuerte tirón y se libró de la mano que la sujetaba. Pensó que su humillación había tocado fondo, pero al enterarse de quién era el hombre, sus sentimientos se atropellaron, una mezcla de horror, humillación, pánico y repugnancia. Quiso huir. Quiso morir. Quiso las dos cosas a la vez.

—¡Y qué inquilina! —dijo uno de los hombres, riendo y mirándola de arriba abajo.

—Si quieres venir a vivir conmigo, muñeca, no tienes más que decirlo —propuso otro.

—Contigo y tu mujer —añadió el tercero, y le dio un codazo en las costillas a su amigo—. Cariño, yo no estoy casado y puedo cuidar muy bien de ti. Mejor de lo que te cuidaría Mike.

—¡Basta ya! —gritó Mike con tono tranquilo, sin alterarse y de buen humor. Cogió la pelota de rugby y se la lanzó.

Uno de ellos la pilló al vuelo y los tres se alejaron calle abajo, dándose empujones mientras caminaban. El hombre volvió.

—Soy Mike —se apresuró a decir, y estiró la mano para saludarla. No entendió por qué Samantha se quedaba mirándolo—. Me llamo Michael Taggert —insistió él. Y como la muchacha siguió sin responder, le explicó—: Soy el propietario de la casa. Usted me escribió una carta, ¿recuerda?

Sin pronunciar palabra, Samantha pasó a su lado, cuidando de no rozarse con él y subió las escaleras. Cogió las maletas antes de que él llegara junto a ella.

—Espere que le abra la puerta. Ojalá que el apartamento le guste. Han venido los de la limpieza y he hecho que le pusieran sábanas limpias en la cama. Lamento no haber estado aquí cuando llegó, me despisté y... ¡Oiga! ¿Adónde va?

Con una maleta en cada mano, Samantha había bajado ya la escalera y estaba a unas tres casas de distancia cuando él abrió la puerta.

El joven descendió saltando de dos en dos los escalones se paró ante ella y quiso hacerse con las maletas, pero ella se opuso dando un tirón e intentando pasar a su lado, pero él no la dejó.

—¡No estará enfadada porque llegué tarde!

Samantha le devolvió una mirada cargada de ira y trató de esquivarlo otra vez para alejarse de allí. Después del tercer intento, dio media vuelta y echó a andar en sentido contrario. Él volvió a interponerse. Samantha se detuvo y lo miró con dureza.

—¿Quiere dejarme pasar, por favor?

—No entiendo —replicó—. ¿Adónde va?

«Estúpidos inteligentes», pensó ella. Al parecer, abundaban en Nueva York.

—Señor Taggert, voy a buscar un hotel —le espetó, sin dejar de mirarlo con dureza.

—¿Un hotel? Pero si se lo tengo todo preparado en el apartamento. Si no lo ha visto no puede decir que no le gusta. Espero que no sea por mí. Ya le he dicho que lamento haber llegado tarde. Normalmente soy puntual, pero se me mojó el reloj la semana pasada y lo tengo a arreglar, así que mal podía saber la hora que era, porque esos palurdos con los que estaba no sabrían decirme la hora aunque tuvieran un reloj y supieran cómo ponérselo.

Samantha le lanzó una mirada fulminante y trató de pasar a su lado.

Mike no era de los que se dan por vencidos fácilmente, y ahora se plantó frente a ella y se puso a caminar hacia atrás.

—Es por esos tíos, ¿no? Son algo brutos, ¿no le parece? Le pido disculpas por ellos. Sólo los veo cuando voy a jugar a la pelota en el gimnasio. Quiero decir que no son amigos míos, si es eso lo que le preocupa. No los verá jamás en nuestra casa, se lo aseguro.

Samantha se detuvo un momento, admirada por la conducta de aquel tipo. ¿Cómo podía ser tan guapo y entender tan mal las cosas? Tuvo que obligarse a no mirarlo. Al fin y al cabo, era su belleza lo que la había metido en ese lío.

Cuando empezó a caminar de nuevo, él siguió a su lado.

—Si no es porque llegué tarde, y si no es por esos tíos, ¿qué problema le preocupa?

Samantha se detuvo en la esquina. ¿Qué podía hacer ahora? No tenía idea de dónde estaba, ni qué hacía allí, ni a dónde se dirigía, pero al ver que pasaban muchos taxis amarillos, recordó que en el cine la gente detenía a los taxis parándose al borde de la acera y levantando una mano, así que se colgó el bolso del hombro y levantó un brazo. Unos segundos, después se detuvo un taxi ante ella. Como si fuera un gesto que hubiera repetido miles de veces, puso una mano en la puerta.

—¡Espere un momento! —exclamó él, cuando ella comenzó a abrirla—. No puede marcharse. Jamás ha estado en esta ciudad, no la conoce y no sabe dónde tiene que ir.

—Me voy tan lejos de usted como pueda —contestó Samantha, sin mirarlo.

En el rostro de Mike se dibujó la sorpresa más viva.

—Pero pensé que yo le gustaba.

Con un resoplido de exasperación, Samantha empezó a subir al taxi.

Mike asió las maletas, y luego, con la misma firmeza, la cogió a ella por el brazo.

—Usted no se marcha —declaró finalmente. Miró al taxista y le ordenó—: Lárgate.

El chófer lanzó una mirada a Mike y a los músculos apretados del torso, casi todos visibles bajo la ancha camiseta. No quiso hacer preguntas, y ni siquiera esperó que Mike diera un portazo para marcharse a toda prisa.

—Vale —dijo Mike, tranquilo, como si le hablara a un caballo nervioso—. No sé qué le pasa, pero hablaremos de ello.

—¿Dónde? ¿En su casa? ¿En la casa donde se supone que tengo que vivir con usted? —inquirió Samantha, indignada.

—¿De eso se trata? ¿Está enfadada conmigo porque la besé? —Mike la miró con una sonrisa inofensiva y dulce, y bajando el tono de voz, añadió acercándose a ella—: Pues pensé que le había gustado cómo la besaba.

—Aléjese de mí —respondió Samantha, y dio un paso atrás—. Ya sé que en esta ciudad se supone que a nadie le importa, pero imagino que alguien me hará caso si comienzo a gritar.

Al oír eso, Mike se apartó. Iba vestida con un trajecito remilgado de color azul marino. Era la única forma que tenía para definir lo que Samantha llevaba. Una falda muy normal que le llegaba más abajo de las rodillas y una chaqueta con cuello y puños blancos. De alguna manera, ese vestidito gazmoño lograba ocultar completamente todas las curvas de su cuerpo. Si Mike no acabara de tocarla por todas partes y no hubiera descubierto por sí mismo el cuerpo increíble que tenía, habría pensado que no tenía más curvas que un palo. Al besarla, le había deslizado la mano hasta la parte baja de la espalda, por encima de lo que le pareció un trasero de una plenitud deliciosa, y luego había seguido hacia abajo, más allá de las curvas encantadoras de sus nalgas y de sus muslos firmes y perfectos, hasta llegar al tobillo y al delicado pie. Habría apostado a que era imposible esconder un cuerpo como el suyo, por muchas capas de ropa que le pusieran, pero de alguna manera ella lo había conseguido.

La miró fijamente y observó que Samantha era un cruce entre belleza y perfección, pero que no llevaba maquillaje, como si quisiera disimular la belleza de sus rasgos en lugar de destacarla. Llevaba el pelo estirado y recogido en la nuca. Mike se dio cuenta de que tenía el pelo largo, que el peinado lo hacía parecer absolutamente liso, aunque un mechón se había desprendido de la cinta y ahora le colgaba, solitario, sobre la mejilla. Recordó haberlo apartado con el pulgar, y le entraron ganas de repetir la acción.

Le resultaba difícil creer que ésta era la mujer que había besado, porque no había ni atisbo de sexualidad en su expresión ni en todo su cuerpo. En realidad, con ese trajecito y el pelo recogido tan austeramente en la nuca, Mike pensaba que hablaba con una madre de dos hijos, profesora de religión. Si la hubiese visto en la calle, no la habría mirado dos veces. Sin embargo, recordaba muy palpablemente haberle visto una expresión muy diferente hacía escasos minutos. Aquella beldad lujuriosa, ansiosa y sedienta que lo había besado yacía oculta en las profundidades de su ser.

Al saltar sobre la verja para coger la pelota, casi cayó encima de ella, y por instinto la sujetó antes de aplastarla contra los hierros. Hizo ademán de preguntarle si se encontraba bien, pero al mirarla a los ojos, fue incapaz de decir palabra, porque ella lo miraba como si estuviera frente al hombre más guapo, más sexy y más deseable del mundo. Desde pequeño, Mike sabía que las chicas lo encontraban atractivo, de lo cual se aprovechó siempre que le fue posible, pero jamás una mujer lo había mirado de ese modo.

Desde luego, tenía que reconocer que él la había mirado de la misma manera. Los grandes ojos azules de la joven se habían abierto en un gesto de sorpresa y deseo, mirándolo desde ese rostro cuyo espacio se disputaban una nariz pequeña y algo respingona alzada sobre una boca tan sensual y llena de vida que Mike creyó morir de ansias de poseerla.

La había besado. Al principio sin saber si debía hacerlo, porque no quería hacer nada que la asustara, pero desde el momento en que sus labios tocaron los de Samantha, fue consciente de que no podía parar ni refrenarse. Jamás una mujer lo había besado de ese modo. No era sólo deseo lo que sentía aflorar en aquella mujer, sino también hambre. Samantha lo besó como si hubiese estado encerrada en una prisión durante los últimos diez años y, ahora que la habían soltado, Mike fuera el hombre que más deseara en el mundo.

Ahora mismo, sin embargo, Mike no sabía qué le pasaba por la cabeza. ¿Cómo era posible que lo besara de esa manera y, diez minutos después, lo mirara como si lo detestara? ¿Y cómo era posible que esa señorita tan remilgada fuera la misma hembra seductora que se había cogido a su cintura abriendo las piernas?

Mike no tenía respuestas a esas preguntas, porque no entendía nada. De una cosa estaba seguro: que no dejaría que se marchara de su lado. Tenía que encontrar qué era lo que la impulsaba a alejarse de él. Le habría gustado cogerla en vilo, llevarla a su casa y guardarla allí, tal vez guardarla para siempre. Pero si ella deseaba algo de él, como, por ejemplo, que subiera al cielo, cogiera una docena de estrellas y las atara para colgarlas en su habitación, a él le gustaría saberlo para empezar a armar las escaleras.

—Le pido disculpas por lo que haya hecho para que se sienta ofendida —dijo, sin la más mínima sinceridad. Sólo atinaba a pensar en su tobillo ciñéndole la cintura.

Samantha lo miró entrecerrando los ojos.

—¿Y espera que crea lo que dice? —preguntó. Respiró hondo, intentando calmarse, porque se percató de que la gente que pasaba los observaba.

—¿No podríamos ir a algún otro sitio para hablar? —inquirió él.

—¿A su casa, quiere decir?

Mike no captó la ironía de la pregunta, y pensó que era una buena idea, pero no lo manifestó.

—No hay nada de qué hablar —insistió la joven.

No cabía duda de que Samantha consideraba que su casa era el antro mismo del pecado. Ahora fue Mike el que respiró hondo.

—Volveremos a casa, nos sentaremos en la entrada, donde nos pueda ver toda la ciudad de Nueva York, y trataremos el problema, sea cual sea. Luego, si sigue con ganas de marcharse, le ayudaré a encontrar un hotel.

Samantha sabía que no debía escucharle y que tenía que encontrar otro taxi y buscar un lugar donde pasar la noche.

—Oiga, pero si ni siquiera sabe adónde quiere ir, ¿no? No puede subirse a un taxi y decir «lléveme a un hotel». Eso ya no se estila. No sabe dónde podría acabar, de modo que al menos déjeme llamar por teléfono para hacer una reserva.

Al ver que Samantha vacilaba, Mike echó a andar hacia su casa, esperando que la joven siguiera a sus maletas. No quería echar su suerte por la borda después de ese leve progreso, y no dijo nada mientras seguía caminando despacio y deteniéndose de cuando en cuando para asegurarse de que ella lo seguía.

Cuando llegó a la casa, llevó las maletas hasta lo alto de la escalera, las dejó en el suelo y se quedó contemplándola.

—Ahora, ¿me quiere contar cuál es su problema?

Samantha se miró las manos. Estaba cansada después de un viaje tan largo y agotador. De hecho, todo el año había sido largo y agotador.

—Creo que el problema es evidente —declaró, intentando no mirarlo, puesto que iba con tan poca cosa encima. Mientras esperaba apoyado contra el pasamanos, el joven se rascaba el pecho por debajo de la vieja sudadera. Samantha vio su estómago liso y musculoso. Mike no replicó, pero ella quiso ser más clara y tajante.

—No tengo la menor intención de vivir en una casa con un hombre que no dejará de acosarme a todas horas. Llevo luto por la muerte de mi padre, acabo de poner fin a mi matrimonio y no quiero tener otras complicaciones.

Tal vez Mike no debería sentirse ofendido, pero esas palabras lo pintaban como un viejo verde incapaz de dejar de manosear a una pobre jovencita. No quiso rendirse a la tentación de señalarle que no se había impuesto a ella en ningún momento, y que no habían compartido más que un simple beso, nada más, y que no había motivo para actuar como si se tratara de un violador consumado que acabara de agredirla.

—Vale —dijo—. ¿Cuáles son las reglas?

—No tengo ni la menor idea de qué está hablando.

—Sí que tiene idea. Una persona que se viste como usted tiene que tener reglas. Dígame cuáles son sus reglas.

Samantha reaccionó, cogió el bolso y quiso hacer lo mismo con la maleta, pero él se lo impidió poniendo una mano encima.

—Vale —insistió Mike, esta vez con semblante de derrota—. Le vuelvo a pedir disculpas. ¿Podríamos empezar desde el principio?

—No —contestó ella—. Es imposible. ¿Sería tan amable de dejar mi maleta para que pueda marcharme?

A Mike ni se le pasó por la cabeza dejarla marchar. Además de que la deseaba tanto que el sudor le seguía corriendo por la espalda pese a que el día era frío. Pensaba también en la promesa que le había hecho al padre de la muchacha. Comprendió que ella no tenía la menor idea de la amistad que lo había unido a su padre, y que ignoraba que Dave y él habían pasado mucho tiempo juntos, hasta que Dave le avisó que Samantha volvía a casa. Después, la amistad se redujo a unas cuantas cartas, enviadas al abogado porque, por no sabía qué razón, Dave no había querido que Mike y Samantha se conocieran mientras él estuviera vivo. Y luego, dos días antes de morir, Dave había llamado a Mike, pero ya estaba tan débil que Mike no entendió todo lo que quería decirle. Sin embargo, había entendido lo esencial: que Dave enviaría a Samantha a Nueva York y le pedía que cuidara de ella. En aquel momento, Mike creyó que no tenía alternativa, y le prometió que la protegería y la cuidaría. No obstante, después de lo sucedido en los últimos minutos, Mike sospechaba que ése no era el tipo de cuidado en el que pensaba Dave.

Mike echó una ojeada a las maletas de Samantha.

—¿En cuál de las dos tiene su ropa de dormir? —preguntó.

Samantha pensó que la pregunta era rara; pero la verdad, los últimos minutos habían sido los más raros de toda su vida.

Sin esperar la respuesta, Mike le cogió el bolso y abrió la puerta de la casa.

—Sólo le pido cinco minutos. Déme cinco minutos y luego toque el timbre.

—¿Sería tan amable de devolverme mi bolso?

—¿Qué hora es?

—Son las cuatro y cuarto —dijo ella automáticamente después de consultar el reloj.

—Vale, a las cuatro y veinte toque el timbre.

Cerró la puerta a sus espaldas y dejó a Samantha sola en la entrada, sin la mitad de su equipaje. Cuando la muchacha tocó el timbre, nadie respondió. Estuvo tentada de coger la maleta grande y marcharse, pero dado que tenía el resto del dinero en el bolso, se sentó sobre la maleta a esperar.

Intentó no pensar en su padre, no pensar en por qué la habría condenado a eso y, sobre todo intentó no pensar en su marido —en realidad, su ex marido—, y se esforzó en concentrarse en la acera de enfrente y en la calle, en mirar a la gente, a los hombres con sus pantalones vaqueros y a las chicas con sus minifaldas. Aunque aquello fuera Nueva York, en la atmósfera flotaba toda la pereza de una tarde de domingo.

El hombre, Michael Taggert, había dicho que empezarían desde el principio. De poder ser, le hubiera gustado recomenzar su vida nuevamente, empezar desde la mañana del día en que murió su madre, porque a partir de ese día nada en su vida había vuelto a ser igual. El tener que estar allí sentada era parte del trauma y del dolor que habían comenzado ese día.

Volvió a consultar la hora en su reloj, y lo primero que pensó fue empeñarlo, pero el reloj le había costado sólo treinta dólares, y dudaba que se lo pagaran bien. Cuando se dio cuenta de que eran las cuatro y veinticinco, pensó que, tal vez, si volvía a tocar el timbre, Michael Taggert respondería y le devolvería el bolso para que ella pudiera encontrar un lugar donde quedarse. Cuanto antes cumpliera esa condena de un año, antes abandonaría esa horrible ciudad.

Respiró hondo, se alisó la falda y, asegurándose de que su pelo estaba firmemente sujeto en la nuca, volvió a tocar el timbre.

2

El hombre no tardó en responder al timbrazo de Samantha y ésta se quedó mirándolo, pestañeando asombrada ante el cambio que se había producido en él. Se había puesto una camisa azul limpia, impecablemente planchada, con sólo unos cuantos botones abrochados, una corbata de seda sin ajustar, pantalones de lana de color azul marino y zapatos lustrados. La barba de tres días había desaparecido y los rizos del pelo negro eran ahora un peinado a raya muy formal. En pocos minutos, aquel hombre había cambiado el aspecto sexy de jefe de banda de maleantes para convertirse en un joven y próspero banquero que goza de su día libre.

—Hola, usted debe ser la señorita Elliott —dijo, alargándole la mano para saludarla—. Soy Michael Taggert. Bienvenida a Nueva York .

—Por favor, devuélvame mi bolso —replicó ella, haciendo caso omiso de la mano que le tendía—. Me marcho.

Mike sonrió, como si no la hubiera oído. Se apartó para dejarla pasar.

—Entre, por favor. Su apartamento está listo.

Samantha no quería entrar en la casa de aquel hombre. Para empezar, encontraba desconcertante que pudiera cambiar de aspecto en cuestión de minutos, que en un momento pudiera ser un forzudo incapaz de memorizar más que un par de jugadas de rugby y que de pronto se convirtiera en un joven profesor. Si primero hubiese conocido a este último, no habría adivinado jamás cómo era realmente. Y tal como estaban las cosas, no sabía cuál de los dos era el verdadero.

Cuando Samantha vio su bolso al pie de la escalera, entró en la casa para recuperarlo, pero no bien lo hubo cogido, oyó que la puerta se cerraba a sus espaldas. Se giró, indignada, hacia el hombre, pero sin dejar que sus miradas se cruzaran.

—¿Quiere visitar la casa antes, o sólo ver su apartamento?

Samantha no deseaba ni lo uno ni lo otro, pero él permanecía frente a la puerta impidiéndole el paso, como una roca a la entrada de una cueva.

—Quiero salir de aquí. Quiero...

—Entonces, veamos la casa primero —respondió él, como si Samantha se hubiera pronunciado por esa alternativa—. La casa fue construida en los años veinte, no sé exactamente la fecha, pero según observará, las habitaciones conservan las molduras originales.

Samantha se negó a separarse de su bolso, y permaneció donde estaba.

Mike la obligó a colaborar, en contra de su voluntad; la cogió por el codo, y entre empellones y tirones la sacó del vestíbulo y la condujo hasta el salón. Samantha se encontró en una habitación amplia, amueblada con butacas de cuero negro, de aspecto muy cómodo y un sofá. En el suelo había una alfombra tosca tejida a mano y, diseminados con delicado gusto por toda la sala, vio objetos artísticos de diversos lugares del mundo, además de dos enormes palmeras que encuadraban las ventanas. En las paredes colgaba una seria de máscaras, tapices chinos y pinturas de Bali. Era una habitación muy masculina de tonos oscuros, asientos de cuero y objetos de madera, el salón de un hombre con gusto y con sentido de la elegancia.

En el cuarto no reinaba el desorden que ella habría imaginado a juzgar por la primera impresión que le produjo el dueño. De hecho, el hombre que estaba a su lado, como un banquero, armonizaba más con esta casa que el atleta musculoso.

Consciente de que Mike la miraba fijamente, Samantha tuvo la sensación de que le agradaba lo que veía, porque disminuyó la presión con que la sostenía por el brazo. De mala gana, pero no tan indignada como al principio, Samantha lo siguió de habitación en habitación. En una vio una mesa de la India, una magnífica pantalla de cinabrio contra la pared, y luego admiró un vestidor adornado con grabados en la época eduardiana.

Relajándose a medida que pasaban los minutos, Samantha continuó el recorrido y entró en una biblioteca revestida de madera de roble, con estanterías del suelo al techo repletas de libros. Le impresionó el número de volúmenes, hasta que se dio cuenta de que, según los títulos que iba leyendo, todos eran historias de gángsters americanos: sus orígenes, biografías y hasta obras sobre el arte de ser un gángster. Apartó la mirada con un gesto de desagrado y vio, en un rincón, junto a una mesa llena de papeles, unas cajas de cartón con etiquetas que ponían «Compaq» y «Hewlett Packard». Sorprendida, se volvió hacia Mike.

—Su alquiler —dijo él, respondiendo a la pregunta muda—. En esas cajas está el alquiler de todo un año, yo no tengo ni la más remota idea de cómo manejar esos malditos aparatos.

—Yo podría... —titubeó Samantha, que experimentó el súbito impulso que siente una fanática de los ordenadores al ver unos equipos poderosos embalados y sin estrenar. Era una sensación parecida a la que sentiría una enamorada de las muñecas al ver cajas guardadas en un ático con una etiqueta donde se leyese «Muñecas de la abuela», y no le dejaran tocarlas.

—Tal vez usted sepa cuál es el lado del ordenador que uno tiene que usar, ¿no? —inquirió él, dándoselas de ingenuo, a sabiendas de que Samantha era un as de la informática. Había comprado el equipo que Dave Elliott le recomendó siguiendo las sugerencias de Samantha.

—Algo sé —respondió ella, con un gesto vago, apartándose lentamente de las cajas.

Mike la condujo al piso de arriba, le enseñó las dos habitaciones, ambas decoradas con plantas y objetos artísticos de todas partes del mundo, y una de ellas amueblada con sillas de mimbre y cojines con un estampado de hiedras.

—¿Le gusta? —preguntó, intentando controlar la ansiedad que le asomaba en la voz.

Samantha sonrió sin poder evitarlo.

—Sí, me gusta.

Él respondió con una mueca que era más una sonrisa; Samantha sintió que se le cortaba la respiración. El tipo era aún más atractivo cuando sonreía de esa manera, con una sonrisa de placer no contaminado por ninguna otra emoción. Sintiendo que de pronto hacía mucho calor en la habitación, se dirigió a la puerta.

—¿Quiere ver su apartamento ahora?

Samantha desvió la mirada, simulando interesarse en cualquier cosa menos en él.

Lo siguió por la escalera hasta el segundo piso. Cuando Michael abrió la puerta de la primera habitación, Samantha se olvidó de que existía Nueva York, de que existía ese hombre que la ponía nerviosa, porque sintió la presencia de su padre, que siempre le decía que si tuviera que empezar de cero, decoraría su casa con colores verdes y borgoñas; y efectivamente aquel salón estaba decorado según el gusto de su padre. En un rincón, un sofá verde junto a una chimenea de mármol verde, con dos butacas grandes y cómodas de rayas verdes, todo sobre una alfombra oriental tejida a mano de tonos verdes y cremas. Había muebles de caoba, con patas suficientemente sólidas como para que un hombre no pudiera derribarlas de un golpe.

Al acercarse a la repisa de la chimenea, Samantha vio varias fotos de su familia. Su madre, sus padres juntos, su abuelo paterno y ella misma, desde los días de la infancia hasta el año pasado. Cogió al azar una foto de su madre con marco plateado, y con ella en la mano examinó la habitación, y cerró un momento los ojos. La presencia de su padre era tan intensa que pensó que si se volvía se encontraría con él.

Sin embargo, al girarse se encontró con un hombre extraño parado junto a la puerta, con el ceño fruncido.

—No le gusta —exclamó Mike—. Esta habitación no está hecha para usted.

—Es perfecta para mí —repuso Samantha—. Siento la presencia de mi padre.

Mike volvió a fruncir el ceño.

—Eso sí es verdad —dijo, y miró el apartamento con nuevos ojos, porque se dio cuenta de que no era la habitación indicada para una bella rubia como Samantha. Era la habitación de un hombre. Más concretamente, era la habitación de Dave Elliott.

—Venga por aquí, al dormitorio —dijo. Caminando detrás de Samantha, Mike observaba ahora todos los rincones y le parecían diferentes. Su hermana había decorado estas habitaciones, al igual que las de abajo. Mike le había asegurado a Dave que le bastaba con decirle a su hermana cuál debía ser el aspecto final del producto, y que ella se encargaría del resto. Dave le había dicho que le gustaría que el apartamento se pareciera a un club de caballeros ingleses, y eso era lo que había conseguido. Ahora Samantha parecía tan fuera de lugar en medio de esos tonos oscuros como una señorita en un club masculino.

En la habitación, las paredes estaban pintadas de verde oscuro, y en las ventanas que daban a una galería, las cortinas de terciopelo eran de rayas verdes y marrones. La cama, con columnas, no tenía dosel, y las sábanas eran de una tela estampada con cuadros y perros de caza. Mike vio a Samantha deslizar con placer la mano sobre el edredón.

—¿Mi padre estuvo aquí alguna vez? —preguntó.

—No —dijo Mike—. Lo indicó todo por correo y por teléfono. Tenía la intención de venir, pero...

—Ya lo sé —replicó ella, mirando los grabados de perros colgados en la pared. Tenía la sensación de que su padre no estaba muerto, sino que estaba vivo y en aquella habitación.

Mike le enseñó una despensa con vinos selectos junto a la habitación, y luego dos cuartos de baño revestidos de mármol verde oscuro, una sala de estar donde había unas sillas tapizadas con una tela a cuadros y estanterías repletas con las biografías que a su padre tanto le gustaba leer. En la tercera planta, Samantha descubrió una habitación de invitados y un estudio con una mesa de roble. Las puertas, de estilo francés clásico, daban a una terraza. Las abrió, salió y vio que abajo había un jardín.

No esperaba ver un jardín en Nueva York, y mucho menos un jardín como aquél. Mirando el césped verde y tupido, los dos árboles cuyos brotes ya despuntaban y los parterres con flores de la estación recién plantadas, casi olvidó por un momento que se encontraba en una ciudad.

Se volvió a mirar a Mike, con una expresión de alegría pintada en el rostro, sin fijarse en su ceño.

—¿Quién se ocupa del jardín? —preguntó.

—Yo.

—¿Puedo ayudar? Quiero decir, si me quedo; me gustaría trabajar en el jardín.

El ceño de Mike se trocó en una amable sonrisa.

—Sería un honor para mí si así fuese —respondió, y se habría sentido complacido con la pregunta de Samantha de no ser porque algo le molestaba, y no sabía qué. Quería que se quedara, pero casi estaba deseando que no sucediera así. Ese sentimiento ambiguo tenía algo que ver con la manera como ella se movía por las habitaciones, que en realidad eran las habitaciones de Dave. Había algo en la forma en que sujetaba la foto de su madre contra el pecho que le impulsaba a decirle que se marchara.

—¿Quiere ver la cocina?

Cuando Samantha asintió, él se dirigió al lado oeste de la habitación y abrió una puerta, dejando ver una escalera estrecha y oscura que conducía al piso inferior.

—Es la escalera de servicio —explicó—. La casa aún no ha sido remodelada para construir apartamentos, de modo que compartimos la cocina.

Samantha le dirigió una mirada dura.

—No tiene que preocuparse por mí —dijo, y volvió a sentirse molesto por tener que defenderse. Hubiera sido mejor entregarle una ficha policial para certificar que no tenía antecedentes, y una declaración jurada de que jamás había violado ni matado a nadie, que ni siquiera había recibido una multa por exceso de velocidad—. De cocina entiendo menos que de ordenadores, así que le aseguro que no se encontrará conmigo muy a menudo. Sé cómo guardar las cosas en la nevera, y poco más. Hasta con las tostadoras me confundo.

Samantha no respondió y siguió mirándolo, dándole a entender que no la convencían para nada sus buenas intenciones.

—Mire, Sam, tal vez los dos emprendimos este camino con mal pie, pero le aseguro que no soy ningún... sea lo que sea lo que usted piense de mí. Aquí estará totalmente segura. Segura de mí, quiero decir. Todas las puertas tienen cerraduras sólidas. Yo no tengo llaves. Su padre tenía el único juego que existe. En cuanto a compartir la cocina, podemos hacer un horario. Organizaremos toda nuestra vida con un horario, si quiere, para que no tengamos que vernos nunca. Su padre me pagó un año de alquiler por adelantado, de modo que creo que debería quedarse. Por lo demás, ya me gasté el dinero en ese montón de latas que vio allí abajo, por lo tanto no podría devolvérselo.

Samantha no sabía si contestar que sí se quedaba o que no se quedaba. Era evidente que no debía quedarse, sobre todo después de cómo se habían conocido, pero en ese momento la presencia de su padre era más fuerte que el recuerdo de los manoseos de aquel individuo. Tal vez no debiera quedarse allí, pero ¿por ventura era posible que abandonara el segundo hogar que su padre había creado? Había perdido su casa en Louisville, con todos sus recuerdos y fantasmas, pero aquí intuía el comienzo de una nueva vida.

Dejó de mala gana la foto de su madre y comenzó a bajar la escalera que conducía a la cocina. Pensando en lo que Mike había dicho de que no entendía nada de cocina, era evidente que alguien era más que ducho, porque todo estaba bien equipado y parecía que se usaba muy a menudo.

Iba a empezar a preguntar cuando dejó vagar la mirada hacia un extremo de la cocina, más allá de un comedorcito para el desayuno y vio las puertas acristaladas que daban al jardín. Le dio la espalda a Mike y a la cocina, abrió las puertas y salió. Como la mayoría de los patios traseros, el jardín no era muy ancho, pero estaba rodeado por una sólida verja de madera de más de dos metros, lo cual sugería cierta intimidad. Viéndolo más de cerca, el jardín le pareció aún más bello que visto desde la galería de la tercera planta, y advirtió que por la verja de madera trepaban unos rosales rojos que empezaban a florecer. Era el tipo de rosas al viejo estilo, llenas y olorosas, que ella siempre había apreciado, y no esos capullos apretados y sin olor que estaban de moda ahora.

—Ha hecho un bonito trabajo —dijo, y se volvió a Mike para sonreírle.

—Gracias. —Mike parecía contento por el cumplido.

Samantha aspiró con fuerza la fragancia de las flores y pensó en las habitaciones de arriba, en las habitaciones de su padre.

—Me quedaré —murmuró.

—Muy bien. Tal vez mañana pueda enseñarle un par de lugares donde comprar muebles. Me imagino que querrá decorar de nuevo el apartamento, porque no me parece el estilo adecuado para una mujer. Mi hermana trabaja en decoración de interiores, y gracias a ella puedo conseguir los materiales a precio de mayorista, así que...

—Señor Taggert —advirtió Samantha, con mirada severa—, le agradezco mucho su ofrecimiento, pero quiero dejar las cosas claras desde el principio. No ando en busca de amigos, amantes o guías turísticos. He venido a trabajar en esta ciudad, y tengo la intención de marcharme cuando haya terminado. Desde ahora hasta ese momento no tengo ganas de... iniciar nada. ¿Me ha entendido?

Mike le dio a entender que sí frunciendo el ceño.

—La entiendo perfectamente. No quiere tener nada que ver conmigo. Me parece bien. Sus llaves están en la mesa de la cocina, una para la puerta de la calle y la otra para las puertas interiores de su apartamento. Su padre quería una sola llave para todas las puertas, a fin de no tener que andar con un pesado llavero.

—Gracias —dijo ella, y pasó junto a él en dirección a la cocina.

—Samantha —la llamó—. Quiero pedirte algo.

—¿De qué se trata? —preguntó ella deteniéndose, sin volverse.

—De cuando en cuando nos veremos, sobre todo en la cocina, y me gustaría pedirte... —Balbuceaba, y había bajado la voz—. Si alguna vez bajas por la noche o por la mañana temprano, no te pongas un camisón blanco de encaje. Ya sabes, ese tipo de camisones que flotan en el aire. Rojo o negro, está bien, ya me puedo manejar con el rojo y con el negro, y con el azul no pasa nada. Pero no respondo de mí cuando se trata del blanco.

Sin ni siquiera dirigirle la mirada por encima del hombro, Samantha entró corriendo en la casa, cogió las llaves y subió a toda prisa.

3

La primera noche en Nueva York, Samantha durmió en la cama escogida por su padre, y eso la tranquilizó después de los traumas vividos durante el día. Pero al despertar se sintió peor que antes de acostarse, porque de golpe vislumbró su verdadera situación. En casa de su padre, en Louisville, se había sentido bien, pero ahora se encontraba en un lugar extraño y rodeada de extraños. Jamás en su vida había estado sola. Nunca sola del todo, porque había tenido a sus padres, a su abuelo y luego a su marido.

Oyó un ruido fuera, se levantó de la cama y fue a mirar el jardín por la ventana. El hombre, es decir, el propietario, estaba regando las plantas. No había hecho Samantha más que descorrer las cortinas cuando Mike, como si la hubiera oído, se giró y la saludó con la mano. Sobresaltada, dio un paso atrás y volvió a correr la cortina.

No sólo se había quedado sola en el mundo, sino que estaba amenazada por depredadores. Tuvo la sensación de encontrarse a la deriva en alta mar, con un salvavidas, mirando pasar un transatlántico lleno de gente alegre, y que el bullicio de las risas apagaba sus gritos de auxilio mientras varios tiburones nadaban a su alrededor. En ese momento, los escualos tenían el rostro de un tal Michael Taggert.

Después de ducharse y vestirse, se recogió el pelo en la nuca y esperó hasta oír que la puerta de entrada se abría y se cerraba. Sólo entonces se aventuró a bajar las escaleras. Cuando llegó a la entrada de la vivienda, titubeó sin atreverse a salir. Hubiera querido no tener que dejar la casa, pero estaba obligada a salir a comprar algo de comer y a abrir en el banco una cuenta donde ingresar el dinero que le enviaran desde Kentucky.

La verdad es que Nueva York la aterrorizaba. Ahora, mientras espiaba por la ventana, rememoró todas las historias macabras que había leído o le habían contado acerca de la ciudad. En todas partes del mundo Nueva York era una especie de coco con que se asustaba a los adultos. Cuando algo horroroso sucede en otra ciudad de Estados Unidos, la gente comenta «Este lugar se está volviendo tan terrible como Nueva York», o «Gracias a Dios que esto no es Nueva York». Bien, pues en este caso sí era Nueva York, y Samantha tenía que salir sola.

«¿Qué pasa cuando uno camina sola por la ciudad?», se preguntó. Desde la puerta veía a las mujeres pasar frente a la casa, algunas con perros sujetos del collar, otras vestidas con chaquetas negras largas y apretadas encima de unas faldas diminutas. Ninguna parecía estar aterrorizada.

Respiró hondo para darse fuerzas y por fin abrió la puerta, la cerró con llave y bajó las escaleras. Caminó hasta el final de la manzana y giró a la izquierda. Leyó el cartel verde. Así supo que se encontraba en la avenida Lexington. Caminando hacia el norte, vio una tienda que exhibía en la acera cajas de frutas y verduras, y luego una zapatería, una tintorería, una sucursal del Banco de Nueva York, un pequeño local de alquiler de vídeos, una tienda de *delicatessen*, con panes y tartas recién hechas en el escaparate, y una librería.

En cuestión de dos horas, había abierto una cuenta en el banco, había pasado por la tienda, había comprado flores en una floristería y una novela en edición de bolsillo, y todo sin tener que cruzar la calle. Regresó a su esquina, dobló a la derecha, fue directamente a su casa y metió la llave en la cerradura. Después de entrar y cerrar de nuevo, se apoyó de espaldas contra la puerta y dejó escapar un suspiro de alivio. Acababa de aventurarse por la jungla de asfalto de Nueva York y había regresado sana y salvo. No la habían amenazado con un cuchillo en el cuello, no le habían robado el bolso de un tirón, ni nadie había intentado venderle droga. Ahora se sentía como si hubiese escalado una montaña, y tras clavar una bandera en la cima, hubiera vuelto a casa para contarlo.

Guardó las cosas de la compra, se preparó un plato de cereales y una taza de té de hierbas, sacó una tarta de arándanos de la bolsa de la pastelería, lo colocó todo en una bandeja y lo llevó al jardín.

Se sentó a descansar en una de las tumbonas del patio, estiró el cuerpo y movió los dedos de los pies. Tal vez debiera haberse sentido sola, pero ese sentimiento era eclipsado por la alegría de no tener nada que hacer, ni deberes ni responsabilidades. A veces, le parecía que había estado cuidando a la gente toda su vida. Después de casarse, no había tenido ni un minuto para ella, porque su marido siempre necesitaba algo. Si no tenía hambre, le pedía que le ayudara a buscar algo, o necesitaba ropa limpia, o quería contarle lo desgraciada que era su vida.

Al pensar en ese pasado, a Samantha se le dibujó un rictus tenso. En realidad, era preferible no pensar en su ex marido y en su «obra literaria».

—Veo que has podido llegar a la tienda.

La voz casi la hizo saltar de la tumbona, y abandonó rápidamente la posición horizontal. Permaneció con los pies en el suelo y las manos sobre las rodillas, sin levantar la mirada para observar a Mike.

—¿Tuviste algún problema? —preguntó él desde arriba, incómodo al ver que ella seguía considerándolo una especie de «destripador» dominado por violentos instintos sexuales.

—No, ningún problema —repuso Samantha, y se puso de pie, decidida a entrar en la casa.

—No tienes que irte porque yo esté aquí. —La irritación de Mike era notoria.

—No, claro que no tengo que irme —repuso ella, sin mirarlo—. Pero tengo cosas que hacer.

Con el entrecejo fruncido, Mike la miró entrar en casa, sin dudar de que se marchaba para evitar su compañía.

Samantha subió a las habitaciones de su padre, las habitaciones que tanto le hacían recordarlo y que le brindaban ese sentimiento de seguridad. Se acomodó en un butacón tapizado de verde oscuro, y comenzó la lectura de su novela. Tenía todo el día para hacer exactamente lo que le apeteciera; en realidad tenía toda una vida por delante. Después de haber cumplido con su misión en Nueva York, sería libre.

Durante las semanas siguientes, Samantha gozó de su libertad con el placer que sólo pueden experimentar aquellos que nunca la han conocido. Desde la muerte de su madre, Samantha no había tenido tiempo para sentarse a leer, o simplemente a pasar el rato y a soñar despierta. De niña, solía tomar largos baños de espuma, pero desde la muerte de su madre sólo había tenido tiempo para una simple ducha. Mirando su porvenir en perspectiva se dio cuenta de que al fin tendría tiempo para leer todos los libros que quisiera y dedicarse a algún pasatiempo en cuanto encontrara el que más le gustara. Tendría tiempo para hacer cualquier cosa y para hacer de todo.

Cuando despertaba cada mañana, recorría con la mirada toda la habitación del padre y sonreía, disfrutando de la sensación de tenerlo cerca de sí, pero pensando en el día largo y vacío que le esperaba. Redactó una lista de los libros que deseaba leer. En la biblioteca de su padre abundaban las biografías, y Samantha inauguró la lectura con un volumen, que debía pesar casi dos kilos, sobre la vida de la reina Victoria.

Sólo salía a la calle para ir a la compra, porque en casa tenía lo que necesitaba. Pasaba el día entre la cocina, la lavadora, la secadora, el jardín y el equipo de vídeo para seguir los ejercicios. Tenía libros, televisión por cable y mucho tiempo. Nada la impulsaba a salir de la casa a menos que fuera indispensable.

El único elemento perturbador en aquella vida apacible e ideal era el propietario. Éste se mantenía fiel a su promesa de no molestarla. De hecho, durante las dos primeras semanas que Samantha pasó en la casa, era casi como si viviera sola, aunque para evitarlo tenía que entregarse a complicadas maniobras. Hubiera deseado conocer sus hábitos diarios para esquivarlo del todo, pero según observaba, en la vida de Mike no existían los horarios. Unas veces salía de casa por la mañana temprano, otras no salía hasta la tarde, y había días en que sencillamente no salía. A Samantha le resultaba difícil no toparse con él, porque por alguna coincidencia Mike siempre decidía ir a la cocina justo cuando ella bajaba a comer algo, y entonces no tenía más remedio que subir a toda prisa las escaleras para no verlo.

Algunas veces, cuando él salía, Samantha deambulaba por sus habitaciones, porque no había puertas que las aislaran del resto de la casa. Jamás tocaba nada, sólo miraba y leía los títulos de libros sobre gángsters, pero nada le interesaba. Mike no parecía una persona muy ordenada que digamos, porque dejaba la ropa tirada por el suelo allí donde se la quitaba. Los miércoles venía una chica muy guapa a hacer la limpieza: recogía la ropa, la lavaba y la ordenaba. Un miércoles, Samantha oyó que sonaba el teléfono, y un momento después, la puerta de la calle se cerró de un portazo. Samantha dedujo que la joven se había marchado.

Bajó y vio que en la secadora había ropa, y que en la mesa del comedor seguían posados los platos sucios. Sin darse cuenta de lo que hacía, comenzó a limpiar el comedor. Cuando oyó el timbre de la secadora, dobló la ropa, la llevó a la habitación de Mike y la guardó, convenciéndose a sí misma de que era libre de hacer lo que le viniera en gana, y si era eso lo que le apetecía podía hacerlo. Por lo demás, su propietario no sabría nunca quién había hecho el trabajo.

Al comienzo de la tercera semana, Samantha descubrió el servicio a domicilio. Un día que salía del supermercado con tres bolsas de compra, uno de los empleados le sugirió que pidiera que se lo llevaran a casa, ya que el servicio era gratis. Sólo tenía que darle al chico un par de dólares de propina. Además, si estaba muy ocupada, le bastaba con telefonear a la tienda y encargar que le llevaran lo que deseara. A Samantha le pareció una idea maravillosa, porque no tendría que salir del apartamento. Al día siguiente fue al banco por la mañana y sacó quinientos dólares, sabiendo que esa suma le permitiría permanecer en casa un tiempo más o menos largo.

Al volver a casa, respiró con alivio al encontrarla vacía y se preguntó qué podía hacer en aquel momento. Recordó que era libre, y eso le permitía hacer lo que se le antojara. Preparó unas palomitas, se echó en la cama y se puso a ver vídeos. No tardó en darse cuenta de que todos los de su padre eran sesudos tratados sobre la vida de los animales, y terminó durmiéndose. «Qué maravilloso es dormir por la tarde», pensaba, no cabía duda de que la siesta era uno de los grandes lujos de la vida.

Al atardecer la despertó un ruido de risas y de voces. Bajó de la cama y se dirigió a la ventana, desde donde vio que el propietario estaba celebrando una fiesta. Mike estaba asando carne en la barbacoa. Samantha se dio cuenta de que lo hacía mal, porque la pinchaba al volverla sobre el asador. Media docena de invitados, todos bastante elegantes, estaban bebiendo cerveza.

Como de costumbre, tuvo la impresión de que él advertía que ella lo observaba, porque de pronto se giró y la saludó, pidiéndole que bajara a reunirse con ellos; pero Samantha volvió a correr la cortina y se apartó de la ventana. Puso un disco compacto en el equipo de música y se sentó a leer un libro de su padre, una obra voluminosa sobre la vida de Catalina la Grande. Cuando las risas de abajo subieron de tono, ella elevó el volumen de la música. Todos los discos de su padre eran viejos *blues*, música de los años veinte, de los años treinta, canciones tristes al estilo de Bessie Smith y Robert Johnson. No era la música que a Samantha le habría apetecido escuchar, pero poco a poco empezaba a gustarle por ser la música que había escogido su padre.

Entrada la cuarta semana, Samantha se dio cuenta de que lo que realmente tenía ganas era de dormir. Se le había metido en la cabeza que desde los doce años, cuando murió su madre, jamás había tenido tiempo para dormir. Siempre debía ocuparse de los deberes del colegio o de la casa, y más tarde de las necesidades de otra gente. Después, al casarse, tenía que preparar tres comidas diarias y trabajar de ocho a doce horas diarias, seis días a la semana. Le parecía totalmente lógico que ahora empezara a notar las consecuencias del cansancio, y se alegraba de tener tiempo para recuperarse.

En Louisville, no había cedido al impulso de deshacerse de toda la ropa de su padre, y una parte la había enviado a Nueva York por correo. Se sentía más cerca de él cuando se ponía sus camisas encima de los vaqueros. Le agradaba dormir con sus pijamas; sobre todo le gustaba su gruesa bata de franela.

A la cuarta semana de estar en Nueva York, Samantha se sentía muy relajada. Le parecía asombroso dormir tantas horas. Había días en que no se despertaba antes de las diez; bajaba a tomar un plato de cereales, y a veces ni eso. Después de comer, en lugar de lavar los platos que había usado, descubrió que podía dejarlos en el fregadero para que los lavara la mujer de los miércoles. Para Samantha era un alivio, porque estaba demasiado cansada como para dedicarse a lavar platos.

A eso de las doce volvía a sentir sueño, y se dormía. No se molestaba en quitarse el pijama de su padre. De hecho, comenzó a parecerle un esfuerzo demasiado ímprobo bañarse y ponerse ropa limpia. Al fin y al cabo, no podía estar tan sucia si casi lo único que hacía era dormir. Intentó leer un libro sobre la vida de la reina Isabel de Inglaterra, pero apenas conseguía mantener los ojos abiertos.

A lo largo de esas semanas, solía oír las risas en el jardín, pero ya no se levantaba para curiosear. Y el propietario no la molestaba. Lo había visto un par de veces en la cocina, pero ella se había limitado a sonreír con su cara de sueño antes de subir las escaleras, pero sin las carreras apresuradas de los primeros días para alejarse de él.

Dejó el libro en la mesilla de noche y apagó la luz. Eran sólo las siete de la tarde, y aún era de día, pero Samantha tenía demasiado sueño. Mientras se dormía, pensó que apenas se recuperara, terminaría esa biografía, y luego, una tras otra, todas las que había en la biblioteca, pero ahora sólo quería dormir.

Observando a Mike desde el otro lado de la mesa del jardín, Daphne Lammourche sabía que no era necesario ser adivino para darse cuenta de que algo le pasaba. Mike siempre estaba alegre, dispuesto a gastar bromas y a comer hasta su propio peso en carne asada, pero esa noche jugueteaba con el bistec en el plato como si no tuviera apetito.

Daphne no alcanzaba a sospechar por qué la habría invitado esa noche, aunque tal vez la razón era que ella se había invitado a sí misma, dado que en ese momento se encontraba «entre dos trabajos», como solían decir de forma elegante. En el último club en que trabajaba, habían cambiado de administrador, y el nuevo, un pequeño tipejo grasiento, creía honrar a Daphne al pedirle ciertos favores sexuales. Como ella renunciara a ese honor, la despidieron. Ahora tenía algo de dinero ahorrado, con el que se las apañaría antes de conseguir otro empleo; pero hasta entonces, Mike podía invitarla a una cena de cuando en cuando.

—¿Te encuentras bien? —preguntó Daphne.

—Sí, claro —contestó Mike, pero su voz no era más que un murmullo.

Daphne jamás había visto a Mike así. Solía ser el alma de las fiestas, siempre riendo, siempre dispuesto a pasárselo bien. Con esa desenvoltura suya, las mujeres caían rendidas a sus pies, aunque Mike pocas veces les hacía caso. Daphne se preguntó si tendría una amiga en alguna parte, tal vez en su pueblo natal, e incluso si tendría una novia formal en Nueva York. Cuando veía a las chicas del club que trabajaban con ella lanzarse a los brazos de Mike, podría haberles dicho que no perdieran el tiempo, porque a Mike no se le conseguía así como así.

A Daphne no se le escapaba que todas las chicas sospechaban que ella se acostaba con Mike, pero nunca quiso sacarlas de su error, y es que la verdad, la pura verdad, era que ella y Mike no eran más que buenos amigos.

Daphne tenía un problema, lamentablemente compartido con otras muchas mujeres. Quería de todo corazón que un hombre la amara, pero no habría dado un céntimo por los hombres que decían amarla. Así gastaba la mayor parte de su tiempo, de sus energías y hasta de su dinero, intentando que la amaran unos tipos raros a quienes ella les importaba bien poco. Cuando lo que hacían era abusar de ella, lloraba sobre el hombro de quienes la amaban de verdad —en su mayoría, hombres— para decirles lo sucios que eran todos, igual que su propio padre. En cuanto a Mike, Daphne lo encontraba atractivo, y la consolaba cada vez que alguno de sus novios la dejaba, pero no pensaba en él como en un hombre. No como en un hombre de verdad, porque Mike no la había tratado nunca con desprecio, que era la típica conducta de los hombres que a ella le atraían.

Cuando Daphne estaba sobria, reía de la larga lista de inútiles que habían pasado por su vida, y cuando estaba borracha, lloraba por ellos. Pero sobria o ebria, entendía que la razón por la que ella, entre todas las chicas del club, era la única que Mike invitaba a su casa, era porque jamás se le había insinuado.

—¿Cómo va lo de tu libro? —preguntó Daphne.

—Va bien —respondió Mike, encogiéndose de hombros—. No he trabajado mucho en ello últimamente.

Daphne no supo qué responder. Pensaba que hay algo mágico en escribir en una hoja en blanco palabras que cuenten algo, de modo que intentó buscar otro tema de conversación. Se dio cuenta de que era completamente nueva esa situación en la que era ella quien intentaba alegrar a Mike, porque solía ser al revés, Daphne llorando y Mike riendo y diciéndole que era una suerte que fulano la hubiese dejado.

—¿Y cómo está tu inquilina? —preguntó Daphne.

—Supongo que bien. No la veo nunca —respondió Mike jugueteando con la comida que tenía en el plato—. Creo que no le gusto.

Daphne soltó una carcajada.

—¿Tú, Mike? Así que, ¡por fin!, hay una chica en este mundo a la que no le gustas.

Mike hizo caso omiso del comentario.

—Y tú, ¿qué piensas de ella? —insistió Daphne.

Cuando Mike la miró, en sus ojos leyó tanta calentura, tanto deseo, que Daphne, que creía haber visto todo lo que un hombre era capaz de demostrar, se apartó reclinándose en el asiento y tuvo que beber un largo trago de cerveza fría antes de recuperar el habla.

—No sé si a esa chica hay que envidiarla o compadecerla por lo que le pueda suceder —dijo, apoyándose la botella fría contra la mejilla.

Mike clavó de nuevo la vista en su plato.

—¿Le has pedido que salga contigo?

—Lo he intentado, pero sale corriendo cada vez que me acerco a menos de tres metros. Si me oye llegar, escapa por la escalera y, salvo a las horas de la comida, se queda en su apartamento y nunca sale.

—¿Y qué hace durante todo el día?

—Por lo que he podido observar, duerme —recalcó Mike, con un gesto de repugnancia.

Daphne comió un trozo de bistec.

—Pobre chica. ¿No es ésa a quien se le murió el padre y hace poco que se separó?

—Sí, pero por lo que intuyo, perder a su marido no fue una gran pérdida.

—Puede ser, pero siempre que pierdes a tu hombre, te sientes como si ya no valieras nada. Recuerdo la primera vez que un tío me dejó. ¡Dios mío, cómo amaba a aquel hombre! Era mi primer novio, mi vida entera giraba en torno a él. Hacía todo lo que me pedía, todo lo que quisiera, y yo se lo daba —confesó, y resopló, sumida en sus recuerdos—. Fue entonces cuando empecé a desnudarme bailando. Me dijo que era tan buena cuando lo hacía para él que debíamos pensar en ganar dinero. Pero aunque hice lo que él quería, un día llegué a casa y descubrí que se había largado.

Ni una nota, ni una palabra, nada. Ahora, claro, cuando lo recuerdo y pienso en él, dudo que el pobre hombre supiera leer y escribir. No te creerás lo deprimida que me quedé. Pensaba que no tenía nada por lo qué vivir después de lo que me hizo. Conseguí arrastrarme hasta el trabajo unos cuantos días, pero al cabo de un tiempo hasta eso lo dejé. Me quedaba en el piso y dormía. Creo que todavía estaría durmiendo si un hombre no me hubiera abierto los ojos para hacerme ver el zángano con el que me había liado, y me di cuenta de que no valía la pena sumirme en el sueño a causa de él.

Mike sólo la escuchaba a medias, porque sus historias lo deprimían. En una ocasión, le había dicho que si ella entrara en una habitación donde había cien tipos buenos y, camuflado entre ellos un hijo de su madre que pegaba a las mujeres, ella sería capaz de escogerlo en menos que canta un gallo. A Daphne eso le hizo reír, y agregó que si el tío era lo bastante sinvergüenza, al cabo de tres minutos ella le habría propuesto que se fuera a vivir a su apartamento y lo mantendría.

Ahora Mike pensaba en Samantha. Tal vez a lo largo de los años había dejado que las mujeres lo estropearan con sus mimos, tal vez siempre lo había conseguido todo de ellas con demasiada facilidad. Samantha era un desafío. Desde su llegada a Nueva York, él hizo todo lo posible para llamar su atención, incluso llegó a deslizarle mensajes por debajo de la puerta. Se encontró con ella «casualmente» cientos de veces, pues no había dejado de insinuarle que le gustaría aprender a manejar un ordenador, pero ella lo miraba como si fuera la primera vez que oía esa palabra.

Por más que lo intentaba, Mike no lograba entenderla. Primero estaba la señorita remilgada que no había querido quedarse sola con un hombre en la casa. Luego estaba esa hembra apasionada que lo había besado como jamás lo habían besado a él. Y últimamente, había aparecido esa pequeña zombi greñuda que iba de un lado para otro de la cocina sin decir nada, vestida con el pijama y la bata de su padre. Rara vez oía sus pasos en el piso de arriba, y cuando la veía, estaba siempre bostezando; daba la impresión de que acababa de levantarse de una siesta.

—¿Qué decías? —preguntó Mike, saliendo de su ensimismamiento.

—Decía que yo echaba tanto en falta a ese tipo que no me ponía más que su ropa. No podía abrocharme los botones a la altura del pecho, pero daba igual, porque cuando me vestía con su ropa me sentía más cerca de él. Si no hubiera sido por el hombre...

Mike se levantó de su asiento.

—¿Qué hombre?

Daphne pareció sorprendida.

—El hombre del hospital. ¿No te has enterado de lo que te he contado? Quería dormir para siempre, y eso fue lo que decidí. Me tomé un frasco de píldoras y acabé en un hospital. Fue allí donde conocí al hombre que me convenció de que tenía que seguir viviendo.

Mike se incorporó y se quedó mirándola. No era a Daphne a quien veía, porque empezaba a comprender lo que le estaba contando.

«Samantha lo ha pasado muy mal, Mike —le había dicho su padre por teléfono. Mike recordaba la voz ronca y débil, como presagio de la muerte inminente—. Ha tenido una vida dura y, cuando yo me vaya, no sé qué hará. Me gustaría conocer mejor a mi hija, pero no la conozco. No sé lo que pasa por su cabeza; quiero irme de este mundo con la idea de que cuidarán de ella. Quiero que seas tú quien se ocupe de ella, Mike, y quiero compensarla en parte por lo que le hice. Cuida de ella por favor, no hay nadie más a quien le pueda pedir esto.»

Mike había sufrido la muerte de su tío Michael, y eso le había bastado. Le era imposible imaginar que hubiese más muertes en su vida, o que alguien pudiera perder a tantos seres queridos como había perdido Samantha. Y le era del todo imposible imaginarse qué sería de él si su padre llegara a morir o, como le había sucedido a Samantha, si muriera a la vez su último y único amigo y pariente.

Miró hacia las ventanas de Samantha y, como de costumbre, las vio con las cortinas corridas. No cabía duda de que la chica seguía durmiendo. Dormir para siempre, como decía Daphne.

«Eres un mal guardián, Taggert», se dijo a sí mismo, y se volvió hacia Daphne.

—¿Quieres que me vaya, Mike? —preguntó ella. Cogió el bolso, se levantó y sin más se dirigió hacia el interior para marcharse, pero antes de llegar a la puerta se volvió.

—Si necesitas algo, Mike, cariño, dímelo. Te debo unos cuantos favores.

Mike asintió, ausente, porque seguía mirando las ventanas de Samantha, y el único objeto de su pensamiento era su inquilina. Dos minutos más tarde, llamaba por teléfono a La côte basque para que le trajeran una cena.

4

Al llegar a la puerta de Samantha, Mike respiró hondo y luego llamó. No tenía ni la menor idea de si lo que hacía estaba bien o mal, pero estaba dispuesto a intentarlo todo.

Samantha no contestó a la llamada, y en realidad él no esperaba otra cosa de ella. Así pues, con la bandeja en una mano, sacó la llave del bolsillo, la metió en la cerradura, entreabrió la puerta y vio que todas las luces estaban apagadas. Al entrar en la habitación, levantó los ojos al cielo con expresión implorante.

—Dios quiera que no se haya puesto un camisón blanco —murmuró.

Samantha se despertó perezosamente, abriendo de mala gana los ojos a la intensa luz. Parpadeó unos instantes y se fue despertando poco a poco, hasta caer en la cuenta de que ante ella se encontraba el propietario de la casa, y que tenía una bandeja en la mano.

—¿Qué está haciendo usted aquí? —preguntó, sin miedo ni interés en el tono, frunciendo el ceño, incorporándose hasta quedar sentada. La cruda realidad era que Samantha estaba cansada, que le dolían los huesos y que no había nada que la despertara de verdad.

—Te he traído algo de comer —dijo Mike, y dejó la bandeja en la mesa que estaba junto a la ventana—. Lo han preparado en uno de los mejores restaurantes de Nueva York.

Samantha se frotó los ojos.

—No quiero comer nada —replicó, y al desperezarse, miró

hacia el salón y la puerta de entrada del piso, que estaba cerrada—. ¿Cómo ha entrado aquí?

Sonriendo, como si fuera una broma muy divertida, Mike levantó la llave que tenía en la mano.

Samantha se cubrió con la manta hasta el cuello. Ya del todo despierta, chilló encolerizada:

—¡Me ha mentido! ¡Me había dicho que no tenía llave! ¡Me dijo que...! —Abrió de lleno los ojos mientras se aplastaba contra el cabezal de la cama—. Si se acerca, gritaré.

En ese momento pasó una ambulancia por la avenida Lexington, y el ulular de la sirena a través de la ventana entreabierta fue tan agudo que hasta las cortinas se movieron.

—¿Crees que alguien te oiría? —preguntó él, sin dejar de sonreír.

Ahora Samantha comenzaba a tener miedo; el pánico que se adueñaba de ella se le pintaba en la cara. Intentó conservar la calma, atrajo la manta hacia sí y comenzó a bajarse de la cama, pero Mike la cogió por el brazo.

—Escúchame, Sam —dijo, suplicante—. Lamento haberte dado la impresión de que soy un pervertido sexual, porque no lo soy. Te besé porque... —balbuceó, con una sonrisa infantil, y luego calló—. Será mejor que no hablemos de eso. Lo que yo quiero de ti es más importante que el sexo. Tal vez no es ni la mitad de agradable, pero a la larga es más importante. Vine porque te quiero hablar de Tony Barrett. Quiero que me lleves a verlo.

De repente, Samantha dejó de tirar de la manta y lo miró como si estuviera loco.

—¿Haría el favor de quitarme las manos de encima?

—Ah, sí, claro —repuso Mike. Sólo había querido cogerla por el codo para que no huyera de la habitación, que era lo que ella aparentemente pensaba hacer, pero, sin darse cuenta había comenzado a deslizarle la mano hacia el hombro. Desde luego, no era ni mucho menos la mujer más deseable que había visto en su vida porque, al parecer, Samantha llevaba varios días sin bañarse, tenía el pelo grasiento y enmarañado, grandes ojeras negras, y en su bonita boca se dibujaba un rictus depresivo. Pero a pesar de su aspecto, Mike jamás había tenido tantas ganas de meterse en la cama con una mujer como con ella. Tal vez fuera la primavera. Quizá necesitara pasar un largo fin de semana en la cama con una de las amigas de Daphne. O puede que sencillamente necesitara a Samantha.

Por fin la soltó y se apartó de la cama.

—Creo que tenemos que hablar —sentenció.

Cuando Samantha miró el reloj de la mesilla y vio que eran las once y diez de la noche, respiró hondo.

—Mire usted, cuando lo conocí, estuvo a punto de atacarme. Esta noche, y usando una llave que había jurado no tener, ha entrado en mi apartamento de forma descortés, por no decir ilegal, y le repito, en plena noche, y encima me pregunta por una persona de la que jamás he oído hablar. ¡Y para colmo se extraña de que yo me moleste! Dígame una cosa, señor Taggert, ¿alguna vez ha oído hablar de la intimidad?

—He oído muchas cosas —replicó él, pasando por alto su comentario, como si el hecho de encontrarse en su habitación no significara nada. En lugar de mostrar consideración por sus derechos, se sentó en la cama frente a ella.

Samantha hizo un amago de salir de la cama.

—Esto es intolerable —masculló.

—Me alegro de ver que estás enfadada. Al menos es mejor que pasarte la vida durmiendo.

—Lo que yo haga con mi vida no es de su incumbencia, señor mío —le espetó ella, indignada, y saltó de la cama para coger la bata de su padre.

Mike se volvió hacia la bandeja que tenía a sus espaldas, levantó la servilleta que cubría la cesta del pan y sacó un bollo. Mordió la deliciosa miga y con la boca llena siguió hablando.

—No te pongas esa bata. Te queda demasiado grande. ¿No tienes algo más mono?

Samantha le escrutó con la mirada, y con gesto desafiante hundió el brazo en una de las mangas de la inmensa bata de franela. Era imposible aguantar a un tipo como él.

—Le sugiero que si anda buscando algo más «mono», ¡Dios mío, qué palabra tan anticuada!, debería buscar en otro sitio.

El tono de manifiesta hostilidad de Samantha, por no hablar de su exigencia de que abandonara la habitación, no tuvo efecto en Taggert, porque siguió comiéndose el bollo.

—Soy un tipo anticuado —dijo—. Yo en tu lugar, no haría eso.

Samantha tenía la mano sobre el pomo de la puerta, y cuando oyó la advertencia, por primera vez tuvo miedo. De espaldas a él, la mano le temblaba, pero no se volvió para mirarle a la cara.

—Escúchame, Sam —repuso él, como si se sintiera molesto y hasta exasperado—. A mí no tienes por qué tenerme miedo. Yo no te haría daño.

—¿Y se supone que tengo que creerle? —murmuró ella, intentando conservar la calma, pero sin conseguirlo—. Me mintió acerca de la llave.

Mike se daba cuenta del miedo que delataba la voz de la chica, y deseaba que no se asustara de ese modo, pues en realidad era el último sentimiento que deseaba provocarle. Se levantó lentamente de la cama, sin movimientos bruscos, y se acercó a ella, que permanecía de cara a la puerta. Le puso las manos sobre los hombros, frunció el ceño cuando sintió que Samantha tensaba el cuerpo como para soportar los golpes que descargara sobre ella, y, con la misma delicadeza con que trataría a un animal herido, Mike la llevó a la cama, retiró la ropa y la hizo meterse entre las sábanas, siempre sonriéndole como para darle confianza.

—No —murmuró ella, y la voz casi le temblaba de miedo.

Era evidente que la quería en la cama para que le fuera más fácil atacarla, o incluso para algo peor. Mike pensó que las mujeres jamás habían visto en él a un violador, ni le habían tenido miedo, y por eso le desagradaba la actitud de Samantha. Pero sobre todo le molestaba porque no había hecho nada para despertar en ella ese temor.

—¡Qué diablos! —exclamó finalmente, empujándola hacia la cama. Samantha cayó encima de la ropa revuelta. Mike estaba harto de verse tratado como una especie de pervertido sexual que se entretenía atacando a sus inquilinas. Se alejó de la cama y luego se volvió para lanzarle una mirada furibunda.

—Vale, Sam, aclaremos algunas cosas entre nosotros. De acuerdo, resulta que te besé. Al parecer, según tus reglas, merecería que me colgaran, o al menos que me castraran, pero la verdad es que vivimos en una sociedad permisiva. ¿Qué te puedo decir? ¿Que hay gente que vende drogas a los niños, que hay quien mata a mansalva, que hay violadores de niños y que luego estoy yo? Yo, que beso a las chicas bonitas que ponen cara de querer que las bese. Por desgracia, la ley no castiga a los obsesos como yo, ¿verdad?

Samantha tenía los brazos cruzados bajo sus pechos, como protegiéndose.

—¿Y qué significa todo eso?

—Significa que tú y yo tenemos que ponernos a trabajar, que estoy harto de esperar a que salgas a la superficie.

—¿Ponernos a trabajar? No tengo ni idea de qué está hablando.

Mike tardó un momento antes de caer en la cuenta de que Samantha era sincera.

—¿No has leído el testamento de tu padre?

Samantha sintió que la ira la dominba, pero consiguió aplacar el ímpetu de sus sentimientos.

—Desde luego que lo he leído y conozco muy bien el contenido.

—Entonces, no lo has leído —alegó Mike, que sentía crecer en él cierto sentimiento de frustración.

—La verdad es que quiero que me deje tranquila.

—No pienso dejarte tranquila, así que ya puedes ahorrarte la saliva. Estoy harto de verte hacer mohínes por cualquier cosa, de que no comas nada, de que no tengas interés por nada. ¿Cuándo fue la última vez que saliste de esta casa?

—Lo que yo haga o deje de hacer no es asunto suyo. Ni siquiera sé quién es usted.

—Puede que no, pero soy el guardián encargado de velar por ti.

Samantha se quedó mirándolo, abrió la boca como si fuera a decir algo, la volvió a cerrar y a abrir, y repitió un par de veces el movimiento. Aquel hombre realmente no estaba en sus cabales. Los guardianes eran seres de las novelas góticas, no de la vida real, e incluso en las novelas, no se asigna a los guardianes la misión de cuidar a jóvenes divorciadas de veintiocho años. Si conseguía hacerlo salir de su habitación, haría sus maletas y se marcharía de esa casa para siempre.

A Mike no le costaba nada adivinar sus pensamientos, que lo irritaban. Samantha tendría que escucharle aunque tuviera que atarla a la cama. En lugar de atarla, y pensando que seguramente lo demandaría por una cosa así, cogió la bandeja y se la dejó sobre las piernas.

—Come —ordenó.

Samantha le habría desobedecido, pero tenía demasiado miedo. Al ver que ella vacilaba, Mike untó un poco de pan con algo y se lo puso delante de la boca, con una expresión que a Samantha le dio a entender que estaba dispuesto a taparle la nariz para obligarla a comer, así que Samantha decidió abrir la boca, aunque de mala gana. Era *foie gras*, una de las cosas más deliciosas que jamás había probado. Mientras comía, se relajó, y cuando él le ofreció la segunda tostada, ella se la cogió de la mano.

—Ahora hablaré yo y escucharás tú —advirtió Mike.

—¿Tengo alguna otra alternativa? —preguntó Samantha, ya con la tercera tostada en la mano. Puede que, después de todo, fuera verdad que tenía hambre.

—No, ninguna otra alternativa. No eres muy buena para escuchar. Es evidente que no escuchaste a tu abogado cuando te dijo que leyeras el testamento de tu padre.

—Sé escuchar perfectamente, y tenía la intención de leerlo. —Samantha observó que Mike untaba las tostadas calientes con la misma velocidad con que ella las comía.

—Claro, y también tenías la intención de darte un baño —dijo él, queriendo insultarla y hacerse creer a sí mismo que no estaba ante la mujer más sexy que jamás había visto. Porque a pesar de su aspecto poco atractivo, Mike tenía en la mente varias de las cosas que le haría a ese cuerpecito delicioso, aunque tal vez ése no era el adjetivo adecuado en aquel momento. Si Samantha pudiese leerle el pensamiento, entonces sí tendría miedo. A Mike le hubiera gustado ver esa lengua suya lamiendo algo diferente al paté que se le había caído sobre la muñeca.

—Si no quiere estar cerca de mí, márchese. Tiene mi permiso —dijo Samantha. Ahora, totalmente despierta, y menos atemorizada, comenzaba a observarlo. Mike llevaba vaqueros y una fina camisa de algodón de color marrón oscuro. Debería haber tenido un aspecto respetable, pero ella veía el perfil de los músculos del pecho bajo la camisa. Él seguía untando las tostadas con paté y comía tanto como ella, y cuando masticaba, movía el labio inferior, ese labio inferior bellísimo y pleno de sensualidad. Samantha se vio obligada a desviar la mirada.

—No pienso irme hasta que lo hayas oído todo. ¿Cuándo piensas empezar a buscar a tu abuela?

Sorprendida, Samantha volvió a mirarlo. ¿Cómo sabía él eso?

—Soy una persona adulta, y...

Mike dejó escapar un gruñido.

—Es lo que había imaginado —repuso—. No tenías ni la menor intención de buscarla, ¿no es eso?

—Eso tampoco es asunto suyo.

—Claro que es asunto mío. ¿Alguna vez se te ha ocurrido pensar en cómo evaluarían tu investigación? ¿Jamás has pensado que alguien tenía que aprobar el trabajo que tú hicieras?, ¿que alguien tenía que decidir que habías investigado lo bastante como para que recibieras la herencia de tu padre?

Samantha estaba a punto de llevarse una tostada a la boca, y clavó la mirada en Mike. No, jamás había pensado en esas preguntas.

Sabiendo que por fin le había picado la curiosidad, Mike se incorporó, se dirigió a la bodega y sacó una botella de vino blanco. Sabía que había varias botellas porque él mismo las había puesto allí preparando la llegada de Samantha. Ahora había imaginado, y con razón, que las botellas aún estarían sin abrir. «Puede que la chica tenga problemas», pensó, al constatar que en la bodega las botellas selladas seguían intactas, y que no bebía ni una gota. Abrió la botella con el sacacorchos, y la llevó al dormitorio. Llenó dos copas y frunció el entrecejo cuando vio la reacción de Samantha.

—Esto no es el preludio de una seducción, así que deja de mirarme como si fuera un sátiro. O lo tomas o lo dejas, tú decides. En todo caso, supongo que una chica estrecha como tú es demasiado remilgada como para entregarse a algo tan salvaje como beber una copa de vino.

Samantha hizo una mueca con que pretendía mostrar su desprecio, cogió la copa, la bebió de un trago y se la tendió para que le volviera a servir.

—¡A eso le llamo yo ser un lobo de mar! ¿No tendrás algún tatuaje que enseñarme?

Samantha no se molestó en contestarle, pero deseó no haber bebido. No había comido mucho, y el vino se le subió inmediatamente a la cabeza, a pesar de que en ese momento debía permanecer alerta, costara lo que costara, y no sentir esa ligereza y relajación que el vino le empezaba a provocar.

«No tengo ningún tatuaje, ya te lo demostraré», se oyó decir a sí misma, y luego volvió a hacer una mueca, porque siempre se emborrachaba con nada. Con media copa de vino, ya podía bailar encima de las mesas, o pensar en hacerlo. Era algo innato en ella que a Richard siempre le había disgustado, aunque supo cómo enfrentarse al asunto. Como era habitual en él, Richard encontró una solución para el «problema» de Samantha. Puesto que no tenía cabeza para beber, le prohibió que bebiera.

Samantha miró la bandeja que tenía sobre las piernas cuando Mike levantó la tapadera de un plato, dejando ver un suculento bistec bañado en salsa.

—No como carne —dijo, y miró hacia otro lado.

—¿Por qué no? ¿No te gusta?

—¿Dónde has estado tú este último siglo? ¿No has leído los informes sobre la carne? El contenido de grasas; el endurecimiento de las arterias; el colesterol; la falta de fibras.

—¿Has terminado? —preguntó Mike—. Te aseguro que el aire que respiras es peor para ti que un bistec. Come, Sam.

—Me llamo Samantha, y no... —Tuvo que callar porque Mike acababa de meterle un trozo de carne en la boca. Al masticar, descubrió un sabor estupendo, delicioso. Siguió mascando y recordó que, al principio, había dejado de comer carne para reducir los gastos de la compra.

—Apuesto a que te ha sentado muy mal, ¿no? —preguntó Mike.

—Pensaba que querías que te escuchara —replicó Samantha—. Te rogaría que dijeras lo que tengas que decir y salgas de aquí. —Mike cortó otro trozo de bistec y comenzó a alimentarla como si fuera una niña, o como si vivieran una situación mucho más íntima de la que vivían en realidad. Ella terminó por arrancarle el tenedor de la mano y comenzó a comer sola. Mike simuló no percatarse de la mirada con que ella lo fulminó cuando cogió el tenedor de la ensalada y empezó a comer el bistec. Samantha intentaba no pensar en la escena: ella sentada en la cabecera de la cama, y él estirado de través, con la cabeza cerca de sus rodillas, los dos comiendo del mismo plato.

—¿Has oído hablar de Larry Leonard?

—He ahí otra persona con la que no tenemos nada en común —dijo ella, casi alegremente, apuntando con el tenedor en su dirección. Era evidente que no debería haber bebido vino.

—Larry Leonard es..., fue un escritor de novela negra. No escribió mucho, y sus novelas no tuvieron gran éxito, pero recibieron algunas críticas que las elogiaban por la riqueza de su documentación. Todas eran de gángsters.

Samantha tenía la boca llena de carne y seguía bebiendo de la segunda copa de vino.

—Vosotros dos os habríais entendido a las mil maravillas, puesto que leéis las mismas cosas —declaró, sonrojándose un poco.

Mike sonrió maliciosamente.

—Veo que has estado inspeccionando. A propósito, quería darte las gracias por guardar mi ropa el otro día cuando Tammy se tuvo que marchar.

Samantha bajó la cabeza para que Mike no pudiera verla sonrojarse.

—En fin —siguió Mike—, el verdadero nombre de Larry Leonard era Michael Ransome, y era algo así como un tío honorario mío, un gran amigo de mi abuelo, y por eso llevo su nombre. El tío Michael vivía en una casa que mi abuelo tenía en Colorado, y de niño pasé mucho tiempo con él. Éramos... colegas.

Samantha dejó de masticar cuando advirtió el dolor apenas velado de su voz, porque entendía cabalmente cómo se sentía uno cuando perdía a los seres queridos. Estiró una mano, pero la retiró antes de tocarlo.

Mike no pareció enterarse del gesto, porque siguió comiendo y hablando.

—Cuando el tío Mike murió, hace tres años, me dejó en herencia todo lo que tenía. De dinero, nada; pero sí una biblioteca llena de libros sobre gángsters —dijo, y sonrió provocadoramente a Samantha—. Los libros que tú has visto.

—Supongo que corresponden a tu gusto literario —dijo ella, y pinchó un pequeño tomate antes de que él pudiera cogerlo.

—También me dejó una investigación suya, una biografía sobre un gángster legendario llamado Anthony Barrett, más conocido por el doctor Anthony Barrett.

—El hombre que crees que yo conozco.

Mike celebró su buena memoria con un guiño, y no le contestó inmediatamente, porque pinchó con el tenedor el último trozo de carne, pero antes de metérselo en la boca, se lo ofreció a ella.

Samantha estuvo a punto de aceptarlo, pero lo rechazó con un movimiento de cabeza.

—Realmente, me gustaría que terminaras tu historia y te largaras.

Samantha no quería prolongar la intimidad de esa cena compartida.

Mike levantó la última tapa y apareció un plato lleno de una espesa mousse de chocolate. Samantha, que se había negado a comer, al ver la espesa crema oscura, antes de darse cuenta, tenía una cuchara metida dentro del plato, al mismo tiempo que Mike.

—¿Por dónde iba? —preguntó él, reclinándose en la cama y chupando la cuchara. Al observarlo, Samantha se preguntó si siempre se sentía tan cómodo—. Ah, sí, la biografía. Leí la investigación del tío Mike y eso despertó en mí el interés por este Tony Barrett. Acababa de terminar el curso en la universidad y me sentía algo desorientado, de modo que pensé que tal vez podría seguir lo que el tío Mike había empezado. Así que decidí venir a Nueva York y seguir investigando. Cuando trasladé los libros del tío Mike, encontré la carpeta.

Samantha no le quitaba ojo.

—¿Y se supone que eso tiene que intrigarme? Acaso tengo que preguntar «Qué carpeta?»

—Sí, me gustaría que demostraras algún interés, pero veo que no es así —dijo, y hundió la cuchara en la crema de chocolate—. En la carpeta sólo se leía un nombre, «Maxie», y dentro había una foto tuya, de tu abuela y de tu perro.

Samantha dejó de golpe la cuchara en la bandeja.

—Mi abuela se fue de casa cuando yo tenía ocho meses. No hay ninguna foto de las dos juntas.

Apoyado en los codos, Mike la miró fijamente, sin pestañear, como si intentara comunicarle un mensaje silencioso.

—¡Ah! —dijo Samantha—. Esa foto. —Había tardado un momento en recordarla, y no porque se acordara del incidente, sino porque su abuelo le había contado lo sucedido. Finalmente, completó—: Sí, Brownie. Yo estaba en casa de mi abuela, y gateando me metí en una tubería del jardín trasero.

—Y te quedaste atrapada y tu abuela llamó a los bomberos.

—Un reportero que se aburría y andaba en busca de una historia, estaba en el cuartel de bomberos y los acompañó, pero fue Brownie el que me salvó.

—Tu perro se metió en la tubería, te agarró por los pañales empapados y te arrastró fuera. El reportero te tomó una foto con tu abuela y Brownie, las agencias de prensa echaron mano de la foto y del reportaje y los enviaron a los periódicos de todo el país. Mi tío Michael los vio, como los vio todo el mundo. El tío Mike recortó la foto y escribió «Maxie» al margen. A lo largo de sus notas, aparece a menudo una mujer que se llama Maxie —dijo, y la miró para ver su reacción—. Maxie era la amante de Barrett. —Samantha no se sorprendió al oír la noticia, que era lo que él esperaba, pero Mike aprovechó para recostarse sobre la cama y cruzar las manos bajo la nuca—. Creo que tu abuela y Maxie eran la misma persona.

Samantha siguió sin abrir la boca y continuó limpiando el plato de mousse como si no lo hubiera oído. Mike volvió a mirarla. Samantha parecía de nuevo adormilada.

—¿Y bien? —preguntó él, impaciente.

—¿Has terminado? —inquirió ella, dejando el plato vacío en la bandeja—. ¿Ya me has dicho lo que querías decirme? Crees que mi abuela era la amante de un gángster. Vale, ya me lo has dicho, ahora puedes largarte.

Mike sólo atinó a pestañear.

—¿No tienes nada que decir acerca de esto?

—Tengo algo que decir acerca de ti —respondió ella en voz baja—. Has estado leyendo demasiados libros sobre gángsters. No conocí a mi abuela, pero puedo decirte que era una abuela típica, que cocinaba tartas y ese tipo de cosas. Se llamaba Gertrude. No era la furcia de ningún gángster. ¿Se dice así? —preguntó, y levantó la mano cuando Mike quiso interrumpirla—. Y, además, ¿qué importancia tiene que así fuera? Ahora, ¿quieres hacerme el favor de salir?

Mike se giró hasta quedar recostado de lado. Tenía el ceño fruncido.

—Importa, porque pienso que tu abuela estaba verdaderamente enamorada de Barrett, con el que tuvo un hijo. Puede que Tony Barrett sea tu verdadero abuelo.

Al oír esto, Samantha dejó lentamente la bandeja a un lado, saltó de la cama y fue hasta la puerta.

—Fuera —gritó, como si le hablara a alguien que no entendiera inglés—. Fuera. Hoy mismo encontraré otro lugar donde ir a vivir.

Como si no hubiera ido con él la conversación, Mike se tendió de espaldas y se quedó mirando el techo.

—Tu padre pensaba que su verdadero padre era Barrett.

—Me niego a seguir escuchándote —insistió ella, esta vez en voz extremadamente alta—. Quiero que salgas de aquí.

—No pienso salir —replicó él, sin dirigirle la mirada.

Samantha no añadió palabra, pero si él no estaba dispuesto a salir, ella sí. Salió de la habitación y empezó a bajar las escaleras.

Mike la cogió en brazos antes de que llegara abajo. Samantha se resistió cuanto pudo, pero él soportaba su peso sin dificultad, la sujetaba con la espalda de Samantha contra su pecho. Mientras ella se debatía, Mike sintió que crecía su deseo de poseerla. Sentía todo su cuerpo, tocaba sus caderas, sus pechos, sus muslos.

—Quédate quieta, Sam —murmuró, con tono desesperado, que en realidad era como se sentía—. Por favor, te lo ruego, quédate quieta.

Samantha percibió algo raro en su tono de voz, y dejó de resistirse quedándose inmóvil en sus brazos.

—No te haré daño —explicó Mike, con la voz ronca y acercando los labios a su oreja—. No tienes por qué temer nada de mí. Todo esto fue idea de tu padre, no mía. Yo le dije que debería pedirte que me ayudaras a encontrar a Maxie, no obligarte a ello. —Estrechándola contra él, acercó la cara hasta tocarle el cuello, sin besarla, pero sintiendo su suavidad y el olor de su piel.

Con un gesto brusco, Samantha se desligó de su abrazo y se apoyó contra el pasamanos de la escalera. El corazón se le salía del pecho y su respiración era jadeante. También a él el corazón le latía con fuerza y se había sonrojado.

—¿Quieres sentarte y conversar sobre todo esto? —preguntó Mike.

—No. No quiero hablar de nada ni escuchar nada de lo que tengas que decirme. No quiero escuchar tus cuentos acerca de mi padre, ni de mi abuela, ni de nadie. Lo único que quiero es irme de esta casa y no verte nunca más.

—No —imploró él, pero había otra cosa en su mirada—. No

puedo permitir que te vayas. Tu padre me pidió que te cuidara y quiero mostrarme digno de su confianza.

Samantha parpadeó varias veces antes de hablar.

—¿Que cuidaras de mí? ¿Que quieres mostrarte digno de su confianza? —Samantha no sabía si echarse a reír o escapar de allí—. Hablas como un personaje del pasado. Soy una mujer adulta, y...

La expresión de Mike cambió bruscamente.

—¡Qué diablos! En realidad, tienes razón. ¿Quién soy yo para tomarme esto con tanto empeño? Ya le dije a Dave que era una idea tonta. Le aconsejé que debería darte tu herencia sin imponerte condiciones, pero él insistió en que ésta era la única manera. —Mike alzó las manos mostrando las palmas, en señal de rendición—. Renuncio. No soy un buen carcelero. Primero te dejo sola en tu habitación hasta que, por lo que he observado, estás a punto de suicidarte, y luego me pongo pesado e intento obligarte a hacer algo que no quieres hacer. Es verdad que eres una persona adulta y puedes decidir por ti misma. No te interesa nada de esto, así que será mejor que vuelvas a la cama. Coloca una silla contra la puerta si quieres, y así podrás mantener a raya a los pervertidos tenaces como yo. Mañana por la mañana llamaré a una inmobiliaria y te ayudaré a encontrar un lugar donde vivir. Te devolveré el dinero del alquiler. Puedes llevarte los ordenadores, si quieres, porque no tengo ni idea de lo que tengo que hacer con ellos. Buenas noches, señorita Elliot —dijo, y bajó las escaleras, enfiló el pasillo y se dirigió al salón.

Estremecida a causa del forcejeo y de todo lo que acababa de ocurir entre ellos dos, Samantha comenzó a subir lentamente la escalera.

5

Al entrar Samantha en el apartamento de su padre, su primer impulso fue ponerse a hacer las maletas, pero no hizo nada. Estaba demasiado cansada. Colocó una silla contra el pomo de la puerta, luego la retiró y terminó por volver a la cama.

No logró conciliar el sueño. Intentó no pensar ni en su padre ni en el testamento, pero fue inútil. Era el típico dilema de contar o no contar ovejitas.

A las tres de la mañana, saltó de la cama y empezó a buscar el testamento de su padre. Se había abstenido de leerlo deliberadamente, porque no había querido enterarse de las reglas que le imponía su padre, ni saber los planes que tenía para ella.

Encontró el testamento entre otros papeles y se sentó a leerlo. El abogado de su padre le había resumido todo lo que el testamento contenía, excepto que debía informar de sus investigaciones a un tal Michael Taggert, y que sólo si el tal Taggert daba su aprobación, le harían entrega del dinero, un dinero que le debería pertenecer sin condiciones ni cortapisas.

El primer impulso que sintió Samantha fue romper el testamento en mil pedazos, pero logró controlarse, y lo guardó con el resto de los documentos. Su padre estaba muerto. Jamás se había enfadado con él estando vivo, y no se iba a enfadar ahora que estaba muerto. El hecho de buscar a alguien que se ocupara de ella después de morir él, era una demostración del amor que le profesaba. Daba igual que Samantha no conociera a ese hombre, porque su padre sí lo conocía y lo había aceptado, como ella había aceptado a Richard Sims como marido.

Se levantó para ir al baño. Se dio una ducha, se lavó el pelo y, al salir, se sintió mejor. Se puso un pantalón gris de algodón y un jerséi rosa, largo y ancho; se peinó, se recogió el pelo en la nuca, e incluso se maquilló. Fuera aún estaba oscuro, pero se sentía la proximidad del alba. Abrió las puertas, se asomó a la galería y aspiró la fragancia de las rosas del jardín.

De pronto oyó un ruido que no pudo descifrar al principio, por lo que se quedó quieta, escuchando. Era el ruido de las teclas de una máquina de escribir golpeadas con fuerza. El ruido hizo sonreír a Samantha, porque no lo había oído en muchos años.

Sabía que debía quedarse en la habitación y hacer las maletas, pero no se quedó. Llegó hasta la puerta, la abrió y bajó las escaleras.

Era fácil guiarse por el ruido de la máquina de escribir. Mike se encontraba en la biblioteca, con todas las luces apagadas, excepto la lamparita que iluminaba su mesa de trabajo. Escribía en una máquina tan antigua que parecía el instrumento de trabajo de un corresponsal de la Segunda Guerra Mundial. Escribía con los dos dedos índices, y golpeaba las teclas como si estuviera furioso.

De pronto, Samantha se arrepintió y comenzó a retirarse.

—Si tienes algo que decir, adelante —dijo él, sin volverse hacia ella.

—Mi abuelo Cal era el padre de mi padre —murmuró Samantha—. Era un hombre maravilloso y no me atrevería a creer lo contrario.

Cuando Mike se volvió a mirarla, a Samantha le sorprendió ver su aspecto cansado. Era evidente que, al igual que ella, no había dormido en toda la noche.

—Puedes creer lo que quieras —dijo él, y sacó la hoja que tenía puesta para reemplazarla por otra.

—¿Por qué estás escribiendo a máquina? —preguntó ella dando un paso hacia él.

Mike la miró por encima del hombro y, como si le hablara a un retrasado mental, respondió:

—Porque quiero poner algo por escrito.

—¿Y por que no usas una piedra y un cincel? —insinuó Samantha, señalando la vieja máquina—. Sería más o menos lo mismo.

Mike no respondió y siguió escribiendo. Samantha pensó que

debería volver a su habitación y hacer las maletas, o quizá dormir un poco, pese a que ahora no tenía sueño. Estuvo a punto de preguntarle qué estaba escribiendo, pero no se decidió a permitirse tal confianza.

—Supongo que volveré a acostarme —dijo, y se giró hacia la puerta, pero se detuvo para preguntar—: ¿Darás tu aprobación para que reciba mi dinero aunque no busque a mi abuela?

—No —respondió él, tajante.

Samantha quiso protestar, pero no dijo nada. Al fin y al cabo, era ella quien tomaría la decisión, y el dinero no era tan importante. Saldría adelante sin ese dinero porque sabía que era capaz de mantenerse a sí misma. Si no cumplía con los requisitos del testamento paterno, podía abandonar Nueva York hoy mismo, irse a... Podía irse a...

No terminó la frase, porque sabía que no tenía adónde ir ni nadie que la acogiera. Empezó a caminar lentamente hacia la escalera.

—Tu abuelo Cal era impotente —dijo Mike, y la voz resonó en el silencio—. Tuvo paperas durante la mili, dos años antes de conocer a tu abuela, y eso lo dejó impotente. No podía tener hijos.

Samantha se dejó caer en una silla junto a la puerta. Se cerraba el círculo. La trayectoria de su vida dibujaba un círculo perfecto. Había perdido a su abuela y a su abuelo, a su madre y a su padre, luego a Richard, y ahora le decían que en realidad su abuelo no era su abuelo. No oyó a Mike levantarse del asiento, y de pronto vio que estaba frente a ella.

—¿Te apetece que vayamos a comer algo y que hablemos? —preguntó. Parecía realmente consternado.

—No —replicó ella, en voz baja. Quería volver a su habitación, el único lugar donde se sentía a salvo.

Mike la cogió por los hombros y la ayudó a levantarse hasta tenerla frente a él, pero se irritó al ver que ella se resistía una y otra vez a acompañarlo porque seguía imaginándoselo como un violador y un asesino.

—Mientras estés en esta casa, yo soy responsable de lo que te suceda. Pienses lo que pienses de mí, jamás ataco a las mujeres en sitios públicos, así que al menos puedes acompañarme a comer algo.

Samantha parecía sorprendida.

—No quería decir... —balbuceó, y desvió la mirada, porque no deseaba estar tan cerca de él, y porque a la vez algo la empujaba a echarse en sus brazos, creyendo que sería grato ser acogida por un hombre. La última persona que la había tocado, exceptuando a ese hombre el día de su llegada, fue su padre, y en aquellos últimos meses, ¡estaba tan frágil! Habría sido reconfortante sentirse rodeada por unos brazos fuertes y sanos, pero Samantha no tenía la costumbre de pedir ese tipo de cosas a la gente. Jamás le había pedido a su marido que la abrazara, y no iba a hacerlo ahora con un extraño. Se desprendió de sus manos con un movimiento brusco de los hombros.

Sin entender su mirada ni su reacción, Mike la soltó con una mueca de disgusto.

—Vale, no te pondré las manos encima, pero al menos comerás algo.

Samantha iba a insistir en su negativa, pero se contentó con añadir que tenía que ir a buscar su bolso.

—¿Para qué? —indagó él.

—Para pagar el...

Mike no la dejó terminar, la cogió por el codo y la empujó hacia la puerta de la calle.

—Ya te he dicho que soy un tipo anticuado. Cuando estoy con una mujer, pago yo. Y si es mi hermana, mi madre o mi amiga, también pago yo. Nada de cada cual lo suyo, ni monsergas. Una mujer nunca coge la cuenta, ¿de acuerdo?

Samantha no respondió. Otras cosas más importantes que la cuenta del desayuno la absorbían en aquel momento.

Cuando Mike salió con ella a la luz del amanecer, Samantha se alegró al ver unas cuantas personas en la calle, y que la ciudad tenía un aire misterioso, como si ellos dos fueran los únicos habitantes. Caminó junto a Mike en silencio, y entró con él en una cafetería.

Con una sonrisa de familiaridad, la camarera le trajo a Mike una taza de café.

—¿Has estado toda la noche de juerga otra vez, Mike? —preguntó.

Él le contestó con una sonrisa.

—Sí —replicó, y se volvió hacia Samantha—. Huevos revueltos, bollos, ¿te va bien? Y también té, ¿no?

Samantha asintió, sin comprender cómo estaba enterado Mike de que no le gustaba el café. Bien es cierto que no le importaba lo que le dieran de comer.

Mike se reclinó en su asiento y bebió un sorbo de café.

—Me hubiera gustado que tu padre te contara más cosas. Que no me hubiera dejado a mí toda la responsabilidad.

—A mi padre le gustaba... administrar bien sus cosas.

—A tu padre le gustaba controlar las vidas ajenas.

Ese comentario sacó a Samantha de su letargo.

—Creí que apreciabas a mi padre.

—Así es. Tuvimos excelentes relaciones y nos hicimos muy amigos, pero no soy ciego. Le gustaba que la gente hiciera lo que a él se le antojaba.

Samantha le fulminó con la mirada.

—De acuerdo —se disculpó él—. Ya sé lo que quieres decir. No haré más comentarios sobre el santo de tu padre. ¿Deseas oír su teoría sobre lo que sucedió con tus abuelos? Y digo bien «su» teoría, no la mía.

Samantha quería y no quería oírlo. Era como pagar para ver una película de terror y pasar el tiempo con los ojos cerrados.

—Tu padre creía que en 1928 tu abuela se quedó encinta de Barrett, pero algo debió suceder porque al final no se casaron. Tal vez ella le anunció que estaba embarazada y él no se quiso casar, no lo sé. Lo cierto es que ella se marchó a Louisville, conoció a Cal y se casaron. Vivió con él treinta y seis años, hasta que esa foto apareció en los periódicos. Tu padre opinaba que Barrett la vio, y así fue como encontró a Maxie.

Mientras la observaba, concentrado como una serpiente, Mike siguió bebiendo su café. Samantha era impenetrable; él no conseguía adivinar qué estaba pensando.

—Dos semanas antes de que Maxie se marchara, Dave había dicho que pasaba mucho tiempo hablando por teléfono, y que estaba muy inquieta. Hasta hace un año, tu padre todavía se lamentaba de no haberle preguntado qué le pasaba, pero en aquel entonces estaba fascinado con su hijita y apenas era capaz de pensar en otra cosa. Pero de pronto, como la cosa más natural del mundo, Maxie dijo que su tía estaba enferma y se marchó. Nadie en tu familia volvió a verla. Dave quiso salir en su busca, pero tu abuelo Cal se lo impidió y hasta se opuso enérgicamente. Dave pensaba que Cal suponía que Maxie había vuelto con Barrett. Tu padre sospechaba que tras haber visto su foto, Barrett se puso en contacto con ella, le pidió que volviera con él y ella lo hizo.

Samantha tardó unos minutos en digerir todo lo que Mike le iba contando.

—Si así hubiera sido, ¿por qué iba a querer mi padre salir en busca de una mujer adúltera? ¡Una adúltera! ¡Una escoria de la tierra!

Mike se quedó mirándola.

—Interesante. Una opinión tajante sobre el adulterio. ¿Hay alguna razón personal que explique tanta vehemencia?

En lugar de contestar, Samantha observó a la camarera que dejaba los platos sobre la mesa.

—Tu padre no estaba seguro de lo que le había pasado a su madre —continuó Mike—. Durante un tiempo no dejó de pensar que había sido víctima de algún delito. Que le habían robado el bolso y la habían matado, cosas por ese estilo. Pero un año después de su desaparición, ella le mandó a Cal una postal desde Nueva York diciéndole que estaba sana y salva.

—¡Qué delicadeza por su parte! —acotó Samantha, con una mueca de ironía.

Mike se quedó esperando a que dijera algo más, pero al ver que guardaba silencio, reanudó su relato.

—Maxie escribió para decir que estaba viva, no para decir que fuera feliz, ni que estaba bien, ni que le mandaran la ropa a esta o a aquella dirección. Simplemente dijo que estaba viva.

—¿Viva pero en brazos de su amante?

—Me parecen algo amargas tus palabras— sentenció Mike.

—Lo que yo piense o sienta no es asunto tuyo. Lo único que espero de ti es saber qué tengo que hacer para cumplir los requisitos del testamento.

—Llévame a ver a Barrett, no pido más. Tengo ganas de conocer a ese hombre. Nadie lo ha visto en los últimos veinte años. Está recluido en una propiedad de Connecticut, rodeado de verjas, perros y guardias armados.

—¿Has pensado alguna vez que si mi abuela todavía vive, pudiera estar con él?

—Ya me ha venido esa idea a la cabeza —replicó Mike, sonriendo.

Samantha pensó en la posibilidad de volver a ver a su abuela, la que había abandonado a su familia, la que había dejado a quienes la amaban por otro hombre. No estaba segura de poder perdonarla. Por otro lado, pensó en ese tipo, en Barrett, una persona a la que ella no conocía y que sin embargo podía ser su abuelo.

—Más bien tendría ganas de verlo a él —aseguró, y se apresuró a añadir—: Pero a ella, no.

Mike estaba asombrado, y se le notaba.

—O sea que puedes perdonar a un hombre por ser gángster, pero no a una mujer por cometer adulterio. Y, sin embargo, el asesinato parece un asunto más grave que dormir con un hombre que no sea tu marido.

—¿Qué quieres que haga? —preguntó ella, sin hacer caso de su comentario.

—No gran cosa. Escribiré una carta a Barrett para comunicarle que la nieta de Maxie quiere conocerlo. Me atrevería a asegurar que te responderá inmediatamente. Luego, iremos a verlo. Es sencillo.

—¿Y qué pasará si se le antoja verme a solas?

—Ya lo he pensado, así que necesito un buen pretexto para acompañarte. ¿No te gustaría casarte esta tarde conmigo?

—Preferiría morir en la hoguera —declaró ella sin vacilar.

—Por lo que veo te gustó mucho estar casada —repuso Mike, y se echó a reír. Ella entornó los ojos.

—Sabrás que hay una razón que explica por qué se dan tantos divorcios en este país —dijo ella con rabia.

Dave le había contado a Mike algunas cosas sobre el matrimonio de Samantha, y hasta le había confesado que él mismo la había alentado a seguir adelante y conseguir el divorcio. Pero aún así, a Mike le sorprendió la repulsa de la muchacha. Miró la mano de Samantha sobre la mesa y aunque era consciente de que no debía tocarla, puesto que ella parecía sentir una especial aversión a que la tocaran, sobre todo él, no logró reprimirse.

Le cogió la mano, se la miró, posada en su enorme manaza, y de pronto le besó la palma.

—Te podría brindar una noche de bodas de primera.

Irritada, ella retiró la mano bruscamente.

—¿Sólo me odias a mí, o eso te ocurre con todos los hombres? —preguntó Mike, con un suspiro. Se sorprendió de lo mucho que deseaba que ella le dijera que no era el objeto exclusivo de su odio.

Pero Samantha no le contestó, simplemente se quedó mirando los huevos revueltos en su plato.

—¿Por qué no le cuentas la verdad? —inquirió.

Mike tardó un momento en recordar de quién habían estado hablando.

—¿Insinúas que le diga a Barrett que quiero escribir un libro sobre él?

—Entiendo perfectamente la aversión que pueda sentir hacia los escritores —afirmó Samantha, recalcando la palabra «escritores» con ironía.

—Según mi pobre entender, lo de escribir algo sobre él es un punto que tengo en mi contra —dijo, volviendo a suspirar—. ¿Me quieres explicar por qué? —Ni siquiera esperó a que le respondiera—. Bueno, te puedes guardar tus secretos. ¿Has oído hablar de Al Capone? Desde luego que sí. Y la razón por la que has oído hablar de Al Capone no es porque fuera el gángster más importante ni el más violento. Sabes de él porque a Al Capone le encataba la publicidad. Solía llevar a toda una plana mayor de periodistas cuando iba a pescar, porque pensaba que todo lo que hacía merecía que se supiera. De hecho, en su tiempo, Barrett era más importante que Al Capone, pero Barrett odiaba la publicidad. No dejó que le sacaran ni siquiera una foto, y nunca concedió una entrevista.

—Así que ahora piensas que si tú le escribes y le cuentas la verdad, diciéndole que una posible nieta y un escritor entrometido quieren conocerlo, dirá que no.

—Estoy seguro. Por eso tengo que ser alguien muy cercano a ti. Si no te parece bien la idea de un marido, ¿qué dirías de un novio?

—¿Y qué te parece mi hermanastro?

—Si Barrett vio a Maxie, sabrá que eso es mentira.

Samantha intentó pensar en otra cosa, porque no deseaba tener esa supuesta intimidad con él, ni siquiera durante una tarde.

Mike sabía lo que estaba pensando con tanta certeza como si le estuviera leyendo el pensamiento.

—En todo caso —prosiguió él—, ¿me podrías decir qué me reprochas?

Samantha entrecerró los ojos y preguntó a su vez:

—¿Realmente te quieres casar conmigo? ¿Montar una casa, tener un par de hijos?

—No tenía pensado casarme esta semana —respondió Mike.

—Entonces, no estás enamorado de mí. No estás profunda y plenamente enamorado.

—Pero si todavía no hemos podido tener una conversación tranquila sin reñir.

—Ya. Entonces, lo que quieres de mí es llevarme a la cama, y se acabó —sentenció Samantha, y se inclinó hacia adelante—. Déjame que te diga algo, Taggert. Así como tú eres un anticuado, yo soy una anticuada. No soy de esas mujeres que se preguntan si se acostarán o no con un hombre la primera vez que salen con él. Soy del tipo de mujer que se pregunta si besará o no al hombre la tercera vez. No quiero acostarme contigo y, pongo a Dios por testigo, bajo ninguna circunstacia quiero volver a casarme. Mi lema es: un solo gran error en la vida. Yo ya he cometido el mío y he aprendido la lección. ¿Me he explicado con claridad?

Mike se reclinó en su asiento, la miró fijamente, intentó por todos los medios comprender de dónde nacía tanto odio y se dio cuenta de que nada de lo que Dave le había contado lo había preparado para esa agresividad.

—Ya me lo imaginaba —continuó ella—. Ahora bien, ¿quedan claras estas cosas entre tú y yo? Quiero cumplir con los requisitos que figuran en el testamento de mi padre, y luego me marcharé de esta ciudad; haré todo lo que sea necesario, pero nada más. ¿Me has entendido?

—Un poco mejor que antes —repuso él, en voz baja.

—Conforme. Tal vez ahora podamos empezar. Escríbele a Barrett y dile que pienso ir con mi novio. Al regreso, me marcharé de tu casa y tú me darás un documento en el que conste que he cumplido ese requisito. ¿De acuerdo?

—No del todo. Sólo quiero dejarlo todo muy claro. Desde que enviemos la carta y hasta que recibamos la respuesta, pasarán unos cuantos días, y en esos días no quiero perderte de vista.

—¿Qué?

—No quiero que te quedes sola en el apartamento de tu padre. Hasta que cumplas todos los requisitos del testamento, soy responsable de lo que te suceda.

—¿Qué te habrás...? Ah, ya entiendo, antes has dicho que pensabas que me encontraba al borde del suicidio. Te puedo asegurar, Taggert, que...

—Y yo puedo asegurarte, Samantha Elliot, que ya he tomado mi decisión sobre este punto. Podemos hacer lo que quieras, ir de compras o visitar la estatua de la Libertad, lo que quieras, pero lo haremos juntos.

—No pienso prestarme...

—Esta conversación ha terminado —cortó Mike, y empezó a levantarse—. Volvamos a casa y te ayudaré a hacer las maletas.

—¿Las maletas?

—Para que te puedas marchar, ¿no? —repuso, indignado, Mike.

—Pero... —balbuceó Samantha, que sabía lo que eso significaba. O ella hacía las cosas a la manera de Mike o se iba de casa. Él tenía todas las cartas en la mano. Si ella anhelaba recibir el dinero que su padre le había dejado, estaba obligada a hacer lo que él dijera.

—De acuerdo —repuso con gesto de repugnancia, y se incorporó—. Pero no me pongas las manos encima.

Él la miró con una expresión extraña.

—Ese marido tuyo tiene que haber sido un cabrón.

—No exactamente. Muéstrame una mujer que lleve dos años casada y yo te mostraré lo que es una mujer con una gran tolerancia al dolor.

—Supongo que tu tolerancia al dolor no era muy grande, porque en ese caso aún estarías casada con él.

Ella desvió la mirada.

—Ahí es donde te equivocas —le advirtió, en voz baja—. Mi capacidad para tolerar el dolor parece ser ilimitada.

6

El espejo de la pared tembló cuando Samantha entró en el apartamento dando un portazo. «¿Quién se piensa que soy? —se dijo—. ¿Qué derecho tiene a darme un ultimátum?» En el momento en que se le ocurrió esa palabra, adivinó la respuesta. Su padre le había otorgado a Mike el derecho de decidir si cumplía o no los requisitos del testamento, pero no le había dado poderes para controlar cada minuto de su día, razonó, desafiante.

Abrió las puertas de los armarios. «¡Estatua de la Libertad!», se dijo, irritada con sólo pensarlo, porque era auténtico odio lo que sentía ante cualquier cosa que se pareciera a una atracción turística. En los cuatro años que había vivido en Santa Fe, jamás había visitado uno de los lugares adonde los turistas afluían en autocares, siguiendo horarios programados por desconocidos.

Mientras miraba sus vestidos en el armario, sonreía. Puede que él la obligara a hacer una u otra cosa, pero no podía obligarla a que disfrutara haciéndolo. Tal vez si se portaba como una grosera, la dejaría en paz. Hurgando en las cajas de cartón, encontró lo que buscaba.

Mike escribió la carta a Barrett, llamó un servicio rápido de correo privado y no disimuló su alegría cuando finalmente la despachó. Ahora todo dependía de la decisión de Barrett, pero Mike esperaba que el viejo accediera a recibirlos a Samantha y a él. Mike confiaba en que el viejo tuviera muchas ganas de conocer a su nieta, pero al fin y al cabo no se podía pronosticar lo que haría un viejo de noventa y un años.

Mike vio alejarse el furgón del correo mientras pensaba en Samantha, y una sonrisa empezó a dibujársele en los labios. A pesar de conocer lo susceptible y hostil que se mostraba con él Samantha, esperaba ansiosamente pasar todo el día con ella. No era sólo porque fuera la mujer más sexy que jamás hubiera conocido, o porque él tuviera tantas ganas de llevársela a la cama, no; era otra cosa lo que le intrigaba. Se preguntaba cómo sería esa mujer cuando no estuviera enfadada. De cuando en cuando asomaba el personaje que él había intuido que era la Samantha verdadera. Ese personaje lo había sentido el día que se conocieron, y la noche pasada cuando tras tomar unos vasitos de vino se tornó tan graciosa. Entonces lo vio emerger a la superficie. Estos escasos atisbos le habían permitido a Mike deducir que había otra Samantha oculta. También podía ocurrir que sólo a él le enseñara las púas de erizo y a nadie más.

Ahora Mike se preguntaba adónde llevaría a una muchacha que tenía pinta de ir a misa los domingos con guantes y sombrero. Era evidente que no podía arrastrarla a los bares de Nueva York que él frecuentaba a medianoche, como tampoco le agradaría visitar a Daphne y sus amigas.

Así pues, cogió el teléfono y llamó a su hermana Jeanne, porque ella sabría cómo entretener a una chica como Samantha. Marcó el número de sus padres en Colorado. Contestó su madre.

—Hola, mamá, ¿está Jeanne?

—No, Michael, cariño, no está. —Patricia Taggert reconocía la voz de cada uno de sus hijos, y sabía cuándo necesitaban ayuda—. ¿Te puedo ayudar yo?

Mike se sentía algo incómodo haciendo una consulta tan personal, y esperaba que su madre no empezara a preguntar cosas raras; pero, dicho sea de paso, necesitaba la opinión de una mujer.

—He conocido a una mujer... Pero espera un minuto antes de que empieces a pensar en ramos de novia.

—Yo no he dicho nada de ramos de novia, Michael querido. Lo has dicho tú —le reprendió Pat, con tono comprensivo.

—Bueno, da igual —replicó él, carraspeando—, conocí a una mujer. De hecho, es la hija de un amigo mío, y...

—¿Es la muchacha que está viviendo en tu casa?

Mike hizo una mueca. Su madre estaba en Chandler, Colorado, a cinco mil kilómetros de distancia, y sin embargo estaba enterada de lo que él hacía en Nueva York.

—No quiero ni saber cómo te has enterado de quién ha alquilado el apartamento —repuso.

—¿Has olvidado acaso que Tammy también hace la limpieza en casa de tu primo Raine?

Mike entornó los ojos. «El bocazas de Raine. Había de ser uno de los primos Montgomery. Tendría que haberlo sospechado», pensó.

—Mamá, ¿quieres contestar a mis preguntas o te quieres enterar de todos los detalles de mi vida por terceras personas?

—Me encantaría que me lo contaras tú mismo.

—Esa chica nunca había estado en Nueva York, y la ciudad le pone los pelos de punta. ¿Adónde la puedo llevar para que le guste la ciudad?

Pat pensaba a la velocidad de la luz. ¿Por qué estaba viviendo en Nueva York si odiaba la ciudad? ¿Para estar cerca de su hijo? Y si los dos estaban enamorados, ¿cómo era ella?

—Quiero decir, mamá, ¿crees que la debo llevar al Empire State? ¿O al Centro Rockefeller? ¿A la estatua de la Libertad? ¿Y qué te parece Ellis Island?

Pat no replicó porque sabía que su hijo odiaba las atracciones turísticas. Lamentaba que Mike se encontrara más a gusto en un bar lleno de humo que con un grupo de turistas idiotizados, pero aquello debía ser serio, si estaba dispuesto a enseñar la estatua de la Libertad.

—¿Es una chica normal?

—No —dijo Mike—. Tiene tres brazos, es creyente de varias religiones raras y habla con su gato negro. ¿Qué quieres decir con eso de chica normal?

—Sabes exactamente lo que quiero decir —respondió ella, cortante—. ¿Es como esa amiga tuya que baila desnuda, o una de esas chicas aeróbicas que conoces en el gimnasio? Conociéndote a ti, Mike, hasta podría ser una prostituta en un momento de mala racha.

—¿Y qué dirías si te dijera que es una de ésas y que pienso casarme con ella? —preguntó él, sonriendo.

—Te preguntaría qué quieres que te regale para la boda —dijo ella, sin vacilar.

—De acuerdo. Es una chica normal. Muy normal, si lo que entiendes por normal es remilgada y decente. Sam podría casarse con un reverendo.

Pat puso la mano sobre el teléfono y alzó los ojos al cielo.

—A Dios gracias —murmuró—. Llévala de compras —le sugirió, entusiasmada—. Que conozca las tiendas de la Quinta Avenida. Llévala a Saks. Tu prima Vicky trabaja en Saks.

—Ah, ¿sí? —dijo Mike, sin mostrar demasiado entusiasmo. Tenía muchos parientes como para recordarlos a todos—. ¿Y quién es Vicky?

—Sabes muy bien que es la hija menor de J.T. y Aria. Si a tu amiga sigue sin gustarle Nueva York después de estar en Saks, llévala a pasear a Madison. Empezad en la calle Sesenta y uno, y caminad hasta más allá de la Ochenta contemplado los escaparates.

Mike reía descaradamente.

—¿Y pararnos sobre todo en las joyerías? Podría comprarle un diamante o dos, como los que se engastan en los anillos de boda, ¿no? Dime una cosa, mamá, ¿con cuántas mujeres me has casado mentalmente a lo largo de mi breve existencia?

—Al menos con seis —respondió ella, y rió a su vez.

—Mamá —repuso Mike, más serio—, tú y papá estáis felizmente casados, ¿no?

Al oírlo, Pat sintió que el corazón se le aceleraba, porque se percató de que su hijo tenía algún problema.

—Desde luego que sí, cariño.

—Se llama Samantha y me ha dicho que si una mujer está casada más de dos años es porque tiene una enorme tolerancia al dolor. ¿Tú crees que eso es verdad?

Después de un frustrado intento de reprimir la risa, Pat soltó una carcajada. Y aunque Mike no hacía más que repetir «¡Mamá, mamá!», ella seguía riendo.

Mike colgó, algo más que molesto con su madre, de hecho molesto con todas las mujeres. Si pensaban que casarse era tan horrible, ¿por qué intentaban casarse a toda costa? «Todas, menos Samantha», pensó. O tal vez su resistencia no era más que fingimiento.

Con una sonrisa en los labios, fue a vestirse a su habitación. Para Samantha se pondría traje y corbata. Hasta puede que se pusiera el traje italiano que le había regalado su hermana.

Cuarenta y cinco minutos más tarde, salió del dormitorio duchado, afeitado y vestido. Se detuvo en el espejo del pasillo y se arregló el nudo de la corbata. «No está mal —pensó—, nada mal.»

—¡Sam! —gritó, escalera arriba—, ¿estás lista?

Tuvo que esperar unos minutos antes de que Samantha bajara, y al verla, la saludó con una sonrisa y le ofreció el brazo.

Cuando Samantha vio cómo iba vestido Mike, quiso que se la tragara la tierra. Había pensado en humillarlo, en obligarle a decirle que jamás saldría con una mujer vestida así. Es lo que habría dicho su marido si ella hubiera aparecido vistiendo su chándal. Había sacado del armario un viejo chándal de color rosa, gastado y desteñido. En el pecho de la sudadera se leía «Primero me puso en un pedestal y ahora quiere que lo desempolve».

Pero cuando Samantha se paró en lo alto de la escalera, mirando a Mike vestido con su exquisito traje oscuro, se dijo que jamás en su vida había visto a un hombre tan guapo. Al menos esta vez su padre le había escogido un hombre atractivo. Con Richard no había tenido la misma suerte.

Le bastó mirar a Mike una sola vez para saber que su chándal no le preocupaba. En realidad, ni siquiera estaba segura de que él se hubiese dado cuenta de que iba vestida totalmente fuera de lugar. Mike le sonreía como ilusionado por la idea de salir juntos, y le ofreció el brazo para que ella se lo cogiera.

—No puedo... —balbuceó atropelladamente Samantha—. Tengo que...

—Samantha, son las once, si tardas más en vestirte, las tiendas ya habrán cerrado.

—¿Las tiendas? —preguntó ella, horrorizada, intentando en vano librarse de su brazo—. No puedo salir de compras así.

Mike la miró de arriba abajo y leyó el eslogan de la sudadera.

—A mí me parece que estás bien —dijo—. Me gusta cómo te queda el color rosa. Además, si quieres, podemos comprar algo de ropa.

La joven seguía tirándole del brazo, pero no lograba que él la soltara.

Mike le lanzó una mirada de frustración, una de esas miradas de quien se reprime para no saltar.

—Si no te gusta lo que llevas, ¿por qué te lo has puesto? —preguntó, con exagerada paciencia.

Era una pregunta que Samantha no podía responder. ¿Cómo iba a decirle que su intención había sido provocar su rechazo, sobre todo porque Mike parecía no darse cuenta de lo que llevaba puesto?

Se sentía como una niña castigada y, con la cabeza gacha, lo siguió hasta llegar a la calle. Hasta ese momento de Nueva York no conocía más que la avenida Lexington. Ahora caminaba con Mike hacia la avenida Madison, y cuanto más se acercaban a la Quinta Avenida, más consciente se volvía de cómo iba vestida. Cierto que en las revistas, las maniquíes lucían unos exquisitos modelos de alta costura, pero en el Medio Oeste las personas de clase media se preguntaban quién diablos se los ponía. En gran parte de Estados Unidos la mayoría de la gente vestía ropa deportiva de colores chillones, como si se pasaran la vida escalando montañas o corriendo en las pistas. Pero en Nueva York, mujeres y hombres, y sobre todo las mujeres, miraban a Samantha como si ellas acabaran de salir de un desfile de modas.

Caminando junto a Mike, cogida de su brazo, Samantha sintió la presencia de las mujeres a su alrededor como una dolorosa punzada. Todas eran elegantes, sus cabellos parecían lavados con pociones mágicas y sus uñas tan cuidadas y pintadas daban a entender que jamás trabajaban con las manos. La ropa que vestían alcanzaba una perfección suprema.

Desde luego, uno de los aspectos negativos de las mujeres neoyorquinas era su esnobismo. Muchas miraban a Samantha con ojos compasivos al ver cómo iba vestida, y algunas incluso sonreían por la manera como se aferraba al brazo de Mike, buscando protección. Él se volvió a mirarla, le dio unos golpecitos en la mano, sonriéndole cada vez que se apretaba contra él, como si no advirtiera lo que sucedía entre la mujer que llevaba del brazo y las hembras de la calle. Samantha pensó que debía ser maravilloso ser distraído.

Cuando llegaron a la Quinta Avenida, Samantha hubiera preferido una vez más que se la tragara la tierra. Al parecer, Mike se dirigía a un lugar concreto, y pasaron frente a tiendas y más tiendas con vestidos fabulosos en los escaparates. Vieron Tiffany's, Gucci, Christian Dior y Mark Cross. Al cabo de un rato, Samantha dejó de mirar la ropa, porque cuanto más maravillas veía, peor se sentía.

En la calle Cincuenta llegaron ante una tienda adornada con toldos azul oscuro y, para su asombro y vergüenza, Mike se dirigió a las puertas giratorias. Samantha se apartó de su lado. En primer lugar, porque las puertas giratorias eran algo que no entendía, y no lograba saber cuándo debía entrar y cuándo salir. (En una ocasión, había dado tres vueltas en una puerta antes de poder librarse de ella.) Y en segundo lugar porque se percató de que la tienda era Saks de la Quinta Avenida. Era absolutamente imposible que entrara en una tienda de renombre mundial vestida con un chándal gastado y desteñido.

Mike entró por la puerta giratoria, vio que Samantha no lo acompañaba y volvió a salir, y esta vez estiró la mano y la agarró por el brazo. Después de empujarla para que entrara, la sacó fuera de la puerta en el momento adecuado y la obligó a entrar en la tienda.

Samantha se quedó paralizada, deslumbrada por lo que veía. Para cualquiera que hubiera vivido cuatro años en Santa Fe, Saks era una especie de paraíso terrenal. Había productos que no estaban adornados por coyotes salvajes; vestidos que no tenían la marca de las mantas Pendleton; las vendedoras no llevaban los típicos vestidos de algodón mexicano y metros de pulseras y collares de plata y turquesas. La gente no se movía más de prisa que los grandes lagartos al sol, y calzaban zapatos que en nada se parecían a las botas de los vaqueros. Más aún, no se veía ni una sola tira de cuero en toda la tienda.

—¿Te gusta? —preguntó Mike, viendo el arrobo con que Sam contemplaba los maravillosos bolsos de Judith Leiber exhibidos en un mostrador.

Samantha sólo atinó a mirarlo, demasiado atontada como para hablar.

—¿Quieres comprarte algo? —dijo él, riendo al hacerle esa pregunta tan típica—. Creo que las escaleras mecánicas están por ahí.

Cuando Samantha salió de su asombro, se dio cuenta de que las mujeres en la tienda la observaban con desprecio. Pensó que tal vez debiera ir a su casa, cambiarse de ropa y volver. Con el dinero que había ahorrado, podría comprarse un vestido nuevo. Pero la verdad, Samantha sabía que no tenía ni un solo vestido que pudiera compararse con lo que llevaban las mujeres en esa tienda.

—No puedo comprar nada con esta pinta —se disculpó, susurrándoselo al oído.

Por la mirada que él le devolvió, Samantha vio que Mike no entendía nada. A veces parecía que los hombres y las mujeres hablaban dos idiomas tan distintos como el inglés y el chino. ¿Cómo explicarle a un hombre que ninguna vendedora se acercaría a una mujer que parecía tener verdadera «necesidad» de un vestido?

—Tienes un aspecto estupendo —expuso Mike, y comenzó a empujar a Samantha hacia la parte posterior de la tienda.

Había mujeres altas y bellas que ofrecían muestras de perfumes, pero les bastaba mirar a Samantha con su pelo recogido en la nuca y a su repulsivo chándal para retirarle la oferta. Todas las mujeres miraban a Mike, luego a Samantha, y nuevamente a Mike, como diciendo «¿Cómo es posible que un hombre como tú salga con un estropajo como éste?»

Mike tuvo que hacerla entrar en el ascensor casi a empellones, y ella trataba de esconderse detrás de él para que nadie la viera.

Llevando a Samantha, como quien dice, a rastras, Mike salió del ascensor en la novena planta y la condujo a través de la sección infantil.

—¿Hacia dónde me llevas? —preguntó Sam, intentando librarse de la mano férrea de Mike, pero descubriendo que era como intentar que no la arrastrara una grúa.

—Te llevo a conocer a una amiga; bueno, en realidad es una prima.

Atravesaron unos despachos, y Mike se detuvo al llegar a un módulo con paredes de vidrio. Detrás de una mesa estaba sentada una joven, no especialmente guapa pero sí muy llamativa. Llevaba un peinado impecable, sin un pelo fuera de lugar; evidentemente, la ropa que vestía había sido confeccionada a medida. Al verla, Samantha buscó un rincón donde esconderse y pasar inadvertida para aquella elegante mujer.

En cuanto ésta vio a Mike, sonrió y se incorporó, pero Mike no despegó los labios. Se cuadró al estilo militar, dio un taconazo, cogió su mano y le besó la punta de los dedos.

—Alteza Real —dijo, con aire de pretendiente oficial.

La mujer miró nerviosamente a sus colegas en el despacho.

—Mike, déjate de cuentos —suplicó.

Con una sonrisa, de oreja a oreja, Mike la cogió en sus brazos, la hizo inclinarse hacia atrás con un paso a lo Fred Astaire y le besó el cuello con entusiasmo.

—¿Así está mejor? —preguntó, al volver a enderezarla.

—Mucho mejor —repuso ella, sonrojándose e intentando adoptar una actitud de censura, aunque a todas luces encantada con él cuando la soltó.

—¿Y cómo está vuestro palacio y vuestra gente? —preguntó Mike, sonriendo, como si se sintiera muy satisfecho de sí mismo.

—Todos están bien, como ya sabrías si alguna vez se te ocurriera venir a visitarnos. Con todo lo honrada que me siento con tu visita, Mike, tengo trabajo. ¿Te puedo ayudar en algo?

—Ayúdanos a comprar —declaró él. Sacó a Samantha de su escondrijo entre la puerta y un archivador y la presentó como quien presenta un reloj que debe ser reparado, o a un montañés rústico cazador de ardillas.

Al ver que la mujer miraba alternativamente a Mike y a ella con expresión interrogante, dado el aire de propietario con que él la agarraba del brazo, Samantha intentó una explicación.

—En realidad, no es lo que parece. Mike es mi fiel guardián —dijo, y no bien terminó la frase, encontró que sonaba ridícula, como si estuviera empeorando las cosas.

—Como si fuera Campanilla —repuso Mike, sonriendo.

—Más bien como el capitán Garfio —se apresuró a corregir Samantha. La mujer se echó a reír y se acercó a ella con la mano extendida.

—Me parece que ya sabes cómo es Mike. Me llamo Victoria Montgomery, y Mike y yo somos primos —dijo, repasando a Samantha de arriba abajo con mirada de profesional, escrutándole el rostro, la figura y el horrible chándal—. ¿En qué te puedo ayudar?

Samantha le devolvió una sonrisa desangelada, intentando mejorar su aspecto.

—Haz que me pareza a una de esas mujeres que van por la calle —dijo.

—Creo que podemos hacer algo —respondió Vicky, devolviéndole una sonrisa de complicidad. Se volvió hacia Mike y le dijo—: ¿Por qué no vienes a buscarnos dentro de tres horas?

—Ni hablar —respondió éste—. No pienso dejarla ni un solo minuto. Si la dejan sola, se vestirá como una campesina. ¿Tú la puedes arreglar?

Hablaba como si Samantha fuera un coche averiado cuyo propietario se pregunta si vale la pena repararlo. Vicky miró a Samantha con expresión de solidaridad, y observó que su rostro se había vuelto del mismo color que el chándal. Luego se volvió hacia Mike.

—Has utilizado demasiado tus músculos y muy poco tu cerebro, Mike. ¿Por qué no te comportas como Dios manda? —dijo, con tono autoritario, pero sin disimular el afecto que le inspiraba su atractivo primo.

Después de dirigirle a Vicky una sonrisa cargada de gratitud, Samantha se volvió y empezó a caminar hacia los ascensores, sintiéndose más aliviada.

—¿Cuánto? —susurró Vicky a Mike cuando Samantha se hubo alejado.

—Lo que sea —dijo él, encogiéndose de hombros.

Vicky levantó una de sus cejas perfectamente depiladas.

—¿Hablamos de Christian Dior o de Liz Clairbone?

—Supongo que eso significa caro o barato. Quiero que le pongas de los dos. De todo. Pero no le dejes ver el precio de la ropa y mándame la cuenta a mí —ordenó, y de pronto un tanto pensativo, añadió—: Y quiero zapatos y todo lo demás que llevan las mujeres.

—¿Y qué hacemos con el pelo? —Vicky observaba a su primo. Sabía que podía pagar lo que quisiera comprar, pero también sabía que no se gastaba el dinero en frivolidades.

A su vez, Mike observaba a su prima con ojos que parecían implorar su ayuda. Estaba harto de ver a Samantha recogerse la hermosa cabellera en ese adefesio de moño.

—¿Sabes? —dijo—, me da la impresión de que cuando se deja el pelo suelto, lo tiene rizado.

—¿Conque no estás seguro? —preguntó ella, con una sonrisa

provocadora, y especulando con lo que podría significar esa mujer para él.

—Todavía no —dijo Mike, confiando en su suerte y devolviéndole un guiño a su elegante prima—. Todavía no.

Samantha no había vivido en toda su existencia un día tan hermoso como el que pasó en Saks con Vicky y Mike. De niña, solía acompañar a su madre a comprarse cosas, y habían pasado momentos muy divertidos, pero después de la muerte de su madre, no había tenido ni el tiempo ni las ganas de arreglarse, y después de casarse y viviendo en Santa Fe, le había faltado el dinero, el tiempo y las ganas.

Incluso cuando iba de compras con su madre, no lo había pasado tan bien como aquel día. El gusto de Vicky en cuestiones de ropa y complementos era irreprochable, y el tacto de que hacía gala para orientar a Samantha hacia las prendas más indicadas era algo que había que ver para creer. Al principio, Samantha cogió al azar y con vacilación unos cuantos vestidos y se los probó. Pero al ver su imagen triplicada en los espejos, vio que tenía el mismo aspecto de siempre: un aspecto aburrido. Con gran tacto y amabilidad, Vicky le preguntó si le permitía sugerirle unas cuantas cosas, y Samantha estuvo de acuerdo. Cualquier mujer habría anhelado tener junto a ella a una elegante y sofisticada joven como Victoria para ayudarle a escoger su vestuario.

Veinte minutos después de que Vicky le entregara el primer vestido, Samantha empezó a ver reflejada en el espejo una versión diferente de sí misma. Colocándose en medio del amplio y lujoso probador de la tercera planta, se contempló, ceñida a la perfección por un traje de St. John, un atuendo elegante y quizá algo sexy, cómodo pero refinado, a la moda pero clásico. Descubrió en el espejo a una Samantha desconocida.

—¿Me permites? —preguntó Vicky, y le soltó la goma elástica con que se cogía el pelo dejando que su cabellera rubia le cayera sobre los hombros.

Cuando se miró al espejo, Samantha recordó que había comenzado a recogerse el pelo para que no le molestara al trabajar con ordenadores, y luego había descubierto que la tomaban más en serio cuando no llevaba suelta su larga cabellera rubia.

Vicky se apartó unos metros y estudió a Samantha como un artista miraría su pintura, primero desde un ángulo y luego desde otro.

—¿Te podríamos cortar el pelo? Tal vez habría que moldearlo para que tenga una buena caída. ¿No te importaría?

¿Cómo iba a importarle? Era como si le preguntara si le importaría irse al cielo.

—Me parece una buena idea —dijo, cuidando su entonación para no dar la impresión de que por dentro brincaba de júbilo.

Vicky le sonrió, amable, simulando no ver cómo se sentía Samantha, si bien su alegría era contagiosa. Vicky trabajaba rara vez con clientas que disfrutaran tanto con asuntos tan normales y corrientes como comprarse ropa y hacerse un peinado nuevo.

—Deberías mostrarle el traje a Mike.

Samantha frunció involuntariamente el ceño porque no quería enseñarle nada a Mike. Casi se había olvidado de su existencia. Vicky le había explicado que Saks le daría una tarjeta de crédito a su nombre, para que pudiera pagar la ropa a plazos. Así Samantha podría comprar al mismo precio que compraba Vicky y pagarse toda una nueva colección de ropa. Entonces, si era Samantha quien pagaba, ¿por qué tenía que enseñarle su adquisición a ese hombre?

Vicky no entendía por qué Samantha se resistía a llamar a Mike. Los había visto llegar juntos, y recordaba que Samantha iba colgada del brazo de Mike como de un salvavidas.

—Creo que le gustaría verte con la ropa nueva —dijo Vicky para convencerla, sintiéndose algo culpable por la complicada mentira que había urdido con el fin de que Samantha no supiera que era Mike quien pagaba.

Más que dudosa y vacilante, Samantha salió del probador al salón de ventas, donde encontró a Mike arrellanado en un cómodo sofá rosado tomando té y leyendo el periódico. Estaba tan seguro, tan señor que podría haber pasado por el dueño de la tienda; era evidente que se sentía a gusto rodeado de mujeres y prendas femeninas como cuando Samantha lo conoció, vestido con bermudas y una camiseta rasgada.

Samantha tenía muy presente la indiferencia que habían demostrado su padre y su marido en lo tocante a su ropa, y ahora no quería desfilar como modelo para Mike. Su marido siempre había querido que se cubriera bien y que pareciera limpia, y hasta ahí llegaba su interés en lo que ella se ponía. Su padre no distinguía a su hija con tacones y medias de su hija con vaqueros y una camisa de leñador.

Mike estuvo muy lejos de demostrar indiferencia. Cuando la vio caminar hacia él, dejó el periódico, se levantó lentamente del sillón y fue a su encuentro. Le cogió la mano, la hizo darse una vuelta mientras la estudiaba, observando la caída, el corte y el color del traje.

—Sí —exclamó, después de pensárselo detenidamente—. Te realza, francamente te realza.

Samantha intentó por todos los medios ocultar la sonrisa que le provocaba el elogio. No eran tanto las palabras como el tono con que las pronunciaba. Se diría que estaba admirando su belleza y preguntándose si la ropa era digna de ella. Cuando se volvía para seguir a Vicky hacia el probrador, Mike la sujetó por un hombro.

Para consternación de la propia Samantha, Mike se inclinó hasta su cuello y la besó en la oreja.

—Si vuelves a esconder ese pelo una vez más, tendrás que darme explicaciones.

Samantha se apartó, prefirió no mostrar que el comentario la complacía, que le ponía la carne de gallina.

Al cabo de una hora, ya le enseñaba a Mike los vestidos. No tardó en desechar la primera impresión de que Mike era indiferente; todo lo contrario, sabía no pocas cosas sobre la ropa de mujer, y esto bastó para empezar a confiar en él.

—No, esa chaqueta es demasiado larga para ti. No deja verte el trasero —dijo, con seriedad imperturbable.

—No es razón suficiente para que no te guste un vestido —respondió ella, pero Mike le contestó con un gruñido. Samantha decidió comprar la chaqueta y ponérsela a menudo, pero una vez en el probador, cuando Vicky le preguntó si se la quedaba, vaciló y al final dijo que no.

Samantha no tardó en empezar a aceptar las prendas que a Mike le gustaban y a desechar las que le desagradaban.

Con el fin de mostrarle prendas diferentes a las de las creaciones del tercer piso, Vicky pidió la ayuda de dos vendedoras, indicándoles lo que quería y dónde podrían conseguirlo. Las señoritas volvieron cargadas de lencería fina y camisones de dormir. Luego trajeron zapatos, bolsos, guantes, medias y joyas de la primera planta.

De pronto, mientras Samantha se probaba un precioso vestido de Carolyn Roehme, se percató de que Mike también estaba vetando o aprobando la ropa interior que le enseñaban a ella.

—Ese color no le va bien —le oyó decir—. No quiero el camisón negro, prefiero el blanco —repitió dos veces seguidas Mike. Samantha volvió a sonrojarse cuando recordó lo que él le había dicho el primer día, que no respondía de sí mismo si ella se ponía un camisón blanco de encaje.

—¿Tenéis camisones azules? —preguntó Samantha a Vicky.

Ésta sonrió y al cabo de unos momentos le mostraron un camisón de seda azul.

—A Mike no le gusta —dijo Vicky.

—Muy bien —replicó Samantha—. Me llevaré un par.

Y siguió comprando. A eso de las cuatro de la tarde, había perdido ya la cuenta de todos los trajes, zapatos, vestidos y ropa interior que había elegido, y de los cuales sólo unos pocos serían cargados a su cuenta.

—Todo esto costará mucho —dijo a Vicky—. Serán varios cientos de dólares.

Vicky estaba de espaldas a Samantha, de modo que ésta no pudo verla levantar las cejas. ¿Cientos de dólares? Vicky reflexionó y pensó que Mike tenía razón. Había dicho que dudaba que Samantha pudiera entender que un solo vestido llegara a costar siete mil dólares, así que hizo quitar todas las etiquetas antes de cada prueba. Quitar las etiquetas significaba un engorro para Vicky y las vendedoras, pero por lo que Mike se estaba gastando, bien valía la pena. Dado que Samantha tenía ojo clínico en lo tocante a la calidad, ya había gastado varios miles. Si le presentaban dos pares de zapatos, uno de seiscientos dólares y otro de doscientos cincuenta, Samantha escogía, con toda seguridad, los más caros.

Vicky se dirigió a Samantha y le avisó:

—Están listas para atenderte en la peluquería.

Samantha asintió, preguntándose qué diría Mike de su pelo, esperando que no fuera uno de esos hombres que dicen «cortadle un centímetro y nada más». En lo tocante a cabelleras femeninas, su padre y su marido opinaban que las mujeres deberían seguir un estilo: poder sentarse sobre su propia melena.

Preparándose para el chaparrón que se le avecinaba, Samantha pensó en alegar que era ella quien debía decidir su propio peinado, pero ni siquiera lo intentó, pues sabía que era una apuesta perdida. Mike entró en la peluquería sin que, aparentemente, le molestara el ambiente femenino que allí reinaba; incluso le guiñó el ojo a una mujer que esperaba con el pelo cubierto con papel de aluminio. De inmediato comenzó a indicarle a la peluquera cómo debía cortarle el pelo a Samantha.

—Quiero que se le vean los rizos. Y quiero un peinado que no la obligue a ponerse laca. No soporto esos mejunjes: raspan la cara de los hombres.

—Me peinaré como me venga en gana —repuso Samantha.

Tanto la peluquera como Mike la miraron con indiferencia, como si les sorprendiera una opinión que, por lo demás, para ellos no contaba. Se giraron para intercambiar una mirada y Samantha se contempló en el espejo y suspiró. El que Mike dijera lo mismo que ella pensaba decir daba igual. Lo que le importaba era el hecho en sí.

Mientras le hacían la manicura, la peluquera le cortó varios centímetros de pelo, dejándolos en capas de diferentes largos. Con cada centímetro que caía al suelo, Samantha se sentía más ligera y más joven. Antes de que le aplicaran el secador, ya notaba que los rizos le enmarcaban el rostro. Al terminar, sacudió la cabeza y soltó una risita nerviosa.

Mike estaba a su lado, la miraba por el espejo.

—No me imaginaba que podías ser más guapa, pero lo eres —dijo en voz baja, y Samantha volvió a sonrojarse.

Mike la cogió de la mano y la condujo a otra silla, donde le dieron una lección de maquillaje y le entregaron un pequeño bolso lleno de cosméticos y productos para el cuidado de la piel. A Samantha la habría asustado saber que sólo los cosméticos costaban más de trescientos dólares.

Era ya avanzada la tarde cuando Samantha, vestida con un traje rojo de Christian LaCroix, con el pelo corto y los rizos flotándole junto al rostro perfectamente maquillado, salió de Saks cogida del musculoso brazo de Mike. No llevaban ninguna bolsa porque Vicky les había dicho que se lo enviarían todo a casa.

Cuando atravesaron la sección de perfumería de la primera planta, las mismas señoritas altas y delgadas de antes se abalanzaron sobre Samantha para ofrecerle sus perfumes, pero ella las despachó a todas con un gesto de la mano. Mike se detuvo en el mostrador de Lancôme y, a pesar de las falsas protestas de Samantha, le compró un frasco de Trésor, y lo pagó al contado.

Samantha sostuvo la bolsita con el frasco en su mano apretada, como si se tratara de algo sumamente valioso, y levantó la mirada hacia Mike.

—Gracias —murmuró—. Gracias por este día.

Él le sonrió, y su sonrisa era una mueca de orgullo y de placer.

—¿Quieres comer algo? —preguntó.

—Sí —repuso Samantha—. Me muero de hambre.

Mike la cogió del brazo y salieron de la tienda. Samantha se dio cuenta de que él se sentía muy orgulloso de que lo vieran con ella, tanto si iba vestida con su viejo chándal como con la ropa de última moda. En realidad, a él no le importaba lo que llevara puesto.

7

Mientras regresaban a casa, Samantha no dejaba de tocarse el pelo para sentir cómo los rizos le enmarcaban la cara.

—¿Te gusta? —preguntó Mike.

Samantha no se daba cuenta, pero caminaba más erguida, daba los pasos más largos que la primera vez que caminaron juntos. Mike se sentía algo decepcionado porque ella dejó de colgarse de su brazo, pero se alegraba de verla sonreír, contenta y embellecida por un aire de felicidad.

Ya cerca de casa, Samantha fue la primera en ver a cuatro mujeres sentadas en la escalera. Cuatro mujeres que no eran precisamente ese tipo de chicas a las que su madre habría llamado «simpáticas».

Vestían ropa demasiado ceñida y corta, de colores chillones, y su maquillaje acentuaba exageradamente el contraste entre ojos, labios y mejillas. Tres fumaban, dos estaban sentadas en el pasamanos metálico, y ni siquiera intentaron bajarse las faldas para cubrir la parte del cuerpo que dejaban a la vista.

—Creo que tienes visita. —Samantha frunció el ceño sin querer porque estaba contando los minutos para llegar a casa, pedir una ensalada a una tienda de *delicatessen* y sentarse a comérsela tranquilamente en el jardín. Ahora comprendió que tendría que retirarse a las habitaciones de su padre.

Cuando Mike la vio con el ceño fruncido, le cogió la mano.

—Tú serás mi anfitriona —dijo.

—No puedo ... —protestó, porque no quería intimar con él más de lo que ya habían intimado.

—Es Daphne y un par de amigas que quieren comer gratis. Se irán antes de que oscurezca.

—¡Ah! —dijo Samantha, abriendo los ojos exageradamente—. ¿Trabajan de noche? —preguntó, intentando parecer sofisticada, como si no le escandalizaran el vestido y los modales de aquellas mujeres extravagantes.

—Hacen *strip-tease*.

—¡Ah! —repitió Samantha, aliviada, porque el *strip-tease* era más decente que la actividad que ella se había imaginado. Al acercarse, vio que una la miraba con más interés que las otras, y dedujo sin lugar a dudas que aquélla era Daphne. Cuando la chica se bajó del pasamanos, Samantha advirtió que medía al menos un metro ochenta. Pensó que sin el maquillaje esa mujer sería muy guapa, aunque era difícil juzgar la belleza de su rostro porque su cuerpo llamaba mucho la atención, realzado además por las anchas hombreras del vestido.

—¿Ésa es Daphne? —preguntó, apenas con un murmullo.

—Hasta el último pelo —contestó Mike, que escrutaba el rostro de Samantha en busca de una señal de celos.

Samantha se inclinó aún más hacia Mike.

—¿Tiene alguna parte del cuerpo... aumentada?

—Por lo que yo sé, Daphne es toda de mentira —dijo Mike, divertido—. Le han aumentado algunas partes, y le han completado o le han quitado otras, desde la cara hasta los pies. Cuando la tocas, todos los globos que tiene repartidos por el cuerpo se deslizan en ángulos divertidísimos. —Mike seguía mirándola de reojo, pero no veía ninguna señal de celos.

—¿Y Daphne es una ...bailarina exótica?

—No, practica el viejo y conocido arte del *strip-tease*. En Daphne no hay absolutamente nada de exótico.

Mike se detuvo para volverse hacia Samantha y ponerle las manos en los hombros.

—Sam, querida, no tienes por qué conocer a estas mujeres. Si no quieres conocerlas, yo lo entenderé perfectamente. Puedo decirles que se vayan a casa, y tú y yo nos iremos tranquilamente a cenar fuera. Te llevaré a La Cirque.

—Qué cosas más ridículas dices —respondió con brusquedad. Mike no entendía que sus preguntas eran pura curiosidad y, al parecer, la creía una puritana remilgada que se negaría a sen-

tarse en la misma mesa que una bailarina de *strip-tease*—. Desde
luego que las deseo conocer. Y, por favor, ¿quieres dejar de tocarme?

Samantha se apartó de él y caminó sola. Al cabo de un momento, estaba ante las mujeres, que la miraban con expresión
aburrida.

Daphne bajó la escalera. Era una mujerona comparada con
Samantha.

—¿Tú eres la... la inquilina de Mike? —preguntó.

Cuando captó la intención que llevaba la pregunta, Samantha
entendió por qué las chicas la miraban con aire desconfiado.

—Soy su inquilina, y nada más —dijo, tajante. En los rostros
se dibujaron ligeras sonrisas de alivio, y pensó que esas mujeres tal
vez consideraban a Mike su propiedad privada y a ella una in-
trusa.

Mike abrió la puerta, y en un santiamén las chicas entraron y
se apoderaron de la casa. Pusieron en marcha el equipo de música, fueron a la cocina y empezaron a sacar platos, mientras una de
ellas cogía el teléfono y llamaba encargando comida suficiente
para una docena de personas. Una de las chicas dijo que había
ideado un número nuevo y quería que Mike lo viera para darle su
opinión, pero Mike declinó el ofrecimiento de una sesión privada.
Samantha sentía curiosidad por saber cómo hacían el *strip-tease*,
pero no se atrevía a pedirle a la chica que bailara sólo para ella.

Llegó la comida, y antes de que Samantha se diera cuenta, ya
estaba comportándose como anfitriona y como empleada. El resto de la velada lo pasó en la cocina sirviendo la comida en los platos, llenando unos vasos altos de cerveza y llevando bandejas al
jardín. De pronto, Mike la cogió en el momento justo en que entraba en el jardín y la atrajo de espaldas hacia sí, rodeándole la
cintura con sus enormes brazos. Le mordió la punta de la oreja.

—Suéltame —silbó ella entre dientes. Con las manos ocupa-
das con la bandeja, no podía darle un codazo en las costillas, que
era lo que le hubiera gustado hacer.

—Sería feliz si te tuviera cogida toda la vida —le susurró Mike
a la oreja, jugando con el lóbulo entre sus labios.

—Estás borracho —le recriminó ella, y con un giro brusco se
zafó de él, dejó la bandeja y se volvió para recriminarle con la mirada, pese a lo cual Mike siguió riendo. Cuando Samantha volvió

a la cocina, Daphne estaba allí dentro, mirándolos por la ventana.

—Se ve que no estás enamorada de él —le espetó Dapne sin venir a cuento.

—Pues es verdad, no lo estoy —replicó Samantha, sorprendida por el comentario—. ¿Hay algo de raro en eso? —Miró a las tres jóvenes que, en el jardín, guardaban turno para bailar con Mike—. Parece que ya hay bastantes mujeres enamoradas de él.

—Así es —repuso Daphne—. Es un hombre que se hace querer. Es bueno y generoso, y no se puede decir que sea desagradable a la vista. Además, siempre cuida de sus pajaritos heridos.

Después de una pausa, Samantha empezó a volcar en una fuente la ensalada de patatas.

—¿Pajaritos heridos?

—Sí —explicó Daphne—, como un boy scout, aunque no he conocido a muchos. A Mike le gusta rescatar a la gente.

—¿Y qué hace con ellos después de rescatarlos? —preguntó Samantha en voz baja.

—Por lo que yo conozco, se deshace de ellos en cuanto puede —dijo Daphne, sonriendo, y miró hacia las chicas que en el jardín contemplaban a Mike embelesadas—. Míralas. Cada una piensa que será ella la que pueda cazar a Mike. Pero ¿sabes una cosa? Dentro de un año, por estas fechas, ninguna de las tres seguirá viniendo a esta casa. Mírame a mí. Conozco a Mike desde hace dos años, y he visto cómo las mujeres tan pronto vienen como se van, y todas mirándolo de la misma manera que esas tres. Pero, por lo que vislumbro, ninguna de ellas se lo ha llevado a la cama.

—Pero tú todavía estás aquí —insistió Samantha.

Daphne recogió la fuente que había preparado Samantha.

—Pero yo nunca me he vuelto loca por él —replicó, y le lanzó una mirada que sólo se podía interpretar como una amenaza—. Ten mucho cuidado, cariño. Mike destroza los corazones, de verdad que los destroza.

Después de la charla con Daphne, Samantha se quedó un momento sola en la cocina. «Destroza los corazones», pensó. Lo que ella no necesitaba en su vida era, precisamente, que alguien volviera a destrozarle el corazón, porque no se sentía capaz de soportar que otra vez se lo arrancaran.

—¿Te encuentras bien? —preguntó Mike, a sus espaldas.

Samantha se volvió y lo observó. Era tan guapo que a veces resultaba difícil pensar cuando se estaba con él en una habitación. A lo largo del día, se había fijado en cómo movía los labios al pronunciar las palabras.

Mike dio un paso hacia ella.

—Me estás mirando de una manera muy rara. ¿Quieres que les diga que se vayan?

Samantha le dirigió una sonrisa fría.

—No, por favor, no —le pidió, y se apartó de él—. Estoy un poco cansada. Creo que subiré a descansar.

Acercándose a ella, Mike ladeó la cabeza para mirarla inquisitivamente. Le cogió el mentón con la mano y la obligó a mirarlo.

—A ti te molesta algo. ¿Qué te ha contado Daphne, una de sus historias sobre hombres? Puedo asegurarte que Daphne tiene una visión muy particular de la vida.

—No —dijo Samantha, mintiendo, y liberando el mentón de su mano—. Ha sido un día largo y sólo me apetece irme a la cama, no pasa nada más.

Mike la miró sin moverse y sin tocarla, pero con una expresión de deseo tan ardiente que Samantha sintió una oleada de calor.

—A mí también me gustaría ir a la cama —susurró él con voz suave.

Samantha retrocedió un paso.

De pronto, la expresión de Mike cambió de ardiente deseo a rabia.

—¿Quién te ha quitado las ganas de hacer el amor, Samantha? —preguntó, pronunciando su nombre como si fuera sinónimo de estrecha.

La pregunta la hizo reír, disipando la tentación que había sentido hacia un instante.

—¿Por qué será tan predecible el comportamiento de los hombres? —dijo—. Ya sean altos ejecutivos o empleados de una gasolinera, todos son iguales. Resulta que porque no quiero irme a la cama contigo, deduces que soy frígida, que he sido víctima de un incesto o que me ha sucedido alguna otra cosa horrorosa. Para tu información, Taggert, debo decirte que nadie me ha quitado las ganas de hacer el amor. Tú, y sólo tú, tocándome constantemente y con tus insinuaciones groseras estás a punto de quitármelas. ¿Por qué no le pides a una de esas mujeres que se vaya a la cama contigo? —preguntó, señalando con un gesto de cabeza a las chicas que estaban al otro lado de la puerta de cristales—. ¿O sólo te gusta cortejar a las que te dicen que no? ¿Es el desafío tal vez lo que te excita? Cuando le agregas otra muesca al cabezal de tu cama, ¿pones una estrella junto a la muesca de las mujeres que te han dicho que no?

Mike la escuchaba, asombrado.

—¿Y qué puedo haber hecho yo para que hayas llegado a tener una opinión tan baja de mí?

Samantha se volvió. No era justa con él, lo sabía, porque Mike había sido muy amable con ella todo el día. Le había dedicado más tiempo durante ese día que ninguna otra persona desde la muerte de su madre y, sin embargo, ahora ella lo trataba con rudeza, sólo porque él le hacía una insinuación. Y, al fin y al cabo, ¿no era eso lo que hacían los hombres: intentarlo?

Tal vez la generosidad y los constantes gestos de atención de Mike eran el problema. Tal vez ella no quería que nadie le prestara atención.

—Lo siento —dijo—. Quiero agradecerte lo de hoy, el que me llevaras a la tienda, me presentaras a tu prima, el...

—No quiero tu puñetero agradecimiento —repuso Mike muy enfadado, enardecido, y se dirigió a grandes zancadas hacia la puerta.

Samantha se quedó un instante donde estaba, y luego subió la escalera hasta su apartamento. Se desvistió lentamente y colgó su bonito traje nuevo, permaneciendo un rato recostada contra la puerta del armario. A veces le daban ganas de llorar, simplemente ganas de sentarse y llorar como muchas mujeres, pero a pesar de lo mucho que lo deseaba, las lágrimas no acudían a sus ojos.

Se lavó la cara y se puso crema, y después de endosarse el camisón se metió en la cama. Las farolas del jardín de abajo iluminaban el perfil de los muebles de su padre. Respiró hondo y una sonrisa se le dibujó en los labios, porque era reconfortante estar rodeada de las cosas de su padre, muy reconfortante.

Se quedó dormida y, en algún momento de la noche, se despertó a la luz de un relámpago que iluminó la habitación. Por encima del ruido del exterior, oyó un ruido que empezaba a resultarle familiar. Era Mike escribiendo a máquina. Más tranquila, volvió a dormirse.

8

Samantha se despertó a las siete, pero al ver la lluvia que caía suavemente le entraron ganas de quedarse en la cama. Se refugió bajo las mantas y volvió a dormirse.

Cuando se despertó eran las nueve y media, y en lo primero que pensó fue en lo que Daphne le dijo acerca de que Mike destrozaba los corazones. Samantha no quería saber nada de corazones destrozados. Paseó la mirada por la habitación y por los muebles de su padre y decidió dormir todavía más.

A las once la despertó un leve toque en la puerta, que luego se abrió. Aún medio dormida, vio a Mike entrar con una bandeja llena de unas bolsas blancas que al parecer contenían el desayuno.

—Vete —refunfuñó Samantha, y se metió bajo las sábanas.

Desde luego, él no la obedeció. Samantha empezaba a darse cuenta de que Michael Taggert era una mezcla de perro guardián, enfermero y vicioso libertino.

Mike dejó la bandeja en el borde de la cama y se sentó al lado.

—Te he traído algo para comer, y tu ropa de Saks ya está aquí. Además, tengo que decirte que Barrett nos ha invitado a tomar el té pasado mañana. Enviará un coche a buscarnos.

—¿Ah, sí? —preguntó ella, destapándose el rostro para mirarlo. Casi empezaba a parecer normal el hecho de que él se sentara en el borde de su cama.

—¿Qué es lo que te interesa? ¿La comida, la ropa o Barrett?

—¿Crees que habrá llegado la chaquetilla azul? ¿La de los botones grandes?

Mike sacó un bollo de una de las bolsas.

—Veo que es la ropa. No te reprocho el no demostrar interés por un hombre que tanto podría ser un pariente como no serlo. A mí también me parecen un rollo los parientes.

Lenta y perezosamente, Samantha se incorporó y se apoyó contra el cabezal de la cama.

—No tienes idea de lo que estás diciendo. No sabes la suerte que tienes al tener parientes. Tu prima Vicky fue muy amable conmigo y muy tolerante contigo.

Mike le pasó un bollo y un vaso grande de papel con zumo de naranja recién exprimido.

—Es una de las pocas Montgomery que practica la tolerancia, pero la verdad es que no es de los Montgomery de Maine.

Mike tenía la boca llena y dejaba caer las migas sobre el edredón, pero estaba muy guapo tendido en esa postura. Su abundante pelo negro seguía húmedo después de la ducha, iba recién afeitado y vestía una vieja camisa de vaquero que ponía de relieve sus músculos. Samantha pensó que era mejor que siguiera hablando, porque si hablaba al menos no la manoseaba. Respiró profundamente.

—¿Quiénes son los Montgomery?

—Son mis primos, el hatajo más grande de gilis que jamás has visto.

—¿Gilis?

—Gilis. Son unos blandengues —insistió él—. Beben té. No hay ni uno solo que no se desmaye si te ve tomando cerveza directamente de la botella.

—¿Y estos primos viven en Maine? —preguntó ella y dio un mordisco a un bollo redondo.

—Sí.

Había un deje de antipatía en el tono de Mike. Samantha se preguntó qué habrían hecho sus primos para despertar esa inquina. Él leyó en su mirada y quiso darle una explicación.

—Era una tradición en mi familia que los primos Montgomery pasaran la mitad del verano en Colorado con los Taggert, y que los Taggert hicieran lo mismo en Maine con los Montgomery. No sé de quién sería la idea, pero supongo que se está asando vivo en el infierno.

—¿Y qué pasaba cuando ibas a Maine?

—¡Los cabrones de mis primos intentaban matarnos!

—Estás bromeando.

—Para nada. Hicieron todo lo posible para asegurarse de que no viviéramos más allá de cada verano. Casi todos residen en la costa, y están más tiempo en el agua que fuera de ella. Mi hermano decía que tienen escamas en lugar de piel. Y lo que hacían era llevarnos en bote mar adentro, y luego saltar del bote y nadar hasta la playa. Sabían que nosotros no sabíamos nadar.

—¿Y vosotros cómo volvíais a la playa?

Mike sonrió con expresión maliciosa.

—Remábamos. Nadie sabía nadar, pero todos teníamos buenos músculos.

Samantha sonrió al verlo flexionar los bíceps para ilustrar su historia.

—¿Y qué pasaba cuando ellos iban a Colorado?

—Nosotros estábamos un tanto cabreados por la manera en que nos trataban en Maine.

—Lo comprendo.

—Y luego, hay que saber entender a los Montgomery. Son un hatajo de aburridos de mucho cuidado. Siempre estaban dándole las gracias a mi madre y usando la servilleta para limpiarse en la mesa. Todos se doblaban la ropa ellos mismos.

—¿Tan malos eran? —dijo Samantha, reprimiendo la sonrisa detrás del vaso de papel. Mike no pareció captar su tono irónico.

—Todos creíamos que lo que hacíamos era justo. Les hacíamos montar los caballos más indómitos que teníamos. Los llevábamos hasta las Montañas Rocosas y los dejábamos allí a pasar la noche sin agua ni comida ni ropa para abrigarse.

—¿Y eso no era peligroso?

—Jolines, no para un Montgomery. Por lo que echamos de ver, es imposible acabar con ellos. Mi hermano salió con una de las primas, la ató con una cuerda y la bajó hasta el fondo de un precipicio. Se marchó y la dejó colgando de la cuerda. —El recuerdo hizo sonreír a Mike—. Eran cerca de sesenta metros.

—¿Y qué hizo tu prima?

—No lo sé. No sé cómo, pero logró subir. Ni siquiera llegó tarde a la cena.

Samantha se echó a reír. Tuvo que dejar el zumo de naranja en la mesilla de noche para sujetarse el estómago con ambas manos y reír a mandíbula batiente.

—Eres un monstruo, Mike —le espetó, segura de que todo era una broma, que él se había entretenido en inventarlo (o al menos en exagerarlo al máximo) para divertirla a ella y hacerla reír.

Michael, tendido sobre la cama, se mostraba más contento que un niño con zapatos nuevos. De la alegría de Mike dedujo Samantha bien a las claras que la historia no era verídica, que sólo había intentado divertirla, y que lo había logrado.

—Me alegra ver que sabes reírte —dijo él metiendo la mano en una de las bolsas y sacando un bollo de aroma delicioso—. Te traje éstos especialmente para ti.

Ella se lo arrebató de la mano. Pensaba que Mike, además de alimentarla, la hacía reír.

—¿De qué es?

—De chocolate.

Ella se lo devolvió con un gesto de renuncia.

—Engorda demasiado. No puedo comérmelo.

Él se tendió en la cama sin aceptarle el bollo.

—Tal como había pensado.

—¿Qué significa eso?

—Acabo de ganar una apuesta conmigo mismo. No sólo no bebes alcohol sino que te vistes como una vieja. No comes lo que consideras malo y supongo que jamás te han tentado las drogas.

Samantha le fulminó con la mirada.

—Pásame esa pastilla de mantequilla —ordenó—. Mejor pásame las dos.

Mike le devolvió una sonrisa sugerente y le entregó la mantequilla y un cuchillo de plástico.

—Si te preocupa cómo eliminar esas calorías, yo conozco un ejercicio estupendo —dijo.

Samantha estaba demasiado ocupada con su delicioso bollo para prestarle atención, ocupada con el chocolate y con la mantequilla que se derretía sobre la suave miga blanca.

—¡Qué diablos! ¡Samantha, deja de mirar el bollo de una santa vez! —le reprochó Mike con muestras de una ira incontenible. Le cogió la mano y se la acercó para dar un mordisco al bollo, mordisqueándole de paso uno de los dedos con su boca suave y cálida, y lamiéndole la mantequilla que chorreaba. Mientras hacía esto, la miraba con ojos de deseo.

Samantha retiró la mano de golpe.

—¿Acaso no hay nada, absolutamente nada que te haga desistir? —preguntó.

—No —explicó él lamiendo con desesperación sus propios dedos. Se incorporó lentamente de la cama y se desperezó.

Samantha lo miró boquiabierta, sin llegar a morder el bollo. Sus anchas espaldas, su cintura delgada y sus muslos fuertes formaban un conjunto que hizo que Samantha se olvidara hasta del chocolate.

Terminó Mike de estirarse, momento que aprovechó Samantha para desviar rápidamente la mirada para que él no se percatara de su expresión admirativa. Mike se inclinó sobre la cama y metió la comida que sobraba en una de las bolsas.

—¿Por qué...? Quiero decir —aclaró Samantha, carraspeando—: ¿por qué tienes esa pinta?

—¿Qué quieres decir con eso? —preguntó él, con inocencia exagerada.

Samantha sabía que Mike intentaba arrancarle un cumplido, y no cabía duda de que esperaba algo así como: «¿Por qué eres tan musculoso?» «¿Por qué te pareces tanto a un dios griego?» «¿Por qué tienes ese cuerpo que Miguel Ángel habría anhelado esculpir?» Pero en lugar de lo que él quería escuchar y de las preguntas que Samantha había pensado hacerle, ella lo miró como diciendo: «Sabes muy bien lo que quiero decir.»

—Pesas —ponderó él levantando la bandeja y dejándola sobre la mesa.

—¿Como en las olimpiadas?

—Eso es, levantamiento de pesas olímpicas. Lo que hace Schwarzenegger es culturismo. Yo participé en competiciones de levantamiento de pesas en mis años de universidad. Es duro. Ahora sólo entreno lo que haga falta para mantenerme en forma.

Samantha no pudo reprimir una sonrisa.

—Supongo que el levantamiento de pesas es lo que hacen los hombres de verdad —musitó.

También Mike sonrió, como sin darse cuenta de que Samantha se estaba riendo de él; pero, de pronto, con la velocidad del rayo, la cogió junto con un par de mantas y la alzó en vilo. Samantha protestó para que la dejara, pero Mike abrió la puerta de la terraza y salió con ella.

—Déjame —ordenó Samantha, que mantenía los brazos pegados a los costados para no tocarlo.

Mike, que la sostenía como si fuera una pluma hizo de pronto ademán de soltarla.

Samantha dejó escapar un chillido de terror y lo agarró con fuerza por el cuello.

—Me gusta esto —asintió él, hundiendo la cabeza en su cuello, y cuando Samantha lo soltó, él también aflojó los brazos hasta casi dejarla caer, lo que sirvió para que ella volviera a sujetarse con firmeza.

Samantha encontró agradable estar en sus brazos, muy agradable. Mike era grande, ardiente y fuerte. Cuando le besó el cuello, ella cerró los ojos un momento.

—Samantha —murmuró él.

Samantha era demasiado autodisciplinada como para ceder a los ruegos de Mike o a sus propios deseos.

—Déjame —ordenó, muy seria.

De mala gana, la depositó en el suelo, y por un instante le rozó la mejilla.

—¿Quieres contarme qué es lo que te molesta? —preguntó con suavidad.

Por un momento, Samantha abrió la boca para decir algo, pero volvió a cerrarla y se apartó de él bruscamente.

—No tengo ni idea de lo que quieres decir. Si te parezco una mujer rara, se debe sin duda alguna a que perdí a mi padre hace poco y a la vez me divorcié. Me pregunto si la gente puede actuar «normalmente» después de dos sucesos tan traumáticos.

—¿Y has tenido que escribir ese discursito y luego ensayarlo? —Samantha quiso responder, pero él la frenó levantando la mano—. No quiero oír más mentiras ni necedades. ¿Por qué no te vistes y bajas a trabajar con el ordenador? Mejor aún, no te vistas.

Pese a que Samantha dejó escapar un suspiro en señal de frustración, se alegraba de que Mike hubiera adoptado un tono festivo. Tratándose de un tipo tan despreocupado, resultaba desconcertante la intuición de que de pronto hacía gala. Era una razón más para que Samantha abandonara Nueva York y su casa cuanto antes. Quiso adoptar su mismo talante.

—Me pondré un camisón blanco y...

—¡No! —exclamó él, muy serio.

—Estaba bromeando.

Mike se volvió para dirigirse a la puerta.

—Te doy quince minutos y quiero verte abajo. No te puedes quedar en este mausoleo —le riñó, frunciendo el ceño ante los muebles y las cortinas de tonos oscuros—. No te puedes quedar en esta especie de santuario de tu padre —insistió, y salió de la habitación antes de que Samantha pudiera responderle.

Samantha pasó el día entero junto a Mike. «Dios mío, qué fácil es estar con él», pensó. Era diferente a su padre y a su marido. Tanto su padre como Richard habían sido contables, y tal vez por eso tenían la manía de un exagerado sentido del orden. Los dos se esforzaban porque cada cosa estuviese en su sitio, el sitio que ellos elegían. La distribución que Richard hacía de las cosas en la nevera a veces le daba a Samantha ganas de chillar. A modo de rebelión, ella había puesto el pan en el sitio de la leche; en una ocasión en que Richard había salido de viaje por una noche, lo cambió todo de lugar. Incluso el pan lo puso en tres niveles diferentes, algo que habría desatado las iras de su marido. Desde luego, tuvo que volver todo a su sitio antes de que regresara.

Mike no era como Richard ni como su padre. Parecía no seguir ninguna regla para nada. No comía siguiendo un horario sino cuando tenía hambre. ¡Sabía arreglárselas solo! Eso, para Samantha, era como un milagro. Después de la muerte de su madre, Samantha se había ocupado de las tareas de la casa y de cocinar para su padre. Preparaba la comida a las ocho de la mañana, a mediodía y a las seis y media de la tarde. Al casarse siguió ese mismo horario. En cierta ocasión, durante una cena en Santa Fe, después de beber dos copas de vino, alguien preguntó en tono sentencioso qué significaba ser rico. Samantha se sentía demasiado bien como para mantener la compostura y medir sus palabras.

—Una mujer rica —sentenció— es aquella que viviendo con un hombre, cuando él dice que tiene hambre, no está obligada a prepararle la comida. Ésa es la mujer rica de verdad.

Todos en la mesa rieron a carcajadas celebrando la ocurrencia de Samantha, pero Richard, enfurecido, llegó a reprocharle su «tendencia al alcoholismo» y le «sugirió» que dejara de beber.

Mike no era como los dos hombres que ella había conocido,

porque para él las reglas no existían. Si quería hacer algo, lo hacía. En cierta ocasión que vio a Samantha recoger dos camisas que él había tirado sobre una silla y colgarlas en el armario, le quitó de las manos la tercera y la dejó sobre el respaldo del sillón.

—Ya tengo una asistenta —insinuó.

Avergonzada por haberse prestado a labores dignas de una esposa cualquiera, Samantha se dirigió al rincón de la habitación donde estaban las cajas. Al abrirlas, respiró aquel aroma que al hombre moderno tanto le gusta, el olor de los equipos electrónicos nuevos y sus embalajes de vinilo. Mike se rió de la expresión de Samantha, lo cual volvió a avergonzarla, aunque pronto descubrió que Mike era capaz tanto de gastar las bromas como de aceptarlas, a diferencia de su ex marido, que se consideraba sagrado e intocable.

—Seguro que el olor de los nuevos equipos es preferible a ese perfume barato que parece gustarte tanto —le espetó Samantha, y Mike se echó a reír.

A Samantha no se le ocurrió pensar otra cosa que Mike se quedaría sentado viendo cómo ella instalaba el equipo, y le pidió que la ayudara. Desde luego, él no tenía idea de lo que su ayuda significaría para ella, ya que su padre y Richard creían que por un lado estaban los trabajos de las mujeres y por otro el de los hombres, y que ambos no debían mezclarse jamás. En la casa que compartía con su marido en Santa Fe, ella estaba encargada de los ordenadores, y no era extraño que, al volver de noche al hogar después de su labor diaria en el empleo exterior, encontrara a Richard dormido y el ordenador encendido, en espera de que ella corrigiera lo que su marido había escrito durante el día y apagara el aparato.

Ahora, Samantha no tardó en enchufar el ordenador y la pantalla y en conectar la impresora láser. Le llevó algo más instalar el programa de tratamiento de textos y dar las órdenes para instalar los archivos.

Cuando hubo terminado, le dijo a Mike que estaba lista para enseñarle las instrucciones básicas. Durante los últimos cuatro años, había enseñado a mucha gente a manejar un ordenador, y había tenido que enfrentarse a problemas bastante curiosos. Una mujer creyó que era necesario coser con grapas el disquete y la copia, y un hombre rompió la cubierta de su disquete para meter en el ordenador la fina membrana de plástico. Pero jamás en esos cuatro años había encontrado a nadie tan duro de mollera como Mike, porque parecía no recordar nada de lo que le decía. Como profesora sabía que la paciencia era indispensable, pero al cabo de dos horas con él empezaba a perder la compostura.

De pronto se dio cuenta de que estaba gritando:

—¡Dije F7, no el número siete! —Pero Mike volvía a las andadas y pulsaba el número, y luego la miraba con ojos desorbitados.

Diez minutos más tarde, Samantha perdió del todo la paciencia y le echó las manos al cuello.

—¡Dije la tecla F7! ¿Me has oído? ¡La tecla F7!

Riendo, Mike la atrajo hacia sí y juntos cayeron al suelo. Sólo entonces ella se dio cuenta de que Mike la había puesto a prueba fingiendo no entender nada, para ver cuánto aguantaba antes de perder la compostura.

Se apartó de él dando muestras de irritación. ¿Por qué siempre intentaba hacerla enfadar?

—Venga, Samantha —suplicó Mike—, no me mires así. No te conviertas otra vez en la misma repipi de siempre.

Lo que debería hacer ella, pensaba Samantha, era subir al apartamento y ponerse a leer, pero se volvió, lo miró, sentado sobre la alfombra del salón, y no pudo por menos que sonreírle.

—¿Sabes que a veces eres un pelmazo? —le increpó.

Antes de que pudiera moverse, él se inclinó y la besó en el cuello.

—¿Qué te parece si te doy unas fichas de mi investigación y escribes en tu ordenador lo que yo he reunido? —preguntó Mike.

—Ya veo —respondió ella—. Yo hago el trabajo y tú te llevas la fama.

—Compartiré contigo todo lo que tenga que compartir —explicó él, en voz baja, dándole un amplio significado a sus palabras.

Samantha lo apartó de un empujón.

—Déjame llenar la base de datos y empezaré a meter tu información en el ordenador.

Mike la miró y sonrió lleno de satisfacción, por lo que Samantha intuyó que él había logrado su objetivo: conseguir una secretaria.

Una hora más tarde, la joven había llegado a la conclusión de que no le importaba trabajar, porque lo que Mike le había dado para transcribir era interesante. Había escrito unas cien páginas de informaciones sobre distintos gánsters relacionados con Tony Barrett. Encontró nombres como El Uñas, El Rana Saltarina, El Perro Rabioso, El Camarero, Joe Media Mano y El Gitano Sangriento.

Cuanto más leía, más se preguntaba por este Tony Barrett, que tal vez era su abuelo biológico y tal vez no. Pero había pocos datos de él en las notas que Mike le entregó. Cuando ella le preguntó por qué había tan poca información sobre Barrett, el verdadero objeto de la biografía, en lugar de contestarle, Mike le entregó unas notas. La joven descubrió que se trataba de la crónica de una matanza ocurrida el 12 de mayo de 1928.

A Samantha no le resultó agradable transcribir lo ocurrido ese día de 1928. El gángster más poderoso de Nueva York, celoso de la creciente influencia de Barrett, decidió acabar con él y con toda su pandilla. No parecía tener mucha importancia que el atentado fallido contra Barrett tuviera lugar en un local clandestino donde mucha gente inocente murió cuando las metralletas empezaron a disparar.

El malestar de Samantha aumentaba a medida que leía paso a paso la masacre de aquella noche.

—No me gusta esto —exclamó, dejando las notas a un lado.

—Ésa es la noche en que Maxie desapareció —replicó Mike, frunciendo el ceño—. ¿No te interesa descubrir por qué?

Samantha lo miró, desconcertada.

—Parece bastante evidente por qué desapareció. Aunque estuviera enamorada de Barrett, tal vez no quisiera verse implicada en aquel horroroso baño de sangre.

Mike se quedó mirándola un momento y luego le preguntó si le apetecía comer algo. Al decir ella que sí, se dispuso a llamar a una tienda de *delicatessen* y pedir bocadillos de atún y ensalada. Cuando se los trajeron, salieron a comerlos al jardín.

—¿Cómo murió tu madre? —preguntó Mike de sopetón, una vez que se sentaron a la mesa del jardín.

—La maté yo —repuso Samantha, sin pensárselo dos veces y, sonrojándose, desvió la mirada. Estaba molesta con él por obligarle a contar cosas que no quería contar, y molesta consigo misma por confiar en él—. No he querido decir lo que he dicho, desde luego, pero eso es lo que sentí en aquella ocasión. Una fantasía infantil —agregó, tratando de minimizar el temor que la había perseguido durante la mayor parte de su vida.

Mike la miraba en silencio, esperando que continuara.

—Tenía yo doce años, y Janie Miles me había invitado a su fiesta de cumpleaños. Esa fiesta significaba mucho para mí porque Janie era la chica más popular de la escuela, y porque había invitado a unos cuantos chicos, pero mi madre no quería que yo fuera. Cuando me dijo que era demasiado pequeña para ir con chicos, me enfadé mucho y la acusé de no permitir que yo me hiciera mayor. Mi madre me dio la razón, pero dijo que si de ella dependiera, yo tendría siempre doce años. —Samantha hacía lo posible por contar su historia de un modo divertido, porque no era partidaria de que Mike supiera lo que había sentido (y todavía sentía) a propósito de la muerte de su madre. De hecho, no quería que nadie supiera lo mucho que habían cambiado su vida y su mundo después de aquella tarde trágica. Samantha respiró hondo y continuó—: En fin, cuando mi madre no vino a buscarme a la escuela para ir a la fiesta de Janie, yo me enfurecí. Iba de un lado a otro del patio del colegio jurando y perjurando que jamás volvería a dirigirle la palabra. Sin esperarlo y como por sorpresa, se presentó la directora diciéndome que ella me llevaría a casa.

Mike miraba la mano con la que Samantha sostenía el bocadillo de atún, porque lo estaba apretando tanto que el aceite comenzaba a chorrearle entre los dedos. Cuando ella se dio cuenta, bajó la mirada y al ver el bocadillo tan aplastado, lo dejó, y cogió una servilleta para limpiarse la mano.

—Mi madre salió tan de prisa para llevarme a la fiesta que cruzó la calle sin darse cuenta de que venía un coche. Murió en el acto.

—Sam —dijo Mike, intentando tocarla, pero ella se apartó.

—Antes de salir de casa, mi madre en su precipitación se había caído contra un radiador produciéndose quemaduras en los brazos y las piernas. Pero las quemaduras, que eran de tercer grado, no la detuvieron y no fue a ver a un médico porque sólo pensaba en llevar a su hija a la fiesta —dijo, con una sonrisa amarga—. Una fiesta muy importante.

—¿Alguien la atropelló y escapó? —se apresuró a preguntar Mike, que aunque no deseaba que ella se demorase en esos recuerdos, tenía que saber lo que había ocurrido.

—Dios mío, no —exclamó Samantha, mirándole desde el otro lado de la mesa e intentando sonreír—. El hombre que la atropelló vivía en Ohio, y se mostró muy afectado por lo ocurrido. Se quedó en Louisville durante dos semanas después de que mamá... muriera, y nos visitó a mí y a mi padre, y hasta nos enseñó fotos de sus hijos.

—Samantha, cuánto lo siento —murmuró Mike.

—Sí, gracias —dijo ella—. Pasó hace mucho tiempo y ya me he recuperado. La gente puede sobrevivir a muchas cosas.

—¿Hasta a los maridos? —preguntó él en tono desenfadado.

—Puedes sobrevivir a maridos que te engañan, a madres y padres que mueren y a abuelas que te abandonan. Puedes sobrevivir incluso a padres que mueren y que tienen tan poca confianza en sus hijas que dejan herencias bajo ciertas condiciones. Creo que se puede sobrevivir a casi todo. —Samantha se levantó, disponiéndose a entrar en la casa, pero Mike la alcanzó.

—Sam —insistió, cogiéndola por los hombros para mirarla cara a cara—. Si alguna vez se te ocurre hablar con alguien, aquí me tienes.

Ella se esforzó en sonreírle.

—No hay nada de qué hablar. Mejor dicho, sólo aquello que puede decir una persona normal. He sufrido el impacto de muchas muertes a lo largo de mi vida, además de un divorcio, y tardaré un tiempo en recuperarme, pero lo conseguiré. —Se apartó de Mike, y añadió—: Creo que seguiré pasando a limpio tus notas.

Mike la siguió con la vista mientras ella se dirigía a la biblioteca. A pesar de todos sus esfuerzos, él no lograba penetrar el caparazón con que la chica se protegía. Pero a veces percibía a la Samantha que vivía oculta bajo esa apariencia de mujer tranquila y capaz de controlarse. Al besarla, Mike había sentido que era apasionada. Cuando Samantha reía, él veía a una mujer con sentido del humor. Cuando bebía demasiado, aparecía la mujer capaz de bromear y contar chistes verdes. Pero Samantha nunca bajaba la guardia por mucho tiempo. Después de cada lapsus, volvía a ensimismarse y retraerse, como una tortuga que, al ser atacada, se refugia en su caparazón, luego asoma de nuevo su vulnerable cabeza para mirar a su alrededor, pero en seguida adopta otra vez su actitud precavida.

Su padre le había dicho que de niña era muy diferente a la joven en que se había convertido. Su padre le había contado que, de pequeña, era un diablillo, y que se había metido en líos que traían a su madre de cabeza. Trepaba a los árboles y era tan atrevida, temeraria y salvaje (por eso la llamaban Sam) que su pobre madre nunca sabía qué nueva fechoría iría a inventar.

En ocasiones, Mike veía aparecer retazos de aquella niña, pero por lo general era difícil hacerla asomar. Él hacía cuanto podía para provocarla y ver el diablillo que su padre le había descrito. Mike recordó a Samantha intentando estrangularlo cuando se negaba a entender las instrucciones para usar el ordenador. Él no tenía ni la menor intención de aprender a manejarlo porque en tal caso tendría un pretexto menos para pasar el tiempo con ella. Su principal objetivo en la vida era conocerla, porque estar junto a ella era como ver abrirse el capullo de una rosa. Cada día Samantha parecía cambiar y florecer. Ahora a Mike sólo le preocupaba que, tras la entrevista con Barrett, ella quisiera marcharse de casa. Faltaban sólo dos días, y Mike sabía que si se marchaba, jamás volvería a verla. No quería pensar en la posibilidad de perderla.

—¡Sam! —gritó, al verla entrar en la biblioteca—. ¿Sabías que Maxie era cantante? Cantaba *blues*.

9

—Esta noche tengo una cita —le anunció Mike a Samantha. La miraba de tal forma que ella comprendió que debía reaccionar de alguna manera, pero no sabía cómo.

—¡Qué bien! ¿Una de las amigas de Daphne?

—No, nadie que tú conozcas —replicó él, y en sus ojos oscuros no apareció ni la menor señal de titubeo—. Pero, de hecho, es una chica del espectáculo, una bailarina. Piernas y ese tipo de cosas.

—Me alegra saber que tiene piernas, sobre todo si se dedica al baile.

Por la mirada de Mike, Samantha dedujo que lo había decepcionado.

—¿Qué harás mientras yo esté ausente? ¿Dormirás? —preguntó Mike.

—Puede que insistas en creer de que me encuentro al borde de un ataque de nervios si no cuento con tu permanente presencia, pero resulta que no es cierto. Lo más probable es que me lave el pelo y que mire la televisión, si cuento con la aprobación de mi guardián.

Se reía de Mike porque se daba cuenta de que él esperaba que, ante el anuncio de la cita, ella se mostrara celosa. La verdad era que Samantha sentía cierta curiosidad sobre aquella cita con un par de piernas. No celos, desde luego que no, pero curiosidad sí. Sabía que a Mike no le atraían las amigas de Daphne, pero ¿cuál era el tipo de mujer que le atraía? «Seguro que le gustan altas y con pechos grandes. Grandes pechos, largas piernas y nada de materia gris», se dijo para sus adentros.

—Sí, está bien —masculló él—. Me parece que no debes salir de noche.

—Desde luego que no. Y no dejaré entrar a ningún desconocido, por muchos dulces que me ofrezcan, a menos, claro está, que sea una caja de bombones de chocolate. Me entrego a los hombres que me ofrecen bombones.

Por la expresión de Mike, era evidente que no encontraba divertida su ligereza y que quería verla celosa.

—Mike —concluyó ella, sonriendo, halagada por su inquietud y por sus ganas de que se mostrara tan posesiva como él—, anda, ve a tu cita. Yo estaré bien. No me pasará nada, ni haré cosas raras, de modo que no tienes por qué preocuparte de mí. Anda, ve y pásalo en grande.

Mike vaciló porque no confiaba en ella para nada. Si aquella cita no hubiese sido tan importante, Mike no saldría.

—De acuerdo, me voy, pero cierra la puerta con llave cuando yo haya salido.

Samantha meneó la cabeza, pero en cuanto Mike salió, cerró la puerta con llave. Al volverse, la casa le pareció enorme y algo tétrica sin Mike. Corrió unas cortinas y se sobresaltó cuando un coche pasó con la sirena puesta por la avenida Lexington. Luego, al sonar el timbre, estuvo a punto de sufrir un colapso, para luego reírse de sí misma. Esperó un momento a que el corazón volviera a su ritmo normal y abrió la mirilla.

Fuera había un hombre, un tipo alto, de hombros anchos, pelo negro y muy atractivo.

—Sí —dijo Samantha a través de la mirilla.

—¿Está Mike? —preguntó.

—Sí, pero está ocupado en este momento —respondió Samantha con cautela. Si aquel tipo era un criminal, ahora entendía mejor los altos índices de criminalidad de Nueva York.

—¿Le podrías decir que Raine quiere verlo?

Samantha se quedó muda, sin saber qué responder.

—Soy Raine Montgomery, su primo.

—¡Ah! ¿Puedes identificarte? —pidió Samantha. El joven sacó la billetera de la americana y le mostró el carné de conducir por la mirilla. Raine Montgomery. Treinta años. Un metro ochenta y cinco de estatura, pelo negro, ojos azules. A Samantha le pareció auténtico. Auténticamente guapísimo. Hizo girar la llave.

—De hecho, Mike no está —explicó, al abrir la puerta—. Tenía una cita y salió hace sólo unos minutos.

El joven le sonrió y ella le devolvió la sonrisa. Era muy diferente de Mike; lo único que parecían tener en común era el pelo oscuro. Mike era todo fuego y movimiento, mientras que éste era tranquilo y misterioso.

—En realidad, he venido a conocerte. A saber si tú eres Samantha.

—Sí, soy yo, pero...

Raine volvió a sonreír y ella le correspondió con una sonrisa más franca y generosa aún.

—La madre de Mike me llamó desde Colorado y me pidió que viniera a ver cómo eras. Mike no hace más que hablar de ti y la tía Pat sólo pretende estar segura de que no fueras tras su fortuna.

Samantha encontró desconcertante su honestidad.

—¿No quieres entrar? —repuso, con un amplio gesto del brazo indicándole el salón.

—Creo que no. No sería...

—¿Correcto? —preguntó ella. Mike había dicho que sus primos Montgomery eran muy refinados, y ahí estaba la prueba. Ante sus ojos, tenía a un hombre del siglo XX preocupado por lo que era correcto e incorrecto. La corrección no era cosa a la que Michael Taggert prestara mucha atención, porque se pasaba la mitad del día tumbado sobre la cama de Samantha, sin que ella lo invitara y sabiendo que no le gustaba su compañía.

—Ya volveré cuando esté Mike. Llamaré a la tía Pat esta noche y le diré que esté tranquila, que eres una joven sumamente respetable y guapa.

Samantha se sonrojó ante sus cumplidos y lo acompañó hasta la puerta.

—Seguro que Mike lamentará no haberte visto.

Al salir, él se echó a reír como para darle a entender que conocía perfectamente el sentimiento de antipatía de Mike. Se volvió hacia Samantha y le dijo:

—Dices que Mike tenía una cita. Me figuraba... quiero decir: tenía entendido que vivíais juntos.

Samantha quiso dejar las cosas claras desde el principio.

—Estoy segura de que Mike le ha dado esa impresión a su madre, pero la verdad es que sólo soy su inquilina. Le he alquilado las dos plantas de arriba.

Al oír esta información, a Raine le brillaron los ojos.

—En ese caso, ¿te gustaría salir conmigo mañana? ¿Por la tarde tal vez? Podríamos ir al parque, tomar un helado y ver jugar a los niños.

Samantha se dijo que jamás en su vida le habían hecho una invitación tan romántica, tan diferente de las invitaciones de Mike, que sonaban a vámonos-a-la-cama-muñeca-y-follemos-como-locos.

—Me encantaría salir contigo —respondió.

Raine la miró como si nada en su vida le hubiera hecho tan feliz como su aceptación, y le sonrió.

—Mañana a las dos, entonces —sentenció Raine, y bajó las escaleras hasta la calle.

Samantha seguía en la puerta con los ojos clavados en su figura mientras se alejaba. De pronto él se volvió y preguntó:

—¿De qué color te gustan los globos?

—Rojos —respondió ella, sonriendo.

Con la sonrisa pintada en el rostro, Raine la saludó desde lejos y siguió caminando.

Samantha entró y cerró la puerta. «Qué hombre tan encantador. Qué hombre más estupendo y simpático», pensó. Sonriendo y tarareando una canción, subió a su apartamento a lavarse el pelo.

—¡Con un Montgomery! —exclamó Mike antes de terminar Samantha de contarle que tenía una cita—. ¡Uno de esos malditos Montgomery que miran a todo el mundo por encima del hombro! ¿Piensas salir con ese ca...?

—¡Basta ya! —gritó la joven—. ¡Te he dicho miles de veces que lo que yo hago no es asunto tuyo! Soy tu inquilina y nada más. ¡Tu in-qui-li-na! ¡Te pago el alquiler y ya está! No soy de tu propiedad, ni tienes ningún derecho a decirme lo que debo hacer.

—¡Pero un Montgomery! Es que no puedes...

Samantha se volvió para encararse con él.

—Por lo que he podido apreciar, Raine Montgomery es una persona muy simpática. Ha...

—No sabes nada de él —le recriminó Mike, como si supiera cosas horribles sobre su primo.

—Sé que es bien educado, cosa que no se puede decir de ti. —Samantha dejó de gritar y respiró hondo—. Con toda franqueza, ¿me puedes decir algo malo de él? ¿Acaso es un criminal, o algo así? ¿Está casado? ¿Tiene algún vicio?

—Es perfecto —insinuó Mike, retorciéndose el labio superior. Estaba tan irritado que temblaba. Jamás en su vida se había sentido tan traicionado. En los últimos días le había dedicado cinco veces más atenciones a Samantha que a cualquier otra mujer; en cambio ella le había dado menos que cualquiera de las mujeres que había conocido. ¡La chica de la tienda de la esquina era más amable que Samantha!

Viendo que la irritación de Mike no tenía justificación, Samantha levantó los brazos al cielo para demostrar su frustración.

—Ésta es la situación más descabellada que uno pueda imaginar. Resulta que anoche eras tú el que tenía una cita. ¿Por qué está bien en tu caso y mal en el mío?

Mike se inclinó hacia ella hasta casi tocarse nariz con nariz.

—Porque mi acompañante tenía ochenta y seis años y tuve que ir a verla a un asilo de ancianos. Me habían contado que trabajaba en el sitio donde cantaba Maxie. ¿Te acuerdas de Maxie, tu abuela? Resulta que salí un sábado por la noche para entrevistarme con una mujer que ni siquiera recordaba su propio nombre, y mucho menos qué sucedió la noche del doce de mayo de 1928. Entretanto, ¡tú estabas en mi casa coqueteando, y quién sabe qué más, con ese imbécil de Raine Montgomery!

Samantha le dirigió una mirada cargada de ira.

—¿Sabes una cosa? Tú estás enfermo. Deberías ver a un médico —repuso Samantha, y se alejó hacia las escaleras—. Me ha dado la impresión de que Raine es puntual, de modo que bajaré a las dos en punto.

A pesar de haberle advertido a Mike que no era asunto suyo, el enfado la había molestado. ¿No se les pasaba por la cabeza a los hombres preguntarse si tenían derecho a enfadarse? Jamás en toda su vida Samantha había dejado de preguntarse, cuando venía al caso, si debía o no enfadarse. No había lógica en el mundo que justificara que Mike se enfadara porque ella saliera con un hombre. Era una mujer adulta y no tenía vínculos sentimentales. No existía nada que se pareciera a un romance entre ellos dos. Entonces, ¿a qué venía enfadarse así?

Apretó los dientes hasta hacerlos rechinar. Le hubiera gustado saber, aunque no fuera más que una sola vez en la vida, cómo funcionaba la cabeza de los hombres.

De pronto se aplacó su furia contra Mike. Era curioso que se irritase tanto con un hombre que significaba tan poco para ella, cuando ni siquiera se había enfadado así al enterarse de lo que había hecho su marido, ni cuando escuchó el testamento de su padre. Recordó que le dieron ganas de tirar cosas contra la ventana al enterarse de su contenido, pero que logró controlarse.

Con Mike Taggert también le entraron ganas de destrozar cosas. Le entraron ganas de coger la guía de teléfonos y rajarla de arriba abajo con sus propias manos.

Abrió la puerta del armario, miró en su interior y vio todos aquellos vestidos maravillosos. Palpó la manga de una suave chaqueta color melocotón y recordó lo simpático que se había mostrado Mike el día que compraron la ropa. En cierto sentido, era el hombre más agradable y encantador con el que jamás hubiera estado y, por otro lado, le tenía por el más desagradable y exasperante. A veces, a Samantha le venía el deseo de sentarse sobre sus rodillas y contarle cosas que jamás le había contado a nadie, y otras veces quería partirle la cabeza con una hacha.

Mientras sacaba un pantalón de lino pensó que lo mejor para ambos sería que ella se marchara inmediatamente después de entrevistarse con Barrett. Samantha había sufrido demasiado en la vida como para seguir viviendo en una casa con cuyo propietario se peleaba sin cesar.

10

Mike abrió la puerta cuando su primo tocó el timbre, y se quedó un instante con la mano en el pomo, sin dejarlo entrar.

—Si le pones la mano encima, Montgomery, te aseguro que no podrás tener descendencia.

Sin asomo de condescendencia, Raine asintió con la cabeza. Entendía lo que Mike quería decir: reclamaba a Samantha para sí.

Mike se volvió y salió de la habitación; el pensamiento que le atormentaba era que no podría soportar ver a Samantha sonriéndole a otro hombre. A pesar de sus nobles intenciones, no bien cerraron la puerta, se acercó a la ventana para verlos caminar en dirección a Central Park. Pensó que físicamente no estaban hechos el uno para el otro. Samantha, con su cuerpo pequeño de insinuantes curvas no encajaba con el cuerpo larguirucho de su primo.

Por fin, desvió la mirada, disgustado, sobre todo consigo mismo. Sin duda Samantha tenía razón y era verdad que estaba loco. Jamás le habían corroído los celos como ahora y, francamente, no se sentía satisfecho. Tampoco entendía por qué estaba celoso, puesto que Samantha nunca le había dado motivos para hacerle pensar que le pertenecía.

«Su padre bien lo había insinuado», pensó, para darse ánimos. Su padre, en efecto, le había pedido que cuidara de su queridísima hija después de que él muriera. Durante el primer mes, lo pasó bastante mal, pero a partir de ahora intentaría recuperar el tiempo perdido.

Dejó escapar un suspiro y pensó en la larga tarde que le esperaba. ¿Quién estaría a su lado para disfrutar encargando la comida a una tienda de *delicatessen*? ¿Quién le haría preguntas y se interesaría por su investigación? ¿Quién olería las rosas del jardín? ¿Quién se pondría a mirarlo desde arriba pensando que él no se daba cuenta?

Se iba a apartar de la ventana cuando vio a un hombre que salía de la sombra de un edificio del otro lado de la calle y se ponía a caminar. En Nueva York se ve gente por todas partes, pero había algo en el hombre aquel que le llamó la atención. Para empezar, lo había visto allí mismo el día anterior. Se había fijado en él, porque los hombres que hacen ejercicios con pesas se fijan en los hombres cuyos tríceps resaltan bajo la camisa. Aquel hombre no era un hércules, o no lo era tanto como para que sus músculos resultaran llamativos, pero se veía que sabía por dónde tenía que coger una pesa.

Mike abrió la ventana y asomó la cabeza. Después de observarlo unos momentos, y sin explicarse por qué, se convenció de que aquel hombre seguía a Samantha y a su primo.

No perdió el tiempo. Y en un abrir y cerrar de ojos ya estaba fuera. Siguió al hombre por Park Avenue, luego por Madison y la Quinta Avenida hasta llegar al parque. Allí Mike constató que el tipo espiaba a Samantha al ver que se ocultaba detrás de la estatua del general Sherman cuando Raine se detuvo a comprarle a Sam un helado y un par de globos.

Mike dejó de vigilarle un momento, fija la mirada en Samantha, que se extasiaba ante el larguirucho de su primo. Por su expresión complacida se diría que jamás le habían regalado algo tan maravilloso como un helado que se derretía y unos globos baratos. El estúpido de su primo le sonreía como si estuviera presentándole una cabeza de dragón.

—¡No me fastidies! —exclamó Mike por lo bajo, con gesto de desagrado.

Luego, los dos siguieron paseando por el parque, al parecer sin darse cuenta de que los demás existían. Mike mientras tanto se demoraba hasta que vio aproximarse al hombre. Por lo visto aquel tipo no pretendía hacer nada en secreto, porque en un momento incluso los adelantó, se sentó en un banco y los observó cuando pasaron a su lado.

Por otra parte, Mike no dejaba que el hombre lo viera, porque si éste había estado vigilando la casa, lo reconocería.

Los siguientes cuarenta y cinco minutos sin perder de vista al hombre, Mike los pasó observando a Samantha y a su primo. La verdad es que Raine ni siquiera le puso la mano encima, pero cada vez que ella le sonreía levantando la vista como si mirara a un poste de teléfonos, a Mike le entraban ganas de romperle la cara. Cuando los dos se detuvieron en la zona de juego de los niños, Mike sintió que estaba a punto de vomitar. Con habilidad, Raine cogió un columpio y ayudó a Samantha a sentarse como si fuera una inválida, y le dio un leve empujón. Samantha soltó una carcajada de placer, como si Raine acabara de llevar a cabo una gran proeza.

—Debería haberlo matado el verano en que cumplimos doce años —murmuró Mike.

Pero experimentó cierto alivio al ver que Samantha detenía el columpio y rechazaba la mano que Raine le tendía para ayudarla a bajarse.

«La cosa no es sólo conmigo, pues», se dijo, sastisfecho.

Después de los columpios, la pareja caminó por los senderos del parque, y cada vez que desaparecía de su vista, Mike sentía que se le erizaban los pelos de la nuca. De pronto, cuando Raine se detuvo y se apartó de Samantha para lanzar una pelota de béisbol a unos chicos, Mike se percató de que el hombre que los seguía había desaparecido. Se había estado fijando únicamente en si su primo tocaba o no a Samantha y se había olvidado de la verdadera razón por la que los espiaba.

Inquieto, miró a su alrededor sospechando que podía suceder algo. ¿Dónde estaba el hombre? ¿Quién era aquel tipo?

Mike vio a Samantha a la sombra de unos árboles, mirando a Raine con expresión bobalicona. A sus espaldas, bajando por la loma lentamente y con sigilo, se acercaba el hombre.

Mike echó a correr. Pisoteó un mantel con comida, y los comensales empezaron a gritar. Saltó por encima de un banco, y sus ocupantes chillaron de espanto. Al llegar a la arboleda Mike seguía corriendo, y al lanzar sus noventa kilos de músculos contra el hombre, lo aplastó de un golpe. Durante breves momentos, ocultos bajo las ramas de los árboles, los dos lucharon sin que en ningún momento hubiera dudas acerca del resultado. Mike era mucho más fuerte que el otro, y no tardó en inmovilizarlo contra el suelo.

—¿Quién eres? —preguntó Mike, sujetándolo con fuerza—. ¿Qué quieres?

El hombre le devolvió la mirada que expresaba su propósito de morir antes que soltar prenda y, de pronto, Mike intuyó cuál era la respuesta a su pregunta.

—Te ha enviado Barrett, ¿no?

El hombre parpadeó levemente, lo suficiente para que Mike supiera que estaba en lo cierto.

—¿Por qué? —preguntó, realmente intrigado—. ¿Quiere saber algo sobre su nieta?

No hubo respuesta a sus preguntas, porque aprovechando su desconcierto, el hombre cogió una piedra y le dio con ella en la cabeza. El dolor del golpe, junto a lo inesperado del gesto, lanzó a Mike hacia un lado, y el hombre no tardó en desaparecer. Mike se quedó sentado en el césped, con una mano en la cabeza y la vista nublada.

—¡Michael Taggert! ¿Cómo has podido hacerme esto? ¿Cómo te has atrevido a seguirme?

Mike levantó la mirada y vio a Samantha frente a él con los brazos en jarras y con una expresión que le pareció de enfado, pero aún tenía la vista un tanto borrosa.

—Esto es demasiado —confesó Samantha, y comenzó a bajar la colina.

Mike parpadeó unas cuantas veces, intentando aclararse la visión, vio un pañuelo frente a sus ojos, lo cogió y se lo llevó a la cabeza, en el punto donde le dolía.

—¿Te encuentras bien?

Mike reconoció la voz de su primo, y al intentar ponerse en pie, sintió el apoyo de un brazo fuerte que le ayudaba a levantarse.

—¿Mike?

—Estoy bien —logró balbucir mientras se incorporaba sujetándose el pañuelo contra la sien, sintiendo la sangre tibia que se escurría por el pelo.

—¿Me quieres decir qué ha sucedido?

—De ningún modo —respondió, sin mirar a su primo—. ¿Samantha se encuentra bien?

Raine miró hacia el prado bañado de luz donde Samantha contemplaba el juego de unos niños.

—Está bien. ¿Hay alguna razón por la que no pueda estar bien?

—No lo sé. No me imagino que le quieran hacer daño. No hay razón para hacerle daño —repuso, y miró a Raine—. Cuídala bien, ¿quieres?

Raine asintió con un movimiento de cabeza, y Mike se alejó entre los árboles, tropezó y tuvo agarrarse a uno de los mojones del parque. Al poco rato, Raine bajó hasta donde estaba Samantha y le dijo que tenía que hacer una llamada telefónica. Conociendo a Mike, sabía que no iría a un médico para que le examinaran la herida, de modo que decidió llamar a uno y pedirle que fuera a visitar a su primo en casa.

11

Una hora y media más tarde, Samantha entró en casa de Mike con un genio de mil demonios. Había tenido tiempo suficiente para pensar que Mike la espiaba, y afirmarse en su resolución de abandonar Nueva York lo más pronto posible. Al día siguiente por la tarde irían a ver al viejo gángster, y el martes, por la mañana temprano, cogería un avión y no aparecería más.

Al llegar a casa con Raine pisándole los talones, Samantha sólo pensaba en todo lo que le iba a decir a Mike. En la puerta se despidió muy formalmente de Raine, e incluso le tendió la mano. En lugar de estrechársela, él se la llevó delicadamente a los labios y la besó. En otro momento, Samantha se habría sentido halagada por su atención y su profundo respeto, pero ahora sólo pensaba en ver a Mike y decirle que no era más que un mentiroso indiscreto y entrometido.

Tan pronto como Raine se marchó, ella abrió la puerta y cerró los puños preparándose para la trifulca que se avecinaba. Ya había ensayado mentalmente cómo decirle que no se le ocurriera repetir la hazaña. No era que pensara volver a darle otra oportunidad, puesto que se marcharía dentro de dos días, pero quería decirle que se había portado como un crío.

En la casa reinaba un silencio sepulcral, lo que se dice un silencio demasiado profundo, y Mike era cualquier cosa menos silencioso. Samantha fue al jardín, luego a la biblioteca, dónde solía encontrarlo sentado ante su vieja máquina de escribir, y por fin a la cocina. Cuando miró en el salón y lo encontró vacío, frunció el ceño, porque no se le había ocurrido pensar que no lo encontraría en casa esperándola.

Al salir del salón, creyó escuchar un ruido. Se volvió, entró y vio a Mike completamente dormido sobre el sofá.

—Michael Taggert, quisiera hablar contigo acerca de... —Calló al percatarse que Mike dormía, realmente, pero le llamó la atención la manera en que estaba echado sobre el sofá de cuero, sin camisa y sin zapatos, con el pantalón manchado de hierba y tierra. Se acercó a él, lo llamó, pero el joven no reaccionó. Se acercó un poco más y al hacerlo pisó la camisa que yacía en el suelo. Como solía hacer, la recogió y al ver las manchas de sangre seca en el cuello y en el hombro derecho, la colgó en el respaldo de una silla.

—Mike —murmuró, y, como él no contestara, le tocó el hombro desnudo, pero el bueno de Mike permaneció inmóvil. En la mesa que había junto al sofá, vio un frasco marrón de un medicamento. Lo cogió y leyó el nombre de un fármaco que reconoció como analgésico y narcótico.

Le colocó la mano en el mentón, y al volverle la cabeza en dirección a ella vio que tenía un gran vendaje en el lado derecho. Desconcertada y sorprendida, incluso con cierto temor, se dejó caer pesadamente en el suelo junto al sofá.

—Ay, Mike, ¿qué demonios has hecho?

Por lo que recordaba, él la había seguido y, en su testarudez absurda, había tropezado con una piedra del parque.

Mike se movió, aún dormido, y el brazo cayó del sofá al regazo de Samantha. Ella quiso cruzárselo sobre el pecho, pero el sofá no era lo bastante ancho para el corpachón de Mike. ¿Acaso había algo más atractivo en todo el mundo que un hombre fuerte momentáneamente indefenso? Mientras intentaba no pensar en lo que hacía, le tocó la cara y le recorrió la barba crecida con la punta de los dedos, y sintió un impulso incontenible de encaramarse al sofá y acurrucarse junto a él. Mike dormía un sueño inducido por el fármaco y no se enteraba de nada, de modo que ella podría gozar de la maravillosa sensación de tocar el cuerpo de un ser humano.

Cuando Mike volvió a agitarse, casi se cae del sofá, y Samantha se encontró sosteniendo con su propio cuerpo buena parte de su peso. Si ella se movía, Mike se caería al suelo, y si no se movía, quedaría entumecida al cabo de menos de veinte segundos.

—¡Mike! —exclamó, y alzando la voz, repitió—: ¡Mike! —Intentó quitárselo de encima, pero noventa kilos de músculos dormidos era más de lo que ella podía desplazar—. ¡Mike! —volvió a insistir, empujando con todas sus fuerzas.

Él apenas abrió los ojos y sonrió.

—Sammy —balbuceó, medio dormido, y le puso una de sus manazas sobre los rizos del pelo—. ¿Te encuentras bien? —preguntó, y no le dio tiempo a contestar, porque ya se había dormido, con la mitad del cuerpo sobre el sofá y la otra sobre ella.

—¡Michael Taggert, despierta! —chilló Samantha.

Mike volvió a abrir los ojos, de mala gana, y le hizo un guiño.

—Estás aplastándome —replicó ella.

Con una sonrisa adormilada, él la levantó y la colocó encima de él y, sintiéndose más cómodo, volvió a dormirse.

Por un momento ella permaneció donde estaba, tendida cuan larga era, con la mejilla sobre el pecho desnudo de Mike. ¿Cuántos años habían pasado desde que alguien la abrazara de verdad? Durante los meses después de casarse, su marido había fingido quererla y desearla, pero la farsa no había durado mucho tiempo. Al cabo de cuatro meses de casados, su contacto físico era tan escaso que bien podrían haber sido simples compañeros de piso.

Ahora, a Samantha le habría encantado quedarse encima de Mike para siempre si él no hubiera deslizado la mano para cogerle las nalgas. Era evidente que no estaba tan dormido como ella creía.

Samantha le hundió los codos en las costillas e intentó desasirse con todas sus fuerzas.

Mike se despertó, ceñudo y gruñendo, pero al verla encima de él, su expresión cambió reflejando la dicha que le embargaba.

—¡Ah, Sammy! —exclamó, y le puso la mano en la nuca para acercarle la cabeza y besarla.

Samantha ladeó la cabeza para que los labios de Mike no tocaran los suyos, y volvió a hundirle los codos en las costillas. Él lanzó un aullido de dolor, y Samantha logró apartarse justo en el momento en que Mike se lanzaba sobre ella y, al no encontrarla, cayó al suelo dándose un porrazo que hizo temblar la casa hasta los cimientos.

La miró con expresión de asombro. El tranquilizante le había puesto los ojos vidriosos.

—Michael —dijo ella con voz pausada, intentando que en su

voz no se traslucieran sus sentimientos, ni sus ganas de quedarse muy cerca de él—. Creo que deberías irte a la cama. El sofá es demasiado pequeño para ti.

Él se recostó sobre la moqueta y cerró los ojos.

—Michael —insistió ella—, tienes que levantarte. —Al ver que no se movía, Samantha se giró para salir del salón, pero él la cogió por el tobillo.

—Ayúdame a levantarme —pidió, con voz débil e indefensa.

Samantha sabía perfectamente que Mike no necesitaba su ayuda, pero tampoco podía dejarlo dormir toda la noche en el suelo. Tal vez la había espiado, pero quizá tuviera algún motivo para hacerlo. Acaso pensaba que su primo Raine podría hacerle daño. Como Mike le había dicho mil veces, se suponía que tenía que cuidar de ella, y puede que el muy mentecato creyera estar protegiéndola mientras la seguía por el parque.

Se arrodilló, le puso un brazo sobre el hombro y, acto seguido, intentó ayudarlo a ponerse en pie, cosa que le tomó un buen rato, pero tardó mucho más en conseguir que subiera las escaleras.

Ya en su habitación, Samantha se volvió de espaldas para darle tiempo a que se bajara la bragueta del pantalón, se quitara los calcetines y se metiera en la cama. Lo gracioso del caso fue que en el espejo Samantha pudo ver que Mike llevaba calzoncillos azules de algodón muy sucintos, observó que sus muslos dibujaban una curva insinuante al fundirse con las nalgas y que apenas tenía vello en la parte superior de las piernas.

Mike cerró los ojos no bien dejó reposar la cabeza en la almohada, y Samantha no pudo dejar de cubrirlo y arreglarle las mantas.

—No te vayas —murmuró él, cuando ella estaba a punto de salir de la habitación.

—Tienes que dormir. Esas pastillas son muy fuertes.

Mike sonrió, pero no abrió los ojos.

—¿Lo pasaste bien en tu cita? —preguntó, como si sólo le interesara saber si se encontraba bien y si había gozado del paseo de la tarde, pero Samantha no se dejó engañar.

—Lo pasamos estupendo. Raine es el hombre más encantador y atractivo que he conocido en mi vida. Le he dicho que aceptaría ser la madre de sus hijos.

Mike abrió los ojos desmesuradamente, y después de una súbita mirada de terror, volvió a descansar la cabeza en la almohada.

—Eres una mujer cruel. Ven aquí a mi lado y cuéntame un cuento.

De sobras sabía Samantha que debía mantenerse alejada de él. Al fin y al cabo, le quedaban muy pocas horas para marcharse, y no tenía sentido encariñarse más de lo que estaba. Por otro lado, era evidente que Mike se había roto la cabeza, porque de otro modo no se explicaba su curiosa caballerosidad.

Con un gesto que ponía de manifiesto sus remilgos, Samantha se sentó en el filo de la cama, lo más lejos posible de ese cuerpo cálido, somnoliento y medio desnudo.

—¿Qué cuento te gustaría escuchar? ¿El del curioso mirón? Mike siguió sin abrir los ojos.

—Cuéntame uno de esos de odio-a-los-hombres-y-especialmente-el-matrimonio que tú conoces.

Samantha parpadeó un par de veces y dejó escapar una risita de complacencia, pero no le fue difícil traer a colación uno de esos cuentos.

—He leído un libro que exponía la teoría de que la principal causa de los divorcios en Estados Unidos son las tareas domésticas. Las mujeres acuden todos los días a sus puestos de trabajo, y luego al volver a casa se ocupan de las faenas domésticas. En la mayoría de los casos nunca cuentan con la ayuda de sus maridos. Después de años de investigación, la autora descubrió que las mujeres se casaban, tenían dos o tres hijos y luego se divorciaban. Y es que a los maridos, una vez que han cumplido con la función de tales, ellas ya no los necesitan para nada y se libran de ellos. Supongo que es algo parecido a lo que sucede con los zánganos de las colmenas.

—Ya sabes que detesto hablar de asuntos que te parecen desagradables, pero ¿qué pasa con el sexo? ¿Acaso las mujeres podrán prescindir del sexo durante el resto de sus vidas?

—Yo no he dicho que las mujeres sean célibes. Además, ¿qué es el sexo en el matrimonio? Que el hombre te levante el camisón por encima de la cabeza y emita gruñidos durante cuatro minutos.

Mike abrió los ojos, la miró y se echó a reír. Reía tanto y con tantas ganas que Samantha se bajó de la cama, pero él la agarró de la mano y de un tirón la obligó a sentarse. De mala gana se quedó sentada, conservando una posición tensa.

—Me alegra saber que te parezco tan graciosa —repuso con sarcasmo.

—Así es —replicó él—. Me haces mucha gracia, pero también estoy comenzando a entenderte.

Ella pugnó por zafar su mano de la de Mike, pero él la sujetó con firmeza.

—Tú necesitas dormir y yo tengo que hacer mis maletas —dijo ella.

—Hacer las maletas, ¿para qué? —preguntó Mike.

—Para irme de la ciudad. Después de ver a Barrett mañana, soy libre, ¿lo recuerdas? Supongo que cumplirás tu palabra, y que me entregarás el dinero, ¿no es cierto?

Mike abrió los ojos alarmado.

—Sí, dejaré que te lleves el dinero si vienes a ver a Barrett conmigo. Pero, Sam, ¿adónde piensas ir? ¿Tienes a alguien que cuide de ti?

Ella se soltó la mano de un tirón.

—Carezco de parientes, si es eso lo que quieres saber. Me temo que no gozo de la misma suerte que tú, que tienes un pariente en cada esquina. Yo, en cambio...

—Nada de una suerte. Una maldición —corrigió él—. Los parientes son una maldición. Siempre te están espiando, te...

De pronto Samantha se bajó de la cama sin poder aguantar su indignación.

—¡No sabes lo que dices! Siempre lo das todo por sentado. Entras en una tienda como Saks y esperas que tu prima deje lo que está haciendo para ocuparse de ti. Tu primo Raine viene a tu casa por primera vez porque quería asegurarse de que yo no era una cazafortunas que venía a robarte tu casa y tu hogar, porque a tu familia le importas, y yo daría cualquier cosa con tal de tener... —Titubeó y guardó silencio, cayendo en la cuenta de que estaba revelando demasiadas cosas sobre sí misma.

—¿Con tal de tener qué, Sam? —inquirió él.

—¡Con tal de que dejaras de llamarme Sam! —exclamó ella, sin pretender entrar en el tema—. Ahora duérmete. Mañana iremos a visitar a tu gángster —sentenció, y se giró para salir de la habitación.

—¿De qué hablaste con mi primo?

«De ti», estuvo a punto de decir ella, pero se contuvo.

—Pues, de lo de costumbre, de la vida, del amor y de las cosas que tienen importancia.

—¿Qué te contó sobre mí? —preguntó él. La voz se le debilitaba y empezaba a dormirse de nuevo.

—Me dijo que los Taggert erais más bien pobres, pero muy prolíficos, y que todos sabíais sumar y restar muy bien.

Mike asintió con una sonrisa somnolienta y los ojos cerrados.

—Tenía razón en lo de hacer hijos. Te puedo hacer una demostración gratuita cuando quieras.

Samantha intentó no sonreír, pero no pudo evitarlo.

—Será mejor que te duermas —dijo, y salió de la habitación.

12

Samantha vestía con recato un precioso traje italiano de corte impecable ignorando que sólo ese traje le había costado a Mike cuatro mil dólares. Sentada en el amplio asiento trasero de la limusina, no dejaba de estirarse la falda hacia abajo, hasta que Mike le cogió la mano y le besó las puntas de los dedos, lanzándole una mirada con la que le pedía que, por favor, dejara de hacerlo. El hombre que iba sentado al frente miró primero a uno y después a otro, pero no hizo comentarios.

—El señor Barrett es tu abuelo —dijo Mike—. No hay ninguna razón para ponerse nerviosa. Además, cariño, yo estaré allí para cuidar de ti.

Samantha le miró sorprendida. Su mirada quería decir «¡Vete a paseo!», y le quitó la mano con brusquedad. No le ponía nerviosa tener que conocer a un viejo que podía ser su abuelo. Lo que la ponía nerviosa era pensar qué haría después de abandonar Nueva York. Por la mañana, Mike le había preguntado, aún medio dormido, si ya había hecho sus maletas y su reserva de avión. Le tocaba mentir a ella, y dijo que sí. «¿Reserva de billete a dónde?», se preguntó. En Louisville no había nada que hacer y, desde luego, menos en Santa Fe. Podría ir a San Francisco.

¿O prefería decidirse por viajar y conocer un poco de mundo? Al fin y al cabo, estaba libre para ir adonde quisiera y hacer lo que le viniera en gana. Pero la idea de viajar sola no la entusiasmaba demasiado.

Ahora, sentada en el cómodo asiento de cuero de la limusina, se preguntaba qué haría con su vida. Después de esa visita y después de que Mike obtuviera lo que quería de ella, no tendría motivos para permanecer en Nueva York. Ningún motivo.

Ahora viajaban por terreno despoblado en el largo coche negro que el viejo gángster de Mike había enviado a recogerlos. No hablaron mucho por la mañana, porque Mike entró en la cocina para contar una historia inventada, según creía Samantha, sobre el corte que tenía en la cabeza.

—Si lo que vas a contarme es una de tus mentiras —dijo—, no quiero saber nada. —Vio que Mike tenía la intención de decir algo, pero al final no mencionó para nada su herida, sino que le preguntó si sabía hacer café. Samantha le contestó que no, y que no tenía intención de aprender. Estaba tan furiosa con él que se pasó la mañana arrancando las malas hierbas del jardín.

Después de la comida, compuesta de platos cocinados que él había pedido a la tienda y que ella no quiso compartir, Samantha se había vestido para ir a ver a Barrett. A la una y media llamaron por teléfono y apareció Mike para decirle que el coche estaba al llegar.

—¿Por qué estás tan enfadada conmigo? —preguntó.

—Me has espiado y además has intentado mentirme sobre lo ocurrido. Creo que es suficiente razón para estar enfadada.

Él no había dado muestras de arrepentimiento.

—Hay cosas que no te conviene saber —replicó, con aire de suficiencia.

La frase la enfureció más todavía y decidió no dirigirle la palabra. Pero cuando llegó la limusina y se estacionó frente a la casa de Mike, él le cogió la mano para deslizarle un anillo en el dedo. Instintivamente Samantha se apartó de él.

—Si eres mi novia, necesitarás un anillo. ¿Te parece bien éste? —preguntó él.

En la mano sostenía un finísimo anillo de diamantes de cinco quilates y de color amarillo pálido. Ella supo, sin que nadie se lo dijera, que esa piedra era lo que se llama un diamante canario.

—¿Es de verdad? —preguntó, admirada.

—Perteneció a mi abuela, y por lo que yo sé, es auténtico.

Mike intentó deslizárselo en el dedo, pero el anillo quedó atascado antes del segundo nudillo. En ese momento sonó el timbre; ella intentó apartarse de Mike, pero para su consternación, éste le cogió el anular, se lo metió en la boca y lo chupó haciéndolo girar.

Sorprendida, Samantha abrió unos ojos como platos porque jamás había experimentado nada tan descaradamente sensual como su dedo dentro de la cálida boca de ese hombre. Admiró los labios de Mike, esos labios que la fascinaban. Éste se sacó lentamente el dedo húmedo de la boca y sin ninguna dificultad deslizó en él el anillo.

—Así está mejor, ¿no te parece?

—Sí —replicó ella, pero su voz era un graznido. Carraspeó, intentando controlarse—. Sí... gracias.

—Cuando quieras, mi querida Sam. Cuando quieras, donde quieras, cualquier parte del cuerpo —explicó con picardía, y le ofreció el brazo y ambos salieron para subir a la limusina que los esperaba.

Ahora llegaban a la casa de Barrett y Samantha quedó impresionada, porque aquello no era una casa sino lo que se dice una mansión en el sentido más amplio de la palabra. Unas verjas enormes, flanqueadas por altos muros de ladrillo, se alzaban sobre un camino que serpenteaba por un parque delimitado por una arboleda. A Samantha le pareció que el trayecto duraba horas hasta llegar a la casa, que tenía las dimensiones de un palacio.

Por doquiera que miraran, veían hombres corpulentos embutidos en trajes ajustados; en las orejas llevaban auriculares cuyos cables quedaban colgando y desaparecían bajo el cuello de sus americanas. Dos hombres que sujetaban sendos perros de aspecto hambriento atados con una correa recorrían el perímetro de los muros. Al bajar del coche, Samantha pensó que así debía estar protegido el presidente de Estados Unidos, aunque aquí parecía haber más guardias de lo que ella había visto en fotos del presidente.

Mike se detuvo un momento para examinar el lugar, intentando memorizar lo mejor posible cada uno de los rincones, cada árbol y, sobre todo, cada uno de los rostros que veía a su alrededor. Era la primera persona del mundo exterior, y tal vez la única, que visitaba a Barrett desde que éste comenzara su encierro hacía muchos años, y tendría que describirlo todo en su libro con gran lujo de detalles.

Mike caminaba despacio, ganando tiempo, y hasta se agachó a atarse los cordones de los zapatos. A primera vista, la casa tenía buen aspecto, pero tras una mirada detallada, Mike vio muestras de abandono: canalones obturados, cristales rotos y no reemplazados y maleza entre las flores del jardín. ¿Es que no le importaba nada a Doc el aspecto de la casa? Por otro lado, el mantenimiento de una casa de esas dimensiones significaba mucho dinero.

—Venga, moveos —exclamó el gorila que los había acompañado durante el trayecto, y le dio un empujón a Mike. Éste tuvo que reprimirse para no responder al gesto del hombre, y siguió a Samantha hacia la casa.

En el interior, Samantha miró a su alrededor, impresionada. Las salas eran enormes, hechas para una época de vida esplendorosa, y por todas partes había cuadros y antigüedades, así como piezas de porcelana en las hornacinas de las paredes.

Mientras Samantha observaba la casa deseando llevar puesto un traje largo y unas cuantas esmeraldas, Mike lo miraba todo como si hubiera crecido en una mansión mil veces mejor que ésta. La mayoría de las antigüedades eran falsas, al igual que las pinturas y las porcelanas. Ni siquiera eran buenas copias, y Mike se fijó en que en un par de sitios el papel que tapizaba las paredes tenía un tono más claro, como si hubieran retirado unos cuadros.

Además, no había sirvientes por ninguna parte, sólo los gorilas con los auriculares. Mike pasó con disimulo la mano sobre la superficie de una mesa, donde pudo palpar el polvo. El guardia les hizo un gesto para que pasaran a otra sala.

El salón era grande y luminoso, y las ventanas miraban al mar. Samantha se dirigió a ellas para admirar el paisaje, y Mike se quedó donde estaba, examinando la estancia. En un rincón, sentado en una silla de ruedas, estaba el hombre sobre cuya vida Mike tanto había leído y escrito en los últimos años. Mike solía pensar que podría reconocerlo en cualquier sitio, aunque, por lo que sabía, no existía ni una sola fotografía de él, porque la fobia que Barrett sentía por los fotógrafos rayaba en la obsesión.

A primera vista, Barrett tenía el aspecto de un anciano normal. Encogido, enjuto, de piel oscura. Pero lo traicionaba la mirada. Aquella inteligencia que había permitido a ese hombre surgir de los barrios bajos de Nueva York hasta llegar a controlar gran parte del crimen organizado de la ciudad, aún le brillaba en los ojos. Puede que la piel en torno a los ojos estuviera renegrida y arrugada, pero la mente que había tras esas pupilas estaba tan joven y despierta como siempre.

«Y ahora esos ojos me están mirando a mí», pensó Mike. Después de fijarse un momento en Samantha, el gángster la pasó por alto como si la considerara insignificante. Ahora miraba a Mike de arriba abajo, como intentando calibrar su fuerza física a la vez que desentrañar lo que pensaba. Sin poder evitarlo, Mike sintió un escalofrío. Era como si acabase de ser estudiado por una inteligencia extraterrestre capaz de leer en la cara de un hombre y ver lo que se escondía en el alma.

—Siéntense, por favor —murmuró el viejo. La voz parecía tan frágil como su cuerpo, y Mike tuvo la impresión de que su incapacidad física le hacía sufrir mucho, de un modo insoportable.

Samantha, que no se había dado cuenta de que había alguien más en el salón, casi dio un salto cuando oyó la voz del anciano. Se giró y vio al escuálido viejo en su silla de ruedas. Sintió inmediatamente una especie de compasión, preguntándose si el anciano no se sentiría solo en esa enorme mansión. ¿Tendría amigos? ¿Tendría familia? Samantha le sonrió.

Barrett le devolvió una mueca que parecía una sonrisa, y Samantha se dijo que el pobrecito era tímido. Se acercó y le tendió la mano, que él cogió en la suya, sosteniéndola un momento, y luego la giró en su palma sarmentosa para estudiar esa piel tersa y suave.

Al cabo de un rato, la soltó y con un gesto les indicó que se sentaran. Samantha quiso instalarse en una silla, pero Mike la cogió del brazo y la hizo sentarse junto a él en el sofá. Ella, con una leve mirada que ocultó al anciano, mostró su reprobación y se sentó en el filo del sofá, mientras Mike se reclinaba en silencio.

—Habéis venido a preguntarme sobre Maxie —dijo Barrett.

Samantha no había dedicado mucho tiempo a planear la reunión. Sólo le interesaba cumplir con lo que exigía Mike y abandonar Nueva York. Ahora sentía cierto interés.

—Mi abuela dejó la casa al año de que yo naciera, y yo... nosotros pensamos que tal vez... —Titubeó, mirándose las manos.

Barrett accionó los mandos de su silla y se acercó hasta ella. Le cogió la mano.

—Quieres saber si Maxie dejó a su familia para venirse conmigo —dijo.

—La verdad... —respondió Samantha, y levantó la mirada—. Sí.

Él le dedicó una sonrisa cálida.

—Jamás en mi vida me he sentido tan halagado —aseguró, y le apretó la mano. Le cogió el mentón y le giró la cabeza para que la luz le iluminara el pelo y las mejillas.

En otras circunstancias, Samantha se habría sentido molesta porque la tocara un desconocido, pero ahora sólo atinaba a pensar en que tal vez ese hombre era el único pariente vivo que le quedaba, y que ella no tenía adónde ir cuando dejara la casa de Mike.

Barrett dejó caer la mano con que le sostenía la cara.

—Te pareces a ella —añadió—. Te pareces mucho a ella.

—Ya me lo han dicho antes —puntualizó Samantha. Se inclinó hacia él y le puso la mano sobre la que él tenía en los mandos de la silla—. ¿Sabe usted lo que le sucedió a mi abuela?

Barrett negó con la cabeza.

—El doce de mayo de 1928 desapareció de mi vida y jamás volví a verla.

Samantha dejó escapar un largo suspiro, como si acabara de perder a un ser querido. Por unos minutos, había creído ver colmadas sus esperanzas, y ya no pensaba, como le había dicho a Mike, que no quería saber nada de una abuela adúltera. Ahora sabía que si una mujer llamada Gertrude Elliot, también conocida como Maxie, cruzara por esa puerta, Samantha se le habría lanzado al cuello para abrazarla.

—Realmente, no creía que... —dijo, tartamudeando, y se detuvo, sin saber cómo proseguir. Y es que no podía soltar sin más ni más: «A propósito, ¿estuvo usted en la cama con mi abuela en esa fecha? porque..., tal vez..., posiblemente..., engendrarían un bebé que fue mi padre.»

—Ven —la invitó Barrett, y la precedió en su silla de ruedas—. Tomaremos una taza de té y te contaré lo que sé.

—Sí, por favor —le rogó Samantha, y se incorporó para seguirlo.

Mike, olvidado por Samantha, la cogió del brazo bajo el suyo. La miraba de una manera extraña, como si quisiera advertirle sobre algo, pero ella no tuvo ni el tiempo ni las ganas de entender qué era lo que le inquietaba.

Siguió al anciano hasta una pequeña habitación pintada de amarillo y blanco con un inmenso ventanal que daba a la playa.

Samantha no hizo caso de los cuatro hombres que se paseaban por aquella parte, dos de ellos con perros. Prefirió contemplar la belleza del paisaje.

Sobre la mesa redonda, que sólo contaba con dos sillas, había una tetera y dos platos con sus tazas, además de una fuente con magdalenas un tanto rancias.

—¿Puedes servirlo tú? —preguntó Barrett. Samantha se sintió halagada. Él no quiso beber ni comer nada, así que sólo sirvió para Mike y para ella; Barrett mientras tanto permanecía sentado observándola en silencio.

—Con la ropa y el peinado adecuado, hasta podrías ser Maxie —murmuró—. Hasta te mueves de la misma manera que ella. Dime una cosa, hija, ¿sabes cantar?

—Poca cosa —contestó ella con modestia, porque siempre le había gustado cantar, aunque sólo en familia.

Los tres permanecieron en silencio durante un rato. Sentado en la silla, Mike tenía el aspecto de un predicador en un congreso de pornografía. Por motivos desconocidos parecía censurar con la mirada todo lo que Samantha hacía o decía. Era imposible suponer que sus celos se desataran por la presencia de ese pobre anciano.

—¿Quieres que te cuente lo que sucedió aquella noche? —preguntó Barrett.

—Sí, por favor —respondió Samantha, mientras bebía un poco de té y mordía una magdalena—. Si nos lo quiere contar, quiero decir; si no está demasiado cansado —añadió, sin hacer caso del pisotón con el que Mike intentaba decirle que precisamente habían venido a eso. No tenía la menor intención de cansar a un viejo de noventa y un años sólo para que Michael Taggert pudiera escribir su puñetero libro.

—Será un gran placer para mí contároslo —indicó él, sonriendo. A la luz del sol parecía más viejo que en la penumbra del salón, y Samantha sentía el impulso de acostarlo en el sofá y dejarlo que durmiera una siesta.

Barrett respiró profundamente y empezó a hablar.

—Supongo que ahora es un término anticuado y fuera de lugar, pero yo fui un gángster. Vendía whisky y cerveza a la gente cuando ya el gobierno había declarado ilegal la venta de alcohol, e incluso consumirlo. Debido a que a veces sucedían cosas muy desagradables, nosotros, los vendedores de alcohol, no teníamos muy buena reputación. —Y volvió a sonreírle a Samantha—. No puedo decir que me arrepienta de lo que hice. Era joven y no podía hacer otra cosa. Yo sólo sabía que eran los años de la Depresión, y que mientras había hombres que se pasaban el día en la cola del pan, yo estaba ganando cincuenta mil dólares al año. Era muy importante ganar dinero para un hombre tan enamorado como yo. —Barrett se detuvo y miró a lo lejos, rememorando—. Maxie era bellísima. No era de una belleza explosiva, sino tranquila y elegante, capaz de volver loco a uno por ella —añadió, mirando cariñosamente a Samantha—. Como tú —dijo, y ella se sonrojó—. En fin, Maxie y yo éramos pareja desde hacía meses. Le había pedido que se casara conmigo cientos de veces, pero ella insistía en no aceptar hasta que yo no tuviera nada pendiente con la ley. Era justo lo que yo quería, pero estaba ganando tanto dinero que no me veía a mí mismo instalado en un pueblecito haciendo seguros. Y fue entonces cuando sucedió aquello tan terrible la noche del sábado doce de mayo de 1928.

»Cuando me pongo a pensar en lo que pasó, me pregunto si yo no tuve una premonición de lo que iba a suceder esa noche, pero no la tuve. Yo me sentía por encima del bien y del mal. Mi brazo derecho, Joe, un hombre que había sido mi amigo desde la niñez, estuvo recogiendo las ganancias de ese día, que eran más suculentas que nunca. Le compré a Maxie unos pendientes con diamantes y perlas. Ni grandes ni ostentosos, porque a Maxie no le gustaban las joyas llamativas.

»Me dirigí a Jubilee, que era donde Maxie cantaba, sintiéndome el hombre más afortunado del mundo. Fui directo a donde estaba ella y le entregué los pendientes. Pensé que se alegraría, pero no fue así. Se sentó en una silla y empezó a llorar. Yo no entendía lo que le pasaba, y estuve mucho rato intentando que me lo dijera.

La voz de Barrett se había suavizado, como si lo que estaba contando fuera muy doloroso.

—Me dijo que iba a tener un bebé.

Samantha respiró hondo, sorprendida. Quería preguntar, pero no se atrevía a interrumpirlo.

—Maxie estaba muy molesta por lo de su embarazo, pero yo era el hombre más feliz de la tierra —aseguró Barrett—, porque supuse que así las cosas tendría que casarse conmigo. Pero me equivocaba. Aunque fuera a tener un bebé, dijo que no se casaría conmigo hasta que no me saliera del negocio.

Barrett esbozó una mueca que, en un hombre más joven, podría haber sido una sonrisa.

—Le prometí que así lo haría. Esa noche habría prometido cualquier cosa si con eso conseguía que se casara conmigo la mujer que amaba. Pero, esto lo digo ahora, no sé si habría podido permanecer apartado del negocio. Quizás al cabo de un año lo habría echado en falta y habría vuelto a las andadas, pero aquella noche de verdad que tenía la intención de retirarme.

»Le propuse marcharnos inmediatamente del club para ir a casarnos, pero Maxie se negó porque tenía que cantar, y porque no podía hacerle eso a Jubilee. Consentí con tal que me prometiera que sería la última vez que cantaba en público. En aquellos días, ni se pensaba en que las mujeres pudieran tener una carrera.

Se produjo un silencio, y Barrett miró por la ventana.

—Esa noche cantó. Y jamás la había escuchado cantar con tanta gracia. Cantó como los mismos ruiseñores.

»Serían más o menos las diez cuando hizo una pausa, y yo me levanté de mi mesa para ir a verla a su camerino. Antes, fui al... bueno, ya me entendéis, y cuando iba a salir, cuando tenía la mano en el pomo de la puerta, oí los primeros disparos y los gritos que los siguieron. Enseguida supe lo que había ocurrido. A la sazón, lo mío era un negocio pequeño, quiero decir, sólo le vendía a unos cuantos clientes, la mayoría de ellos en Harlem. La mayor parte de la ciudad estaba controlada por un tipo llamado Scalpini. Ya me había imaginado que Scalpini se habría enterado de nuestras ganancias y que estaría furioso, pero creía que sólo mandaría a un par de secuaces para intentar llegar a una especie de acuerdo conmigo. Pero no fue eso lo que hizo. Mandó a ocho tipos al club Jubilee con "máquinas de escribir", es decir, con metralletas.

»De lo que no cabía duda es de que esos tipos iban a por mí, pero lo único que me preocupaba era Maxie. Abrí la puerta del salón y oí gritos y chillidos histéricos por todos lados. La gente corría a la desbandada y por todas partes había sangre, mucha sangre. Tuve que empujar el cadáver de una mujer para poder abrir la puerta, y luego pasar por encima de otras dos que gritaban en el suelo. Las balas zumbaban por doquier, y una me dio a mí en el hombro y otra en el costado, pero seguí en pie. Temía que Maxie saliera de su camerino, o que los hombres de Scalpini fueran a por ella, porque Maxie no era de ese tipo de mujeres que sólo piensan en sí mismas. Jamás habría salido corriendo por la puerta de atrás si escuchaba los disparos en el interior.

»Casi había alcanzado la parte de trasera, cuando algo cayó y me golpeó la cabeza. Creo que fue un candelabro. Fuera lo que fuese, me dejó seco. Al despertar, varias horas más tarde, había un tipo con una bata blanca arrodillado a mí lado.

»"¡Éste de aquí está vivo!", gritó, y se alejó sin más. Yo lo cogí por el tobillo y quise hacerle algunas preguntas, pero él se escapó de un tirón. Creo que después de eso me desmayé, porque cuando me desperté de nuevo, había pasado todo un día y estaba en el hospital. Tenía el torso y el hombro vendados. Pasó un día más antes de que supiera qué había sucedido. Scalpini había decidido despacharme a mí y a todos los que trabajaban para mí, para lo cual mandó a su gente a matarnos a todos. No le importaba que dentro de la sala hubiera unas cien personas, y que la mayoría de ellas no tuvieran nada que ver conmigo. Scalpini tenía la intención de matarnos a todos, y casi lo logró. Aquella noche perdí siete hombres.

Barrett hizo una larga pausa. Cuando volvió a hablar, había una profunda emoción en su voz cascada.

—Esa noche perdí a Joe. Joe era mi amigo de la infancia, y me había salvado la vida cuando éramos chavales. Era la única persona en quien jamás dejé de confiar. A Joe le metieron un balazo en plena frente, así que tuvo que morir al instante. Y esa noche cayeron unos veinticinco entre muertos y heridos. Pero lo peor de todo fue que Maxie desapareció. Nadie supo jamás lo que pasó con ella. La busqué durante mucho tiempo pero no encontré ni rastro. Desapareció, y estoy seguro de que fue culpa mía. Tal vez sabía que yo no sería capaz de dedicarme a una vida normal, y puede que no le apeteciera la idea de tener un hijo con un gángster. No lo sé. Lo único que puedo decir es que jamás volví a verla ni a saber nada de ella.

Barrett dejó de hablar y respiró profundamente para recuperar la calma.

—Después de esa noche cambié. Perdí a las dos personas más importantes de mi vida. Mi mejor y único amigo y la mujer que amaba. Samantha, ¿puedes imaginarte lo desdichado que me sentí después de esa noche?

—Sí —murmuró ella—. Ya sé cómo se siente uno cuando pierde a las personas que ama.

—Es preferible no hablar de los años que siguieron. Yo no era una persona agradable. No sé en qué me habría convertido si no hubiera sucedido lo que sucedió —dijo, y puso las manos en los mandos de la silla—. Dos años después, tuve un accidente de coche, y me fracturé la columna.

Samantha posó compasivamente las manos sobre las del anciano.

—He hecho cosas en mi vida de las que no me siento orgulloso, pero creo que habría sido un hombre diferente de no ser por esa noche. He pensado mucho en qué habría sucedido si Maxie no se hubiera quedado a cantar. Si se hubiera marchado conmigo antes de que llegaran los hombres de Scalpini, probablemente nos habríamos casado antes de enterarnos de la matanza que hicieron. Si se hubiera marchado conmigo, también habríamos llevado a Joe, y tampoco habría muerto.

Barrett miró al vacío.

—Si Maxie no hubiera querido quedarse para cantar, todo habría sido diferente. —Se inclinó y le rozó la mejilla a Samantha—. Tal vez, si nos hubiéramos casado y yo llego a enterarme de lo sucedido, me habría alarmado lo suficiente como para retirarme de los negocios. Tal vez... —murmuró, y los ojos se le humedecieron— ahora serías mi nieta, no sólo mi nieta biológica. Estarías viviendo aquí, conmigo. Bueno, tal vez no aquí. Yo tendría una casa en las afueras de la ciudad, una casa de agente de seguros jubilado. —Le pasó la mano por el rubio pelo—. Como el rey Midas, hubiera cambiado todo el oro que poseía por el afecto de una niña.

13

—Me pregunto qué le pudo haber sucedido —precisó Samantha.

Estaba sentada con Mike en el jardín, ante una mesa llena de cajas de cartón traídas de una tienda de *delicatessen* a la que habían pedido comida china.

—¿Qué le pudo haber sucedido a quién? —preguntó Mike, aunque sabía perfectamente a quién se refería.

—Si mi abuela no dejó a mi abuelo Cal para volver con el señor Barrett, ¿adónde fue?

—Eso es lo que quería saber tu padre —farfulló él, mirando su plato.

Algo le turbaba, aunque no sabía exactamente qué. Habían dejado la casa de Barrett después de que el viejo terminara su larga y triste historia. Durante todo el trayecto hasta Manhattan, Samantha permaneció en silencio, mirando por la ventanilla del coche, con una leve sonrisa pintada en los labios, como si perdurara una sensación agradable. Incapaz de probar bocado, se dedicaba a amontonar la comida en el plato de cartón.

—¿Crees que vive él sólo en esa casa tan grande?

—Es probable que sí. Al parecer, ha matado a casi todos los que le conocían a lo largo de los años.

Samantha lo fulminó con la mirada.

—¿Por qué tienes que empeñarte en decir tantas majaderías de él? Yo pensaba que los escritores sentían cariño por la gente sobre la que escriben.

—¿Ah, sí? ¿Y qué pasa con los que escriben sobre los asesinos múltiples? No me gusta Barrett, y nunca me gustará, pero tiene algo que me fascina. Nadie ha intentado jamás documentar lo que ha hecho en su vida. En realidad, nadie sabe lo que ese hombre es capaz de hacer.

Hubo un silencio antes de que Samantha volviera a hablar.

—A mí me pareció un hombre bueno —comentó, en voz baja.

Antes de contestarle, Mike tuvo que tragar saliva, y sintió que tenía que respirar hondo.

—¿Qué es lo que tanto atrae a las mujeres en las historias tristes? Un hombre totalmente desconocido te cuenta una historia lacrimosa sobre el amor de su vida, y tú te la crees. Sobre todo me gustó lo del rey Midas. Me pregunto si ensayó su discursito antes de contártelo.

Samantha se levantó de la silla y lo miró irritada.

—¡Y yo estoy hasta las narices de tus celos! —exclamó—. Desde el momento en que me conociste has actuado como si fueras mi dueño, has invadido mi intimidad, me has seguido para espiarme, me has humillado y, cómo lo diría, me has hecho la vida imposible. Y ni siquiera te conozco. No eres nada para mí.

—Soy más de lo que es Barrett —sentenció Mike, incorporándose para inclinarse sobre la mesa.

—No, no lo eres —negó ella, más calmada—. Él es mi abuelo, la última persona viva de toda mi familia.

Mike respiró hondo, sorprendido. Ahora entendía qué era lo que le molestaba en la expresión de Samantha cuando volvían de la casa de Barrett. Era esa sonrisa de alegría, como si hubiera encontrado algo que había perdido.

—Sam —dijo, alargando una mano para tocarla.

Ella se apartó, sin ganas de oír lo que él tenía que decirle. Mike podía tomarse a broma su alegría por haber encontrado a un pariente vivo porque, según observaba, él tenía familiares en todos los estados del país. Era imposible que alguien así entendiera lo que significaba estar totalmente solo en el mundo. No entendería qué se siente cuando no se tiene a nadie a quien invitar para la cena del día de Acción de Gracias ni a nadie a quien comprarle regalos por Navidad. Mike venía de una familia tan numerosa que podía adoptar una actitud cínica y hablar pestes de ellos, incapaz de comprender. Puede que Barrett hubiese hecho cosas terribles en su juventud, y tal vez todo lo que Mike sabía acerca de él fuera verdad, pero ahora no era más que un viejo solitario, tan solitario como Samantha.

Apartándose de Mike, al que miraba como a un desconocido, Samantha decidió entrar en la casa.

Mike le cerró el paso y le puso las manos sobre los hombros.

—¿Adónde vas, Sam? —preguntó.

—Arriba. Supongo que gozo de suficiente libertad como para subir, ¿no?

—Quiero saber qué te pasa por la cabeza —repuso Mike, sin soltarla—. No me gusta esa mirada.

—La mayoría de las veces, a mí no me gusta la tuya —contestó ella, sin titubear—. Por favor, suéltame. Tengo que hacer las maletas.

—No te soltaré hasta que me digas adónde piensas ir cuando te marches de aquí.

—Ya te he dicho cientos de veces que lo que hago y he hecho con mi vida no es asunto tuyo. Iré adonde me plazca.

Mike se inclinó para mirarla a los ojos, pero ella volvió la cabeza.

—Piensas ir a verlo, ¿no es eso?

—Te he dicho que no es asun...

—Sam, no puedes ir a ver a ese hombre. ¡Es un asesino!

Por toda respuesta ella le dirigió una mirada de repugnancia.

—Es un viejo de noventa y un años, está postrado en una silla de ruedas, ¿qué le pueda mover a hacerme daño? No soy rica, luego no va detrás de mi dinero, y dudo que lo que desee de mí sea sexo. Concedamos que toda su historia sea una mentira montada de cabo a rabo para conseguir que la nieta de Maxie vaya a vivir con él los últimos años que le quedan, que son muy pocos. Si así es, ¿qué tiene de malo? Él es un viejo solitario y yo soy... —se interrumpió. No tenía ganas de seguir hablando de este asunto.

—Venga, dilo. Eres una mujer joven y sola —la increpó Mike, con tranquilidad, deslizando las manos por sus brazos y acercándose a ella—. Dime qué quieres, Samantha. Dime qué quieres y yo trataré de dártelo. ¿Es amor lo que quieres? Entonces, te...

Samantha dio un tirón para soltarse de él.

—¡Ni te atrevas a decirme que me darás amor! Ya estoy harta del amor que dan los jovencitos egoístas, no quiero más. ¿Cómo tengo que decírtelo para que entiendas que estoy hablando en serio? No quiero quedarme aquí contigo. No quiero irme a la cama contigo. No quiero tener nada que ver contigo.

Mike se la quedó mirando un momento, y la expresión de su rostro pasó de la rabia al desconcierto, y luego a la resignación.

—Ya entiendo la indirecta —declaró con una leve sonrisa burlona—. Eres libre para hacer lo que quieras. Mañana por la mañana iré al banco y sacaré dinero para ti. ¿Te parece bien que te entregue un talón bancario?

—Sí, desde luego —se apresuró a contestar ella, y se volvió hacia la escalera para subir a su apartamento. Se detuvo en el primer peldaño y se lo quedó mirando—. Mike, realmente aprecio lo que has intentado hacer por mí. Creo sinceramente que has actuado con nobleza. Lo que pasa, en realidad, es que no me conoces. Creo que tienes una imagen de mí, como si yo... —balbuceó, y dejó escapar un largo suspiro— fuera uno de tus pájaros heridos. Pues no lo soy, sé muy bien lo que quiero.

—Barrett —replicó él, con sequedad—. Quieres a ese viejo porque dice que acaso esté emparentado contigo. Jamás ha... —Se interrumpió, porque Samantha dio media vuelta y subió corriendo las escaleras.

Al llegar arriba, cerró la puerta a sus espaldas y le echó la llave. Molesta, creyó que eso no serviría de nada porque él tenía otra.

Sacó su maleta grande del armario, la puso encima de la cama y comenzó a guardar sus cosas. Cada vez que tenía que doblar una de aquellas prendas maravillosas que habían comprado, sentía cierta tristeza por tener que dejar el apartamento y la casa que ya habían llegado a serle tan familiares, pero decidió hacer todo lo posible para seguir adelante con su decisión.

Cuando llenó la mitad de la maleta, se sentó en el borde de la cama. ¿Adónde iría? Es cierto que el señor Barrett no le había pedido que fuera a vivir con él, pero Samantha se había percatado de que necesitaba a todas luces a alguien que se encargara de su sucia casa. Tampoco Michael Taggert la quería sólo para gozar del sexo con ella. Siempre le había asombrado que cuando un hombre no logra «conquistar» a una mujer cree que eso significa un fracaso. A veces pensaba que cuando un hombre la acosaba sin tregua, lo único que tenía que hacer era tenderse en una cama y darle lo que pidiera para que la dejara en paz. Sin duda eso era lo que tendría que hacer con Mike. Después de gozar de lo que quería, a él no le importaría si se quedaba en su casa o no, o ni si se iba a vivir con un viejo gángster o lo que fuera.

Se incorporó y siguió haciendo el equipaje. No quería darle a Mike lo que pedía, ni oírle decir las cosas que dicen los hombres cuando intentan acostarse con una mujer: que la amaba, que deseaba vivir con ella el resto de su vida, que no era nada sin ella, que ella lo significaba todo para él. No, no quería oírle decir eso a Mike, porque hasta ahora se había portado como un amigo. Había sido amable, aunque a veces algo autoritario y, hablando con sinceridad, se sentía halagada con sus celos. Mike le había dedicado tiempo, el día en que salieron de compras había sido el más feliz de su vida y cuando la hacía reír, Samantha llegaba a olvidar todas las muertes que la habían perseguido a lo largo de su vida.

Había comenzado a meter un par de zapatos en la maleta, pero se detuvo. Recordaría siempre estos días vividos con Mike, y no olvidaría las discusiones ni los enfados continuos. Recordaría su aspecto cuando salía de la ducha, con el pelo mojado, con sólo los vaqueros puestos, descalzo y el torso desnudo. Recordaría cada una de las veces que Mike la había tocado, las que la había mirado cómo sonreía, con un lado de la boca torcido, como si en la sonrisa estuviera siempre presente el sarcasmo o la incredulidad de que hubiese algo de qué reír.

Embutió los zapatos en la maleta. Tal vez se fuera a Seattle, y hasta puede que le agradara vivir en esa tierra de bosques y clima lluvioso. Acostumbrada al clima seco y caluroso de Santa Fe, quizá su cuerpo se habituara a vivir con niebla y frío.

Llenó la maleta y la dejó en el suelo. Se iría a la mañana siguiente. ¿Cómo lo haría? Cogería un taxi hasta el aeropuerto, se acercaría al mostrador de una compañía y pediría una plaza para el próximo avión disponible.

«No te lo estás montando muy bien, Sam», se dijo en voz alta, y luego sonrió al darse cuenta de que se llamaba a sí misma Sam. Al cumplir los doce años había tomado conciencia de su condición femenina, y en casa había declarado que tendrían que dejar de llamarla con ese nombre de chico, y a partir de entonces todos tendrían que llamarla Samantha. Su padre y su abuelo acataron su decisión, pero su madre se enfureció, se rió de lo que consideró un capricho y nunca dejó de llamarla Sam. Desde la muerte de su madre, nadie la había llamado Sam hasta que llegó Mike.

Mirando los muebles de su padre a su alrededor y los colores elegidos por él, pensó por primera vez que le gustaría tener unas cortinas diferentes. Tal vez un tejido de damasco rosado, y luego pensó que podrían hacer juego con un edredón del mismo color.

Con el camisón de dormir al hombro, entró al baño para darse una ducha. En el próximo lugar donde viviera podría tener las cortinas y muebles que más le agradaran.

Nada la hizo sospechar lo que estaba a punto de suceder. En cuestión de segundos, Samantha despertó de su sueño y se encontró forcejeando por salvar su vida con una mano que le apretaba el cuello. Arañó aquella mano que le cortaba la respiración, pero aunque le hundió las uñas hasta atravesarle la piel, no consiguió moverla un ápice.

—¿Dónde está el dinero de Media Mano? —murmuró el hombre.

La luz de la luna que entraba por la ventana le permitió ver que el hombre se cubría la cabeza con una media.

—¿Dónde está el dinero de Media Mano? —repitió, sin aflojar siquiera la presión del cuello para permitirle hablar.

Samantha intentó darle una patada, pero el hombre estaba a su lado, y esto le impedía golpearlo. Además, ya no le llegaba aire a los pulmones y empezaba a perder fuerzas. «Michael», pensó, y sacando fuerzas de flaqueza dio unas patadas en el muro. Una, dos, tres patadas. Luego la realidad comenzó a desvanecerse porque la mano seguía apretando.

La presión cesó de repente, pero Samantha seguía sin poder respirar. Era como si una parte de su garganta hubiera sido aplastada de un modo irreparable, y cuando quiso aspirar, sus pulmones siguieron vacíos. Aun cuando logró sentarse en la cama, llevándose la mano al cuello malherido, no consiguió tomar aire.

Se giró bruscamente al oír el estruendo de un fuerte impacto, y vio la sombra de Mike que luchaba con el hombre que había intentado matarla. Mike era más corpulento y más fuerte que el desconocido, y cuando éste recibió el primer puñetazo en pleno rostro, se desplomó. Cayó al suelo de con un golpe seco, y a Mike le faltó tiempo para acudir junto a ella, cogiéndola en brazos.

—Respira, cariño —le urgió—. ¡Maldita sea! ¡Respira!

Mike le dio unos golpecitos en la espalda y la sostuvo mientras ella intentaba aspirar el aire. La tomó por los hombros y la sacudió ligeramente hasta que captó su mirada. Era como si le estuviese ordenando hacer algo imposible, pero Samantha sintió el deseo de respirar aunque sólo fuera por complacerlo. Le pareció que pasaban horas antes de que el aire volviera a penetrar en sus pulmones con un soplo brusco y convulsivo.

Mike la abrazó, y Samantha apoyó la cabeza en su hombro desnudo, mientras él le acariciaba la espalda. Le sostuvo la cabeza con la otra mano, acunándola mientras ella se debatía por respirar, una y otra vez, mientras el pecho se le estremecía con ligeros espasmos.

De pronto, Mike se volvió al oír un estruendo a sus espaldas. Tras recobrar el sentido, el intruso se había lanzado al exterior desde el balcón.

—Espero que se rompa la crisma —farfulló Mike, pero los dos oyeron cómo el hombre, una vez abajo, escapaba por el jardín. Seguro que había saltado de un balcón a otro hasta llegar abajo, y luego había franqueado de un brinco la verja.

Sin soltarla, Mike cogió el teléfono de la mesilla de noche y pulsó las teclas.

—Blair —dijo, al cabo de un momento—. Necesito que vengas. No. Un estrangulamiento. Ven rápido.

—Mike... —intentó decir Samantha, pero él le aconsejó que guardara silencio y volvió a abrazarla.

La sentía temblar contra él aterrorizada, como una niña asustada que se aferra a su padre. La calmó pasándole la mano por la espalda y acariciándole el pelo. Cuando vio que seguía temblando, se echó a su lado, y volvió a abrazarla inmovilizándola contra su propio cuerpo y poniéndole una pierna encima del muslo, con lo cual terminó de envolverla en una especie de capullo.

—Estoy aquí, cariño —susurró, sintiendo que ella se acurrucaba junto a él.

Un pájaro herido, Samantha había dicho «que ella no era uno de sus pájaros heridos». Mike estaba seguro de que ella había oído esa estupidez de boca de Daphne. Si lo de Mike fueran los pájaros heridos, estaría locamente enamorado de Daphne.

Samantha lo intrigaba. Lo había intrigado desde antes de conocerla. Y recordó cómo, después de que él encontrara el recorte de periódico con la foto de Sam y Maxie entre las pertenencias de su tío Mike, había ido en busca de Dave Elliot, en cuya casa pasó una temporada. No había acudido con la intención de quedarse en Louisville, pero él y Dave se hicieron buenos amigos. Dave se sentía solo, con su única hija lejos, allá por el Oeste y, como él mismo decía, felizmente casada. Tal vez Mike también se sentía algo solo después de la muerte de su tío. Planearon vivir juntos en casa de Mike, en Nueva York, y así Dave aprovecharía su jubilación para buscar a su madre y ayudarle a él en la biografía de Doc. A Mike le fascinaba la idea de tener a alguien que le ayudara en su trabajo de investigación.

Pero después de que Dave le encargara a la hermana de Mike la decoración del apartamento, Dave le anunció que no iría a vivir a Nueva York. No quería contarle las razones, pero Mike intuyó que tenía problemas. Cogió el primer avión a Louisville y apareció ante la puerta de Dave, con la maleta en la mano, exigiendo que le explicara el porqué. Dave le contó lo mismo que le habían revelado a él los médicos días antes. Tenía cáncer y se estaba muriendo. Mike quiso que llamara a su hija para contárselo, pero Dave se negó aduciendo que Samantha ya había padecido suficientes muertes en su corta vida, y que no tenía necesidad de seguir sufriendo otra más.

Por este motivo Mike se quedó un mes en casa de Dave. Éste no hacía más que asegurarle que se encontraba bien, pero Mike no quiso dejarle porque no soportaba la idea de abandonarlo sabiendo que le quedaba tan poco tiempo de vida.

Por alguna curiosa razón, Dave insistió a Mike que durmiera en la habitación de Samantha, y no en la de los invitados. Mike se echó a reír al ver la habitación, porque era la de una niña.

—Samantha y su madre lo escogieron todo juntas —le dijo Dave, sonriendo y mirando enternecido la habitación.

Mike estuvo a punto de comentar a Dave que su esposa había muerto cuando Samantha tenía doce años, pero se reprimió. Dejó su maleta sobre la moqueta estampada con pequeñas bailarinas rosadas y blancas y se fijó en la cama, una cama con dosel y cortinas rosadas atadas con grandes lazos del mismo color. Contra una pared había un pequeño tocador con faldones de lunares blancos, en cuya cubierta se conservaban los objetos de tocador de una niña. Mike miró a su alrededor, como esperando que en cualquier momento apareciera una pequeña de diez años.

Sin embargo, sabía que Samantha había vivido en esa habitación hasta casarse. Abrió la puerta del armario, esperando encontrar vestiditos infantiles, pero la ropa pertenecía a una persona adulta. Unos vestidos sosos, sin forma, pulcros y ordenados, eso sí, pero de talla de mujer, a fin de cuentas.

A lo largo de las siguientes semanas, aumentó la curiosidad de Mike sobre esa hija que había crecido en la habitación de una niña. Dave tomaba unas píldoras para el dolor que lo hacían dormir largas horas, y Mike disponía de todo el tiempo del mundo para explorar la habitación de Samantha. Al comienzo lo hizo con cierta cautela, sabiendo que no tenía por qué meter las narices donde no le importaba, pero a medida que pasaban los días, como no tenía nada más que hacer, sentía menos reparos para rebuscar en los cajones y en los armarios.

Dave había descrito a su hija como una chica atrevida, insolente y muy luchadora. Si así era, ¿por qué había pasado tantos años viviendo en la habitación de una niña?

Encontró una libreta de apuntes de Samantha, y la leyó con interés. La chica había recortado fotos de estrellas de cine y de cantantes de rock, y enganchado un par de flores secas. Todo parecía normal para una libreta de una niña de doce años, pero a diez páginas del final había un recorte de periódico con la nota necrológica de su madre. Después de eso, no había nada más en el libro. A pesar de que siguió buscando, no encontró otros cuadernos con fechas posteriores a la muerte de la madre.

Descubrió cinco diarios escritos por Samantha, todos con una letra redonda e infantil y llenos de secretos compartidos con sus amigas, de nombres de los sucesivos chicos que le gustaban a ella o a las demás. Escribía sobre las peleas con su madre y de lo maravilloso que era su padre.

Sonriendo, Mike recordó que de pequeño todas sus peleas eran con su padre, mientras que su madre era una santa, y él no entendía por qué sus hermanas se enfadaban con ella.

Los diarios abarcaban hasta el año 1975, el año de la muerte de Allison Elliot.

Después de pasar un mes en casa de Dave, Mike estaba más confundido que nunca con las cosas que había descubierto. A veces, tenía la sensación de que para Samantha y su padre el tiempo se había detenido a partir de la muerte de Allison. Dave relataba historias de cuando Samantha era niña, y sólo hablaba de sus primeros doce años. Jamás mencionó lo que su hija hacía mientras estudiaba en la escuela secundaria o viviendo en esa casa durante sus estudios en la universidad de Louisville.

Mike había hecho preguntas sobre Samantha, preguntas muy concretas, sobre su vida después de la muerte de su madre, pero Dave no le había dado respuestas claras. A menudo no decía más que vaguedades y cambiaba de tema.

Fue Mike quien lo convenció para que le dijera a Samantha que se estaba muriendo. Le explicó que no era justo que su hija no supiera qué le estaba sucediendo a su propio padre. Al final, Dave cedió, pero, curiosamente, insistió en que Mike no conociera a Samantha. Comprendió que su hija tenía que enterarse, pero no por Mike; no quería que él la llamara y le pidió que abandonara la casa antes de que ella llegara.

Mike no pudo dejar de sentirse molesto por esta decisión. Era como si Dave pensara que él era una persona indeseable, no lo bastante bueno para su preciosa hija. Sin embargo, Mike hizo lo que Dave quería, y le pidió a una vecina que telefoneara a Samantha. Acto seguido, cogió un avión y regresó a Nueva York.

Dos semanas más tarde, Dave lo llamó para decirle que pensaba mandar a Samantha a su casa para que él la cuidara después de su muerte. Tal como lo explicaba, daba la sensación de que Dave hablaba de una niña huérfana, o de un objeto enviado por correo.

Con ciertos reparos, Mike acordó entregarle el apartamento de Dave a Samantha, pero, la verdad sea dicha, tenía pocas ganas de conocerla. Si aquella habitación era un indicio de su personalidad, lo más probable sería que se tratara de un caso de infantilismo.

Sin embargo, la mujer que había conocido y la niña que él esperaba encontrar eran dos personas muy diferentes. Tan pronto era una mujer ardiente y apasionada como la niña de los diarios que anotaba sus escapadas y sus discusiones. En un momento dado tenía miedo hasta de su propia sombra, y un instante después era una mujer fría y dura que cerraba las puertas al mundo y no dejaba que nadie se le acercara.

No obstante, pensó, Samantha no era una mujer fría y dura, pero se le resistía. Lo rechazaba siempre, aunque a veces lo miraba como suplicándole y no sabía si lo que debía hacer era acercársele o escapar corriendo.

El día que le compró la ropa, ella lo había mirado con tanta gratitud que casi se sintió incómodo. La mayoría de las mujeres se habrían sentido felices con esa ropa, pero lo de Samantha era algo más que felicidad. De hecho, no había sido la ropa lo que la había seducido, sino la atención que le habían brindado. Era como si agradeciera que alguien se hubiera dado cuenta de que estaba viva. Mike no sabía con certeza qué le había causado tanto placer aquel día, pero no cabía duda de que algo había pasado.

¿Qué le había sucedido después de la muerte de la madre? ¿Qué había provocado el cambio de una niña normal, extrovertida y sociable, una chica que tenía amigas e iba a fiestas, en una mujer joven que se pasaba semanas enteras durmiendo?

Ahora se aferraba a él de una manera que resultaba totalmente nueva para Mike. Sí, estaba aterrada y tenía todas las razones del mundo para estarlo, pero había algo más en su manera de aferrarse. Era como si tuviera necesidad de él.

Sin duda una de las razones por las que Mike había ido a vivir a Nueva York había sido el estar lejos de su pueblo natal. Quería vivir en un lugar donde no fuera «uno de los Taggert», sino una persona por derecho propio, un individuo, no una parte del montón.

Sonriendo, Mike le frotó el pelo y la besó en la frente. Cuando se vive en una familia tan grande como la suya, el sentirse necesitado no es algo que ocurra muy a menudo. Muy temprano en la vida, uno se daba cuenta de que si no hacía algo, otros lo harían en su lugar. Si no daba de comer a los caballos, lo haría otro. Si alguien tenía problemas, había una docena de personas para ofrecerle su apoyo. No recordaba haber oído jamás la frase «Sólo Mike puede encargarse de esto», o «Necesito a Mike y a nadie más». Incluso en el colegio, las chicas se conformaban con tener a cualquiera de sus hermanos si no lo tenían a él. No parecía importarles la diferencia.

Pero Samantha lo necesitaba, pensó, estrechando su abrazo.

No necesitaba su dinero, no necesitaba su cuerpo, pero lo necesitaba a él.

La oprimió con más fuerza. Antes de conocerla, al pensar en que Samantha viviría en su casa, creyó que su inquilina sería una carga, un fardo, una especie de permanente cita a ciegas. Y luego, hubo un tiempo en que su único objeto había sido llevársela a la cama, a lo que ella le había respondido enérgicamente que no le interesaba. Enérgicamente era un decir, porque Samantha había sido siempre despreciativa y agresiva, y hasta insultante. Mike perdió interés por ella un tiempo, y la dejaba que durmiera cuanto quisiera. Le permitió hacer lo que le viniera en gana, y de pronto Daphne le hizo darse cuenta de que Samantha hacía algo más que dormir.

Mike le puso la mano en la oreja. Samantha era muy pequeña y estaba muy sola. Tal vez fuera inmodestia por su parte, pero creía haberle salvado la vida dos veces, la primera cuando impidió que siguiera durmiendo eternamente, como decía Daphne, y luego esa noche, en que tuvo que derribar la puerta para entrar. Al día siguiente haría instalar unas rejas de hierro.

—Estarás a salvo, cariño —murmuró—. Yo te protegeré.

«Y te haré reir —pensó—, y dejarás de apartarte de mí cuando yo quiera tocarte.»

Transcurrió un buen rato antes de que Samantha dejara de temblar, y antes de que pudiera respirar bien y recuperar la noción de las cosas. Abrió los ojos y por la puerta abierta de la habitación distinguió al final del pasillo el boquete que Mike había tenido que hacer en la puerta del apartamento.

—¿Cómo...? —preguntó, entornando los ojos al sentir una punzada de dolor en el cuello. Estaba aferrada a Mike, lo abrazaba tan fuerte como él la abrazaba a ella. No quería pensar en su miedo, en el miedo que la hacía temblar.

—Te oí —musitó Mike—. Oí los golpes en la pared y comprendí que estaba pasando algo. Me imaginé que te habías caído y que te habías hecho daño. Jamás pensé... —Y al llegar aquí prefirió no hablarle de lo que pensó al ver a aquel cabrón intentando matarla. Ahora se asombraba de no haberlo matado allí mismo, pero como lo primero que le vino a la cabeza fue ocuparse de Sam y cerciorarse de que estaba bien, no perdió un segundo en darle de puñetazos a aquel individuo.

—No te muevas —le susurró Mike—. Blair llegará dentro de unos minutos. Quiero que te examine y estar seguros de que estás bien.

—¿Una de tus primas? —logró susurrar Samantha, y apartó la cabeza para mirarlo.

Mike no le devolvió la sonrisa. Ahora que había dominado sus temores, podía pensar. Al ver al hombre inclinado sobre ella, no se le ocurrió preguntar por qué estaba allí o por qué había intentado matarla. Su único impulso fue salvarla; ahora, en cambio, se preguntaba por qué aquel ladrón intentó matarla. ¿Por qué no se había llevado lo que fuera de su joyero y huido sin atacarla?

—¿Sam?

Samantha dejó descansar la cabeza en el pecho de Mike. Hacía pocos minutos estaba luchando por su vida, y ahora se sentía segura como jamás se había sentido.

—¿Ese tipo te dijo algo? ¿Te llamó por tu nombre o te dijo algo? —preguntó Mike.

Ella negó con la cabeza. Recordaba vagamente que algo le había dicho, pero no podía recordar qué. Ahora sólo anhelaba olvidar lo sucedido.

Su respuesta sin duda agradó a Mike, porque sintió que se relajaba al oírla responder que no. Le cogió el rostro para mirarla, y cuando ella le sonrió él hizo lo mismo.

—No quisiera que te pasara nada, Sammy, cariño —le susurró, besándole la frente y luego apoyándole la cabeza contra su pecho.

Al cabo de un rato, sonó el timbre. Mike le posó suavemente la cabeza en la almohada y bajó corriendo las escaleras. Minutos más tarde, una joven atractiva entró en la habitación con un maletín en la mano. Le examinó la garganta a Samantha como una experta profesional, y mientras la auscultaba, hablaba con Mike, quien permanecía a sus espaldas vestido sólo con los calzoncillos, al parecer sin importarle encontrarse casi desnudo delante de dos mujeres.

—¿Qué ha pasado? —preguntó Blair, mientras le recorría la nuca a Samantha con la punta de los dedos.

—Un cabrón entró por la ventana —explicó Mike—. Tal vez Sam lo encontró registrando en su joyero, no lo sé.

Samantha negó con la cabeza.

—Estaba durmiendo —dijo, y frunció el ceño, porque sentía dolor al hablar.

A Mike no le agradó oír eso, pero pensó que Samantha quizá se habría girado o habría hecho algún gesto que incitara al hombre a atacarla. No quería pensar que se trataba de uno más de esos asesinos múltiples. Mientras miraba las ventanas, pensaba en el tipo de protección que haría instalar, pero cuando vio las maletas de Samantha en el suelo comprendió que no había necesidad de ningún tipo de protección. Samantha partiría al día siguiente por la mañana.

Blair terminó de examinarla.

—Creo que te pondrás bien. Tienes que descansar y no hablar. Te daré un calmante para que puedas dormir esta noche.

Samantha asintió y después de tomar las píldoras que le dio la médica bebió de la taza que Mike le llevó a los labios. Luego abrió los ojos desmesuradamente cuando Mike la cogió en vilo y la llevó en brazos por el pasillo.

—Pasarás esta noche abajo, donde yo te pueda vigilar —dijo. Samantha no se opuso. Dudaba de que cualquier calmante la hiciera dormir con tranquilidad aquella noche, y sabía que se quedaría despierta viendo en cada sombra a un hombre o a unos hombres que venían a matarla.

Una vez abajo, Mike la metió en su cama y la arropó como si fuera una niña, para alejarse enseguida con su bella prima. Samantha los oyó hablar en voz baja. Después cerró los ojos, sumida en una profunda somnolencia.

—¿Cómo está? —le preguntó Mike a su prima.

—Está bien —repuso Blair—. Es una chica fuerte y sana, y no ha sufrido un daño grave. Se pondrá bien en un par de días; le dolerá la garganta, pero nada más— aseguró; cerró su maletín y levantando la mirada, concluyó—: Mike, ya sé que no es asunto mío, pero...

—¿Acaso vas a empezar a preguntarme qué significa ella para mí? Francamente, debo decir que no lo sé.

—No tenía la menor intención de preguntarte por tu vida privada —contestó ella, secamente, y Mike sonrió—. ¿No te parece raro que Samantha no llorara? Si alguien intentara matarme, yo estaría llorando sin parar. ¿Crees que podría encontrarse en un estado de conmoción?

Mike no sabía qué decir, pero ahora que lo pensaba, tal vez era algo raro que Samantha no hubiese llorado. Sus hermanas lloraban por cualquier cosa.

—No lo sé —añadió—. Puede que llore cuando esté sola.

—Puede ser —confirmó Blair—, pero vigílala. Si no reacciona mañana, llámame. Puede que quieras que ella vaya a ver a alguien.

—¿A ver a un psiquiatra?

—Sí —contestó Blair.

Mike le dio las gracias por haber venido a esa hora de la noche.

—Deja que te mire la cabeza. Te sacaré los puntos de sutura la próxima semana —insinuó Blair, y comenzó a examinarlo bajo la luz del pasillo—. Parece que habéis sufrido muchos percances en los últimos días. Primero un tipo te tumba de una pedrada y ahora otro intenta matar a la joven que vive en tu casa. ¿Crees que eso es normal o que las dos cosas están relacionadas?

—No, desde luego que no —concluyó Mike, pero Blair también notó el acento de duda en su voz.

—Ya —dijo, y después de estamparle un beso en la mejilla salió de la casa.

Mike dejó de fruncir el ceño al entrar en su habitación y ver a Samantha acurrucada en su cama. Ella lo miró somnolienta y él se sentó en el borde de la cama para cogerle la mano. Aún tenía puesto el anillo de compromiso que él le había regalado.

—El hombre...

—Chsss, no hables.

Samantha sonrió satisfecha cuando él le besó la mano.

—Dijo. «Dónde está el dinero de Media Mano.»

Era una suerte que Samantha hubiera cerrado los ojos, porque si no habría visto el terror reflejado en la cara de Mike. Habría visto en su mirada verdadero pánico.

14

—Buenos días —musitó Mike, todo satisfecho, al ponerle a Samantha la bandeja de mimbre sobre las rodillas.

Medio dormida, con la cabeza embotada por el efecto de las píldoras que había tomado para dormir, Samantha se sentó en la cama y, al intentar tragar, el dolor le obligó a cerrar los ojos.

—Tienes yogur de vainilla, fresas y zumo de naranja recién hecho. También hay cruasanes, si tu garganta te lo permite.

Ella le devolvió una mirada hosca. Mike parecía estar muy contento, a pesar de que la noche anterior habían intentado matarla.

Se llevó una cucharada de yogur a la boca y volvió a fruncir el ceño por el dolor que sintió al tragarlo. Mike fingió no darse cuenta y, sin mediar palabra, se sentó a los pies de la cama, la posición acostumbrada que había adoptado para comer juntos; en seguida se echó unas cuantas fresas a la boca.

—Sabes, Sam, he estado pensando.

Ella abrió la boca con la intención de decir algo divertido, pero le resultaba doloroso hablar.

—Pienso que tenías razón, y la verdad es que no le he dado suficiente importancia a todo lo que has vivido. Tu padre ha muerto hace poco, has pasado por el trago del divorcio y, para más inri, tu padre deja un testamento que te obliga a vivir en una ciudad que detestas y a ocuparte de algo que no te apetece. Debe ser terrible para ti.

Samantha lo miraba; no recordaba haber escuchado algo con tanto escepticismo. La experiencia le decía que cuando un hombre intentaba mostrarse amable con una mujer, era porque perseguía algo. Le dirigió una sonrisa que, esperaba, reflejara un sentimiento de autoconmiseración.

—Sí, bueno —prosiguió él—, estaba pensando que necesitas unas vacaciones, unas vacaciones de verdad. En algún lugar fresco, lejos de Nueva York, cerca del mar. Así que anoche hablé con Raine, ¿te acuerdas de mi primo, con el que estabas tan fascinada? Raine piensa subir a Warbrooke, una ciudad de Maine. Warbrooke está en el extremo de una península y el paisaje es maravilloso. Raine va allí con toda su familia, tienen una bonita casa para los invitados. Puedes descansar, leer, salir en barco, bucear y hacer lo que quieras. Hasta puedes pasar el verano allí, si te apetece. Estaba seguro de que te gustaría la idea de que Raine viniera esta tarde a buscarte para llevarte con él a Warbrooke. ¿Te parece bien?

Mientras Mike hablaba, Samantha lo observaba. Tenía unas ojeras de color púrpura, como si no hubiera dormido en toda la noche, pero además había algo en la mirada de Mike que nunca había visto. ¿Por qué insistía tanto en que se fuera de la ciudad? ¿Por qué le decía que se fuera con un hombre del que había estado tan celoso hasta hacía sólo unos días?

La mandaba a un pueblecito, en la punta de una península remota, a un lugar donde sus parientes podrían ocuparse de ella y seguir cuidándola. Samantha no creía ni por asombro que Mike la invitara porque se figuraba que necesitaba descansar. Pocos días atrás, le había dado a entender que lo que necesitaba era todo lo contrario.

Al pensar en la noche pasada, intentó recordar todo lo sucedido. Mike seguía hablando, describiéndole un pueblo que antes había descrito como un lugar donde no había más que agua. Ahora le decía que era un paraíso, y que sus primos Montgomery eran las personas más simpáticas y amables del mundo. Fue el uso repetido de esta frase, «Ellos te cuidarán», lo que despertó las sospechas de Samantha.

Se inclinó por encima de la bandeja hacia la mesilla de noche, y cogió un bloc de notas y un lápiz.

¿Quién es Media Mano?, escribió.

Arrancó la página y se la pasó a Mike. Cuando vio que él palidecía, se convenció de que en esa pregunta estaba la clave de muchas cosas.

—Tienes una letra muy bonita, ¿sabes? —repuso Mike—. Las oes y las aes son muy redondas. Yo las hago más alargadas.

¿Quién es Media Mano?, volvió a escribir ella, y le pasó el papel.

La expresión de Mike era la de un hombre acorralado. Se tendió de espaldas sobre la cama, con los ojos entornados.

—Samantha —murmuró con gesto cansado. Ella empezó a entender que sólo la llamaba Samantha cuando estaba molesto con ella—, Samantha, esto no es un juego de salón. Esto va en serio y es peligroso. Yo no tenía idea de que fuera peligroso, porque entonces no te habría implicado, pero ahora lo único que puedo hacer es sacarte de la ciudad y llevarte a un lugar seguro.

Si no me dices quién es Media Mano, llamaré a mi abuelo y se lo preguntaré a él, escribió.

La angustia se borró del rostro de Mike, y Samantha vio que se le dibujaba una expresión que denotaba verdadero pavor.

—No tienes ni idea de lo que dices. —Ahora él utilizaba ese tono que se usa cuando uno intenta no explotar de rabia—. Tienes que jurarme que no llamarás a ese cabrón.

Samantha frunció el ceño.

¡Es mi abuelo!, escribió.

Mike bajó de la cama y dio unos pasos por la habitación.

—Sam, cometí un error, un grave error. Ya te dije desde el principio que pensaba que el testamento de tu padre era una jugada sucia, y que debería haber hecho lo que creía correcto. Debería haberte dado el dinero de tu herencia sin llevarte a conocer a Barrett.

»Me comporté con egoísmo: quería conocerlo. Nadie lo ha visto desde hace muchos años, y... —balbuceó, pasándose la mano por los ojos—. No sé si Barrett es tu abuelo o no, pero sí qué clase de hombre es. No te he contado gran cosa de él, y lo he hecho a propósito porque temí que no querrías conocerlo si te contaba la verdad. Ahora estoy pagando mi error.

Le quitó la bandeja que ella tenía sobre las rodillas y volvió a sentarse sobre la cama.

—Siempre dices que te miento. Puede que sea cierto, que te haya mentido, pero creía tener buenos motivos para ello —continuó, y alargó la mano para rozarle la herida del cuello—. Anoche podrían haberte matado, y habría sido por culpa mía —confesó, en voz baja—. Debería habértelo contado todo desde el principio, además de darte el dinero inmediatamente después de morir tu padre. Ni siquiera debería haber permitido que vinieras a Nueva York.

Samantha estiró la mano y le cogió a Mike la suya. Lo veía realmente inquieto por lo que pudiera haberle ocurrido. Le sonrió, pero él no hizo lo mismo.

—Si te cuento lo que sé, ¿te irás de la ciudad? ¿Te irás con mi primo para que mi familia te proteja hasta que yo pueda solucionar este asunto?

¿Cómo podía prometerle algo así, pensaba Samantha, si ni siquiera sabía de qué hablaba? Samantha creía que un ladrón había intentado matarla, pero ahora empezaba a entender que había venido a por ella expresamente. ¿Por qué? ¿Intentó matarla porque pensaba que ella sabía algo importante?

Mike intuyó sus reparos y la entendió. No merecía que confiara en él, puesto que se había servido de ella para conocer al viejo. Mike tragó saliva. Ningún libro en el mundo podría justificar la muerte de un ser humano.

—Primero te hablaré de Barrett —confesó—. Quiero que sepas la clase de hombre que es, porque no deseo que lo idealices. El mero hecho de que pueda ser o no un antepasado tuyo no es razón suficiente para endiosarlo.

Apretó los labios cuando creyó leer en sus ojos la furia que la dominaba y que expresó por escrito en su cuaderno con estas palabras: *Puede que en el pasado haya hecho cosas horribles, pero...*

Él le cogió las manos antes de que terminara la frase, le sostuvo firmemente las muñecas unos segundos, y luego se las soltó, más tranquilo.

—Ya habrás oído que le llaman Doc, ¿no? ¿Tienes alguna idea de por qué le llaman así? No, no me contestes. Dirás que tiene un doctorado *honoris causa* en algún lado —espetó, y la miró fijamente—. Lo llaman Doc porque es un mote que le pusieron a su sobrenombre original, que era el de El Cirujano.

Samantha miró para otro lado, pero Mike le cogió el mentón y la obligó a sostenerle la mirada.

—No me importa si quieres escucharme o no, de todos modos te lo voy a contar. Cuando Barrett tenía nueve años, su madre, una prostituta, lo abandonó. Dudo que alguien haya sabido quién era su verdadero padre. Pero fuera cual fuese la conducta de la madre, Doc parece haberle tenido verdadero amor filial, de modo que al desaparecer ella, estuvo a punto de volverse loco. Durante unos años, el pobre chaval, delgado como una cerilla, no hizo otra cosa que sobrevivir. El primer año lo pasó en la indigencia y casi se muere de hambre, pero un día robó un cuchillo de carnicero de la cocina de un restaurante y aprendió a manejarlo. Hay una historia que no he podido verificar, y que cuenta que una vez le cortó los dedos de la mano a otro chico que intentaba sacar comida de un cubo de basura que Doc consideraba suyo.

—No puede ser —murmuró Samantha, llevándose la mano a la garganta dolorida.

—A la edad de catorce años —continuó Mike—, Barrett estaba tan desnutrido que parecía un chico de diez, y estaba hasta las narices de vivir en la miseria. En aquellos tiempos, Scalpini era el mandamás del crimen organizado, así que Doc decidió trabajar para él. Tuvo muchas dificultades para burlar a sus guardaespaldas, pero una noche lo logró cuando Scalpini se sentaba a cenar en su restaurante italiano preferido. Los guardaespaldas intentaron sacarlo a patadas, pero Scalpini quiso saber lo que el muchacho tenía que decir. Barrett le confesó que quería trabajar para él, y que haría cualquier cosa, lo que le pidieran. Todos, incluyendo a Scalpini, se rieron del chico con pinta de niño desnutrido. Entre las risas, Scalpini le habló así: «Tráeme el corazón de Guzzo, chaval, y te daré un trabajo.»

Samantha volvió a desviar la mirada. Ignoraba adónde quería llegar Mike con su historia, pero estaba segura de que no quería escucharla. Mike no volvió a decir una palabra hasta que ella lo miró nuevamente.

—Al día siguiente, cuando Scalpini se sienta a cenar, viene este chaval escuálido y greñudo e intenta escabullirse entre los guardaespaldas. Scalpini, que debía haber estimado la perseverancia del chico y la admiración que éste le tenía, hace una seña para que lo dejen pasar. Barrett saca una bola de periódicos ensangrentados del bolsillo de la americana y la lanza dentro del plato de Scalpini. Cuando éste la abre, ve que dentro hay un corazón humano.

Samantha no dijo ni media palabra durante un rato, simplemente miraba a Mike, sintiendo que la sangre se le helaba en las venas.

—¿Cómo? —inquirió con un murmullo.

—Cinco días a la semana, a las cuatro de la tarde, Guzzo visitaba a su amante durante una hora y media exactamente. Le gustaba presumir de hacer el amor con ella durante ese rato, pero todos sabían la verdad. Nunca la tocaba, sus ronquidos se oían a dos manzanas de distancia. Barrett era tan delgado que logró introducirse en la habitación por la chimenea, le cortó el cuello a Guzzo mientras dormía y le arrancó el corazón. Minutos más tarde, la mujer entró en la habitación y vio a su amante degollado y con un agujero en el pecho. Empezó a dar gritos y, en medio del tumulto que se organizó, Barrett salió por la puerta grande, deteniéndose sólo para limpiarse el hollín de la cara y de las manos antes de ir a hacer la entrega de su botín a Scalpini. Uno de los guardaespaldas aseguró que al parecer el que había sacado el corazón tenía mano de cirujano, y de ahí nació el mote de Barrett. Con los años, le inventaron un segundo alias, más digno, y ahora le llaman Doc.

Mike se tendió en la cama, esperando, dándole tiempo a Samantha para digerir lo que acababa de contarle.

—Con lo poco que he logrado saber acerca de Doc, sé que la mayor parte de la historia que te contó ayer es mentira. O, tal vez, no una simple mentira, sino más bien una deformación de la verdad.

»En primer lugar, Doc te quiso impresionar con toda esa historia de que eran los tiempos de la Gran Depresión. El año 1928 es anterior al gran hundimiento de la Bolsa. En segundo lugar, el tiroteo que aquella noche ordenó Scalpini no era porque las ganancias de Doc ese día hubieran sido especialmente buenas, sino porque Doc había asaltado antes todas las cajas fuertes y los garitos de Scalpini. Le había robado cerca de tres millones de dólares.

Cuando Mike se volvió para mirarla, vio que Samantha seguía su relato boquiabierta.

—El hombre que hizo la recogida del dinero de Scalpini era el amigo de Doc, aquel de quien te dijo ayer que era la única persona en que siempre había confiado. Era Joe, también conocido como Joe Media Mano. —Mike sonrió—. ¿Quieres saber por qué le pusieron ese mote?

Samantha negó con la cabeza, pero eso no impidió que Mike se lo contara.

—Joe Media Mano era mayor que Doc y tan lentorro de cabeza como rápido era Doc. Nadie sabe si Joe nació lento o si llegó a ser así con el tiempo, porque el gran pasatiempo del padre era darle soberanas tundas con lo primero que tuviera a mano. Joe conoció a Doc a los diecisiete años, cuando éste no contaba más de diez. Se le quedaba pegado como un viejo perro fiel, y cuando Doc empezó a trabajar para Scalpini, Joe lo siguió. Iban a todas partes juntos y todo lo hacían a medias. En una ocasión les dispararon con metralletas los gángsters de una banda rival, y Joe logró echar a un lado a su joven colega. A él le alcanzaron cuatro disparos en la mano izquierda y se la volaron de cuajo.

Mike levantó la mano izquierda para mostrar los dos dedos y el pulgar que le quedaron a Joe.

—A partir de esa noche, todos le conocían por Media Mano, y desde entonces se volvió más fiel que nunca a Doc. Yo tengo la teoría de que Joe pensaba que su futuro dependía de la seguridad de Doc, así que por la noche dormía ante la puerta de su dormitorio.

Mike aspiró hondo antes de seguir.

—Luego vino la famosa noche de 1928 y todo cambió. Doc quería manejar los negocios ilegales de Nueva York, y para eso tenía que deshacerse de Scalpini. Se pasó meses y meses planeando el robo y calculando las muertes que eso llevaría consigo. Todo salió como estaba planeado, salvo que Scalpini no esperó para enterarse de quién le había robado. Sencillamente cogió a sus hombres, se dirigió al bar clandestino y se pusieron a disparar. No le dieron a Doc, y mataron en cambio a Joe, que era el único que sabía dónde estaban escondidos los tres millones de dólares.

Cuando Mike terminó su relato, Samantha volvió a escribir en su cuaderno y le pasó una nota.

¿Por qué yo?

—No sé por qué no se me ocurrió que otros también conocían todo el tinglado —confesó él con expresión afligida—. En el mundillo del hampa, la leyenda del dinero de Joe Media Mano es como la mina del Holandés Perdido. Mucha gente sospecha que Maxie se lo llevó, y por eso desapareció, no porque quisiera abandonar a Doc y su pandilla aquella noche. Vio la oportunidad y no la desaprovechó, naturalmente. Doc te dijo que a Joe le dieron en la cabeza y que murió en seguida. Algunos sospecharon que a Media Mano su padre le había propinado tantos golpes en la cabeza que era imposible que una bala le hubiese traspasado el cráneo. Dicen que vivió lo suficiente para decirle a Maxie dónde estaba la pasta —concluyó Mike. Luego la miró fijamente—. Lo que no supieron ni Doc ni Scalpini hasta muchos años después es que el dinero estaba marcado. Si no hubiera desaparecido aquella noche, cualquiera que lo usara se habría delatado, de modo que la persona que se lo robó a Doc le salvó a éste de la cárcel.

¿Lo encontraron?, escribió Samantha.

—Se podría decir que sí —concluyó Mike—. En 1965, apareció un billete de cien dólares en París.

Samantha lo escuchaba todo con suma atención, y al oír la fecha le dio un vuelco el corazón.

—Así es —confirmó Mike—. Es el año siguiente al que tu abuela Maxie dejó a su marido y a su familia. Treinta y siete años después de la matanza, cuando ya nadie buscaba el dinero. El viejo billete fue identificado por un veterano y avispado funcionario de la Oficina del Tesoro. Después de encontrarlo, estuvieron atentos a que aparecieran otros, pero no ocurrió nada. O al menos nadie volvió a identificarlos. El funcionario que descubrió el primer billete acababa de volver de una excedencia de seis meses, de modo que los tres millones podrían haber pasado por el Tesoro y nadie se debió enterar.

Para Samantha era demasiada información para digerirla de un solo golpe.

Mike le cogió la bandeja de la cama y se dirigió a la puerta. Al volver, le aconsejó que se durmiera, que nesitaba descansar después de aquel mal trago para que sanara su garganta. Y cuando la fue a arropar se le ocurrió hacerle una pregunta.

—¿Cuándo fue la última vez que lloraste? —preguntó, con voz melosa.

Samantha miró hacia el otro lado, con el ceño fruncido.

Mike le cogió el mentón y la obligó a mirarlo.

—No me marcharé si no me respondes —sentenció, y le pasó el lápiz y el cuaderno.

Tras una mirada de desafío, Samantha escribió.

Lloré por última vez el día que vino la directora a decirme que mi madre había muerto.

15

Samantha no se marchó de Nueva York por la tarde, pero tuvo que prometerle a Mike que lo obedecería si él la dejaba quedarse otros dos días más, el tiempo que, según Blair, su garganta tardaría en sanar y ella en poder hablar. Lo que sucedía es que Samantha tenía que tomar una decisión, y la tomaría con más calma siempre y cuando permaneciera donde estaba, en lugar de marcharse a un sitio que no conocía.

No fue fácil convencer a Mike, ansioso por sacarla de la ciudad y dejarla en un lugar seguro. Quería que no tuviera nada que ver con Doc, ni con Maxie, ni con nada que se relacionara con su investigación. Samantha le escribió una nota preguntándole si seguiría adelante con su biografía. Cuando Mike le contestó que sí, pero no le comentó que él no estaba más seguro que ella, puesto que alguien podía pensar que los dos conocían el destino del dinero de Joe. Tampoco le señaló que se trataba de su abuela, no de la abuela de él.

Samantha no pretendía irse por las buenas de la casa de Mike, ni subir a un coche con otro hombre, ni partir hacia un lugar desconocido; en resumidas cuentas, no quería dejar a Mike.

Al despertarse, ya era media tarde y Mike le trajo una bandeja con la comida. Parecía cansado, hacía dos días que no se había afeitado y todo su afán era que Samantha volviera a dormirse, pero ella le hizo toda una pantomima para darle a entender que mantendría la boca cerrada si él la dejaba sentarse en el sofá sin que tuviera que volver a la cama.

Él cedió, de mala gana pero cedió; la levantó y la llevó en brazos hasta la biblioteca, donde la depositó en el sofá como si se tratara de una inválida, luego le cubrió las piernas con una manta liviana. Después de dejarla instalada, volvió a su mesa de trabajo y empezó a revisar un montón de papeles.

Samantha lo observaba, y entre tanto le atormentaba el deseo de saber más acerca del hombre que tal vez fuera su abuelo, así que le dijo a Mike que quería seguir pasando sus apuntes en limpio. Él se negó a que se sentara ante el teclado del ordenador, y le preguntó si no había modelos más pequeños. Samantha le describió uno portátil y él le pidió que se lo anotara para encargarlo. Aunque Samantha le advirtió que uno portátil podía ser demasiado caro, y que ella podía sentarse a la mesa del ordenador, él se negó a hacerle caso. Finalmente, Samantha escribió el nombre de uno portátil bastante potente, y aprovechó para especificar: «El *King's Quest V provisto de ratón.*» Mike llamó a una tienda y al cabo de un par de horas le llevaron el equipo.

Cuando éste llegó, Samantha aprovechó que Mike estaba en la ducha para instalar el ratón y los juegos en la pantalla de color del ordenador grande. Al salir de la ducha, Mike aún estaba mojado y sólo llevaba unos pantalones cortos. Al verlo, Samantha creyó que su corazón se iba a detener, pero Mike sólo se fijó en los gráficos de entrada en la pantalla. Como hipnotizado, se dirigió al ordenador y pulsó el ratón. Al aparecer el muñeco del juego, se sintió «enganchado». Samantha sonrió mirándole la bella espalda desnuda, y se percató de que Mike no tenía idea de cómo escribir a máquina una nota, pero que en cuestión de minutos había logrado dominar el principio de un juego de ordenador.

Al llegar la noche, Samantha empezó a dar cabezadas de cansancio, y sólo cuando Mike la cogió en brazos se despertó. Por instinto, se resistió, pero él la estrechó contra sí.

—Soy yo —susurró—. Soy Mike, nadie más.

Ella tardó un momento en relajarse adormecida, con la garganta aún irritada. Pero cuando Mike la dejó en su cama, Samantha sintió pánico e intentó inmediatamente liberarse de él.

Sorprendido, Mike se apartó de ella, con la ira pintada en el rostro.

—No soy un violador —protestó con rabia—. No te haré daño, ni me meteré jamás en la cama con una mujer que no me quiera —siguió gruñendo. Fue hasta la puerta y puso la mano en el picaporte—. Si me necesitas para algo, estaré en la habitación de los invitados, aquí al lado.

Samantha permaneció despierta un rato en la cama de Mike, mirando al techo con la cabeza apoyada en las almohadas. Había fallado. «Siempre fallo, cuando se trata de un hombre», pensó.

Cuando despertó por la mañana, al principio no sabía dónde se encontraba, pero al caer en la cuenta de que era la habitación de Mike, se sintió protegida. Alguien, y Samantha sabía que era Mike, le había dejado ropa limpia en una silla. Se levantó de la cama y se puso los vaqueros y la camiseta que él le había dejado. Faltaban los zapatos, como si Mike temiera que se escapara si se calzaba. Al entrar en el baño pensó: «El baño de Mike.» Había varios frascos en la estantería del espejo, todos impecablemente ordenados. Cogió un frasco de loción de afeitar, lo olió sonriendo y lo dejó en su lugar. Luego abrió la mampara de vidrio de la ducha y miró dentro para ver la marca de champú.

Había una segunda puerta de entrada al baño. Al abrirla, Samantha vio que daba a otra habitación. La cama deshecha señalaba que alguien se había levantado hacía poco. Era evidente que Mike había pasado la noche en aquel dormitorio, el más próximo al suyo.

Después de inspeccionar el baño, entró en la habitación, y aunque se dijo que no debería hacerlo, abrió la puerta del armario. Era un armario lo bastante amplio como para caber en él. Tenía compartimientos empotrados para guardar la ropa, toda en perfecto orden. Mike no tenía mucha ropa, pero la que tenía era de la mejor calidad. Samantha tocó la manga de una chaqueta de pura seda de color crema. La cogió del colgador y miró los hombros, tan anchos como los de su dueño, y la cintura, igual de estrecha que la de Mike. Era imposible que esa chaqueta hubiera estado en el escaparate de una tienda, porque parecía hecha a medida. La etiqueta pertenecía a una tienda de Londres.

Devolvió la chaqueta a su lugar, y deslizó la mano palpando camisas y pantalones, luego siguió con los zapatos, pulcramente lustrados y ordenados en estanterías especiales, y todos con una horma de cedro en su interior. Cerró la puerta del armario y volvió a la habitación.

Había un baúl grande contra una de las paredes, y al cabo de un rato de vacilación Samantha abrió los cajones. Encontró la ropa interior, jerséis, ropa de gimnasia y calcetines. Al abrir el cajón inferior de la derecha, le llamó la atención el dorso de un cuadro con marco plateado. Le era tan imposible contener su curiosidad como echarse a volar. Cogió la foto y vio una bella joven de abundante pelo negro y rostro inteligente, casi aristocrático.

«Con todo mi amor, Vanessa», leyó.

Al devolverla al cajón, dejándola como la había encontrado, Samantha se preguntó por qué Mike la escondía, por qué no quería que supiera que tenía una relación estable con una chica que le daba todo su amor. Era evidente que los hombres siempre querían que una mujer creyera ser la única en su vida. Recordó que la noche anterior Mike le había advertido que no era ningún violador y que no había intentado ligársela, aunque ella creyera lo contrario.

Terminó de vestirse y entró en la cocina, donde encontró a Mike sentado a la mesa desayunando. Al saludarlo, vio que se mostraba distante, y que sólo se limitaba a decirle que debería estar en la cama cuando ella quería disculparse por lo de la noche anterior, por haberlo rechazado después de que él le hubiera salvado la vida. Quería decirle que no era él, sino ella la que tenía problemas, pero no lograba escribir lo que sentía. Volvió a la cama en silencio; cogió un libro, pero no lo leyó.

Más tarde vino Blair, le examinó la garganta y le aseguró que estaría bien al día siguiente. Sin embargo, añadió que, si era posible, le gustaría que no hablara hasta entonces. Blair se dirigió al salón para charlar con Mike, y al cabo de unos minutos Samantha fue a reunirse con ellos.

Blair estaba inclinada sobre Mike examinándole la cabeza. Ninguno de los dos vio a Samantha, que subió a su apartamento a maquillarse. Cuando bajó, Mike estaba en el jardín, sentado a la mesa con la comida servida.

—¿Te apetece comer algo? —preguntó, sin mirarla.

Samantha quiso contestar, pero prefirió callar. ¿Cómo podía explicarle algo que ni siquiera ella misma entendía?

El sol hacía brillar el pelo de Mike, y Samantha vio la parte rasurada de su cuero cabelludo. Se le acercó y estiró la mano para tocarle el pelo, y él no se movió. Tranquilizada, se acercó aún más y examinó la herida. Le habían dado diez puntos, y Samantha supo instintivamente que esa herida estaba relacionada de algún modo con que ella tuviera el cuello amoratado.

Se dejó llevar por el sentimiento y le besó la herida. Él no se inmutó. Por primera vez no intentó cogerla, ni echarla al suelo, ni arrancarle la ropa. La pasividad de Mike la alentó, y aprovechó para alisarle el pelo sobre la herida hasta cubrírsela por completo.

Samantha se apartó y fue a sentarse al otro lado de la mesa. Mike la miraba, como intentando desentrañar qué demonios pasaba. Ella había querido darle a entender que ella no era como el resto de la gente, que no encajaba en ningún molde.

Mike ni rechistó siquiera. Se limitó a comer y se guardó para sí sus pensamientos.

A la una sonó el teféfono, y cuando Mike contestó, se le dibujó una ancha sonrisa.

—Es una buena noticia —exclamó, con una mueca de alegría—. Felicidades. Espera un momento, que le pregunto a Sam. —Se giró hacia ella—. ¿Estarás aquí esta noche para ver a unos amigos? Una amiga mía acaba de obtener su título y quiere celebrarlo. Ella y otros amigos desean venir a casa.

Samantha sonrió y asintió con un gesto de cabeza, aunque no sabía qué esperar de los amigos de Mike. Hasta ahora sólo había conocido a bailarinas de *strip-tease* y a campesinos. ¿Qué tipo de título habría sacado esa amiga? ¿Camarera de bar?

Samantha prefería que nadie viera sus magulladuras, por lo que se puso un jersey de cuello alto. Una hora después, al conocer a los amigos de Mike, se llevó una grata sorpresa. Eran cuatro: Jess y Anne, que llevaban seis semanas casados, y una segunda pareja de novios, Ben y Corey. Corey era la que acababa de terminar su carrera de Derecho. Le contó a Samantha que era del mismo pueblo que Mike, de Chandler, Colorado.

Entraron los cuatro invitados, exultantes, con botellas de champán, vieron a Samantha en el sofá y supusieron inmediatamente que ella y Mike vivían juntos.

Mike los sacó de su error.

—Samantha es mi inquilina. Vive en el apartamento de arriba.

Les contó que ella se había caído contra el pasamanos y se había hecho daño en la garganta, razón por la que no podía hablar. Samantha se arregló el cuello de su jersey, temiendo que vieran los morados, que conservaban la huella perfecta de unos dedos.

Cuando Mike les contó que Samantha no era más que la inquilina del apartamento se miraron unos a otros, moviendo las cejas en señal de asombro. La relación habitual entre inquilina y propietario no incluía el que estuviera cómodamente instalada en el sofá y cubierta con una manta.

A Samantha le agradó estar en compañía de otras personas, porque las risas rompían la tensión que se había creado entre ella y Mike, y ahora podría ver cómo se comportaba ante personas extrañas.

Desde los doce años, Samantha había llevado una vida de aislamiento. De sus padres, había sido su madre la más sociable, siempre organizando fiestas, cenas y actividades en la iglesia. A raíz de su muerte, Samantha permaneció junto a su padre, que rara vez veía a otras personas. Y para colmo se había casado con un hombre que también limitaba su vida social a la propia casa.

Mike, en cambio, era un ser bastante sociable y se sentía cómodo en grupo.

A Jess le fascinaban los ordenadores. Al ver el nuevo equipo en la biblioteca de Mike, no pudo aguantarse la ganas de encenderlo. Mike le aclaró que quien se merecía todos los parabienes era Samantha, por haber escogido el equipo y por haber hecho lo necesario para que funcionara.

Jess buscó en el directorio y cargó el juego de Sierra. Al cabo de unos minutos, los tres hombres jugaban con el ratón y discutían de abejas, hormigas y ladrones.

Desde el sofá, Samantha miraba a Mike, toda extrañada porque curiosamente, en tan poco rato, para ella los demás hombres parecían insignificantes a su lado. Se fijaba cómo se movía, cómo se tensaban los músculos bajo su camiseta, y le miraba embobada sus rizos negros.

De pronto, le vino a la mente lo cerca que había estado de la muerte. Recordó las manos del hombre alrededor de su cuello hasta casi volver a sentir que la vida se le escapaba en un soplo. Sin embargo, aunque sumida en ese sentimiento de terror, había sabido, con certeza, que Mike vendría en su ayuda si ella lograba llamarlo de alguna forma.

Bien pensado, no cabía duda de que golpear la pared con el talón del pie era una débil señal para quien estuviese durmiendo en la planta de abajo. ¿Cómo había percibido Mike los tres golpecillos tan débiles? ¿Cómo había sabido que estaba pidiendo ayuda y que no se trataba de un ruido cualquiera? Samantha podría haberse dado media vuelta en sueños y golpearse contra la pared.

Sin embargo, Mike la había oído y subió a socorrerla. Recordó la puerta de su apartamento agujereada por el centro y Samantha se estremeció con un escalofrío. Mike le había dado una patada a la puerta para abrirla, había atravesado una sólida puerta de roble como una apisonadora. «Como otro Supermán», se dijo.

Ahora lo miraba absorta de perfil. ¿Era realmente el hombre más guapo de la tierra o era que a ella se lo parecía?

Lo recorrió de arriba abajo con la mirada, primero la cara, siguió por el cuello, el brazo desnudo, los tríceps bien definidos, la cintura fina, el vientre duro y liso y bajó la vista hasta las piernas velludas y morenas que asomaban debajo de las bermudas.

Volvió a mirarle la cara y ya Mike se había vuelto hacia ella y la contemplaba a su vez. Samantha desvió los ojos, pues de ningún modo deseaba que él supiera que lo había estado contemplando.

Mike se apartó de sus amigos y fue a sentarse en el sofá junto a ella. Los otros seguían discutiendo del juego, y las mujeres estaban fuera admirando el jardín.

—¿Te encuentras bien? —preguntó Mike, y la tapó con la manta, a pesar de que la sala estaba templada.

Ella asintió, sin dejar de mirarse las manos.

Mike se le acercó, le bajó el cuello y puso la mano sobre la parte magullada, sobre el círculo del hematoma amarillento. Luego siguió hasta acariciarle la nuca y rozarle el labio con el pulgar.

A Samantha se le alteró la respiración cuando se vio reflejada en sus grandes ojos oscuros. Era como si estuvieran solos en la habitación, pero ella no se olvidaba de la presencia de los demás. Mike se inclinó hacia ella, que no se apartó, ni cuando él acercó sus labios a los de ella. Samantha sentía sobre la boca su aliento cálido, dulce y fragante.

Cuando sus labios se encontraron, ella cerró los ojos, pero cuando él se apartó, volvió a abrirlos. Mike la miraba, y lo hacía con una expresión que ella no entendía.

—Sam —susurró él, y la besó con una ternura suave, sin agresividad, pero con insistencia, como si quisiera decirle algo, como si quisiera darle seguridad, como si quisiera decirle que la amaba.

Ella le puso una mano en el cuello. «Ay, tocar a Mike, sentir la cálida piel mirada con pasión tantas veces, sentir los rizos de su pelo entre los dedos», pensó. Le presionó suavemente el cuello con la punta de los dedos y él se acercó. El beso fue más intenso.

Samantha se recostó en la almohada. Sus dedos apretaron con más fuerza la nuca de Mike y abrió la boca levemente al sentir que la lengua de él encontraba la suya. No la estaba asaltando, ni la forzaba, ni la agobiaba.

Fue Mike el que se apartó. A Samantha le latía con fuerza el corazón y respiraba profunda y rápidamente.

—¿Te gusta más así, cariño? —murmuró Mike.

—Yo... —alcanzó a decir ella, antes de que él volviera a acallarla con sus labios.

Mike le cogió la cabeza con ambas manos, y con el pulgar le acarició las mejillas, luego le rozó los párpados, la nariz, y los labios. Al cabo de un rato, se apartó y levantó la mano. Estaba temblando.

—Siento algo por ti, Sammy. No sé lo que es, pero lo vengo sintiendo desde el primer día.

Las mujeres, que regresaban del jardín, los devolvieron a la realidad. Mike se incorporó del sofá, pero siguió contemplándola con tanta emoción, y su mirada parecía pedirle tantas cosas que era como si aún la estuviese besando.

—¿Hemos interrumpido algo? —preguntó Anne—. Mike, tal vez tú y tu... inquilina queréis que nos vayamos.

Mike le devolvió una sonrisa.

—La verdad es que me gustaría que os quedaseis. Esta casa parece volverse más... amigable cuando hay gente.

Samantha bajó la vista y se miró las manos para evitar que nadie viera cómo se sonrojaba. Mike decía la verdad. Ella se sentía más relajada si había otras personas. Si alguien estaba presente, estaba segura de que Mike no haría nada para llevarla adonde ella no quisiera ir.

A las cuatro, todos estaban desfallecidos de hambre, y Jess pidió suficiente comida para veinte personas. Lo instalaron todo en la mesa de fuera y Mike insistió en llevar en brazos a Samantha hasta el jardín.

—Cállate —le reconvino cuando ella comenzó a protestar—. Te portas como si yo fuera un maníaco sexual cuando estamos solos, pero me dejas besarte si la casa está llena de gente. Si la presencia de los demás te tranquiliza, consideraré la idea de mantener la casa llena. Ahora, quédate tranquila y déjame pasarlo bien.

Samantha no pudo dejar de sonreír cuando apoyó la cabeza en la curva de su hombro.

Mike le besó la frente.

—Sam —susurró—, si te vienes a la cama conmigo, te aseguro que lo pasarás bien. Te lo juro.

Se echó a reír; pero, la verdad, sentía la misma tentación que él. Esto le gustaba mucho más que lo que la gente hacía en la cama. Le gustaba tocar y acariciar. Le gustaban los besos de Mike y sentir su aliento en los labios, ver cómo se movían sus músculos bajo la ropa. Le gustaba sentarse cerca de él y ver cómo se inclinaba sobre ella para taparla con las mantas. Sí, era verdad que le agradaba cómo los hombres trataban a las mujeres antes de conseguir lo que querían de ellas. Después de haberlo conseguido, todo era diferente.

Los cinco rieron y conversaron a lo largo de la cena. Hablaron de personas que Samantha no conocía, pero siempre intentaban explicarle quiénes eran. Corey contó historias de cuando Mike era niño.

—¿Le has contado a Sam lo que hiciste con la ropa de las amigas de tus hermanas? —preguntó a Mike, apuntándole con el tenedor de plástico.

—Me parece que lo ha olvidado —replico él, ahogando una risita.

—Las chicas en paños menores de color blanco —insinuó Corey, y lanzó una carcajada.

Lo de los paños menores de color blanco alertó a Samantha, que con un gesto le pidió a Corey que contara la historia, pero por más que le imploraba con la mirada, ésta al final se negó, alegando que eso debía decidirlo Mike. Pero nadie logró que Mike lo contara.

Después de comer, fueron al salón. Mike puso un disco de Kiri Te Kanawa con música a Puccini, y se animó la conversación. Samantha se sentó en un rincón con Corey y escribió en su cuaderno.

Cuéntame cosas sobre Mike.

—¿Qué quieres que te cuente?

Samantha levantó las manos enseñando las palmas, como diciendo «cualquier cosa me va bien».

—No sé por dónde empezar. Tiene once hermanos y... —Rió al ver que Samantha se había quedado boquiabierta—. Hay muchos Taggert en Chandler.

¿Son muy pobres?, escribió Samantha.

Corey dejó escapar una risa ahogada, y continuó riendo cuando le puso a Samantha la mano sobre el brazo.

—Eso deberías preguntárselo a él. Veamos, ¿qué más te puedo contar? Mike es licenciado en matemáticas. Siguió todos los seminarios para hacer el doctorado, y de pronto se interesó por esa historia de gángsters y jamás terminó el doctorado. —Miró fijamente a Samantha—. A su padre le alegraría muchísimo que terminara. Tal vez tú puedas influir en él.

Samantha se encogió de hombros, como diciendo que ella no tenía ninguna influencia sobre él. No tenían nada en común y sólo estaban viviendo juntos momentáneamente El hecho de que Mike dedicara una buena parte de su tiempo a intentar llevársela a la cama no significaba nada. Por lo que creía entender, todos los hombres hacían lo mismo con las mujeres. No significaba nada antes de realizar el acto, y menos que nada después.

—Mike —llamó Corey, y cogió una calculadora de una estantería—, ¿cuánto es doscientos treinta y siete por dos mil seiscientos ochenta y uno?

Mike no miró hacia ningún lado, pero tampoco tardó más de un segundo en contestar.

—Seiscientos treinta y cinco mil trescientos noventa y siete.

Corey le mostró a Samantha la operación hecha en la calculadora y vieron que Mike había acertado.

—Toda la familia es así —sentenció Corey, en voz baja—. En el cole, todos pensaban que deberían haber estado en un circo. Mike es un buen chico, un chico bueno de verdad —aseguró Corey, apretándole un poco el brazo.

Samantha miró hacia el otro lado de la habitación donde estaba Mike, y en ese momento él se giró y le guiñó el ojo. Samantha, a su vez, le sonrió.

¿Por qué te gusta tanto el color blanco?, escribió Samantha en su cuaderno. Había regresado a la cama de Mike; el silencio reinaba en toda la casa. Samantha estaba muy cansada. A pesar de que no ha-

bía hecho gran cosa, había sido un día agotador. Ahora tenía ganas de dormir, no forcejeaba con Mike, no fuera a ser que continuaran con lo que habían empezado estando en el sofá de la biblioteca.

—¿Estás segura de que quieres saberlo?

Samantha asintió con la cabeza cuando él la tapó, y protestó cuando él se estiró sobre la cama y apoyó la cabeza en su regazo, pero él fingió no oírla.

—Cuando yo tenía quince años, mi hermana, que tendría unos diecinueve, volvió a casa con cuatro amigas de la universidad para pasar una semana en casa. Yo pensaba que eran las chicas más guapas que jamás había visto. Las seguía a todas partes, y ellas no dejaban de provocarme. Todavía no sé por qué lo hice, pero lo cierto es que un día, mientras nadaban, les cogí la ropa, me la llevé al sótano, la metí en la lavadora, agregué lejía en cantidades industriales y puse el agua caliente.

»Cuando las chicas volvieron, no tenían más ropa que ponerse que el traje de baño, la demás había quedado toda blanca y encogida. —Mike se quedó mirando al vacío un momento—. Eran guapísimas. Pequeños pantaloncitos blancos, y unas camisetas diminutas. Las faldas les llegaban a medio muslo.

¿Qué hicieron tus padres?, inquirió Samantha.

—Tardaron medio día en saber quién era el culpable, porque tengo muchos hermanos, ¿sabes? Y cuando lo descubrieron, mi madre propuso que deberían taparme los ojos con una venda, ponerme contra un muro de la casa y darles a las chicas unas escopetas. Pero mi padre dijo que me llevaría afuera para darme una paliza. Así que salimos, y entonces me sonrió, me acarició la cabeza y me envió a pasar el resto de la semana con mi tío Mike, pero me advirtió que tendría que hacerme el cojo cuando me viera mi madre.

¿Eso es lo único que te hicieron?, escribió Samantha

—Claro. Mi padre llevó a las chicas a Denver y les compró ropa nueva. Cuando las chicas se fueron, mi padre me regaló una pequeña camisa blanca a la que le faltaban los botones. Me contó que una de las chicas se la había puesto en el desayuno y al hacer un gesto los botones habían saltado. Incluso me guardó uno de los botones.

¿Y las chicas por qué no le pidieron prestada ropa a tu madre o a tu hermana para vestirse?

Mike pareció sorprendido, luego sonrió y terminó por echarse a reír a carcajadas.

—Es una pregunta muy pero que muy buena. Puede que les gustara ver a mi padre y a mis hermanos mirándolas boquiabiertos.

Sin dejar de reír, rodó sobre la cama, se incorporó, se estiró y bostezó. Samantha no le quitaba los ojos de encima, sobre todo al levantársele la camisa y dejarle el estómago al descubierto. Samantha se preguntó si Mike tenía idea de lo atractivo que estaba cuando hacía eso.

De pronto, él dejó de bostezar y la miró, como si supiera muy bien que ella lo estaba observando.

—Éste es el cuento de esta noche. ¿No has cambiado de opinión acerca de... ya sabes? —preguntó, señalando con la mirada el lado vacío de la cama.

Samantha dijo que no con la cabeza.

Y como si fuera lo más natural del mundo, Mike se inclinó para besarla en los labios. Samantha giró la cabeza, y al volverse a mirarlo, él estaba aún inclinado sobre ella, mirándola fijamente.

—A veces me recuerdas a esas chicas del instituto que uno llevaba al cine al aire libre. Sales una noche y te pasas todo el rato besándote y, después de horas de faena, logras meterle la mano debajo de la blusa. La próxima vez que sales con ella, piensas que puedes intentar meter la mano debajo de la falda, pero ella te obliga a empezar desde el principio, y ni siquiera te deja que la beses.

Samantha no pudo evitar una risita. No le costaba nada imaginarse a Mike excitado con las chicas.

—Dime una cosa, Sam, ¿los chicos también tenían que empezar desde cero contigo en cada cita?

Como ella no contestaba, él le pasó el cuaderno con el lápiz.

Jamás salí con chicos cuando estaba en el instituto, escribió Samantha.

Mike tuvo que leer la frase tres veces antes de lanzarle una mirada de incredulidad. Luego le cogió el lápiz de la mano y escribió.

¿Has estado en la cama con otro hombre que no fuera el imbécil de tu marido?

Ella no quiso contestar a su pregunta.

¿Por qué imbécil?, escribió.

—Porque te perdió, ¿qué te crees? El hombre capaz de dejarte escapar es un estúpido.

Samantha se rió con ganas y le dio un golpecito en el hombro. Mike estaba mintiendo para halagarla; pero, de todos modos, oír a alguien llamarle imbécil a su ex marido le causaba cierto placer.

—¿Qué te parece un beso de buenas noches? Nada más. No te quitaré las manos de los hombros. Confía en mí. Te lo pro-meto.

Samantha no tuvo la fuerza de voluntad para rechazar un beso de Mike, sobre todo por la manera en que éste la miraba. Cuando él se inclinó sobre la cama, con las dos manos en la cintura de Samantha, ésta negó con la cabeza, y él volvió a sentarse y le puso las manos sobre los brazos. Lentamente, Mike acercó los labios a los suyos.

Con cada beso, Samantha, maravillada, se preguntaba si era posible que algo pudiese ser tan adorable. Mike, al igual que esa mañana, no la forzaba ni le saltaba encima. Ella se entregó a aquel beso y empezó a confiar en Mike mientras apoyaba la cabeza en la almohada, con los ojos cerrados y el cuerpo relajado.

—Buenas noches —dijo él, suavemente, y Samantha casi tuvo ganas de que no se fuera.

Mike apagó la luz y se alejó por el pasillo.

Le había pedido que confiara en él, y eso es lo que ella comenzaba a hacer. Pero ¿acaso confiaría él en ella?

Samantha había tardado dos días en tomar una decisión, pero ahora estaba resuelta: buscaría a su abuela.

16

—Tengo que buscar a mi abuela.

Los dos estaban en el apartamento de Samantha, mejor dicho, exactamente en el dormitorio. Ella había dormido abajo, en la cama de Mike, pero por la mañana, temprano, antes de oírle rebullir en el dormitorio contiguo, Samantha había subido a vestirse. Al salir de su habitación, encontró a Mike esperándola en el salón, porque pensaba que Samantha se preparaba para partir a Maine con su primo Raine; pero Samantha había hecho acopio de valor para decirle que no pensaba marcharse, que se quedaría en Nueva York con él.

Mike fingió no oírla, y ni siquiera se molestó en responderle.

—Montgomery está al llegar —anunció—. Todos ellos son muy puntuales, de modo que no tardará ni un minuto. Te compré unas tartas de chocolate para el camino. Me imagino que los Montgomery te alimentarán con cosas como brócoli y suflé de zanahorias. Tal vez debería llamar a Delicatessen Kaplan y pedir un par de bocadillos y seis cervezas. Es agradable tomar cerveza cuando se viaja, y...

—Mike —murmuró ella en voz baja—, deja de fingir que no me has oído. No pienso marcharme. Me quedaré y buscaré a mi abuela.

—No deseo escucharte —replicó él, y cogió la bolsa de viaje con una mano y el codo de Samantha con la otra.

—No pienso marcharme. Además esta bolsa está vacía —dijo, señalando la que tenía en la mano.

—Ningún problema. Cuando llegues a Connecticut, dile a

Montgomery que se detenga y te compre lo que necesites. Incluso será mejor que esperes hasta llegar a Maine.

Como Mike no le soltaba el brazo, ella hizo lo único que se le ocurrió, que fue sentarse en el suelo.

—No pienso ir a Maine ni irme de esta casa. Me quedo en Nueva York para buscar a mi abuela.

Mike la levantó con sus manazas cogiéndola por los hombros. Samantha se mantuvo rígida y Mike la sentó en el sofá.

—Samantha... —empezó a decir.

—No sirve de nada tratar de convencerme para que vea las cosas desde tu perspectiva. Ya he tomado una decisión.

En la expresión de Mike se reflejó un cúmulo de emociones, hasta que finalmente se dejó caer pesadamente junto a ella.

—Si es necesario, cerraré la casa y no tendrás dónde quedarte.

—De acuerdo, alquilaré otro apartamento.

Mike dejó escapar un gruñido y luego sonrió.

—¿Y quién te cuidará? ¿El portero? Sam, le tienes tanto miedo a Nueva York que, sola, ni siquiera has dado una vuelta a la manzana. ¿Cómo esperas encontrar a tu abuela si no cuentas conmigo para ayudarte? Y yo me niego a ayudarte —la amenazó. Luego le hizo girar la cabeza y le cogió las manos en las suyas—. Mira, cariño, en cualquier otra circunstancia, me gustaría tenerte junto a mí, pero esto es demasiado peligroso.

Samantha frunció el ceño.

—¿Quieres decirme que es una tarea para hombres?

—No me vengas con el rollo ése de la liberación de la mujer —la increpó él, apretándole las manos—. No estoy hablando de a quién le toca lavar los platos, estoy hablando de un asunto de vida o muerte.

—¿Y qué te hace pensar que serías mejor detective que yo? Llevas dos años trabajando y yo en un par de semanas he descubierto más cosas que tú.

Mike tuvo que tragar saliva y aguantarse.

—¿Descubrir? ¿A los morados que tienes en el cuello los llamas tú descubrir?

Samantha intentó liberarse de sus manos, pero él se las apretó con fuerza.

—Mal que te pese, se trata de mi abuela —alegó ella—. Estaba liada con un criminal y era deseo de mi padre que fuera yo quien la encontrase.

—Tu padre no tenía idea de que estuviera liada con un gánster; al menos, con uno de verdad. Hoy en día, suena simpático hablar de los gánsters y, por lo demás, tu padre pensaba que su madre desapareció por una historia de amor.

—Y tú, ¿por qué piensas que desapareció?

Mike se acercó tanto que chocaron sus narices.

—Dinero. Asesinatos. Ella sabía algo. Podría haber un millón de motivos. Hasta tres millones, si me apuras un poco, pero ninguno sirve y por eso te vas ahora mismo a Maine, donde estarás a salvo.

Samantha respiró hondo. Nada en el mundo la haría cambiar de parecer; y también tenía ganas de quedarse en casa de Mike. Era una casa cómoda, con un hermoso jardín, y estaba bien situada. Además se había familiarizado con Mike, y si alguna vez volvía a necesitar ayuda, cosa que, estaba segura, no sucedería, también podía confiar en él porque tenía reacciones muy rápidas.

—Mike, ¿por qué estás investigando la vida de ese hombre? —preguntó, con los ojos entornados—. La verdad. Quiero saber la verdad, no una de tus mentiras, por muy dulce que la hagas parecer al contarla.

Mike le soltó la mano y fue hasta la ventana.

—Por mi tío Mike, ¿Recuerdas que Doc dijo que los hombres de Scalpini dispararon sobre mucha gente inocente aquella noche? —dijo, y se volvió a mirarla. Ella asintió con la cabeza—. Mi tío Mike trabajaba allí. Bailaba con las mujeres cuyos maridos o acompañantes eran demasiado gordos para bailar. Estaba en la pista de baile cuando llegaron los hombres de Scalpini y recibió treinta y dos balazos por debajo de la cintura.

—¿Treinta y dos? —murmuró ella—. ¿Y sobrevivió?

—Se debatió entre la vida y la muerte, pero no sólo sobrevivió sino que aprendió a andar con muletas. Él y mi abuelo estuvieron juntos en la Marina, y Mike le salvó la vida al abuelo, de modo que cuando él necesitó ayuda, mi abuelo se la brindó. Llevó al tío Mike a Chandler, contrató al mejor equipo médico y le ayudó a ponerse bien. El tío Mike vivió en una casita detrás de la nuestra.

—¿Y era amigo tuyo?

—El mejor de los amigos. A veces una persona puede encontrarse perdida en una familia tan grande como la mía, pero el tío Mike siempre tenía tiempo para mí. Jamás perdía la paciencia conmigo y siempre estaba de mi parte cuando había jaleo, aunque yo estuviera equivocado.

—¡Era un hombre bueno!

—Era muy bueno.

Samantha vio la tristeza en la mirada de Mike y alcanzó a comprender que debido a esa pérdida de los seres queridos, los dos tenían algo en común.

—Y ahora pretendes poner a Doc en su lugar, debido a lo que le hicieron a tu tío Mike.

—Algo así.

—Tú piensas que si Scalpini no le hubiera disparado a Mike, probablemente jamás lo habrías conocido. En mi caso, la familia ya estaba formada, éramos felices, pero algo que posiblemente estaba relacionado con esa noche de 1928 dio al traste con mi familia. ¿Acaso no tengo derecho a saber lo que sucedió, saber por qué mi abuela nos abandonó?

Mike volvió a sentarse junto a ella.

—Claro que sí. Te llamaré todos los días. Es lo que pensaba hacer, de todos modos, pero...

—¿Eso pensabas hacer?

—¿Qué?

—¿Pensabas llamarme todos los días?

—No creerás que te iba a mandar a un pueblo con los Montgomery sin estar en contacto diario contigo —aventuró Mike, con una mirada de incredulidad—. ¿Piensas que estoy loco?

—¿Y de qué hablaríamos tú y yo? ¿De Doc?

Mike se echó a reír y se inclinó para tocarle el pelo.

—A veces, Sam-Sam, pienso que tienes ciertas lagunas en tu educación. ¿De qué hablan durante horas los chicos y las chicas que se desean tanto?

Samantha se sonrojó y se miró las manos. Era la primera cosa que decía Mike que le hacía pensar en la posibilidad de ir a Maine, pero se controló.

—Me quedaré aquí y buscaré a mi abuela —dijo, tajante—. Y si intentas cualquier...

Dejó de hablar porque Mike le había cogido la cabeza por la

nuca y le atrajo la boca hacia la suya. La besó con tantas ganas que Samantha sintió que empezaba a temblar al ponerle las manos en la espalda, donde palpó la gruesa capa de músculos.

—¿Crees que no tengo ganas de que te quedes? ¿No crees que acaricio la idea de tenerte aquí conmigo? Eres la única persona, después de tu padre, que ha demostrado cierto interés por mi vida. Mi padre insiste en que termine la tesis para obtener el doctorado. ¿Y para qué? No me apetece dar clases, tampoco me apetece trabajar en una oficina. Mis hermanos se ríen de mí y hablan de mis «viejos gánsters». Sam, puede que quiera escribir la biografía no sólo por el tío Mike sino por mí mismo, porque la encuentro muy difícil. En la universidad, las matemáticas eran para mí fáciles, demasiado fáciles, pero pasar días enteros en la biblioteca estudiando en unos mamotretos, cuando pasaba una chica con falda corta y con un trasero que... —Sonrió—. En cualquier caso, escribir ha sido un desafío. Me distraigo con facilidad, pero no había sido demasiado entretenido hasta que tú llegaste. Te sientas junto a mí y me pasas los apuntes en limpio hablamos de cosas diferentes y me ayudas a aclarar mis ideas, y... —le cogió una mano y luego la otra, y se las besó— a veces me dejas besarte. Ha sido maravilloso, Sam, realmente maravilloso.

—Y seguirá siendo maravilloso —alegó ella, apretándole las manos—. Mike, podemos trabajar juntos en esto. A mí me gustan las bibliotecas. Me gusta...

—Ya, y a mí me gusta que sigas viva.

Ella se apartó de él.

—Esta vez vas a perder. Me quedaré en Nueva York, buscaré a mi abuela y, por lo que yo entiendo, tienes dos alternativas: una, me quedo en esta casa contigo y la buscamos juntos; dos, encuentro otro apartamento y la busco por mi cuenta.

—Esto es demasiado serio, Sam, y demasiado peligroso. ¿Por qué te empeñas? Dejémoslo correr por el momento, pues, por lo que hemos visto, Doc habrá muerto dentro de un par de años. Entonces ya podremos...

—Precisamente por eso —intervino ella, entusiasmada—. ¿No lo ves? Si Doc aún está vivo, es probable que mi abuela también esté viva.

—Una cosa no implica la otra.

Samantha lo miró con dureza. Mike le había contado mentiras y le había ocultado algunos secretos sin que ella se diera cuenta del engaño, pero eso ya no funcionaba. Ahora le echaba en cara su falta de sinceridad con dureza tensa en los labios, pues ella ahora empezaba a advertirlo.

—Estás guardándote algo —murmuró—. Lo puedo leer en tus ojos.

Mike bajó de la cama, pero ella le cerró el paso.

—¿Sabes algo? —preguntó.

—Nada —contestó, y se apartó de ella.

—Michael Taggert, si no me dices lo que sabes, voy a...

—¿Cómo? ¿Qué me puedes hacer? ¿Poner tu vida en peligro? ¿Chantajearme? ¿Correr en bragas y camiseta blanca y gritar «¡violación!» cada vez que te toque?

—Me besaré con Raine Montgomery —repuso ella—. Saldré con él. Saldré con él de noche, y...

Mike se giró sobre los talones y se dirigió a la puerta del apartamento, pero ella lo cogió del brazo.

—Mike, espera, por favor. ¿Es que no me entiendes? ¿Qué pasaría si descubrieras que tu tío Mike no ha muerto, o que hay una posibilidad de que no esté muerto? ¿No harías todo lo que estuviera en tus manos para encontrarlo y verlo una vez más antes de que desapareciera? Mi abuela tiene más de ochenta años y no me queda mucho tiempo. Por favor, dime lo que sabes. Por favor —le suplicó, y estiró la mano para tocarle la mejilla.

Mike le cogió la mano y se la besó.

—Sam, tú me conviertes en un chaval —protestó y respiró hondo—. Tu padre me aseguró que, al menos hace dos años, tu abuela estaba viva.

Samantha se miró en el espejo del recibidor, asegurándose de que estaba bien arreglada y que mantenía el peinado como la peluquera le había enseñado. Puso su bolso sobre la mesa y verificó que tenía sus nuevas tarjetas de crédito y dinero suficiente. Cuando no se le ocurrió otra cosa que verificar o hacer para posponer lo que había planeado, cogió el pomo de la puerta, irguió los hombros y abrió.

Iba a salir sola por las calles de Nueva York. Esta vez pensaba hacer algo más que dar la vuelta a la manzana. Estaba decidida a pasar la tarde en la ciudad por su propia cuenta.

Cerró la puerta y bajó las escaleras. Aquella mañana el propio Mike, además de confesarle que dos años antes su abuela vivía, le contó que por esas fechas su padre había recibido una postal de su madre, y tras recibir dicha postal, David Elliot decidió buscarla. Era una postal sencilla en la que sólo le decía que lo quería, que siempre lo había querido, y que esperaba que la perdonara. Por firma, sólo había escrito «tu madre».

Antes de recibir la postal, Dave se ocupaba de su oficina de contabilidad, y no disponía de tiempo ni siquiera para tomarse unas vacaciones en Nueva York; pero no bien la hubo recibido, empezó a planificar su jubilación anticipada para emprender la búsqueda de su madre.

Fue precisamente entonces, seis meses después de recibir la postal, cuando por un golpe de suerte, por el destino, por pura coincidencia o por lo que fuera, apareció Mike preguntándole si su madre no había tenido una aventura con un gángster llamado Doc.

Con ese sencillo encuentro se inició una amistad que con el tiempo desembocó en que Dave le confiara a Mike su hija para que cuidara de ella.

—Como si te traspasara una propiedad —murmuró Samantha apenas Mike le contó la historia.

—¡Vaya propiedad! —replicó él, con muestras de falso cansancio—. El testamento está guardado en una caja fuerte.

Mike volvió a molestarse cuando Samantha le repitió que pensaba quedarse en Nueva York. Ella sospechaba que Mike tenía la intención de mantenerla al margen de todo cuanto había planeado, y como se sentía culpable por el intento de asesinato que ella sufriera, supuso que no pensaba dejar que se alejara de su lado, y que la mejor manera de controlarla era ocultarle los hechos.

Tras la matutina discusión, Samantha bajó y vio la bolsa de deportes de Mike junto a la puerta de entrada, lo cual indicaba que él había pensado ir al gimnasio tan pronto como ella partiera para Maine. Le preguntó por la bolsa y por sus planes, pero él, testarudo, le confesó que pensaba quedarse en casa acompañándola. Samantha logró convencerlo, con no poco arte, de que saliera y se fuese al gimnasio como lo había pensado. Tenía que hacerle salir de casa, porque los comentarios de Mike seguían molestándola. Él le había confesado que no podría ayudarle en su investigación alguien que tuviera tanto miedo de Nueva York que ni siquiera se atreviera a ir más allá de la manzana.

Lo que Mike decía era verdad, Samantha sabía que debía hacer acopio de valor para salir. Al fin y al cabo, no podía pasarse la vida escondida en casa de Mike, ni tampoco escudándose en él. Después de todo si encontraban a la abuela tendría que abandonar la ciudad y alejarse de Mike. ¿Cómo podía pensar en vivir sola si tenía tanto miedo a salir de casa?

Ahora, Mike estaba en el gimnasio y Samantha se había decidido a salir y enfrentarse ella sola a esa ciudad ruidosa, sucia y llena de desconocidos. Ni los gladiadores frente a los leones, ni san Jorge combatiendo al dragón habían tenido tanto miedo como Samantha.

Caminó por la calle Sesenta y cuatro. Respiró aliviada al cruzar la calle, porque todavía nadie le había puesto una pistola ni una navaja al cuello. Atravesó la calzada de Park Avenue, en su mayor parte zona residencial, y se dirigió hacia Madison, caminando con la cabeza gacha, y sacando fuerzas de flaqueza.

Durante las dos primeras manzanas, el miedo le impidió levantar la cabeza para inspeccionar su entorno, pero cuando llegó a Madison, vio que los porteros uniformados de los edificios le sonreían y se quitaban la gorra a su paso para saludarla. Ella les devolvía una tímida sonrisa, y pensaba que al menos no parecían atracadores ni traficantes de drogas.

En la avenida Madison dobló a la derecha hacia el norte, y caminó tres manzanas con la cabeza alta, preguntándose cuánto debía andar antes de demostrarse a sí misma que podía salir y recorrer la ciudad sin sentir miedo. Sus pensamientos se concentraban sólo en saber cómo contarle a Mike que había pasado la tarde sola en las calles de Nueva York y ¡había sobrevivido!

En la cuarta manzana empezó a mirar a un lado y a otro, y como en Madison no había más que tiendas, los escaparates llamaron su atención. En Santa Fe, la mayoría de las tiendas vendían *souvenirs*, camisetas con frases absurdas, tazones, muñecas indias de mala calidad y coyotes. Todo tenía la etiqueta de «hecho a mano» como si en los demás países se hubieran inventado robots para fabricar recuerdos baratos. Además de estas baratijas, había que sumar las galerías llenas de obras de artesanía india. Las pocas tiendas «normales» para los residentes del barrio contenían mercancías de pésima calidad, faldas de rayón, marcos de plástico para fotos, pendientes que iluminaban de verde las orejas.

En la avenida Madison, en cambio, Samantha observó tiendas de productos espléndidos, de los mejores del mundo, tiendas con ropa tan cara que había guardias en la entrada porque no dejaban entrar a todo el que quisiera. Cuando un joven atractivo y elegante le abrió la puerta de una tienda, Samantha sintió que la habían dejado penetrar en el mundo de los ricos y poderosos. Entró y no salía de su asombro al ver una moqueta tan vistosa y mullida, las paredes con espejos, y prendas que llegaban a costar lo equivalente al ingreso anual de algunas personas, «de la mayoría de las mujeres —pensó Samantha con una mueca de desagrado—, mujeres explotadas que ganan salarios muy bajos».

Entró en Montenapoleone, una tienda dedicada a ropa de dormir, y no pudo resistir la tentación de comprar un camisón blanco de algodón muy fino y transparente Tenía el cuello adornado de color de rosa. Pero era caro, demasiado caro.

Pasó por Giorgio Armani, por Gianni Versace y por Yves Saint Laurent. En Valentino's, pudo darse cuenta de la cantidad de dinero que Mike se había gastado en la ropa que compraron en Saks, porque un traje igual al que ella tenía costaba tres mil cuatrocientos dólares.

—¿Se encuentra bien? —preguntó el dependiente.

—Sí, sí —contestó ella, y una vez sentada, cogió el vaso de agua fresca y embotellada que le sirvieron.

Una parte de su ser le decía que debería enfadarse con Mike por haberla engañado, pero otra parte se alegraba, porque ¿acaso había alguna mujer a la que no le gustara recibir regalos? No pudo dejar de especular sobre cómo se habrían puesto de acuerdo Mike y su prima Vicky para hacerle creer que el precio de la ropa era tan asequible que tendría suficiente dinero para pagarlo ella sola.

Al salir de la tienda, no sabía qué hacer. Tal vez debiera buscar a Michael y echarle en cara lo que había descubierto. Lo cierto era que quizá no fuera muy amable por su parte gritarle por haber sido tan bueno con ella comprándole una ropa tan estupenda en la que gastó miles de dólares. Tal vez más adelante encontrara la manera de agradecérselo.

Con la cabeza bien alta (ahora, al darse cuenta de que llevaba encima cerca de cinco mil dólares, no se sentía herida en su amor propio), continuó con su temeraria expedición por las calles de Nueva York. Al mirar en el escaparate de una joyería de alhajas antiguas, pensó que el verdadero peligro de la ciudad residía en los productos de las vitrinas.

En la calle Setenta y dos, Samantha entró en una fastuosa tienda de Ralph Lauren. Recorrió todos los pisos, admiró tanto la decoración como los productos, hizo uso del pequeño y simpático lavabo que había en el sótano, volvió a subir y compró un broche de marcasita de elegantes formas eduardianas.

Después de salir de la tienda, miró hacia la Quinta Avenida y divisó el verde del Central Park. Caminó en dirección al parque, con la intención de dar un paseo. Iba pensando que si Nueva York era muy superior a Santa Fe en cuestión de tiendas, jamás podría superarla en lo referente al paisaje.

En lugar de entrar en el parque, se dirigió a la izquierda y bajó por la Quinta Avenida, contemplando las ventanas de los edificios frente al parque y recordando a la gente famosa que vivía en ellos. Al final del parque, se detuvo en F.A.O. Schwarz y compró un mono de peluche, pues se imaginaba que aquel gracioso animalillo podría contrarrestar el aire de seriedad que reinaba en su apartamento.

Enfrente de la tienda de juguetes vio el Hotel Plaza y descubrió la maravillosa tienda de Bergdorf Goodman's. Samantha pensó que merecía la pena dedicarle un día entero, y se limitó a la primera planta, donde, en su opinión, no se metería en demasiados gastos. Pero calculó mal, porque salió de allí con una bolsa de calcetines, medias y un cinturón de cuero con hebilla de plata. Más allá de Bergdorf, vio Fendi y la joyería de Harry Winston, con el aspecto de fortaleza, lo que le trajo a la mente a la duquesa de Windsor. Siguiendo en dirección sur, pasó ante Charles Jourdan, Bendel y el portal rojo de Elizabeth Arden.

Sonrió con el dulce recuerdo que le traían los escaparates de Saks en la acera de enfrente, y recordó el maravilloso día pasado con Mike y todo lo que él había hecho por ella. Llegó al Centro Rockefeller y vio la dorada escultura del hombre pájaro mil veces vista en la televisión. Apoyada contra la baranda que rodea el área que en invierno se convierte en pista de patinaje, dejó las pesadas bolsas de sus compras en el suelo y se frotó las manos. Llevaba horas andando y tendría que sentirse cansada pero, por el contrario, estaba en plena forma. Se había enfrentado al enemigo, sólo para descubrir en él a un nuevo amigo, amable y divertido. Miraba a su alrededor y a toda esa gente que paseaba frente a los escaparates del Metropolitan Gift Shop. No pudo dejar de sonreír. «Qué lugar más encantador», pensó.

Compró un frankfurt a un vendedor ambulante, se alejó del Centro Rockefeller y caminó hacia el sur. En un escaparate vio una estatuilla de bronce de unos diez centímetros que representaba a un samurai. El pequeño guerrero era fuerte, lucía una brillante armadura, pero sobre todo tenía una sonrisa especialmente simpática que le recordó a Mike. Pensando en todo lo que él había hecho por ella, le entraron infinitas ganas de comprarle algo, y creyó ver en la estatua un regalo perfecto. Entró en la tienda y pidió verla.

Fue en esa tienda donde Samantha aprendió lo que saben todos los habitantes de Nueva York: todo está a la venta, y lo que dice el precio de la etiqueta no tiene nada que ver con lo que el objeto cuesta realmente.

Al contrario de lo que la gente piensa, no hay nadie más simpático en el mundo que el comerciante de Nueva York que muestra sus artículos a un cliente vestido con elegancia. El hombre se fijó en el carísimo traje de Samantha, en su cartera de Mark Cross, en los zapatos Bally, en el gran diamante que le brillaba en el dedo, y le sonrió con amabilidad al pasarle la estatuilla. No era una sonrisa falsa, no; nadie ama tanto a una persona como un habitante de Nueva York ama comprar y vender.

—¿Cuánto cuesta? —preguntó Samantha.

—Setecientos cincuenta —contestó el hombre.

A Samantha se le desencajó el rostro. Quería la figura, pero era demasiado cara.

El comerciante sabía reconocer a los turistas, a los que consideraba unos ingenuos fáciles de convencer para que compraran cualquier cosa a cualquier precio. De hecho, muchas veces los turistas compran cosas que ni siquiera quieren, con tal de que el comerciante no les siga insistiendo. Creyó que Samantha era de Nueva

York porque se vestía como tal y hasta tenía las uñas tan cuidadas como las llevan las neoyorquinas (en el resto de Estados Unidos, la manicura es un lujo que sólo se permiten las mujeres más ricas, ociosas y vanidosas, pero en Nueva York, gracias a los coreanos, los locales de manicura se habían multiplicado, y la sesión sólo costaba ocho dólares). El hombre pensó que Samantha estaba fingiendo al decir que era demasiado caro y que sólo quería regatear.

—Será una pena para mí, pero se lo puedo dejar en quinientos cincuenta.

Samantha se sorprendió. No había sospechado que el hombre bajaría el precio.

—Lo siento, sigue siendo demasiado caro.

El vendedor la creyó nacida en la misma ciudad.

—¿Hay algo más en la tienda que le guste? —preguntó.

A Samantha le extrañó esa pregunta y no intentó entenderla, pero señaló unos pendientes de color granate que le gustaban. El vendedor los sacó del escaparate para que pudiera contemplarlos. Samantha los encontró preciosos, pero se negó a darse ese lujo. Era preferible comprarle algo a Mike y agradecerle lo que había hecho por ella.

—Son preciosos, pero preferiría la estatua, aunque es demasiado cara —sentenció, con toda franqueza.

—¿Qué le parece quinientos cincuenta por los dos?

Samantha volvió a sorprenderse con la pregunta, pero ahora empezaba a entender.

—Trescientos cincuenta —ofreció, obedeciendo a un impulso.

—Cuatrocientos veinticinco —replicó él, cogiendo los pendientes.

—Trescientos setenta y cinco por los dos. En efectivo —añadió Samantha, y aguantó la respiración, porque no podía pagar ni un centavo más.

—Cuatrocientos es mi última oferta.

A Samantha volvió a desencajársele el rostro, y su mirada reflejaba la profunda tristeza que la embargaba.

—Lo siento, pero no puedo gastar más de trescientos setenta y cinco. —Se volvió lentamente hacia la puerta.

—Conforme —convino el hombre, malhumorado—. Llévese-los por trescientos setenta y cinco, en efectivo.

Al salir de la tienda, Samantha se sentía como atontada, como si acabara de hacer la cosa más rara de su vida; caminó toda una manzana antes de darse cuenta de que comenzaba a llover. Miró el reloj y vio que eran casi las seis. Entonces recordó que Mike estaría esperándola en casa hecho una furia.

Después de aprender a regatear, Samantha aprendió algo sobre taxis. Al caer las primeras gotas, los taxistas de Nueva York buscan dónde resguardarse. Al menos ésa es la teoría que se baraja para explicar por qué no hay taxis libres en las calles cuando llueve. Con el agua, los taxis quedan limpios, y ya no merecen ser considerados auténticos taxis de Nueva York. Samantha se paró en el borde de la acera y levantó la mano, pero no se detuvo ni un taxi. «Bueno, quizá, después de todo, Nueva York no sea perfecta», pensó. Cogió firmemente las bolsas de sus compras, agachó la cabeza bajo la lluvia y emprendió el largo camino de regreso a casa de Mike.

17

No bien hubo cruzado la esquina de la calle Sesenta y cuatro, comenzó a correr. Llovía con fuerza y ahora se mojaba de verdad, pero su prisa no se debía tanto a la lluvia como a Michael. Tal vez estuviera enfadado, rabiando y despotricando, porque no le había dicho adónde iba. Samantha sabía que la estaría esperando, que se alegraría de ver que estaba a salvo y que querría saber de sus andanzas, de lo que había comprado. En una palabra, querría saberlo todo. Samantha ignoraba de dónde le venía esa certeza, pero la tenía.

Mike abrió la puerta antes de que ella llegara al último peldaño de la entrada. Era evidente que había estado esperándola. A pesar de verlo tan nervioso, ella le sonrió.

—¿Dónde diablos te has metido? —preguntó Mike, irritado, aunque ella notó cierto alivio en su tono. También detectó algo a lo que se le podía llamar curiosidad—. Si hubieras tardado un minuto más, habría llamado a la policía. ¿No te has dado cuenta de que estás en una ciudad peligrosa?

—Ay, Mike —suspiró ella, pasándose la mano por el pelo mojado—. Hay miles, millones de mujeres que andan por el mundo sin un hombre grande y fuerte que las proteja.

Samantha vio cómo Mike se tranquilizaba, halagado con lo de «hombre grande y fuerte».

—De acuerdo, pero ellas saben lo que hacen, mientras que tú... —alcanzó a decir, antes de que ella estornudara. La cogió por un brazo y la llevó al baño que compartían los dos.

—Quítate esa ropa mojada. Ahora mismo.

—Mike, mi ropa está arriba. Necesito...

—Después de lo de hoy, tengo miedo de perderte de vista, aunque sólo sea para subir las escaleras. Iré a buscarte algo —sentenció, y cerró la puerta del baño.

Por un momento, Samantha se quedó mirándose en el espejo. Se veía emocionada y feliz, que era como se sentía. Empezó a desvestirse rápidamente, sin saber si debía o no quitarse la ropa interior, finalmente decidió quitárselo todo y se frotó con una toalla. Mike llamó a la puerta y abrió lo suficiente para introducir una bata de baño. Ella la cogió y vio que era nueva, demasiado nueva, y que no era una bata de Mike. Era de seda azul con ribetes de hilo morado, el tipo de bata que una mujer le compraría a un hombre, y luego se sentiría frustrada porque él no la usaba. David Niven era el único hombre en el mundo que podría ponerse una bata así y sentirse cómodo.

Metió los brazos y se frotó la cara contra la seda. Era de Mike, y se sentía bien.

Salió del baño secándose el pelo con una toalla. Mike la esperaba en la cocina con una copa en la mano.

—De ninguna manera —dijo ella, pero como él seguía tendiéndole la copa la cogió.

—Ahora en serio quiero saber dónde has estado —insistió Mike—, qué fue lo que te empujó a salir corriendo así y darme un susto de muerte.

Samantha bebió un trago largo de su *gin tonic*.

—Si no dejas de hacerte el cascarrabias no te enseñaré lo que te he comprado —declaró.

La frase dejó a Mike atónito. Ella sonrió.

—Venga —dijo y se acercó a la mesa de la cocina, desde donde podían ver la lluvia a través de las puertas de cristal. Samantha dejó allí a Mike y fue al recibidor a buscar sus bolsas; al volver lo encontró sentado junto a la mesa.

—Cierra los ojos y tiende las manos —le ordenó Samantha.

Al cabo de un momento, él la obedeció, y ella desenvolvió el pequeño samurai y se lo dejó en las manos. Cuando Mike abrió los ojos, Samantha lo miró fijamente para saber si le gustaba.

Mike se quedó contemplando la estatuilla sin decir palabra. La observaba sin perder detalle: le encantaba. Pensó que era algo que él mismo se podría haber comprado, pero más importante que la pequeña escultura era el hecho de ser un regalo de Samantha. Jamás en su vida una mujer le había regalado algo, como no fuera por su cumpleaños o por Navidad. Todos los demás regalos recibidos de una mujer eran impersonales: jerséis, corbatas, billeteros, con el agravante de que a los regalos solía seguir la frase «Salgamos a cenar fuera para lucirlo», lo cual significaba que él terminaba pagando más de lo que había costado el regalo.

—¿Te gusta? Yo diría que se te parece un poco. Sabes, se le ve un poco feroz, pero también muy dulce... muy simpático.

Mike la miraba como si la viera por primera vez, pues la expresión de Samantha era totalmente nueva: parecía feliz.

—Sí, me gusta —contestó él sin levantar la voz, y le sorprendió el placer que parecían causarle sus palabras. ¿Era posible que hacer un regalo alegrara tanto a una persona?

Se levantó de la silla, fue hasta la puerta de cristal para examinar la figura a la luz del día, estudió los rasgos del rostro y el tallado de las ropas, y cuando levantó la mirada, Samantha estaba junto a él.

—Es el regalo más bello que he recibido en mi vida —se sinceró Mike. Normalmente, al recibir un regalo de una mujer, la besaba y, después de una comida cara, la llevaba a la cama. Ahora se limitó a sonreírle a Samantha mientras acariciaba la estatuilla. Esa sonrisa le pareció más íntima que lo que había compartido con otras mujeres en la cama.

Volvieron a la mesa. Samantha empezó a hablar y él la observó y la escuchó atentamente mientras ella le contaba la insólita aventura de su regateo para conseguir la pieza. Mike pensó que se diría que había atravesado el territorio enemigo para explorar nuevas fronteras.

—¿Qué más compraste? —preguntó, mirando las bolsas.

Samantha comenzó a sacar sus adquisiciones. Mike intuyó que eso de enseñar la compra era para Samantha una experiencia nueva, y no dejó de extrañarse, porque sus hermanas y su madre, y al parecer todas las mujeres, se reunían siempre en el comedor para mostrarse las compras.

Mike expresó su admiración por todo lo que ella le enseñaba, sin dejar de hacer comentarios. Escuchó con interés y alegría su relato del paseo por Madison y por la Quinta Avenida, su descripción de lo que llevaban las otras mujeres y de todo lo que había visto, y su antojo de comer una salchicha en la calle. Todo era normal y corriente, pero visto con la mirada encantada de Samantha, todo era maravilloso.

Una vez que le hubo mostrado todo, excepto el camisón, Samantha sintió que se le habían acabado las palabras, así que se sentó, con todas las compras encima de la mesa, tomó un trago y miró hacia el exterior con una sonrisa en los labios.

—Ay, Mike, nunca me he sentido tan... —vaciló, buscando la palabra— tan feliz como hoy.

—¿Las compras te han hecho feliz?

—Sí y no —rió ella—. El egoísmo de esta ciudad, el hecho de ir a la peluquería y luego a la manicura, el vivir en esta casa, el no tener que cocinar, el quedarte tú mirándome como si... —Se interrumpió, mirándolo brevemente de reojo.

—¿Qué hacías en Santa Fe? —preguntó Mike, al cabo de un rato, con auténtica curiosidad, porque nada de lo que había hecho Samantha desde su llegada a Nueva York le parecía fuera de lo común. Su madre, sus hermanas y todas las mujeres que había conocido se pasaban la vida arreglándose el pelo y las uñas.

—Trabajaba —declaró Samantha, sabiendo que mejor hubiera sido quedarse callada, pero la copa la había dejado relajada—. Trabajaba en Computerland cinco días y dos noches a la semana, y el domingo por la tarde, daba clases de aerobic en un centro de recreo local, y cuando no estaba en el trabajo, hacía las faenas caseras, pagaba facturas o hacía la compra.

—¿Y qué hacía tu marido? —preguntó Mike. Fue sin intención, pero al pronunciar la palabra «marido» se le dibujó una mueca de desprecio.

Samantha dejó escapar una risa forzada y levantó la copa en una parodia de brindis.

—Escribía la «gran novela americana».

Al oírla, Mike entendió por qué acostumbraba a hacer comentarios sarcásticos sobre los escritores.

—¿Y qué hacías cuando vivías con tu padre antes de casarte?

Samantha apuró su copa y contempló la lluvia. Cuando volvió a hablar, lo hizo en voz tan baja que era casi inaudible.

—En cierta ocasión vi un programa de televisión donde le preguntaban a un buen hombre por qué seguía casado con la bruja de su mujer. La respuesta fue que porque se sentía como una especie de reloj, al que su mujer se encargaba de dar cuerda. Su temor estribaba en que si no la tenía a ella, se podía quedar sentado y probablemente jamás volviera a levantarse, sería como un reloj al que nadie daría cuerda porque nadie se acordaría de él. Creo que mi padre y yo éramos como ese hombre. Mi madre era una persona muy extrovertida y muy sociable, ella era la que nos daba cuerda a mi padre y a mí. Cuando murió, supongo que... nos quedamos sin cuerda.

Mike no estaba seguro de haber entendido lo que Samantha quería decir. Durante su infancia y juventud había tenido que luchar por tener intimidad y tiempo para sí mismo, y le resultaba difícil imaginar que en una casa sólo vivieran dos personas. Cuando era niño, y encontraba su habitación revuelta por uno de los más pequeños, pensaba que ser hijo único debía ser una bendición.

Ahora, al mirar a Samantha acurrucada en la silla, arropada en la bata de baño que él siempre había detestado y que ahora se convertía de pronto en su prenda preferida, se dijo que ser hijo único no estaba tan bien. Le dirigió una sonrisa.

—Cuéntame más cosas sobre lo de hoy. Cuéntame también sobre Santa Fe.

Ella se echó a reír.

—No me creerías si te lo cuento. Santa Fe es el lugar más curioso del mundo. ¿Quieres que te cuente lo de los seminarios sobre «La Búsqueda del Alma» o que te hable del estreno de nuestra última escalera mecánica?

—Cuéntamelo todo —dijo él.

Samantha empezó su descripción y Mike la escuchó sonriendo mientras la lluvia los aislaba del exterior. Era una noche como otra cualquiera, en que dos personas sentadas a una mesa toman unas copas y conversan, pero para Mike era una de las noches más agradables de su vida. Por primera vez se encontraba ante una mujer que no esperaba que él la divirtiera ni trataba de hacerle creer que él era un hombre espectacular. No había necesidad alguna de impresionarla. Levantó el pequeño samurai y lo sostuvo entre sus fuertes dedos.

—¿Qué? —preguntó, porque Samantha lo miraba como esperando algo.

—Ahora soy yo la que quiere que me hables de Colorado, de

tus once hermanos, si no te importa hablar de ellos —le pidió Samantha con timidez, como si estuviese preguntando algo que no debiera.

—¿Por dónde empiezo? Pienso que siempre me sentí parte de una multitud. Pienso en el ruido y en la confusión, en la falta de intimidad; de hecho, era como vivir en circo lleno de monos y payasos.

Sam se apoyó sobre los codos y se inclinó hacia delante, con una mirada de expectación.

—¿Reñíais a menudo? ¿Tenías muchos amigos? ¿Teníais animales en casa? ¿Ibais al cine? ¿Y tus hermanas, daban fiestas en que las amigas se quedaban a dormir?

Mike sonrió.

—¿Quieres que te cuente lo de aquella vez que mi hermano Kane y yo nos escondimos debajo de la cama de mi hermana esperando que por la noche comenzara su juerga con las amigas?

—Sí —dijo ella, sin dudarlo un momento.

Era tarde ya, y viendo a Samantha bostezar, Mike sugirió que se fueran a dormir. Ella iba a subir las escaleras cuando Mike se lo impidió, aconsejándole que durmiese abajo, cerca de él, al menos hasta el lunes, cuando ya estuvieran instaladas las rejas de hierro en las ventanas.

Después de acompañarla hasta su apartamento, esperó en el salón a que ella recogiera su camisón y otras cosas para dormir abajo en la habitación de él. «Mi habitación», pensó, sonriendo. Por la mañana, al afeitarse, había tenido que buscar su crema entre un frasco de perfume, dos botes de crema, una de color rosa y otra púrpura, y al menos seis cepillos diferentes. Las medias colgaban sobre la barra de la ducha, y había un sostén en el pomo de la puerta.

Después de marcharse de casa de sus padres, lejos de sus hermanos, Mike no había querido que ninguna otra persona viviera con él. Incluso en la universidad no había compartido habitación y jamás quiso que sus amigas vivieran con él. Sólo en los últimos dos años había empezado a sentir que le faltaba la compañía de otra persona. Después de conocer a Dave, le pareció normal invitarlo a vivir a su casa; estarían juntos pero cada uno tendría su propio apartamento, y ésa era una situación ideal.

Cuando Dave le llamó para pedirle que cuidara de su hija, Mike sintió cierto recelo ante la idea de tener a una mujer en casa, porque sabía que a las mujeres había que cuidarlas y que causaban muchos quebraderos de cabeza.

«No te imaginaste ni la mitad de lo que sería, Taggert», se dijo en un murmullo.

—¿Decías algo? —preguntó Samantha, saliendo de la habitación con otros cuantos frascos que irían a parar al cuarto de baño.

«¿Qué harían las mujeres con tantos potingues?», se preguntó Mike.

—No, sólo estaba mirando —replicó—. Es un poco oscuro, ¿no te parece?

Samantha paseó la vista por el cuarto, fijándose en los tonos oscuros, los grabados de perros de caza y la tapicería a cuadros de los muebles. Cuando había entrado allí por primera vez, le habían fascinado los colores, pero ahora pensaba que tal vez debiera comprar una funda para el sillón más grande.

—Vi un tejido precioso de damasco color rosa en una tienda en Madison —dijo—. Tal vez... —Titubeó, y no añadió más, porque lo que pensaba podría ser una falta de respeto hacia su padre. Al fin y al cabo, era él quien lo había escogido todo y, además, no tenía sentido gastar dinero en el apartamento cuando faltaba tan poco para abandonarlo.

Miró a Mike y tuvo que desviar la mirada. Era preferible no pensar en partir hacia un lugar donde no conocería a nadie.

—¿Damasco rosa? —preguntó él, alargando la mano para que le pasara los frascos. Samantha se hizo la desentendida y luego le pidió que sacara del armario una vieja caja sombrerera. Mike no quería ni saber lo que había dentro, pero pensó que se trataría de otros tantos productos apropiados para las mujeres.

Abajo, mientras le ayudaba a ordenar sus frascos en la estantería del baño, que ya estaba repleta, ella lo miró todo con expresión de desánimo.

—Volverás a tener sitio para tus cosas cuando hayan puesto las rejas —anunció.

Unos minutos antes, Mike se lamentaba del espacio perdido, pero ahora no quería ni pensar en que Samantha volviera al piso de arriba.

—Oye, Mike, con respecto al anillo... —dijo ella, suavemente, y extendió la mano izquierda para mirarse el diamante reluciente, pensando que era tan bello que no le gustaría separarse de él. Muy a su pesar, empezó a tirar de él—. Tenía la intención de devolvértelo, pero...

Él puso las manos sobre las de ella.

—Guárdatelo... todo el tiempo que quieras llevarlo. Es tuyo.

—No, no podría, quiero decir...

—Tendría que llevarlo al banco y guardarlo en la caja de seguridad, y allí se quedaría hasta pudrirse. Mi madre dice que las joyas se conservan mucho mejor llevándolas puestas que guardadas en una caja fuerte. Además, luce mucho mejor en tu dedo que en una caja gris.

—Mike —arguyó ella—, nadie jamás... quiero decir...

Él se inclinó y le besó la mano delicadamente.

—Si vuelves a darme las gracias, me enfado.

Cuando Samantha lo miró, había gratitud en sus ojos, cosa que a Mike no le gustó. No había hecho más que mostrarle la sencilla bondad humana, una bondad que por lo demás ella debería haber esperado.

—¿Quieres que pasemos la noche juntos? —preguntó.

Samantha se sobresaltó, y por un momento se sintió traicionada al ver que Mike esperaba que se lo agradeciera de aquella manera, pero en seguida cayó en la cuenta de que sólo estaba bromeando. No pudo por menos de echarse a reír, y desapareció la tensión.

—No estoy tan agradecida como para eso —advirtió.

—La gratitud vendrá después de haber pasado la noche conmigo —replicó él, con una mueca burlona.

—Vete de aquí —bromeó a su vez ella. Mike alcanzó a robarle un último beso y salió del cuarto de baño.

Mike entró en su habitación y comenzó a desvestirse, sin dejar de sonreír. Se alegraba de que Samantha no se hubiera marchado, de que no se hubiera ido a Maine con el larguirucho de su primo. A veces le resultaba difícil creer que el seguir conviviendo con ella podía resultar peligroso. Recordaba lo simpática que se había mostrado Samantha cuando él le presentó a sus amigos. Le había sorprendido gratamente el que no le hiciera ningún feo a Daphne, y que se hubiera entendido bien con Corey y con los demás. Estaba seguro que a su familia le caería bien, y viceversa. Ya podía imaginársela con Jeanne charlando de un damasco de color de rosa.

Al pensar en su familia, Mike frunció el ceño recordando la historia que Samantha le contó aquella noche. ¿Qué quería decir con eso de los relojes a los que se les acaba la cuerda? Sospechaba que si le pedía mayores explicaciones, ella le contaría otro cuento, y luego otro, y así sucesivamente. De ese modo no llegaría nunca a saber la verdad. Samantha lo acusaba a él de mentiroso, pero anda que ella bien podía sentar cátedra en el asunto.

Cogió el teléfono, llamó a información de Louisville, Kentucky, y le pidió a la operadora el número de teléfono del abogado de Dave. Mike sabía que era tarde en Louisville, pero no conocía a nadie más que pudiera informarle de lo que le había pasado a Samantha después de la muerte de su madre.

Contestó el abogado y Mike se disculpó por la hora, y luego formuló su pregunta. Se impresionó mucho cuando el abogado le contó que la muerte de Allison había sumido a Dave en una depresión que le duró algunos años.

—Estaba tan mal que algunos incluso pensamos en internarlo —explicó el abogado—, pero nunca nos decidimos. Dave se quedaba solo en su casa, y a oscuras, porque no soportaba la luz, comía sólo lo suficiente para mantenerse vivo y no veía más que a Samantha. La hija sustituía a la esposa que había perdido, y se ocupaba de la cocina y de la limpieza. La pobre chica tuvo que renunciar a la vida normal de una niña. Dave tenía algunos ahorros, así que dejó de trabajar, y no soportaba que Samantha se ausentara de no ser para ir a la escuela. Realmente lo digo, ¡pobre chica! Si hubiese crecido en un mausoleo se habría divertido más que en la casa de su padre.

—¿Cuándo terminó todo eso? —inquirió Mike.

—Dave nunca volvió a ser el de antes de la muerte de Allison, pero acabados los ahorros tuvo que volver a trabajar. Para entonces, Samantha ya era una adolescente, y como Dave era tan posesivo, ella no tuvo más remedio que seguir ocupándose de él y de la casa hasta que se casó. Todos nos alegramos de que se casara, y de que al fin pudiera vivir su propia vida. —El abogado vaciló un instante—. Por lo visto, su matrimonio no funcionó.

—No, no funcionó —asintió Mike, con voz queda. Le dio las gracias al abogado y colgó el teléfono, seguro de que ahora entendía muchas más cosas que antes: entendía la fascinación de Samantha por su familia, el placer que sentía por la menor atención que le dispensaba y esa fascinación que a veces le asomaba a la cara como a aquel que mira el mundo por primera vez.

Al pensar en Samantha, le vino su imagen en el apartamento de Dave, y la expresión desolada con que había mirado el sillón tapizado de oscuro. Sin vacilar, cogió el teléfono y llamó a su hermana en Colorado. Jeanne no perdió tiempo y fue al grano.

—Seguro que se trata de Samantha, ¿no? —insinuó.

Con los ojos entornados, Mike pensó que Samantha se había convertido indudablemente en un tema de conversación en la familia.

—¿Qué aspecto tiene tu Samantha? —siguió preguntando Jeanne, sin disimular su curiosidad.

—Es una Bardot corregida y mejorada —opinó él, sin titubear—. Piel cremosa, ojos del color del Chevy 57 de Kit, pelo trigueño como el que tú tenías a los catorce años y un cuerpo que debería estar en la portada de *Sports Illustrated.* —Se detuvo, sonriendo, porque Jeanne no paraba de reír.

—Mike —preguntó de nuevo—, ¿tiene cerebro?

—Sí, y una labia muy inteligente.

—Creo que ya me cae bien. Dime qué necesitas.

—¿Conservas todavía los planos de los dos pisos de arriba de mi casa? ¿Del apartamento que decoraste para Dave Elliot?

—Sí, Mike, y siento lo de su muerte. Sé que lo querías mucho.

—Gracias. Quiero que vuelvas a decorar el apartamento y que lo hagas con mucha rapidez.

—¿En un par de semanas?

—De un día para otro. Me llevo a Sam todo el día, por ejemplo, el próximo lunes, y volvemos a un apartamento nuevo.

Jeanne permaneció muda por un momento, porque pensaba en sus proveedores en Nueva York. Podía comprar la mayor parte de los muebles en el mismo salón de exposición, una gran parte en Tepper Galleries, guardarlo en un almacén y hacer la mudanza en el mismo día.

—Puedo conseguir que hagan las cortinas o que lo pinten todo, pero tendrás que pagar algunas cosas al por menor.

—Conforme —dijo Mike, sin pensárselo dos veces.

Jeanne lanzó un silbido de admiración.

—Muchacho, tú sí que estás enamorado. —Mike no abrió la boca—. ¿Qué clase de chica es? —preguntó su hermana.

—Vive conmigo, pero sólo me ha dejado besarla un par de veces. Nada de manos.

—Ya, es del viejo estilo. Chinz inglés, cojines de seda rosados, una alfombra Aubusson, cama de columnas con cobertor azul pizarra, digamos. Borlas. Antigüedades del dieciocho...

—A mí me suena bien —la interrumpió él—. Oye, Jeanne —dijo, justo antes de colgar—, la cama que sea grande.

Ella seguía riendo cuando Mike colgó.

18

Samantha se despertó temprano y, medio dormida aún, entró en el cuarto de baño a tientas, sólo para pararse en seco ante la visión de Mike frente al espejo, cubierto sólo con una toalla y poniéndose espuma de afeitar.

—Perdón —murmuró Samantha, y dio media vuelta para volver a salir.

—No pasa nada —repuso él—. Estoy visible. ¿Qué quieres hacer hoy?

Ella se volvió a mirarlo y pestañeó varias veces para aclararse la vista. Era realmente maravilloso verlo así tan temprano, con sus anchas espaldas y la diminuta toalla que le colgaba de la cintura. Sólo un pequeño tirón y...

—Te vas a meter en un buen lío si me sigues mirando de esa manera —advirtió él, que la veía en el espejo.

Samantha le sonrió, pero en lugar de volver a la habitación, se le acercó para ver cómo se afeitaba. Su padre y su ex marido lo hacían siempre con máquinas eléctricas, y era algo nuevo para ella ver a un hombre afeitarse con espuma y una hoja de afeitar.

—¿No te gustan las máquinas eléctricas? —preguntó. Cogiendo el frasco de la loción English Leather, la abrió para olerla.

—He heredado la barba dura y espesa de mi padre; eso quiere decir que una máquina eléctrica no me sirve.

Samantha permaneció mirando cómo Mike se pasaba la cuchilla por el rostro y luego la limpiaba en el agua. De pronto, Mike la miró por el espejo y le guiñó el ojo.

Samantha pensó en la hermosura de ese momento. A veces

se sentía más casada con Mike de lo que jamás se había sentido con su marido, un hombre de reglas inquebrantables, entre ellas la de que un hombre y una mujer jamás debían estar juntos en un cuarto de baño.

—¿Has decidido?

—¿Mmmm? —preguntó ella, soñadora, sin quitarle los ojos de encima.

Mike terminó de afeitarse, puso una toalla bajo el chorro del agua caliente, y se la aplicó un momento al rostro antes de lavarse los restos de espuma. Luego se volvió hacia ella y se inclinó hasta que los rostros quedaron casi se tocándose.

—¿Qué te parece? —preguntó, mostrando un lado de la cara y luego el otro.

Samantha sonrió y le tocó la mejilla. Al rozar la suave piel recién afeitada se sintió tentada de pasarle los dedos por los labios, incluso de besarlo.

—Suave como la de un bebé.

—¿Estás segura? —preguntó Mike, y se inclinó aún más hasta que sus mejillas se tocaron, primero un lado, luego el otro.

Samantha le puso las manos sobre los hombros, sintió su piel tibia y cerró los ojos un instante.

—¿No quedan pelos en la barba que puedan herir la piel de una dama?

—No, ninguno —aseguró ella en voz baja, apoyando la cabeza contra la pared—. De una suavidad perfecta.

Mike se apartó bruscamente de su lado y, a pesar de sí misma, Samantha se enfurruñó. Normalmente, Mike quería besarla, pero esa mañana ni lo había intentado. Ella no sospechaba que su cercanía a esa hora temprana de la mañana era algo ante lo cual Mike no se podía contener. Si no la podía tocar, tenía que apartarse de ella. Samantha no interpretó bien la brusquedad de su gesto, y sólo atinó a mirarse en el espejo, y al verse se le escapó un chillido. El rimmel se le había corrido bajo los ojos, y el pelo, que no se había secado antes de acostarse, estaba todo erizado. Dejó correr el agua sobre uno de los peines de Mike e intentó aplacar las mechas descompuestas. A sus espaldas, él se echó a reír y la besó en el cuello.

—Estás guapísima —le dijo, sincero.

—¿Tan guapa como Vanessa? —preguntó ella, y luego se

tapó la boca con la mano, como dolida de su impertinencia. No había querido decirlo.

Mike frunció una ceja.

—¡Conque has estado metiendo las narices en mi cuarto! ¿Acostumbras a curiosear en los cajones de otras personas? ¿Buscas entre sus objetos personales?

—Desde luego que no. ... Sólo buscaba un par de calcetines, nada más. No quería molestarte, así que se me ocurrió buscar en el armario. Jamás creí que te negarías a prestarme un par de calcetines —refunfuñó, y se calló, porque Mike la miraba con una mueca divertida. Alzando la barbilla con gesto altivo para hacerle saber lo que pensaba de él, pasó a su lado y salió del baño—. Me da absolutamente igual quién es Vanessa. Seguro que tienes miles de amigas. Y a mí, ¿qué?

Viendo que Mike ni abría el pico, se giró y lo vio apoyado en el marco de la puerta del baño, sonriendo con cara de sabelotodo.

—¿Haces el favor de salir? Tengo que vestirme —dijo Samantha.

—Yo también, y mi ropa está aquí dentro, me parece que ya lo sabes.

—Yo no sé nada —respondió Samantha, y se dirigió a la puerta que daba al pasillo, pero él la cogió por el brazo.

—¿Adónde vas?

—A mi apartamento, y no creo que eso sea asunto tuyo.

Mike la tomó en sus brazos y la sostuvo mientras ella luchaba por desprenderse.

—Mira lo que has hecho ahora —se quejó él.

Samantha no pensaba mirar, porque sospechaba que la toalla se le había caído al suelo, así que mantuvo la mirada fija en el rostro de Mike.

—Te agradecería que me soltaras —dijo en tono seco, manteniéndose envarada.

—No hasta que me hayas contestado —replicó él, y se inclinó como para besarle el cuello, pero Samantha se apartó.

—Ya te he contestado. Me da igual lo de Vanessa.

Riendo, Mike la atrajo hacia su cuerpo grande y cálido.

—Yo no he preguntado nada sobre Nessa, tú sí. Lo que yo te he preguntado es qué querías hacer hoy.

La sujetaba sin fuerza, pero cuando ella se movió, ambos

estaban tan cerca que los pechos de Samantha rozaron el torso de Mike. Dado que él permanecía totalmente desnudo, Samantha mantuvo la mirada fija en un punto a la derecha de su cabeza. No pensaba luchar contra él, pero a punto estuvo de decirle que no debería haberse expuesto tanto al sol para conseguir ese bronceado; luego se le ocurrió que tal vez ese tono fuese natural.

—Tengo un libro muy interesante que leer —dijo, con los labios apretados.

Mike bajó la vista para contemplar el cuerpo de ella, separado del suyo por un par de centímetros, y se fijó en el fino tejido del camisón.

—Puede que termine cambiando mi opinión a propósito de los camisones azules, ¿sabes? —dijo—. Me gusta éste. ¿Es de seda?

—De algodón —repuso ella, muy seria—. Del estilo anticuado, aburrido y, como tú dices, adecuado para Rebeca la granjera.

—¿Ah, sí? Vanessa se pone uno de...

No alcanzó a terminar la frase porque Samantha le hundió ambos puños en las costillas.

Él cerró los ojos y dejó escapar un grito de dolor. Luego se rió, pero la retuvo en el círculo de sus brazos.

—Sammy, muñeca, eres la única mujer en mi vida. Lo de Vanessa fue hace mucho tiempo —confesó.

—A mí me da igual. Por favor, deja de jugar a Tarzán y suéltame. Me gustaría subir a vestirme.

Mike se inclinó aún más y acercó el rostro para que ella sintiera el cálido aliento sobre la piel.

—A propósito de Tarzán, ¿qué te parece si nos quedamos en casa hoy y jugamos al indio salvaje que conoce a la hija estrecha del reverendo misionero? Los indios matan a toda tu familia, y yo te salvo; tú al principio me odias, hasta que te hago llorar de placer, y luego...

Por mucho que lo intentaba, Samantha no podía dejar de reír.

—Mike, tú estás loco. Me pregunto qué cosas habrás estado leyendo.

—Loco de tanto desearte —aseguró, casi frotando la nariz contra su cuello, pero manteniendo cierta distancia entre los cuerpos—. Si no te gustan los indios, conozco unos cuantos

trucos con pañuelos rojos de seda. O podría hacer de pirata y...
—No dijo nada más porque tenía la boca junto a su cuello.

Cuando él comenzaba a relajarse, Samantha se escabulló bajo su brazo y se apartó, disimulando una sonrisa. Mike dejó escapar un gruñido de pasión al verla salirse del círculo de sus brazos. Dándole la espalda para no verlo desnudo, Samantha salió de la habitación y subió a vestirse, sin dejar de sonreír.

Sólo había alcanzado a ponerse los vaqueros cuando oyó que Mike llamaba a la puerta del apartamento. El llamar sólo era una formalidad, porque la puerta tenía un agujero de treinta centímetros, y Mike, sin molestarse en esperar a que abriera, entró sin más y se acomodó en el salón. Cuando Samantha entró abrochándose la blusa, encontró a Mike recostado en una butaca con los pies sobre el sofá.

—¿Has decidido lo que vas a hacer?

—¿Qué libro pienso leer? ¿Es eso lo que quieres decir? Tengo éste, que parece ser una excelente biografía del capitán sir Frank Baker, explorador victoriano. Empezaré por él.

—¿Qué tiene que hacer uno para conseguir llevarte a algún lado? El larguirucho de mi primo...— alcanzó a decir Mike, con la frustración pintada en el rostro.

—Raine me lo pidió —aseguró ella—. Me lo pidió correctamente, y con veinticuatro horas de antelación. Las mujeres aprecian ese tipo de cosas. Pedirle a una mujer que salga contigo es demostrar más elegancia que decirle «Ay, se me cayó la toalla, ¿por qué no jugamos a médicos?»

Mike se levantó lentamente de la butaca y se acercó a Samantha. Le tomó la mano y se la besó en el dorso con un gesto exagerado de delicadeza.

—Señorita Elliot, ¿podría gozar del honor de pasar el día en su compañía?

—¿Con o sin pañuelos rojos? —preguntó ella, con mirada suspicaz.

—Eso depende de la decisión de mi querida dama —repuso él, volviendo a besarle la mano, aunque esta vez tocándola con la punta de la lengua.

Sonriendo muy a su pesar, Samantha bajó la mirada hasta sus grandes rizos negros.

—¿Qué hacemos en esas horas de compañía?

Mike levantó la mirada con gesto de desagrado.

—Desde luego ni columpios ni helados —sentenció. Le besó la mano por tercera vez, le lanzó una mirada maliciosa y añadió—: Podríamos ir a visitar a Vanessa.

—Sólo si me dejas traer a Raine —contraatacó ella, con una sonrisa igual de maliciosa.

Mike no pudo menos que reír la broma y se incorporó.

—¿Te gustaría ver algo más de Nueva York: Chinatown, el barrio italiano, el Village y ese tipo de cosas? Aunque no te lo creas, Nueva York es algo más que la Quinta Avenida y Madison, sitios a los que, si me lo permites, te has adaptado con sorprendente facilidad.

—Déjame cambiarme de ropa y ya veremos.

—No, los vaqueros están perfectamente para el lugar adonde vamos a ir—declaró, y cogiéndola del brazo se dirigió a la puerta de la calle.

Samantha descubrió cómo se veía Nueva York durante el fin de semana. Al parecer, todo el centro de Manhattan se había vaciado de todas aquellas personas tan bien vestidas y elegantes, reemplazadas ahora por otras con inequívoco aspecto de turistas. Las mujeres llevaban vestidos holgados o bien conjuntos de chándal y sus acompañantes eran hombres barrigones que acarreaban cuatro cámaras colgadas sobre sus camisas de poliéster.

—¿Adónde se han marchado? —preguntó Samantha.

—A sus casas de campo y a los barrios de las afueras —explicó Mike.

Siguió con ella en dirección norte y la llevó a una feria al aire libre en la calle Sesenta y siete, cerca de la Primera Avenida, donde Samantha vio puestos y puestos de bisutería artesanal de los años treinta y cuarenta. Se enamoró de un broche de plata en forma de cesta llena de flores formadas con piedras de varios colores.

—Es un Trifari —dijo la vendedora, como si eso significara algo.

Samantha hubiera querido comprarlo, pero ya había gastado más de la cuenta el día anterior, así que devolvió la cesta a su lugar de mala gana.

Mike no dudó en comprársela, pero cuando se la entregó, ella alegó que no debería haberlo hecho, que ya había tenido demasiados detalles con ella. Cuando él insistió, Samantha se negó a cogerla.

—Has hecho tanto por mí que ya no puedo aceptar ninguna cosa más.

Mike se encogió de hombros.

—De acuerdo, puede que a Vanessa le interese —bromeó.

Samantha lo fulminó con la mirada y le arrancó el broche de las manos, agarrándolo con tanta fuerza que la aguja se le clavó en la palma. Mike se echó a reír, le cogió la mano, le abrió los dedos con los que rodeaba el precioso broche y se lo prendió en la camisa. No armonizaba del todo con su atuendo informal, pero a Samantha le daba igual. Cogió alegremente el brazo que Mike le ofrecía y caminó junto a él.

Siguieron por la Primera Avenida hasta Sutton Place. Mike la condujo hasta un pequeño parque donde unas mujeres paseaban empujando cochecitos de bebés. Eran niñeras, y evidentemente las casas en torno al parque pertenecían a familias muy ricas.

Samantha se paró junto a la verja de hierro forjado y miró hacia el puente sobre el East River, donde se alineaban las barcazas. Mike se le acercó por detrás y la abrazó por la cintura. Como siempre que sus caricias se hacían demasiado íntimas, Samantha quiso apartarse.

—No, por favor —pidió él con voz ronca, y ella fue incapaz de negarse. Se quedó donde estaba, con la espalda apoyada contra el cuerpo de Mike, que seguía sujetándola. Por un momento, se permitió gozar de su proximidad.

Mike le señalaba cosas al otro lado del río, mientras permanecían los dos muy juntos. Ella apoyó las manos sobre los antebrazos de Mike y dejó descansar la cabeza contra su hombro, sintiendo su calidez y su sólida envergadura, sabiendo lo segura que se sentía junto a él, como si nada ni nadie pudiera volver a hacerle daño.

—Mike, gracias por el broche.

—Cuando quieras —dijo él, con voz suave, como si sintiera lo mismo que ella.

Samantha iba a decir algo, pero en ese momento se acercó a la verja un niño de unos dos años, corriendo con pasos vacilantes y sin mirar adónde se dirigía. La niñera lanzó un grito pero el niño siguió corriendo. Como si lo hubiera hecho cientos de veces, Mike bajó la mano y la puso delante de la cabeza del niño para que no se diera contra la verja.

A salvo, pero sorprendido, el niño miró a Mike y abrió los ojos, llenos de lágrimas. Mike se arrodilló ante él.

—Ibas corriendo mucho, Tex —le dijo—. Podrías haber hecho un agujero en la verja y eso no está bien, ¿no te parece?

El niño asintió y sorbió por la nariz. Luego sonrió a Mike justo en el momento en que su niñera, una mujer que pesaría unos treinta kilos de más, llegó caminando con dificultad.

—Se lo agradezco muchísimo —dijo, y cogiendo al niño de la mano se alejó con él. El chico volvió la cabeza y le hizo señas a Mike, que lo saludó a su vez.

Cuando Mike se volvió a Samantha y le alargó la mano, la joven no dudó en entrelazar sus dedos con los de él y empezar a caminar en dirección sur, dejando atrás Sutton Place.

—¿Sabes que jamás le he cambiado siquiera el pañal a un bebé? —dijo, pensando en la familiaridad con que Mike había tratado al niño.

—No es lo que se dice una función muy especializada —repuso Mike—. Te propongo que vayamos a Colorado y conozcas a mi familia. Podrás cambiar todos los pañales que quieras. Me apuesto lo que quieras a que todos en mi familia te dejarán hacer tu aprendizaje con sus hijos. Al cabo de una semana, serás una experta.

—Me gustaría —indicó ella, muy seria—. Me gustaría mucho.

Mike le apretó la mano y, al llegar a la esquina, hizo parar un taxi. Le dijo al taxista que los llevara a Chinatown.

Eran las cuatro de la tarde, Samantha estaba cansada, pero muy contenta, después de haber pasado un día fenomenal junto a Mike. Habían caminado hasta tener agujetas en las piernas, y habían visto y hecho más cosas de lo que Samantha podía recordar. Después, Mike la invitó a comer tantas cosas hasta que estuvo a punto de estallar. La había hecho reír y visitar lugares que jamás habría visto sin él. La había llevado a pequeñas tiendas lejos de los circuitos turísticos, tales como la Tienda de la cuerda, donde sólo había juguetes de cuerda. Le había enseñado estatuas, y parques y mercadillos; habían escuchado a los músicos callejeros, algunos de muy buena calidad. Samantha se probó unos sombreros en un puesto y convenció a Mike para que se comprara una camisa de algodón de Bali. Mientras caminaban y miraban diversas cosas, no dejaban de charlar.

Lo que más le agradeció Samantha fue la conversación. Por primera vez desde que lo conocía, Mike no intentó dárselas de Sherlock Holmes para sonsacarle alguna información. No le hizo preguntas sobre su padre, ni sobre su marido, ni sobre cómo habían sido sus años en el instituto. La ausencia de preguntas hizo que Samantha se relajara, y al relajarse, fue ella quien le preguntó sobre su vida y su infancia. Mike parecía no tener secretos, pero de mujeres, ni mentarlas. Si ella ya no supiera algo, y si no hubiera visto cómo las mujeres lo miraban en la calle, habría pensado que jamás había salido con una chica, porque no hizo mención de las mujeres que había conocido en su vida.

Mike le habló de sus hermanos, que eran ocho, de sus tres hermanas, de sus padres y de sus muchos primos. Le contó sus estudios en la universidad. Le habló de sus años de posgraduado y de mil cosas más. Contestó incluso a todo lo que ella preguntaba, pero seguía sin mencionar a las mujeres.

Eran las cuatro cuando se sentaron en la terraza de un pequeño restaurante, frente al que pasó un hombre joven, atractivo y musculoso; Samantha lo siguió con la mirada. Al darse la vuelta, se encontró con Mike y su mirada ceñuda.

—¿Crees que hace culturismo? —preguntó ella, con inocencia exagerada.

Michael Taggert, que si lo dejaban, era capaz de alimentarse únicamente de carne y cerveza, miró al joven por encima del hombro y siguió bebiendo.

—A mí me parece que sólo cultiva la barriga.

Samantha, a quien atendía una camarera, no paraba de reír. Después, con las gaseosas y los pastelillos en la mesa, Samantha empezó a jugar con una pajita.

—¿Nunca has estado casado? —preguntó, como si aquello no significara nada para ella.

Mike no contestó, simplemente la miró intensamente.

—Sam —dijo luego, con su voz suave y melosa—. Tengo treinta años, y te voy a ser sincero. He tenido relaciones con algunas mujeres, ¿para qué te lo voy a negar? Con Vanessa estuve dos años, pero jamás he estado enamorado. En mi familia, el matrimonio es algo que se toma muy en serio, creemos en los vínculos que se entretejen entre un hombre y una mujer. Jamás le he pedido a una mujer que se case conmigo y jamás he conocido a una con la que quisiera compartir mi vida. Hasta ahora no he conocido a ninguna mujer que creyera lo bastante buena como para ser la madre de mis hijos—. Se detuvo y se inclinó para cogerle la mano. Luego añadió—: Hasta que te conocí a tí.

Samantha retuvo la respiración y retiró la mano.

—Mike, no...

—Si me vas a lanzar esa chorrada de que no te quieres comprometer, guárdatela. No quiero escucharla —dijo mirando su plato, e insistió—: Te voy a hacer una pregunta y quiero que me contestes con sinceridad.

Ella se mantuvo rígida.

—Estoy de acuerdo.

—¿Tu padre te... tocó alguna vez? Quiero decir sexualmente.

Por un instante ella sintió que la ira se le subía al rostro, pero se aguantó. Corrían tiempos en que cualquier revista incluía nuevas confesiones de mujeres víctimas de incesto, y la pregunta no era del todo desquiciada.

—No —contestó sonriendo—. Mi padre jamás se metió en la cama conmigo, jamás me tocó con otro sentimiento que el afecto y el amor. Fue un padre muy bueno en este sentido, Mike.

—Entonces, ¿por qué...? —comenzó a decir él, pero cerró la boca. Quería preguntarle por qué se sentía tan intimidada por él, pero no se atrevía a escuchar la respuesta. Tal vez era sólo él. Puede que no le gustara, y que ésa fuera la única razón por la que siempre lo rechazaba—. ¿Soy yo? —preguntó a quemarropa—. Puede que te guste otro tipo de hombre. ¿Alguien como Raine?

—Mike, eres el hombre más guapo que he visto en mi vida. ¿Cómo podría gustarle más a una mujer Raine que tú?

El ni sonrió siquiera. En realidad, esa respuesta aumentaba su confusión. A pesar de que había descubierto muchas cosas sobre ella, aún faltaban unas cuantas piezas del rompecabezas conformado por la señorita Samantha Elliot. Sin embargo, cuanto más tiempo compartía con ella, más seguro estaba de que valía la pena ese esfuerzo.

Mike se incorporó y dejó el dinero sobre la mesa.

—¿Estás lista? Tengo que volver a casa para arreglarme. Esta noche tengo una cita.

19

En el silencio del taxi, de regreso a la casa de Mike, Samantha tuvo tiempo de pensar. Al principio sólo atinaba a analizar sus sentimientos. Lo que sentía eran los anticuados y viscerales celos, que para ella constituían una emoción nueva. No le costó mucho comprender que ese sentimiento le desagradaba. Desde luego, para padecer celos hay que estar convencido de que uno es dueño del otro, que se tiene derecho al tiempo y a la atención de ese otro... y al amor. Pero ella no era dueña de Mike, ni Mike lo era de ella. Si ella había luchado tanto, ¿no había sido contra ese sentido de la propiedad y para gozar de la libertad que implica la ausencia de posesión? ¿Acaso no había luchado contra Mike en todos los frentes sólo para no caer en la tentación de sentir algo por él?

Samantha se daba perfecta cuenta de que era todo lo vulnerable que puede llegar a ser una persona. Al fin y al cabo, acababa de perder al último ser con el que tenía algún vínculo de amor en este mundo. Su marido, su familia, todos habían desaparecido. Quedarse sola en el mundo y sufrir tan profundo dolor podía llevar a una persona a situaciones raras, como pensar que estaba enamorada de otra cuando, de hecho, sólo se trataba de un sentimiento de gratitud. Eso era lo que ella sentía por Mike: gratitud. Cuando él le impidió que siguiera durmiendo días enteros, ella le había dicho que estaba cansada, pero de sobras sabía que mentía. Lo cierto era que estaba tan deprimida que no tenía ganas de seguir viviendo y, aunque no había llegado a pensar en el suicidio, sí tenía ganas de dormir y no despertar más.

Mike la había sacado de ese marasmo y la había obligado a espabilarse a base de unas situaciones provocadas y de unas sencillas muestras de cariño. También le había hecho concebir esperanzas, que era algo que no existía en su vida desde la muerte de su padre. Mike le había brindado la posibilidad de encontrar a su abuela, de encontrar a la última persona en este mundo que tenía un vínculo familiar con ella.

Desde el punto de vista de Mike, todo lo que él había hecho, su amabilidad y sus cuidados habían fracasado porque había implicado a Samantha en un asunto que se manifestaba especialmente peligroso, pero Sam no se arrepentía de nada. Si su vida corría peligro, prefería que ese peligro proviniera de fuera y no de su propia desesperanza.

Ahora, mirando a Mike en el taxi, hizo lo posible para apagar sus celos. Él había confesado que era sincero, que no estaba enamorado de otra mujer; de ahí, evidentemente, se deducía que no había que estar enamorado para tener una cita. Desde luego, lo de las citas de Mike no era asunto suyo porque ella no era más que su inquilina, pero le parecía raro que Mike dijera que disfrutaba de su compañía y luego quisiera pasar el tiempo con otra mujer.

—¿Hace mucho tiempo que sois amigos? —preguntó, con el tono despreocupado de una conversación informal. Tal vez la madre de Mike le había preparado un encuentro con la hija de una amiga.

—Tres semanas —contestó él, escueto.

—¡Ah! Entonces tienes que ir. —Pero le hubiera gustado preguntarle: «¿Es por obligación?»

—Sí —repuso Mike—. ¿Estás celosa?

Samantha supuso que su intención era bromear un poco, portarse como el frívolo que era, pero también sintió la tensión latente en su pregunta. «Intenta ocultarme algo —pensó, haciendo esfuerzos por no fruncir el ceño—. Hay algo que no quiere que yo sepa.» Lo primero que se le ocurrió fue que esa noche Mike salía con Vanessa y no quería que ella se enterase. «Qué tonto intentar ocultármelo. Lo que él hace con su tiempo no es asunto mío. Puede salir con actrices, con modelos, con quien quiera, y eso no significaría nada para mí», se dijo.

—Iré contigo —sentenció, cuando se detuvieron frente a la casa.

—Ni hablar —replicó él, y por la manera en que lo dijo, Samantha intuyó que no se había equivocado: dondequiera que fuese Mike esa noche, el asunto tenía algo que ver con Maxie.

El alivio que sintió le hizo comprender que nunca en su vida el tener razón la había hecho tan feliz. Podría ponerse a bailar en la calle o sobre la verja tarareando *Cantando bajo la lluvia*.

Pero supo reprimirse. Mientras Mike pagaba el taxi, ella subió lentamente las escaleras y sacó su llave, pero Mike la apartó con el codo y usó la suya propia.

Samantha sonrió mientras lo observaba, suponiendo que también aplicaba su anticuada ética a eso de abrir la puerta. Veía que estaba enfadado, y cuanto más enfadado lo veía, más aumentaba su felicidad. Si fuera a salir de verdad con una mujer, no estaría enfadado, estaría riéndose de ella.

—¿Qué piensas que debo ponerme? —preguntó, entusiasmada—. ¿Un traje o unos bonitos pantalones?

—Un camisón y una bata —bromeó él entre dientes mientras cerraba la puerta—. Eso es lo único que necesitas esta noche para quedarte en casa y mirar la tele.

—No hay nada los sábados por la noche, así que pienso que no me queda otra alternativa que acompañarte.

—Samantha —la increpó mirándola desafiante—. Tú no vienes conmigo.

—¿Vanessa podría molestarse?

Hubo un instante en que Mike la miró con un gesto de desconcierto, pero luego sonrió. Samantha ya lo conocía lo suficiente para darse cuenta de que era una sonrisa falsa. No se trataba de Vanessa. ¡Aleluya!

—Para que lo sepas, saldré a cenar con Abby.

—¿Dónde?

—No conoces el sitio. Arriba en el West Side. Muy pijo. Es probable que no vuelva a casa hasta tarde, o que pase la noche fuera.

—¿Y en el asilo te dejarán hacer una cosa así?

La rápida mirada de consternación de Mike le demostró a Samantha que había acertado. Él consiguió recomponer su expresión; pero no antes de que ella le dirigiera una ojeada satisfecha.

—Abby no vive en un asilo. ¡Es una mujer de bandera! —replicó él. Samantha se quedó donde estaba, mirándolo fijamente. No se trataba de Vanessa, ni de actrices, ni de modelos, ni de nada. No era más que Mike intentando encontrar a su abuela.

—¡Maldita sea, Samantha! —se enfureció él, y por el tono parecía encontrarse al borde de las lágrimas—. Maldita seas de aquí al infierno. No puedes venir conmigo. Tal vez esa mujer haya conocido a tu abuela, pero los hombres de Doc pueden estar vigilándola, y...

—Hasta puede que sea mi abuela, por todo lo que sabemos.

Cuando él volvió la cara, Samantha comprendió que Mike sólo intentaba convencerla de que no debía ni podía acompañarlo, pero nada de lo que él dijese cambiaría su decisión.

—No sé por qué pareces estar tan satisfecha de ti misma —alegó Mike, al volverse.

Samantha se acercó a él y le sonrió ante sus propias narices.

—No sé cómo he podido pensar alguna vez que sabías mentir. Debo decir que lo haces muy mal.

La expresión y la actitud de Mike denotaban bien a las claras su enfado. Echaba chispas por los ojos, se le hinchaban las fosas nasales y mantenía los puños apretados a ambos lados del cuerpo.

—Puede que no sepa mentir, pero soy muy bueno atando a las chicas estúpidas que no saben lo que les conviene —dijo, avanzando un paso hacia ella.

Samantha tragó saliva, pues le pareció verlo dispuesto a hacerle daño.

—Si no eres capaz de matar una mosca, aunque quieras —le retó, con todo el valor del que pudo hacer acopio, y no se movió cuando Mike se acercó a ella hasta casi tocarla, mirándola fijamente.

La ira de Mike se desvaneció en un abrir y cerrar de ojos, y de pronto abrazó a Samantha con tanta fuerza que casi no la dejaba respirar.

Por esta vez Samantha no intentó quitárselo de encima sino, al contrario, apoyó la mejilla contra su pecho. Se ajustaban perfectamente bien el uno en el otro. Su ex marido era alto y delgado. Juntos formaban una pareja rara y muy dispar. Pero Mike era perfecto.

—Mira, cariño —dijo él—, no quiero verte implicada más de lo que ya estás. Ni siquiera me parece bien que te quedes sola esta noche aquí. Iba a sugerirte que pasaras la noche con Blair, o con Vicky, o con...

—¿Raine? —preguntó ella, los ojos cerrados, la sonrisa a flor de labios, pensando en las miles de veces que había tenido ganas de acurrucarse junto a Mike. El contacto era más agradable de lo que había imaginado.

—No, jamás se me pasó por la cabeza que pudieses pasar la noche con el hombre palillo —repuso Mike, sin soltarla. Le cogió la cabeza y la echó hacia atrás para mirarla—. Ese tipo no te gusta, ¿verdad que no?

—No —respondió ella, y era la segunda vez que en una misma tarde contestaba honestamente, pero era igual, como nadie llevaba la cuenta...

Sonriendo, Mike apoyó su cabeza sobre la de la muchacha.

—De acuerdo, te diré qué voy a hacer. Sólo iré a ver a esa anciana, porque de todos modos es probable que no sea más que un disparo al azar —dijo, meneando la cabeza con perplejidad—. Ésta será la séptima vieja que visito. De cada una de ellas me habían asegurado que estaban en el club la noche que entraron los hombres de Scalpini, pero cuando fui a verlas, unas ya chocheaban y otras eran demasiado jóvenes, o bien jamás habían oído hablar del club Jubilee. Ha sido una pérdida de tiempo. Estoy seguro de que ésta vez también lo es. Te llevaré a casa de Blair, vive en el West Side, y después de entrevistarme con esa vieja, iré a buscaros a las dos y os llevaré a cenar. Podríamos ir al Quilted Giraffe, o al Rainbow Room o a...

—De ninguna manera —le desafió ella—. Voy contigo.

—Sammy, cariño, escúchame —imploró él, sin dejar de acariciarle el pelo y la espalda, con su enorme cuerpo inclinado sobre ella, como si ella encajara en él. Samantha esperó que Mike se pasara las próximas tres horas intentando convencerla para que no lo acompañara.

—Mmm, sí, te escucho, sí. Podríamos salir a cenar después de ir a verla. Me gustaría ir al Sign of the Dove.

Mike la dejó por imposible.

Ahora estaba enfadado de verdad.

—He dicho que no vendrás conmigo.

—Entonces no iré contigo. Si no quieres que busquemos juntos a mi abuela, tendré que hacerlo por mi cuenta. ¿Cuántos asilos en la parte alta de West Side puede haber? Y, ahora que lo pienso, ¿el West Side de qué?

Mike la miró un momento, en su rostro se pintó toda una gama de emociones. Sabía que ella hacía lo que prometía. En su vida había conocido a nadie tan testarudo.

—Ponte un traje —claudicó.

—¿Para ir a cenar después? —inquirió ella, pero Mike no contestó.

A Samantha le desagradó tremendamente el asilo. Para empezar, era feo, feo y esterilizado. Todo se había escogido sin tener en cuenta el gusto. Los suelos eran de horribles baldosas de color gris, creadas por alguna criatura infernal, y las paredes pintadas de un blanco tan intenso que parecían iluminadas con luces de neón. Todas las luces del edificio, fijas en el techo, eran fluorescentes y emitían con aquel zumbido que en menos de tres días podría volver loco a cualquiera.

Además del desagradable aspecto del lugar, un olor a desinfectantes y medicamentos invadía el ambiente. Samantha se preguntaba cómo la gente lograba que un lugar oliera a medicamentos. ¿Acaso vaciaban en el suelo las píldoras de esos frascos marrones y luego las machacaban?

Mike, que la tenía cogida de la mano, vio su expresión de desagrado.

—Éste es uno de los mejores asilos —afirmó—. Hay otros que huelen a orines.

Samantha hizo un gesto con la cabeza y miró al techo. El «diseñador», o profanador, había conseguido disimular que el asilo ocupaba una vieja mansión, pero ahí en lo alto se divisaban las bellas molduras, y observaron que las paredes estaban recubiertas de esa gruesa capa de yeso que volvía insonoras las viviendas antiguas. Además, los muros estaban recubiertos de fotocopias horribles de normas y horarios: no encender las luces después de las nueve de la noche, nada de música a gran volumen, y desde luego, nada de rock; no bailar en el comedor, no correr, no mascar chicle. Mientras Mike se acercaba al mostrador para preguntar por la mujer que venían a ver, Samantha se puso a leer esas prohibiciones, intentando imaginar qué podría haber sucedido para desplegar tantos avisos contra el chicle y el rock and roll.

—Sí, Abby —decía la enfermera, sonriendo levemente. Era el tipo de sonrisa que se dedica a alguien travieso que se mete en líos, si bien se merece cierta simpatía. La enfermera atendía detrás de una mesa de formica, mellada y marcada con rayas de miles de bolígrafos.

—Abby está bien ahora. Durante un tiempo pensamos que la perderíamos, pero salió adelante. Vengan, los llevaré donde está ahora, pero no se sorprendan si se muestra un poco testaruda. Es una buena pieza.

Samantha caminaba junto a Mike, siguiendo a la enfermera por el pasillo y pensando que Abby sería una anciana de pocas entendederas o con demencia senil.

La enfermera abrió una deprimente puerta de color gris, y entraron en una habitación tan fea como lo que ya habían visto, pero tan limpia que Samantha pensó que un poco de polvo daría un toque decorativo. Los tubos fluorescentes zumbaban con monotonía insistente y las luces remarcaban la desnudez de las baldosas grises, las paredes impecablemente blancas y los muebles de acero inoxidable.

—Hemos llegado —dijo la enfermera en tono animado—. Espero que se sienta bien esta noche porque tenemos visita.

—Que te trague la tierra —dijo la mujer que estaba en la cama, con voz fuerte y poderosa.

—Venga, Abby, no debe decir esas cosas delante de sus amigos. Han venido a verla desde muy lejos.

—Del East Side, ¿eh? —El tono de la mujer estaba cargado de sarcasmo.

Mientras la enfermera reía entre dientes, Samantha miró a su alrededor y observó que la cama metálica era de color blanco y que las sábanas también eran blancas. El único «color» en toda la habitación eran las baldosas grises.

La mujer, pequeña y delgada, tenía un tubo que le salía del brazo y un cable bajo la sábana, todo conectado a una máquina llena de pantallas que armonizaba con el resto de la decoración. La mujer era muy vieja y tenía las mejillas hundidas, la piel de un color gris verdoso muy poco saludable. A pesar de su aspecto apergaminado, Samantha se dio cuenta de que tuvo que haber sido atractiva, y que no obstante su falta de salud, en su mirada brillaba aún la inteligencia.

Cuando la enfermera se apartó a un lado, la anciana vio a Mike, lo miró de arriba abajo, lo descartó y luego clavó sus ojos en Samantha. Por un momento la observó detenidamente, casi como si estuviera sorprendida, hasta que de pronto desvió la mirada y se encontró con la enfermera.

—Salga de la habitación —dijo—. Quiero estar a solas con mi visita.

La enfermera dio media vuelta, lanzó un guiño de conspiración a Mike, como diciendo «qué simpática», y salió de la habitación.

—Hola, soy Michael Taggert. Pregunté por usted hace un tiempo, pero me dijeron que se estaba recuperando de una operación y no me dejaron verla.

—Seguro que le dijeron que me iba a morir, ¿no?

Mike le sonrió, pero vio que Abby no le quitaba los ojos de encima a Samantha.

—¿Y quién es esta encantadora señorita?

—No me gusta este lugar y no me gusta esa enfermera —intervino Samantha; fue lo primero que se le vino a la cabeza.

Abby, con la mirada encendida, ahogó una risita.

—Ya veo que tú y yo estamos de acuerdo en muchas cosas. ¿Por qué no vienes aquí y te sientas a mi lado? En la silla no, en la cama junto a mí para que pueda verte. Tengo la vista cansada.

Samantha no vaciló. Hay gente que les tiene miedo a los viejos, tal vez porque les recuerdan lo que ellos serán algún día, pero a Samantha no le sucedía tal cosa. Había pasado buena parte de su vida cuidando al abuelo Cal y a su padre, a quien el cáncer iba matando lentamente. No se lo pensó dos veces para encaramarse a la cama junto a la viejecita, y no se sorprendió cuando ésta le cogió la mano y la sostuvo entre las suyas con bastante fuerza.

—Supongo que fuiste tú quien me escribió sobre Maxie —dijo la anciana mirando a Mike.

—Así es —repuso Mike, que permanecía a los pies de la cama, contemplando a las dos mujeres, atento a todos sus movimientos—. Quiero que me diga qué sabe usted de ella.

—¿Por qué? —le espetó Abby, y Samantha vio oscilar brus-camente la aguja en la pantalla.

Por alguna extraña razón, Mike se quedó inmóvil mirando a las dos mujeres y no contestó a la pregunta de Abby.

—Está escribiendo una biografía sobre Doc Barrett —con-testó Samantha por él—, y quiere saber algo sobre Maxie. Yo también quiero saber de ella porque probablemente Maxie sea mi abuela. Mi padre me pidió al morir que buscara a su madre —agregó, con voz entrecortada.

Abby no contestó, pero la aguja en la pantalla saltó hasta el otro extremo y permaneció así durante unos segundos.

—Maxie está muerta —ratificó Abby al cabo de un rato—. Murió hace unos dieciocho meses.

—¿Está segura? —preguntó Samantha, con voz dolida.

—Totalmente. Éramos amigas desde los años veinte. Bue-no, últimamente no grandes amigas, pero en aquellos años lo fuimos bastante y nos mantuvimos en contacto al pasar el tiem-po. Murió en algún lugar de Nueva Jersey. El asilo donde es-taba recluida me mandó una carta anunciándome su muerte —explicó, y miró a Samantha—. ¿Y por qué habría de querer una chica guapa como tú buscar a una vieja como ella? Debe-rías casarte con este joven, tener bebés y olvidarte del pasado.

—Pero si no es mi novio siquiera —aventuró Samantha, sin mirar a Mike.

—¡Oh! —dijo Abby—. Y entonces, ¿qué es esto? —Levantó la mano izquierda de Samantha, y a la luz blanquecina de los fluorescentes brilló el diamante.

—Oh, eso. Pues... Habíamos...

—También mi tío Mike quería que buscara a Maxie —apun-tó Mike, rompiendo su largo silencio.

—¿Y quién es tu tío Mike? —preguntó ella, sin que el tono de su voz demostrase mayor interés.

—Michael Ransome —dijo Mike, con voz firme y segura.

Abby se volvió, su mirada se tornó dura y sus ojos centellearon como negros tizones de carbón. Tal vez su cuerpo estaba enfermo, pero era evidente que su temple y su mente seguían gozando de muy buena salud.

—Michael Ransome murió aquella noche. La noche del doce de mayo de 1928.

—No, no murió —replicó Mike—. Los hombres de Scalpini casi le volaron las piernas a balazos, pero sobrevivió. Al día siguiente de la matanza llamó a mi abuelo, en Colorado, y él mandó un avión a buscarlo, luego hizo creer a todo el mundo que Michael Ransome había muerto.

Abby estuvo un rato largo cavilando, como si tratara de asimilar esas noticias, y luego miró adusta a Mike.

—Si tu abuelo pudo hacer eso, es que debía tener dinero... y poder —aseguró, decidida.

—Sí, señora, así es.

—Y tú, ¿podrías mantener a esta preciosidad de criatura?

—Desde luego que sí, señora; ya lo creo que podría. Y usted, ¿podría contarme algo de mi tío Mike?

Sin soltar la mano de Samantha, Abby se reclinó contra la almohada limpia y esterilizada.

—Era un hombre muy guapo. Todas las chicas lo llamaban el guaperas Ransome.

—¿Tan guapo como Mike? —preguntó Samantha, y luego bajó la mirada, avergonzada por haber hablado a tontas y a locas—. Quiero decir...

Abby sonrió.

—No, querida, no tanto como tu jovenzuelo, pero Michael Ransome era un hombre maravilloso a su manera.

—¿De dónde venía? —preguntó Mike, con su tono grave y autoritario—. El tío Mike nunca quiso contar nada de su pasado.

—Era huérfano. No tenía familia. Lo único que poseía era su apostura y ese don maravilloso para bailar como si estuviera suspendido en el aire —aseguró Abby, y guardó silencio. Luego, apenas en un murmullo, añadió—: Y tenía la habilidad de hacer que las mujeres lo amaran.

—¿Usted lo amaba? —preguntó Samantha.

—Claro que sí. Todas lo amábamos. —No había que ser un lince para darse cuenta de que Abby se iba por las ramas, como si no quisiera hablar de sí misma.

—Y Maxie, ¿también lo amaba? —preguntó Mike.

Abby clavó los ojos en los ojos ardientes de Mike, como si intentara leerle el pensamiento.

—Sí —aseguró ella, al cabo de un rato—. Maxie lo amaba mucho.

Samantha cogió su bolso de la silla que estaba junto a la cama, lo abrió y sacó una fotografía amarillenta con una punta quemada. Se la pasó a Abby.

—¿Éste es Michael Ransome? —preguntó.

Al ver la foto, a Mike le dio un vuelco el corazón y se la arrancó de las manos a Samantha antes de que Abby la pudiera mirar más de cerca. Era una foto de estudio, un retrato de un joven guapo, de aspecto sumamente gentil, vestido de esmoquin y con un cigarrillo en la mano. Mike había conocido a su tío ya de mayor, pero el hombre de la foto era el mismo que él había querido tanto.

—¿De dónde sacaste esto? —preguntó a Samantha.

A ella no le gustó aquel tono dominante que implicaba que le debería haber mostrado la foto a él antes que a nadie.

—Para tu información debo decirte que mi padre me dejó una caja llena de cosas de mi abuela y esta foto estaba dentro. Me incluyó una nota contándome que cuando niño su madre había quemado un montón de cosas y que él había conseguido salvar aquella caja del fuego.

—¿Por qué no me la mostraste antes?

—Por la misma razón por la que tú me escondes a mí ciertos secretos —respondió ella, certera, imponiéndose con la mirada—. Todos los días sale a la luz algo nuevo que me tenías oculto, así que ¿por qué no he de hacer yo lo mismo contigo?

—Porque ... —balbuceó Mike, y calló. No pudo dejar de sonrojarse de vergüenza al ver que Abby comenzaba a reír a carcajadas.

—¿Y me dices que éste joven no es tu novio? —preguntó, provocadora, mirando de uno a otro.

Samantha no se sintió acobardada.

—Cree que tengo cuatro años y que él es mi guardián y mi protector. Hasta se vuelve histérico si se me ocurre salir sola de compras.

—Es que uno de los hombres de Doc intentó matarla el otro día—explicó Mike, tranquilo, antes de que Abby pudiera abrir la boca.

Esa escueta frase, que tantas cosas encerraba, bastó para borrarle a Abby la sonrisa. Por un momento, sólo atinó a reclinarse y concentrarse para respirar. La aguja de la pantalla oscilaba enloquecida de un lado a otro. Tras una larga pausa en que Samantha no dejó de acariciarle la mano y de sujetársela con firmeza, Abby volvió a levantar la cabeza.

—Sí, ése es Michael Ransome —aseguró con voz quebrada. Respiró sosegadamente unas cuantas veces e intentó hablar con tono más festivo—. Me alegro mucho de haber resuelto este misterio. Maxie murió hace un año aproximadamente. Tengo su dirección, joven, así que le enviaré la carta que me mandaron del asilo para comunicarme que Maxie había muerto —prometió. Hablaba como si fueran sus palabras de despedida, pero ni Samantha ni Mike reaccionaron, como si no lo hubieran entendido así.

—¿Cuál era su verdadero nombre? —preguntó Samantha.

—Maxie Bennett —contestó Abby, enfurruñada.

—Me hubiera gustado conocerla —indicó Samantha, acariciando la mano de Abby, y con la mirada perdida en el vacío—. Mi abuelo Cal y mi padre me hablaron mucho de ella.

—Cal —susurró Abby suavemente, y en lugar del ceño hosco apareció en su rostro una leve sonrisa de tranquilidad—. Maxie solía hablar de él. ¿Siguió bien después de que Maxie se marchara o murió en un lugar como éste?

—No —repuso Samantha, recuperando el entusiasmo—. Se quedó con nosotros, con mi padre y conmigo. Los últimos dos años de su vida. Yo tenía que ir a la escuela, así que contratamos a una enfermera para que lo cuidara.

—¿Era una enfermera simpática?

—No, era horrible. El abuelo Cal le hacía la vida imposible.

Abby sonrió y guardó silencio.

—Era una mujer horrible y mandona, trataba al abuelo Cal como si fuera un niño caprichoso —continuó Samantha—. El abuelo la habría despedido, pero decía que complicarle la existencia le daba motivo para seguir viviendo. Le jugaba unas malas pasadas tremendas, como ponerle sal al champú para que le picaran los ojos. Un día que ella estaba fuera cortando el césped, el abuelo le preparó una gran jarra de té frío, sólo que no era té frío. Era té de Long Island, eso que llaman té pero que en realidad es un licor. Ella se bebió tres vasos grandes, y luego se desmayó en la cocina. Mientras estaba desmayada, el abuelo le afeitó el bigote.

Abby y Mike se echaron a reír.

La enfermera volvió a la habitación. Empezó por reñir a Samantha por sentarse en la cama en lugar de hacerlo en la silla, y luego riñó a Abby por provocar tantas fluctuaciones en los gráficos.

—Les encantan los pacientes que están en coma —aseguró Abby—. Son los únicos que obedecen las reglas.

—Venga, Abby, no debería decir esas cosas. Dígales adiós a estos simpáticos jóvenes.

Abby miró a Samantha por detrás de la enfermera.

—Piense en la electrólisis —murmuró Samantha, y Abby sonrió con tanta intensidad que volvió a dispararse la aguja. La enfermera los obligó a salir de la habitación.

20

—¿Adónde me llevarás a cenar? —preguntó Samantha, entusiasmada, al abandonar el asilo—. He visto un restaurante italiano, Paper Moon, en la calle Cincuenta y ocho. Parecía muy bonito.

—Vamos a cenar a casa —replicó él, cogiéndola por un codo y entornando los ojos para mirarla mejor—. Nos vamos a casa y tú me vas a mostrar la caja que te dejó tu padre.

—Pero, Mike, tengo hambre.

—Pides la cena desde casa, como de costumbre. Llama a Paper Moon y pides lo que quieras, pero esta noche me mostrarás esa caja.

Cuando Mike hizo parar un taxi, Samantha no pudo resistirse a lanzarle una pulla.

—¿Te has dado cuenta de que no es nada agradable que otras personas guarden sus secretos?

Mike le apretó con fuerza el brazo.

—¿Y tú no comprendes que el secreto de quien intentó matarte quizá se encuentre en esa caja?

—No... —dijo ella.

Mike abrió la puerta del taxi.

—¿Qué hay en la caja? —preguntó. Ella no contestó, por lo que él apretó los dientes—. No has mirado en el interior, ¿a que no?

—Hurgar en las pertenencias de una persona que ha muerto no es mi idea de un pasatiempo —repuso ella—. Puede que tú seas lo bastante morboso para eso, pero yo no. Abrí la caja, la que tú me bajaste el otro día, vi la foto encima de todo, la saqué y ya está. Yo diría que la caja estaba llena de ropa vieja, ropa que podría haber pertenecido a alguien que se hubiera fugado con un gángster.

—Una caja llena que podría aclararnos mucho las cosas. Podría darnos las claves que nos ayudaran a evitar que alguien más intente matarte.

—No creerás que aún corro peligro, ¿no? —preguntó, y sin darse cuenta se llevó la mano al cuello.

—Desde luego que sí —replicó Mike—, creo que con cuantas más personas hablemos más peligro corres. En este momento es tanto el peligro que, aunque fueras a Maine, seguirías estando muy implicada en este asunto —le dijo, bajando la voz.

Samantha se giró, miró por la ventanilla y respiró hondo.

Treinta minutos más tarde estaban en casa de Mike y tenían la caja abierta encima de la mesa del comedor. Samantha insistió en pedir la cena antes de abrirla, y Mike tuvo que ceder a regañadientes. Aunque lo hubiera intentado, Samantha no podría haber explicado su reticencia a abrir la caja. Sabía que, contenía pertenencias de su abuela y, en otras circunstancias, habría sentido curiosidad por saber qué había dentro. Ahora, sin embargo, no estaba segura de querer saber lo que contenía esa caja que como la de Pandora, encerraba los males del mundo. Estaba convencida de que si la abrían, darían comienzo a algo que tendrían que seguir hasta el final.

Cuando Mike se inclinó para levantar la tapa, Samantha puso la mano encima.

Mike la observó con curiosidad mientras ella respiraba hondo para calmarse. Pasado un momento, Samantha, asintió con la cabeza. Dio un paso atrás, aguantando la respiración. Mike levantó la tapa y miró en el interior, frunciendo el ceño. Curiosa, Samantha se acercó.

—¿Qué es? —preguntó, en un murmullo.

—No me lo puedo creer —dijo él, con un deje de aprensión.

—¿Qué? —Samantha estaba junto a él.

—¡Ya te tengo! —exclamó Mike, y la agarró por los brazos. Samantha se sobresaltó, llevándose una mano al corazón. Muy colorada, lo golpeó en el hombro.

—¡Tonto!

Riendo, Mike metió una mano en la caja.

—No sé por qué te asustas tanto; no es más que un vestido viejo. —Sacó un vestido de seda rojo y se lo entregó.

Al pronto, Samantha no quería tocarlo, pero cuando distinguió su brillo esplendoroso, se lo arrebató a Mike y lo desplegó cogiéndolo por las hombreras.

—Un Lanvin —murmuró, al leer la etiqueta en la espalda, mostrando su reverencia por el modisto de París.

Era un vestido hermoso, de moaré rojo y muy ceñido, con tirantes delgados y una falda drapeada que por delante llegaba sólo hasta debajo de las rodillas y por detrás colgaba formando un poco de cola. En el lado derecho de la cintura brillaba un sol de pedrería.

—Parece que se te ha quitado el miedo —dijo Mike en tono sarcástico, pero Samantha no le hizo caso porque estaba ocupada en agitar el vestido para admirar su caída.

Mike cogió un par de zapatos de la caja. Hacían juego con el vestido. Eran unas sandalias de moaré rojo y tacón alto, con las tiras adornadas de pedrería. Nada más verlos, Samantha supo que eran exactamente de su número.

—Mira esto —exclamó Mike, y le entregó una caja forrada de terciopelo azul. En el interior había unos pendientes, no unos pendientes cualesquiera: puros diamantes, largos, en forma de pera con tres perlas grandes colgando de la parte inferior.

Mike dejó escapar un silbido de admiración.

—Los pendientes de Doc —murmuró Samantha—. Los que dijo que le regaló la noche que desapareció.

Mike sacó unas prendas interiores de la caja. Un sujetador de crespón de seda, de color melocotón, con un fino bordado de encaje y bragas a juego, un liguero muy fino y muy sexy y unas medias color piel plegadas al lado.

En el fondo de la caja había un largo collar de perlas y dos brazaletes de diamantes. Mike los examinó a la luz.

—No soy un experto en joyas, pero diría que los diamantes son auténticos —exclamó, entregando las pulseras a Samantha. Frotó luego las perlas contra el dorso de la uña. Eran rugosas como el esmeril, con esa rugosidad propia de las perlas verdaderas.

—¿Auténticas?

—Totalmente —repuso él, y las puso sobre la mesa con las demás cosas.

Samantha dejó los brazaletes y los dos examinaron los diversos objetos: el vestido rojo de noche, los zapatos a juego, los fabulosos pendientes, los brazaletes, el collar y la ropa interior. Era evidente que correspondían al atuendo que una mujer se habría puesto una noche de 1928.

—Si estas cosas estaban en poder de tu padre, no cabe ninguna duda de que tu abuela era Maxie —dedujo Mike.

—Evidentemente. —No pudieron seguir hablando porque en ese momento sonó el timbre y llegó la comida. Se sentaron en un extremo de la mesa, casi sin abrir la boca, extasiados ante el montón de ropa y las joyas colocados en el otro extremo de la mesa.

Los dos pensaban en una noche de 1928 cuando, por no se sabe qué razón, una joven, vestida de seda y diamantes, escapó a un baño de sangre y desapareció. Encinta como estaba, viajó a Louisville, Kentucky, y tres días más tarde se casó con un hombre que no podía tener hijos. Dio a luz un hijo y permaneció junto a su marido durante un tiempo, cosa que hacía prever que llevaría una existencia feliz. Y sin más ni más, en 1964, volvió a desaparecer.

—Mike —preguntó Samantha—, ¿no te gustaría saber qué pasó aquella noche? En el fondo, ¿no te gustaría saber qué fue lo que realmente sucedió?

—Sí —contestó él—, ya lo creo que me gustaría saberlo.

—Doc dice que el bebé de Maxie era suyo, pero Abby asegura que Maxie amaba a Michael Ransome —prosiguió Samantha.

—Yo apostaría por el tío Mike. No me imagino a Doc compartiendo ni siquiera su esperma con nadie.

—¡Mike! —exclamó ella, desaprobando su crudeza—. Sin duda Doc la amaba de verdad, pero puede que ella fuera la amante de Doc y al mismo tiempo estuviera enamorada de Michael Ransome. Incluso hasta puede que estuviera enamorada de los dos.

Mike no contestó pues estaba observando la manera en que el vestido reflejaba la luz.

—¿Has visto esa mancha en el vestido?

—Sí, ya me he fijado —dijo Samantha, con voz queda, y bajó la mirada a su plato de comida. Había visto la mancha e inmediatamente se imaginó a qué se debía la diferencia de color.

Mike se levantó de la mesa, cogió el vestido y luego lo acercó a la luz.

—Es sangre, ¿no? Es como si alguien hubiera intentado lavarla; claro que esas manchas no se pueden quitar.

—No, al menos cuando son tan grandes.

—Me pregunto de quién será la sangre.

—Por lo que has contado de la masacre, podría pertenecer a cualquiera.

Mike seguía mirando el vestido a la luz de la lámpara.

—Doc nos dijo que Maxie estaba en la parte trasera del club cuando los hombres de Scalpini empezaron a disparar, y que no salió. Si eso es así, no puede ser la sangre del tío Mike, porque él no abandonó la pista de baile. Le dispararon y allí se quedó hasta que se lo llevó la ambulancia. Según Doc, estuvo casi todo el tiempo en los lavabos. —Mike miró a Samantha—. Creo que le enviaré esto a Blair para que lo analice. Si conseguimos el grupo sanguíneo, podremos compararlo en los archivos del hospital con la sangre de las personas que esa noche fueron víctimas de los disparos.

Samantha se incorporó y le arrancó el vestido de las manos.

—¿Tendrán que cortar el vestido? —preguntó, entristecida.

Mike estuvo a punto de decirle que había tenido la caja en su poder durante meses sin abrirla, y que incluso había visto el vestido y ni siquiera lo había sacado para mirarlo, y ahora parecía una niña a quien le quitan el oso de peluche para dárselo al trapero, pero al final no rechistó.

—No, no le harán nada, pero creo que no deberíamos perderlo de vista hasta que lo registremos.

—¿Lo registremos? Ah, quieres decir hacerle una foto. No está mal, yo lo sostendré, o podríamos engancharlo a la pared.

—Eso no dará buen resultado —dijo, con el ceño fruncido, como buscando una solución—. Ya sé. ¿Por qué no te lo pones tú? ¿Te importaría? Yo diría que te viene pintiparado.

Horas antes, a Samantha le hubiera repugnado la idea de registrar la caja, no se le habría ocurrido hurgar entre las ropas viejas, y menos aún ponerse un vestido viejo manchado de sangre.

Pero claro, una cosa era pensar en la ropa vieja manchada de sangre, y otra ver un vestido con la firma de una casa de París junto a un aderezo de perlas y diamantes. Acercó la mano al encaje de la ropa interior de crespón de seda.

—¿Crees que podría ayudarte en tu biografía si me pruebo la ropa?

Mike tuvo que taparse la boca para ocultar la sonrisa.

—Me harías un favor personal si te la pusieras —replicó—. Sólo unos minutos. ¿Por qué no te la vas probando mientras yo voy a por la cámara? Tendré que colocarla sobre un trípode, de modo que tómate el tiempo que necesites.

Antes de que Mike acabara de hablar, Samantha ya había cogido la ropa, la había devuelto a la caja y había salido a su habitación.

Una vez dentro, se desnudó rápidamente y se puso el sujetador y las bragas de Maxie. El contacto de la seda contra su cuerpo pareció cambiarla. Irguió el busto, metió el vientre y levantó la barbilla. Luego dio unos pasos para sentir el roce de la seda contra la piel. Cuando al llegar a Nueva Yorkle le había dado por encerrarse en su habitación, pasaba largos ratos escuchando viejos discos de *blues* de su padre, y ahora empezó a tararear una antigua canción de Bessie Smith.

Luego les llegó el turno a las medias y a las ligas. Con un pie en una silla, se calzó una media desenrollándola lentamente a lo largo de la pierna y la estiró para ajustar la costura. Abrió la puerta del armario de Mike y colocó la silla ante el espejo. Se miró a sí misma mientras se ponía la otra media. Sujetador de seda, medias de seda, muslos desnudos entre seda y seda.

«¿Qué es lo que hace de unas medias y un liguero algo tan inequívocamente sexy?», se preguntó, volviéndose de un lado y de otro para mirarse. Lo que vio le gustó. Los pantis que envuelven el cuerpo femenino de la cintura a los pies no hacen que la mujer se sienta atractiva, sino que se sienta como una una salchicha empaquetada. Sin embargo, los centímetros de muslo al desnudo más arriba de la seda le hacían sentirse seductora, atractiva, como una cantante en un club nocturno de Harlem rodeada de un público entusiasta de jóvenes guapos.

En el baño, se miró al espejo y vio que su rostro estaba demasiado despejado, demasiado como el de «la-chica-que-conocí-en-la-iglesia», y que el peinado era demasiado moderno, demasiado voluminoso y fijado con laca.

Abrió el grifo y se pasó el peine mojado por el pelo; una vez que hubo empezado ya no pudo detenerse. Se hizo una raya a la izquierda, se empapó bien los cabellos y se los aplastó sobre la cabeza formando unos rizos estilizados a la altura de las orejas. Para asegurarse de que el peinado no se descompondría le dio un toque de laca. Usó el lápiz más oscuro para delinearse los ojos, y luego se retocó con él las cejas, acentuando su relieve. Con una barra de labios, se pintó la boca al estilo de Clara Bow, con el labio superior, rematado en forma de corazón, como lo había visto en fotos.

Se alejó del espejo, se examinó y asintió con un movimiento de cabeza. Se imaginó que era Maxie preparándose para salir a escena, y pensando que la esperaban su amante y el hombre que le había comprado los diamantes.

Al ponerse el vestido por la cabeza, sintió que la seda se le deslizaba sobre la piel. Después de sacudirse para que la prenda se ajustara por sí sola, se miró en el espejo.

«Maxie», murmuró, porque la persona que veía no era Samantha sino otra mujer, una mujer que se sabía atractiva para los hombres. Al abrocharse la hebilla de los zapatos, colocó la pierna sobre la cama y se la acarició desde el tobillo hasta el muslo.

—¡Sam! ¿Aún no estás lista? —gritó Mike.

—No te desesperes, cariño, que esta nena vale la espera —gritó a través de la puerta. Se colocó los pendientes de Doc, los brazaletes de diamantes y se dio dos vueltas al cuello con el collar de perlas.

Cuando estaba a punto de salir de la habitación, vio una pareja de marionetas de Bali que Mike tenía sobre la cómoda. Uno de los muñecos sostenía en la mano un palo tallado de unos treinta centímetros de largo. Desprendió el palo con cuidado, y con el líquido corrector de Mike pintó de blanco una tercera parte del palito fabricando algo que se parecía bastante a un cigarrillo con boquilla. Se lo llevó a los gruesos labios pintados de rojo carmesí, abrió la puerta lo suficiente para decirle a Mike que apagara todas las luces menos la lámpara de pie, y escuchó sin inmutarse su chillido de «¡Venga neenaaa!» al estilo campesino.

Cuando abandonó la habitación ya no era la inocente y reservada Samantha, era Maxie, una cantante que los hombres se disputaban a puñetazos.

Al verla bajar las escaleras deslizándose sinuosamente, Mike lanzó un silbido de admiración y se olvidó por completo de la fotografía. La Samantha que él conocía, su Samantha, no caminaba como esta mujer, con las caderas hacia delante, con el cuerpo cimbreándose en movimientos seductores mientras se acercaba, con los diamantes de los pendientes y de las muñecas lanzando destellos. Esa mujer era tan diferente de la Samantha que él conocía como Daphne lo era de un ama de casa de Indiana. Mike retrocedió sin querer, porque la mujer lo intimidaba un poco. Lo hacía sentirse como si tuviera que ponerse un esmoquin y hacerle esos regalos que van presentados en largos estuches de terciopelo negro. Cuando Samantha se llevó la boquilla a los labios recién pintados, él se sentó en una silla junto a la mesa del desayuno y observó a esa mujer a quien juraría no haber visto en su vida.

Sam se detuvo a unos metros de Mike, y empezó a cantar un viejo *blues* oído a Bessie Smith.

> *Bad luck has come to stay*
> *Trouble never ends*
> *My man has gone away*
> *With a girl I thought was my friend*

> (La mala suerte me persigue,
> los líos no terminan nunca
> Mi hombre se ha largado
> con una chica que yo creía mi amiga.)

Mucha gente piensa que la habilidad para cantar *blues* nace del color de la piel, cuando en realidad nace de las desgracias de la vida. Samantha había sufrido tantas penas, tantas tristezas en su breve vida, que era capaz de cantar un *blues* como cualquier otro. Su voz, aunque no educada, tenía la fuerza de un talento innato y sonaba henchida de emoción.

> *Lordy can't you hear my prayers*
> *Lady Luck, Lady Luck, won't you please smile down on me*
> *There's a time, friend of mine*
> *I need your silver feet*

> (Señor, escucha mi oración,
> Suerte, Suerte, por qué no me sonríes
> pues hay momentos, amiga mía,
> en que necesito tus pies de plata.)

Mike la miraba y Samantha le hacía *sentir* la canción, le transmitía el dolor de una mujer cuyo hombre se había marchado con otra. Desgranaba las palabras como sólo lo haría aquel que hubiese vivido esa experiencia, como había que cantar el *blues*. No hacía como uno de esos nuevos cantantes de *folk* que, cautivados por las bellas canciones de los negros, intentan imitarlos ante un público blanco, anglosajón y protestante. Samantha era la mujer para quien había sido escrita esa canción, y la interpretaba tanto con el corazón como con la voz.

> *I've got his picture turned upside down*
> *I've sprinkled slough-foot dust all around*
> *Since my man is gone I'm all confused*
> *I've got those Lady Luck Blues*

> (He puesto su foto al revés,
> para olvidarlo para siempre,
> desde que mi hombre se fue, estoy confundida,
> y estoy triste añorando a la Suerte.)

Era una canción melancólica. Samantha terminó y lo único que Mike pudo hacer fue mirarla, parpadeando absorto, como si estuviese mirando a una extraña con un vestido rojo provocativo que recalcaba todas sus curvas.

Quedó consternado al ver cómo Samantha caminaba hacia él con unos andares que jamás había observado en una mujer, colocaba su pie de tacón alto sobre el borde de la silla, justo entre sus piernas, y se inclinaba sobre él, aspirando el humo del cigarrillo. Mike vio cómo expelía la azulada nube por un lado de la boca.

—¿Qué hay, cariño? —dijo Samantha con una voz que no era la suya sino más ronca, casi rasposa, y muy insinuante: la voz de una sirena capaz de conducir a los hombres a su propia muerte.

—¡Samantha! —murmuró Mike, que se sobresaltó al notar que su voz se quebraba como la de un adolescente.

Con una risa provocativa que podría haberse comparado con los acentos más guturales de Kathleen Turner, Samantha retiró el pie de la silla y se dio la vuelta. Al verla alejarse, Mike no pudo menos de clavarle los ojos en el trasero ondulante, de mirarle la piel tersa y perfecta de la espalda a la luz suave de la lámpara solitaria.

—¡Sam! —atinó a llamarla, cuando ella se dirigía a su habitación, pero no obtuvo respuesta—. ¡Maxie! —murmuró de nuevo, y mantuvo la respiración al volverse ella para mirarlo por encima del hombro con una sonrisa seductora. Aquella mujer sabía el efecto que producía en los hombres.

Samantha desapareció por las escaleras hacia su apartamento y Mike respiró por fin y se frotó los brazos. Había estado conteniendo el aliento y tenía los músculos tensos. Intentando aliviar la tensión del cuerpo, fue hasta las puertas de vidrio del jardín y vio que era de noche. La mujer que acababa de ver en la habitación no le era conocida, era una mujer que guardaba numerosos secretos, capaz de todo tipo de cosas. Mike no estaba seguro de que le agradara de manera especial. Tal vez fuera una mujer a la que le gustaría llevarse a la cama, porque cada poro emanaba una exquisita sexualidad. Luego, pensándolo bien, quizá no le gustaría llevársela a la cama, porque probablemente la mujer que acababa de cantar fuera más experta que él en el amor. Era el tipo de mujer que fingiría un orgasmo, que fingiría amar a un hombre, una mujer en las antípodas de Samantha, con su carácter abierto, su ternura y su generosidad.

—¿Y bien? —preguntó Samantha, a sus espaldas.

Mike se volvió. Era Samantha nuevamente, con el rostro lavado y radiante, el pelo revuelto, y el bello y delicado cuerpo oculto bajo la bata de baño. Como por instinto, él se acercó a ella, la abrazó y la besó con un beso sonoro, no con un beso sexual o apasionado, sino con un beso de alivio, de bienvenida a casa.

—Mike, ¿te encuentras bien? —preguntó ella.

La abrazaba con tanta fuerza que apenas la dejaba respirar, y pasó un rato antes de que recuperara el habla.

—Me has hecho creer en la doble personalidad —comentó Mike con una risita que le pareció forzada incluso a él. La apartó para mirarle el rostro, buscándole los ojos—. ¿Te encuentras bien? Estabas tan... tan diferente, eras...

—Maxie —repuso ella—. Me puse el vestido y fue como si me sintiera transformada. ¿Lo hice bien?

Mike le cogió la cabeza y la atrajo hacia su hombro.

—Demasiado bien, demasiado.

—¡Mike!, ¿qué pasa? Sólo canté una canción, pero tal vez exageré un poco la nota viciosa.

Mike aún no la soltaba.

—Fue más que eso. Cambiada, de verdad que estabas cambiada.

—Nunca hace daño cambiar un poco.

Él volvió a besarla, haciéndola callar.

—Sam, no quiero que cambies. Quiero que sigas siendo tal como eres —dijo Mike.

Samantha se refugió en él, sin saber con certeza qué le había molestado tanto, aunque le gustaba verlo preocupado. También le gustaba el cumplido.

—¡Mike! —dijo, con gesto de ternura—, a mí también me gustas.

Samantha comprendió después hasta qué punto lo había inquietado porque, por primera vez, llegada la hora de ir a dormir, no intentó llevársela a la cama. Algo en sus reparos la hizo sonreír cuando se miró en el espejo de la cómoda. «Tal vez tendría que hacer de Maxie más a menudo —pensó—. Tal vez no debería ser tan predecible, tan aburrida, como una mujer sin sorpresas.» Palpando el vestido de Maxie colgado en una silla, Samantha sonrió. Y luego, respondiendo a un súbito impulso, sacó su pequeño camisón blanco de donde lo había escondido, en el fondo de uno de los cajones de Mike, y se lo puso. Maxie se habría puesto lo que se le habría antojado: un camisón blanco o negro, de encaje o de raso, grande y transparente o diminuto y provocador. Maxie se habría puesto cualquier camisón que hubiera deseado.

21

Era domingo, a las nueve menos cinco de la mañana Samantha estaba sentada en el centro de la cama de Mike, con las rodillas contra el pecho, cortándose las uñas de los pies. Vestía su flamante camisón blanco. El hecho de que los útiles de manicura fueran los mismos que usaba a los diez años, y que guardaba en una caja rosada de plástico con dibujos de caniches, no favorecía su tarea. Hasta ahora, no había oído ruidos en la habitación de Mike, así que supuso que dormía.

Las nueve. Cogió el mando a distancia de la mesilla de noche y encendió la televisión para ver *Sunday Morning*, el programa de Charles Kuralt. Seguía el programa desde el día en que retiraron a Kuralt de reportero y lo clavaron en una silla en los estudios de Nueva York. Samantha se preguntaba si algún día se le borraría esa mirada melancólica, esa mirada que decía «me gustaría más estar en la calle».

Los primeros minutos los empleó Charles en comentar los reportajes que iban a pasar aquella mañana. Hablaba de cada uno como si pensara «no creeréis lo que os cuento». Samantha no prestó mayor atención a lo que decía hasta que oyó la palabra *Jubilee*. Levantó rápidamente la mirada, y abrió los ojos, incrédula, siguiendo cada una de las palabras de Charles Kuralt.

La matanza del Jubilee no es tan conocida como la matanza del día de San Valentín, pero la verdad es que nada de lo que sucedió en Nueva York en la época de la Ley Seca ha llegado a conocerse tan bien como lo que sucedió en Chicago. Tal vez se deba a la indiferencia de los habitantes de Nueva York, pero lo que ocurrió aquella calurosa noche del doce de mayo de 1928 ni siquiera recibió el calificativo de matanza. Algún listo la denominó «el cambio de guardia», dado que el jefe de una pandilla mató a los gángsters del hombre que iba camino de convertirse en jefe. El tiro le salió por la culata, porque la simpatía de la gente, incluida la de los policías corruptos, se volcó en el hombre que fue víctima de la matanza. Doc Barrett, por entonces un bandido de veintiocho años, se hizo con el control de las ventas ilegales de alcohol a partir de esa noche, tras un macabro tiroteo en que murieron diecisiete personas y más de doce fueron heridas. La victoria fue de Doc, no cabe duda, pero también fue su derrota. Aquella noche murió su amigo de la infancia, el único hombre en quien él decía confiar, un hombre al que todos conocían con el pintoresco nombre de Joe Media Mano desde que, según nos cuentan, perdiera la mitad de la mano al salvar a Doc de un balazo siendo ambos unos niños.

Todo sucedió en un encantador bar clandestino en Harlem conocido como Jubilee's Palace. Puede que Doc ganara algo esa noche, pero Jubilee perdió todo lo que tenía. Más de tres mil balas destruyeron su local, sin hablar de los miles de buscadores de recuerdos que acudieron en los días sucesivos a saquear el local.

Mientras Kuralt hablaba, la cámara enseñaba imágenes del interior y exterior de una casa en ruinas en un sector horroroso de Harlem. La cámara mostraba primeros planos de paredes llenas de agujeros de balas y de las ratas paseándose por el local.

Jubilee sigue siendo el propietario del local, pero con las fuertes subidas del valor del suelo y los alquileres, no ha podido ni venderlo ni alquilarlo. Hoy día permanece vacío y en ruinas.

Charles dejó sus notas y le regaló a la cámara una de sus sonrisas al estilo de la Gioconda.

Hay quienes afirman que el lugar está encantado. Pero nosotros no estamos hoy aquí para hablar de una masacre, aunque sea tan violenta como la que tuvo lugar hace sesenta y tres años. Estamos aquí simplemente para hablar de Jubilee y de su música. Ni siquiera un desastre como aquel que se llevó por delante todo lo que poseía pudo con él. Hoy tiene ciento un años y aún toca el piano, canta y... conserva la alegría.

Samantha saltó de la cama, pasó como un tornado por el baño y entró en la habitación de Mike, al que encontró tendido boca abajo, sepultado bajo las mantas y media docena de almohadas rellenas de plumas.

—¡Mike, despierta! ¡Ven a ver lo que pasan por la tele!

Mike ni se movió, Samantha se arrodilló junto a la cama y le tocó la única parte del cuerpo que veía, un trozo del hombro desnudo y un rizo de su cabello negro.

—¡Michael, despierta! Te lo perderás. —Mike no movió ni un músculo. Si no hubiera sentido que el cuerpo estaba tibio, Samantha habría pensado que estaba muerto. Sentándose en la cama, lo cogió por los hombros y empezó a sacudirlo mientras decía—: ¡Jubilee sale en la tele! ¡El Jubilee de Maxie sale en el programa de Charles Kuralt! ¡Venga, levántate!

Un momento antes, Mike parecía estar completamente dormido, pero de pronto cogió a Samantha, la atrajo hacia sí y agachando la cabeza le restregó la barbilla sin afeitar contra el cuello. Apresada entre sus brazos, Samantha chillaba de la risa.

—¿Quién te crees que eres para venir a despertarme? —preguntó Mike con rudeza fingida—. Es domingo y uno tiene derecho a dormir.

Sin dejar de reír, Samantha intentaba alejarse de él porque la barba le hacía cosquillas.

—Mike, Jubilee sale en la tele.

En ese momento fue cuando la expresión de Mike cambió y se apartó de ella; dejó de besarla y se quedó quieto, sin tocarla.

—¿Qué sucede? —preguntó ella al ver su reacción.

—Fuera de aquí —dijo él, sin pizca de simpatía en el tono de voz. Hablaba con absoluta seriedad.

Samantha notaba que estaba muy enfadado, pero ignoraba la

causa. ¿Acaso se había enfadado por haberlo despertado? Algunas personas se toman el sueño muy en serio, pero a Samantha no le parecía que Mike fuera una de ellas. Se apartó de la cama, disculpándose.

—Lo siento, supongo que no he hecho bien despertándote, pero quería que vieras el programa. Subiré a conectar el vídeo para que lo veas más tarde.

—Quítate ese camisón —le ordenó él apartando la vista.

Samantha tardó unos instantes en entender qué quería decir, pues al principio pensó que Mike le pedía que se desnudara, pero enseguida se dio cuenta de que llevaba puesto su flamante y precioso camisón, su fino y blanco, muy blanco camisón. Y aun cuando eso le proporcionó una sensación placentera, se sintió muy despreciable por haberse olvidado de su «problema» con el color blanco. No exactamente despreciable sino perversa. ¿Era posible que la mera contemplación de ese camisón de algodón afectara a Mike hasta el punto de hacerle palidecer y de que evitara mirarla?

—No... no me di cuenta, Mike. —Pero la disculpa no sonaba sincera ni siquiera para ella misma. Cualquier hombre con la pinta de Mike, que fuera tan sexy, tan tierno y generoso y divertido, tan inteligente y maravilloso como Mike, podía darse el capricho de elegir a la mujer que quisiera. Sin embargo, pensó que a Mike le gustaba *ella*, y que le gustaba tanto que ni siquiera podía mirarla cuando se vestía de blanco.

—Entré a decirte lo del programa de televisión y me olvidé de lo que llevaba puesto... —alcanzó a decir. Pero calló, porque algo en la expresión de Mike la hizo retroceder. Aquella mirada reflejaba muchas cosas que Samantha no acababa de entender. En ella había añoranza, deseo, pero también desesperación, como si codiciara algo que ella poseía, y estuviera a punto de desfallecer si no lo conseguía.

Samantha se llevó una mano al cuello y retrocedió aún más. Había pasado ya mucho tiempo desde la última vez que Mike la amenazara, y eso era lo que ahora se repetía. Cuando Mike se desplazó por la cama hacia ella, retrocedió otro paso.

—Mike —comenzó a decir, pero él no rechistó, sino que la siguió mirando de un manera peculiar mientras se acercaba sigiloso como un lobo.

Samantha dejó escapar un chillido de temor y salió corriendo de la habitación. Cerró la puerta del baño, y luego la del dormitorio. Permaneció apoyada contra la puerta con la respiración entrecortada. Tal vez Maxie fuera capaz de tratar con hombres jóvenes y guapos que la acosaban, pero Samantha no estaba preparada.

Tardó un segundo en recuperar la respiración y luego se despojó del camisón. Se puso unos vaqueros y una blusa de manga larga y cuello alto, y bajó a ver la televisión en la biblioteca.

Pasaron unos veinte minutos antes de que Mike apareciera. Samantha se sobresaltó al verlo, porque tenía la piel y los labios lívidos.

—¿Te encuentras bien? —preguntó, acercándose para tocarle la frente. Tenía la piel fría como una salamandra—. ¡Mike!

Él le apartó la mano y se sentó en el sofá.

—Una ducha fría —declaró, y era evidente que se sentía avergonzado por lo que había sucedido—. ¿Pasaron ya el reportaje?

—No —contestó ella, procurando no sonreír porque disfrutaba con las reacciones de Mike. Desde luego, así se sentían todos los hombres *antes* de irse a la cama con una mujer, sobre todo antes de irse a la cama con ella. Era preferible dejar a Mike fantasear en lugar de ceder a los deseos de él, porque cuando se hubieran acostado juntos, era probable que él le pidiera que se marchara para siempre de su casa. O tal vez se dormiría durante el intento de poseerla—. No, no te lo has perdido —prosiguió—. Creo que lo van a pasar ahora. —Y le alargó un bollo untado con queso cremoso, parte del desayuno que había pedido a una tienda.

Mike hizo caso omiso del panecillo y se sentó en el sofá junto a ella. Le cogió la barbilla y, acercando su boca a la suya, la besó un rato largo, con ternura, sin agresividad, sin buscar su lengua ni arrancarle la ropa a jirones, sin ponerle las manos encima, sólo los dedos que le sujetaban la barbilla. Ese prolongado beso de deseo casi fue la perdición de Samantha. Se volvió hacia Mike, le colocó una mano sobre el hombro y abrió la boca para encontrar la de él y sintió que el cuerpo se le reblandecía, que se transformaba en algo cálido, suave y dúctil, puesto que dobló el cuello hasta una posición que parecía casi imposible, queriendo fundirse en él, perderse en él.

Cuando despegó los labios de los de Mike, Samantha estaba demasiado débil para sentarse y se habría caído hacia atrás si Mike no la hubiera sostenido.

—¿Por qué, Sam? —murmuró—. ¿Por qué me dices que no?

¿Cuánto tiempo más tendré que esperar? ¿Quieres que te haga una proposición de matrimonio? Porque si se trata de eso, ¿querrías...?

Samantha le puso un dedo sobre los labios, sin querer escuchar el resto de la frase. No quería hablar de las razones que tenía para actuar así, no quería que supiese la verdad, al menos todavía no, cuando lo que compartían era tan frágil. Tal vez algún día, tal vez más tarde, le contaría la verdad sobre sí misma.

Mike lanzó una imprecación y cogió el bollo que Samantha aún sostenía en la mano y que había quedado aplastado durante el largo beso. Había tanto queso en la mano de Samantha como en el pan. Ella sintió una emoción desconcertante cuando Mike, llevándose esa mano a la boca, lenta y sensualmente, le lamió hasta el último trozo de queso.

—Empieza tu reportaje —le advirtió Mike con su dedo meñique aún en la boca.

—¿Qué?

—Tu reportaje. Jubilee. ¿Recuerdas?

—¡Ah, sí! —Mike seguía lamiéndole las manos.

—Maxie. Jubilee. Muerte. Destrucción. ¿Recuerdas?

—¡Pues claro!

Mike le dejó la mano, ya limpia, sobre las rodillas, y cogiendo a Sam por los hombros, la giró para ponerla frente a la tele. Pasaron unos minutos antes de que Samantha lograra enfocar la vista y seguir el programa sobre la vida y carrera del anciano músico. En la pantalla apareció Jubilee, que con sus ciento un años a cuestas parecía lleno de energía y vivacidad, con una mente tan lúcida como la de cualquiera.

Mike la atrajo hacia sí mientras veían el programa. Allí estaba el destartalado edificio que antaño había sido un elegante club nocturno, decorado de azul y plata, estilo art decó. Jubilee contó algunas anécdotas sobre el club y los artistas, sobre las mujeres con sus abrigos de piel y los hombres con sus amantes. Todo aquello acabó después de la matanza: él jamás consiguió reunir el dinero para restaurar el local.

Al final del reportaje, Samantha apagó el sonido y se volvió hacia Mike.

—¿Queda muy lejos Harlem?

—¿En términos filosóficos o en kilómetros? —preguntó él, y Samantha sonrió.

—En kilómetros.

—Recuerda que Nueva York es una isla. Nada queda muy lejos de nada.

—De modo que si le pido a un taxista que me lleve a Harlem, ¿sabría llevarme?

Por un momento Mike no replicó, y se limitó a mirarla.

—Dime que no estás pensando lo que espero que no estés pensando.

—Voy a ver a Jubilee, si eso es lo que estás pensando —se adelantó Samantha, y se levantó del sofá—. Y lo voy a hacer ahora, antes de que otros se enteren de que el viejo aún está vivo.

Mike le obstaculizó el camino y le puso las manos sobre los hombros.

—Quieres decir que no se entere el hombre que intentó matarte, ¿no es eso?

Samantha no hizo caso, porque no tenía ganas de recordar aquello en ese momento.

—Puede que el señor Johnson sepa algo de cuanto sucedió aquella noche, o por qué mi abuela abandonó a su familia, algo que justifique por qué provocó tanta amargura entre nosotros. Puede que...

—¿Hay algo que pueda decir yo para convencerte de que no vayas?

—No, Mike, no hay nada —contestó Samantha, negando con la cabeza—. Me gustaría que me acompañaras, pero si no quieres, iré sola.

—¿A Harlem? ¿Tú, la pequeña rubia? ¿Dices que piensas ir solita a ese barrio de la ciudad?

—¿Es tan malo como dicen en la tele?

—Peor.

Samantha tragó saliva y respiró hondo.

—Sí, iré sola si me veo obligada —replicó, sin dejar de rogar para sus adentros que Mike le acompañara. Siempre hay límites a la valentía de una persona.

—De acuerdo, vístete. Ponte algo sencillo, pero nada de ropa de marca.

Samantha asintió y subió a cambiarse.

Había una multitud ingente fuera del edificio cuando Samantha y Mike llegaron. No fueron en taxi sino en un coche con chófer negro que Mike alquiló y que debía esperarlos. El hombre que los condujo era muy gordo, tenía la tez más negra que el carbón y una larga cicatriz rosada que empezando en la base de la nuca desaparecía bajo la camisa. Al parecer era amigo de Mike. Samantha no dejaba de sonreír nerviosamente al chófer, cosa que a éste parecía divertirle mucho.

En el trayecto hacia Harlem, Samantha no miró nunca por la ventanilla, porque el miedo se lo impedía. Le era imposible entender cómo podía existir tanta pobreza colindando con las inmensas fortunas del centro de Manhattan.

Cuando por fin llegaron a casa de Jubilee, la única casa bien cuidada de toda la manzana, Samantha dejó escapar un suspiro de frustración, porque daba la sensación de que allí estaban a punto de desatarse disturbios callejeros. Por lo visto, la mayoría de los habitantes de Nueva York habían contemplado el programa de televisión de Charles Kuralt, y acudían ahora a ver a Jubilee, a pedirle prestado dinero, a venderle algo o a mostrarle las canciones que habían compuesto.

En la puerta había una mujerona, gorda y alta, de pelo entrecano. En el rostro, que antaño había sido atractivo, le brillaban los ojos como ascuas. Tenía empuñada una escoba como si fuera un arma, y trataba de mantener a raya a los curiosos para que no subieran las escaleras hasta la puerta. Samantha la vio golpear a dos hombres en la cara con la escoba.

Mike la cogió por el codo.

—No creo que sea éste el momento más indicado —insinuó, y comenzó a tirar de ella hacia el coche.

Samantha se libró de él.

—No. Pienso hablar con él ahora mismo. No creo que en otro momento vuelva a tener tanto valor como para regresar a este lugar.

—Es la cosa más sensata que he oído hasta ahora.

—Mike, ¿no puedes ayudarme a pasar entre esa multitud? Si consigo acercarme a esa mujer, le diré que quiero hablar con Jubilee sobre Maxie.

Mike pensó en ganar tiempo discutiendo con ella, pero ese género de futilidades no le atraía. Además, dicho sea de paso, a él también le había entrado el gusanillo de conocer a Jubilee y averiguar si el viejo sabía algo relevante sobre Maxie y lo que la había movido a abandonar a su familia. Mike miró al chófer del coche por encima de Samantha, con un movimiento de cabeza como haciendo una pregunta, y éste le contestó con un gesto afirmativo.

Un par de minutos después, Samantha caminaba firmemente agarrada al cinturón de Mike, en tanto que él se abría paso entre la muchedumbre. Cerraba la comitiva el enorme corpachón del chófer negro. Cuando Samantha llegó al pie de la escalera, la mujer intentó darles a los tres con la escoba, pero el negro se la cogió antes de que los golpeara, lo cual permitió a Samantha y a Mike comunicarle a la guardiana que querían hablar con Jubilee acerca de Maxie.

Por la expresión de su rostro, era obvio que la mujer ya había oído ese nombre. Con una mueca de disgusto, le hizo una seña al chico que tenía detrás, y éste entró corriendo en la casa. Al cabo de unos momentos, reapareció y levantó el brazo indicándoles que pasaran. Mike y Samantha se apresuraron a obedecer y el chófer volvió al coche.

El interior de la vivienda tenía un aspecto vetusto, pues conservaba la misma decoración que tenía años atrás, cuando fue comprada. Los zócalos y las molduras de los techos habían sido pintados unas treinta o cuarenta veces a lo largo de los años, y probablemente, entre capa y capa, jamás los habían lavado, de modo que la pintura, aplicada directamente sobre el polvo, se estaba descascarillando y su espesor ocultaba todos los relieves de la madera.

Siguieron al chico por unas escaleras angostas y empinadas hasta el último piso, soleado y caluroso, donde nada parecía haber cambiado desde el nacimiento de Jubilee. De pronto, en el rellano oscuro de la segunda planta, apareció un hombre que le dio a Samantha un susto de muerte. Era un negro alto, sumamente atractivo, con la mirada más colérica que Samantha hubiera visto en un ser humano. Su cólera no parecía ser momentánea sino de toda la vida, de siempre, contra todo y contra todos.

Después de lanzarle a Samantha una ojeada arrogante, el negro desapareció por un pasillo. Samantha tragó saliva y habiendo mirado atrás para asegurarse de que Mike la seguía, echó a andar tras el niño escaleras arriba.

El chico abrió una puerta al llegar al final y los hizo entrar. Luego los dejó solos. Nada más mirar la habitación, Samantha se sintió fascinada. Dos paredes recubiertas con estanterías del suelo al techo contenían cientos de pilas de papeles que Samantha reconoció en seguida como partituras. A juzgar por los bordes amarillentos de las tapas, esa música debía remontarse a los tiempos de los Picapiedra. En la habitación destacaba un piano de cola, uno de esos pianos negros y brillantes que tocan hombres vestidos de esmoquin. A todas luces, era un instrumento querido porque relucía, lustroso, y no tenía ni la sombra de un rasguño. Frente al piano había un par de viejas sillas con el relleno saliéndose impúdicamente por el asiento.

Samantha y Mike estaban tan distraídos mirando la habitación que no repararon en el viejito menudo, sentado en el taburete frente al piano, seguramente porque apenas le asomaba la cabeza por encima del atril. La imagen televisiva había mitigado las arrugas de Jubilee, y la luz había disimulado la decrepitud de ese cuerpo descarnado, como si no fuera otra cosa que piel oscura y correosa pegada a los huesos. Se asemejaba más a una momia que a un ser humano. El brillo de la mirada no correspondía a un organismo tan viejo, y más parecía una momia a la que el dueño de un circo hubiese logrado insuflarle vida.

Samantha le sonrió, y él le correspondió enseñando su magnífica dentadura postiza.

—Me llamo Samantha Elliot y soy la nieta de Maxie —dijo ella, tendiéndole la mano.

—Te hubiera reconocido en cualquier parte. Eres igual a Maxie —replicó el viejo. Conservaba la voz muy viva, y Samantha pensó que jamás había dejado de hacer uso de ella. Al estrecharle la mano, sintió que la textura de la piel era como la del cuero de buena calidad. Mientras hablaba, el anciano tocaba notas al azar en el teclado, como ausente, sin percatarse del movimiento de sus manos. Para él, tocar el piano era tan natural como respirar.

Mike dio un paso adelante y le explicó a Jubilee el motivo de la visita; le habló de Doc y de Maxie, del padre de Samantha y de la biografía que estaba escribiendo.

Mientras le escuchaba, Jubilee seguía jugueteando con las teclas del piano, con la mirada perdida en sus recuerdos. Cuando Mike terminó, miró a Samantha.

—Maxie solía cantar *blues*. Los cantaba con más sentimiento que nadie en el mundo.

Sonriendo, Samantha cantó el estribillo de la canción que Jubilee estaba tocando, *Gulf Coast Blues*, que terminaba así:

> *You gotta mouth full of gimme*
> *a hand full of much obliged*

> (Tienes la boca ocupada pidiendo
> y la mano ocupada dando las gracias)

A la primera mirada de estupor en el rostro de Jubilee siguió una expresión de alegría, una alegría especial, porque viejo estaba siendo testigo de algo que creía borrado de la faz de la tierra. Por un momento, pareció que le asomaban lágrimas a los ojos cansados.

—Cantas como ella, chica —dijo, y se volvió hacia el piano, posando las manos sarmentosas sobre el blanco teclado—. ¿Conoces ésta?

—*Weepin' Willow Blues* —exclamó ella, tan pronto el viejo comenzó a arrancarle notas al piano. En ese frágil cuerpo no podía quedar demasiado vigor, pero lo que quedaba estaba concentrado en sus manos.

Samantha iba a empezar a cantar, pero quedó boquiabierta cuando, a través de la ventana, como un sonido fantasma, se alzó el lamento plañidero de una trompeta con sordina. Instintivamente miró a Mike, como para asegurarse de que aún se encontraban en la década de los noventa, porque una trompeta con sordina no era un sonido moderno.

—No le prestes atención —intervino Jubilee, impaciente—. Es Ornette. ¿Conoces ésta?

Samantha no tenía necesidad de preguntar nada para saber que el trompetista era el joven de mirada feroz con que se habían cruzado en las escaleras, como también comprendió que la estaban poniendo a prueba. Si ese joven podía tocar algo tan antiguo y olvidado como *Weepin' Willow Blues*, eso quería decir que lo había aprendido por amor, no para ganar dinero. Samantha también adivinó que ese joven no la creía capaz a ella, una rubia pequeñita, de cantar *blues*.

Samantha comenzó a cantar la vieja balada de la mujer que había perdido a su hombre. Al final, el estribillo:

Folks I love my man
I kiss him mornin' noon and night
I wash his clothes and keep him clean and try to treat him right
Now he's gone and left me after all I tried to do
The way he treats me, girls, he'll do the same thing to you
And that's the reason I got those weepin' willow blues

(Amo a mi hombre,
lo beso por las mañanas, a mediodía y por las noches,
le lavo la ropa para que esté limpio y lo trato bien.
Ahora se ha ido y me ha dejado, después de lo que he hecho
   por él.
También a vosotras, chicas, os tratará como a mí,
y por eso canto este tristísimo *blues* .)

Cuando Samantha terminó, Jubilee no dijo nada, pero ella estuvo segura de haber cantado correctamente la canción, pues la expresión del anciano no necesitaba palabras: «Lo cantas igual que ella», era el comentario que parecía flotar en el ambiente.

Mientras Jubilee y Mike la miraban maravillados, se acercó impulsivamente a la ventana.

—¿He aprobado o no, Ornette? —gritó, furiosa, en dirección al trompetista.

Mike y Jubilee soltaron sendas risotadas; la risa de Jubilee sonaba como un viejo acordeón estropeado.

—También es atrevida como ella —afirmó el viejo, casi ahogándose—. Maxie no le tenía miedo a nadie.

—Tenía miedo a una cosa —replicó Mike—, y nos gustaría saber qué era.

Jubilee no quiso contarles nada sobre Maxie. Siguió tocando el piano al tiempo que le preguntaba a Samantha si conocía tal o cual canción, y repetía una y otra vez que no había vuelto a ver a Maxie desde la noche en que desapareció. Cuando Samantha le preguntó si tenía alguna idea de por qué había desaparecido aquella noche, él farfulló que no sabía nada.

«Ciento un años, y aún no sabe mentir bien», se dijo Samantha. Pensó en las muchas veces que tendría que visitarlo, en cuántas canciones de Bessie Smith tendría que cantar antes de que el viejo le contara lo que sabía de Maxie.

Al despedirse, Samantha se inclinó para besarle la mejilla, dura y correosa, y le dijo que probablemente volvería a visitarlo.

En el rellano encontraron al mismo chico, que los esperaba para conducirlos hasta la calle. El chico hizo algo que a Samantha le pareció raro. Le cogió la mano a Mike y no se la soltó. Samantha ya se había dado cuenta de que Mike tenía un don especial con los niños, pero había algo en este gesto que no comprendió hasta que salieron, al ver que Mike se metía en el bolsillo la mano que el chico le había cogido. Era evidente que le había deslizado una nota. «De Ornette», pensó, y supo sin ningún género de dudas que cualquiera que fuera el mensaje recibido, Mike lo guardaría como si fuera un secreto.

Mientras viajaban de regreso a casa, instalados en el asiento trasero del coche, Samantha aparentó no saber nada acerca de la nota.

—Ornette —dijo a media voz—, creo que he oído ese nombre antes de ahora.

—Ornette Coleman. Es un saxofonista —aclaró Mike, mirando por la ventanilla.

No bien llegaron a casa, Mike se fue directamente a su habitación, lo que hizo suponer a Samantha que estaba leyendo el mensaje secreto. Al salir, apareció vestido con bermudas y una camiseta, y con la edición dominical del *New York Times* bajo el brazo. Pidieron un menú por teléfono y comieron los dos en el jardín mientras leían el periódico. Luego se sentaron en las tumbonas de madera, Mike leyendo el periódico, enfrascado en el suplemento de economía, y Samantha trabajando con el ordenador sobre las rodillas, intentando registrar todos los hechos que había averiguado sobre Maxie.

No había gran cosa. Maxie había estado enamorada de dos hombres, o incluso de tres, si se incluía al abuelo Cal. Cuántos fueron en total carecía de interés, porque al final los había abandonado a todos. ¿Adónde se había ido? ¿Por qué lo hizo?

A cada pocos minutos, Samantha se levantaba de la silla y, murmurando algo entre dientes, como «necesito otro disquete», desaparecía dentro de la casa, donde hacía un apresurado registro en busca de la nota que el chico le había dado a Mike. Examinó la ropa que Mike se había puesto por la mañana, las cajas de la habitación de invitados donde él dormía (sintiéndose algo culpable de haberse apropiado de su habitación) y buscó incluso bajo las plantillas de sus zapatos.

En la sexta incursión se atrevió hasta a registrar la billetera. Como constituía la máxima invasión de la intimidad de Mike, vaciló antes de cogerla de la cómoda, pero cuando la tuvo en sus manos la examinó a conciencia. Contenía tres tarjetas de crédito, las tres «de oro», y mil doscientos dólares en efectivo, cantidad que la dejó algo perpleja. No había nada más dentro de la billetera, ni lista de teléfonos ni cuentas corrientes, nada. Samantha pensó que un hombre que podía multiplicar como lo hacía Mike, sería capaz de memorizar los números que debiera saber.

Cuando iba a dejar la billetera, recordó que cuando era pequeña, su padre le permitía «encontrar» pequeños tesoros en un compartimiento secreto que él tenía en la billetera. Hurgó en la billetera de Mike y encontró, efectivamente, el compartimiento secreto, del que extrajo el trozo de papel.

Casi se cae de espaldas cuando vio que el documento oculto era una foto de ella misma, de Samantha cuando cursaba el quinto curso de la escuela primaria. Estaba segura de que Mike había sacado esa foto de su casa en Louisville. ¿Era un regalo del padre de Samantha o bien Mike la había sustraído de su habitación de niña, donde ella sabía que Mike había dormido? ¿Por qué la llevaba en su billetera?

Se sintió culpable y devolvió la foto a su rincón oculto, pero al notar que no se deslizaba con facilidad, descubrió la nota:

Nelson, Bar Paddy, en el Village, el lunes, a las ocho.

Con la velocidad del rayo lo puso todo en su lugar tal como lo había encontrado, y volvió al jardín a sentarse junto a Mike. La curiosidad fue más fuerte que ella, y tras guardar silencio un rato, sentada a su lado, le preguntó cuál era el número de teléfono de la oficina de su padre. Mike se lo dijo sin levantar la mirada del periódico.

—¿Y el número de teléfono de tu hermano mayor?

—¿El de casa o el teléfono móvil? ¿El de la oficina de Colorado o el de Nueva York? ¿El de la casa en la montaña?

—Todos.

—¿Qué es esto? ¿Un examen? —preguntó él, dejando el periódico a un lado.

—¿Cuál es mi número de la Seguridad Social?

Él se lo dijo con una sonrisa maliciosa.

—¿Y también sabes el número de mi cuenta corriente?

También se lo dijo, ocultándose tras el periódico. Y luego le recitó el número secreto de la tarjeta de crédito de ella, pero no quiso decirle cómo se había enterado de ese número.

—El número de Vanessa —preguntó Samantha.

—Ahí me has pillado —repuso él—. De hecho, no estoy seguro de haberlo sabido alguna vez.

Era evidente que mentía, pero Samantha sonrió para sus adentros y se concentró en la pantalla de su ordenador.

A las tres, Samantha dejó su silla y se fue a la cocina, donde empezó a buscar en los muebles para dar con lo que necesitaba.

Al oírla revolverlo todo en la cocina, Mike se preguntó qué haría y se levantó para investigar. La encontró sentada en el suelo, rodeada de media docena de cacerolas y con una expresión de perplejidad.

—¿Sabes qué quieres hacer con todo eso? —dijo él, con una ligera mueca machista.

—Estoy intentado hacer un sidecar.

—Contrata a un soldador.

—Muy gracioso —replicó ella. Se incorporó y comenzó a guardar las cacerolas—. Esperaba que tuvieras uno de esos libros para preparar cócteles.

—Ah, te refieres a ese tipo de sidecar. ¿Estás pensando en emborracharte? —preguntó, con un deje de ironía en la voz.

—No, voy a preparar una jarra de sidecar para llevársela esta tarde a mi abuela.

El anuncio dejó a Mike sin habla, y se la quedó mirando, asombrado.

—¿Qué... quieres decir?

Ella lo miró.

—Por razones que no entiendo, Mike, tú piensas que no tengo nada de inteligente, y que puedes ocultarme ciertas cosas, pero has de saber que me di cuenta de que Abby es mi abuela desde el momento en que la vi. Se parece a mi padre, hace los mismos gestos de él, incluso hace la misma mueca con la boca —porfió ella y se le acercó—. Y tú también lo sabes, se te veía muy claro en la cara. Estabas tan sorprendido que apenas podías hablar.

Mike le cogió la mano y le apretó los dedos con fuerza.

—No dije nada, pero no porque pensase que no eras inteligente sino porque...

—Ya lo sé —contestó ella, melosa, y le devolvió el apretón de dedos—. No quieres que me suceda nada malo y crees que es peligroso que yo la visite.

—Así es.

—Mike, tú tienes mucha suerte —replicó y respiró hondo—. Tienes a tantas personas, a tantos parientes..., pero los míos han desaparecido todos. Sólo quedamos Maxie y yo. Ella está recluida en un lugar horrible, y yo estoy aquí... A ella no le queda mucho tiempo.

Samantha se puso a temblar y él la abrazó.

—Vamos, cariño, no pasa nada. Si quieres, iremos a visitarla.

—No tienes que venir conmigo —objetó ella. Como solía suceder, se sentía segura en sus brazos.

—De acuerdo —replicó él, acariciándole el pelo—. Te dejaré ir sola. Seguro que te quedas atascada en una puerta giratoria.

—Esperaba que vinieras conmigo —declaró ella con una sonrisa. Luego se apartó de él—. Ahora dime cómo preparar un sidecar.

—Samantha, no puedes llevarle bebidas alcohólicas. No quiero tener que señalarte algo que es evidente, pero Maxie está muy enferma. No creo que su médico permita que...

Ella lo hizo callar poniéndole el dedo sobre los labios y exclamó:

—Mi abuelo Cal solía decir: «¿Qué te puede hacer daño si vas a morir?» No había fumado un cigarro desde los años cincuenta, pero el mismo día que el médico le dijo que se estaba muriendo, compró una caja de puros muy caros, y se fumó uno cada día hasta el día de su muerte. Mi padre le puso los que sobraron dentro del ataúd.

Mike no dejaba de mirarla. Samantha había vivido cosas que él no podía ni imaginar. Había crecido rodeada de gente al borde de la muerte, y en cuanto a su padre, cuando no estaba enfermo, pedía que no entrara la luz del día en casa.

Sin decir palabra, Mike estiró la mano hacia uno de los armarios y sacó un libro amarillento que resultó ser un recetario de cócteles.

—Veamos. «Sidecar: Cointreau, zumo de limón y coñac.» Creo que podemos arreglarnos.

—Ay, Mike, te adoro —exclamó ella riendo, y en seguida se avergonzó de lo que había dicho.

Mike no levantó la mirada del libro.

—Eso espero —comentó, como si lo que Samantha acababa de decir no significara nada para él. Sin embargo, el cuello se le volvió de un color más rosado de lo normal, como si se hubiera sonrojado.

Samantha se ocupó de sacar los limones de la nevera y empezó a hablar muy deprisa para disimular su propio rubor.

—Espero que no nos pongan trabas en el asilo y nos dejen pasar un rato con ella. ¿Sabes lo que quiero hacer, Mike? Llevarle fotos. Arriba tengo una caja llena de álbumes y fotos sueltas de mi padre, de mi madre, del abuelo Cal y mías, la mayoría de ellas sacadas después de que Maxie se marchara. ¡Dios mío, pero si no puedo seguir llamando a mi abuela por su nombre de pila! ¿Cómo crees que debería llamarla?

—Abby —exclamó él, con semblante serio—. Hasta que ella quiera que sepas que es tu abuela, creo que no deberías mostrarle que tú lo sabes. Es probable que la pobre mujer crea que si no te revela su identidad, te ayuda a mantenerte a salvo. —De pronto, Mike la miró con expresión de duda y guardó silencio. Luego le dijo—: Sam, desde el principio, tu objetivo o, mejor dicho, el objetivo de tu padre fue encontrar a tu abuela. Ahora la has encontrado. Ha acabado en un asilo de ancianos enchufada a unas máquinas. Si ya lo sabías, ¿por qué fuiste donde Jubilee esta mañana? ¿Por qué le hiciste preguntas sobre Maxie si ya sabes las respuestas?

—He descubierto dónde está, pero no por qué está allí —contestó ella, con voz entrecortada.

—Samantha... —gruñó Mike.

De sobras sabía ella que él quería que dejara de buscar, pero cuanto más cosas descubría acerca de Doc y de Maxie, de Michael Ransome, de Jubilee y de todos los demás, más se empeñaba en saber qué había ocurrido aquella noche de 1928. En un momento de su vida había pensado en su abuela con un sentimiento muy parecido al odio por haberlos abandonado, por haberse marchado sin mirar atrás. Pero ahora la había encontrado, y había visto que a su abuela le asomaban lágrimas a los ojos al oír mencionar a Cal, cosa que hacía pensar a Samantha que lo había querido de verdad. Además, Maxie amaba a su nieta. Eso se vio en su reacción cuando Mike le contó que alguien había intentado matar a Samantha.

—Quisiera saber qué le gusta a mi abuela: tarta de chocolate o algo por el estilo. Quisiera llevarle algo que le guste, aunque lo tenga prohibido, porque estoy segura de que nadie se lo dará en ese lugar abominable.

Mike le puso las manos en los hombros y la miró fijamente.

—¿Puedo decir algo para que te mantengas al margen? ¿Qué pasaría si te dijera que sea quien sea el que intentó matarte sigue vigilándote, esperando que lo conduzcas a Maxie? No creo que el organismo de tu abuela sea lo bastante fuerte como para aguantar una agresión como la que tú sufriste.

Samantha había reflexionado sobre eso y había sopesado los pros y los contras.

—¿Cuánto crees que le queda de vida?

Mike no tenía intención de mentirle.

—La primera vez que la vi el médico me dijo que le quedaba como mucho unos tres meses.

—Si tú estuvieras en su lugar, y no hubieras tenido a nadie cerca de ti durante muchos años, y ahora gozaras de la oportunidad de estar unas cuantas semanas con alguien a quien amas, ¿no te arriesgarías? —inquirió.

Mike quería señalarle que el hecho de que Maxie abandonara a su familia en Louisville hacía veintisiete años no significaba necesariamente que hubiera estado sola desde entonces, pero no dijo nada. Al recordar a Maxie en ese lugar desolador pensó que tal vez Samantha tenía razón, y que quizá Maxie había estado sola todos esos años. Tal vez había escapado porque temía que la descubrieran, de modo que no tenía sentido que se marchara de un lugar para convertirse en un torbellino social, es decir, en una persona muy fácil de encontrar.

—¿No hay ninguna foto de ti desnuda entre ésas que tienes?

Riendo, Samantha se apartó de él.

—Sí, sobre una alfombra peluda cuando tenía ocho meses —respondió.

—¿Y a los dieciocho años, cuando eras joven y núbil...?

—¿Qué quiere decir eso, que ahora ya no soy joven?

Mike se encogió de hombros.

—Cuerpo joven, mente avejentada. Oye, ¿crees que a Maxie le gustaría comer caviar?

—Al menos suena apetecible —respondió Samantha mientras pensaba en su comentario de «cuerpo joven, mente avejentada»—. Sólo espero que no nos pongan demasiadas trabas en el asilo.

Cuando a Mike se le ocurría una idea que parecía muy original, se le iluminaba el rostro.

—Deja que yo me encargue de los del asilo—dijo—. Ya me las apañaré para que la dejen comer lo que quiera, y que a partir de ahora la traten como a una reina.

22

Eran casi las seis de la tarde cuando llegaron al asilo.

Samantha vestía un traje rojo de Valentino, zapatos de tacón alto de Manolo Blahnik y lucía una cartera roja de Chanel. Ahora que sabía cuánto costaba realmente la ropa que llevaba, tenía miedo de ponérsela y detestaba la idea de subirse a uno de esos horrendos taxis de Nueva York. Le preguntó a Mike si había alquilado un coche con chófer, pero él le contestó que no.

Después de tan tajante respuesta, Samantha no estaba preparada para la limusina negra y larga que la esperaba frente a la casa. Aún estaba boquiabierta cuando bajó un chófer de uniforme, que no era otro que Raine, el primo de Mike.

—Buenas tardes, señorita Elliot —saludó Raine, muy elegante, llevándose la mano a la visera de la gorra.

—¿Tienes los blinis de caviar? —preguntó Mike, rodeando la cintura de Samantha con tanta fuerza que se habría dicho que Raine fuera un pirata que intentara secuestrarla.

—¡Sí, señor! —respondió Raine, juntando los tacones de golpe, y se adelantó a bajar las escaleras para abrir la portezuela de atrás.

—¿Estás seguro de que sabes conducir este cacharro? —preguntó Mike, porque era evidente que dudaba de sus dotes de conductor—. Frank nos matará a los dos si el coche sufre el más leve rasguño.

—¿Quién es Frank? —preguntó Samantha, una vez que estuvieron dentro.

—Mi hermano mayor.

Samantha intentó sentarse muy erguida y quedarse tranquila, porque estaba segura de que las mujeres que visten ropa de alta costura están acostumbradas a las grandes limusinas y no ceden ante el impulso de hurgar en todas partes y explorarlo todo. Pero Mike se rió de ella.

—Venga, adelante. A Frank no le importará.

Samantha abrió las puertas pequeñas del mueble bar y encendió y apagó el televisor, y luego Mike envió un fax a Colorado y recibió la respuesta de su abuelo: «Mike, ¿cuándo conoceremos a tu Samantha?»

Con los ojos desmesuradamente abiertos, Samantha lo miró como pidiéndole una explicación sobre lo que su familia sabía de ella, pero él se limitó a encogerse de hombros.

Al cabo de un rato, Sam se reclinó en el asiento y miró pensativa a Raine, que conducía el coche con gran destreza. Ahora comenzaba a conocer a Mike y a comprender más cabalmente cómo funcionaban en su familia.

—Si él hace esto por ti, ¿qué haces tú por él?

—Reviso su cartera.

—Su cartera de inversiones, quieres decir. ¿Por qué te ocupas tú de eso? —preguntó Samantha, que quería saber más de Mike, puesto que empezaba a descubrir que daba a conocer muy pocas cosas sobre sí mismo.

—Porque ninguno de los Montgomery sabe nada de matemáticas. Saben alguna que otra cosa en lo que concierne a las letras, pero nada de números —explicó, de mala gana.

—Aún no has contestado a mi pregunta. ¿Por qué quiere él que revises su cartera de inversiones?

—Porque entiendo de eso —contestó, y Samantha sabía que no era una explicación veraz.

Al llegar al asilo, Mike no quiso que Samantha bajara del coche, y la hizo esperar en el interior diez minutos.

—Quiero que todos nos vean —explicó, mirando por los cristales ahumados a través de los cuales nadie podía ver los rostros que desde dentro los observaban.

Al cabo de un rato, Raine les abrió la puerta.

Imbuida de una sensación de poder, Samantha bajó del coche, y caminó majestuosamente delante de los dos hombres. Mike vestía su buen traje italiano y Raine, con uniforme de chófer y los brazos cargados, parecía la encarnación del sueño de una lángui-da niña rica. Cuando llegaron a la mesa de recepción, todos los asilados que podían ir de un lado a otro por sí mismos se habían reunido allí para admirarlos. Cuatro mujeres y dos hombres se desplazaban llevando consigo un gancho de hierro del que colga-ba la botella de suero, y otra mujer miraba desde una camilla em-pujada por dos enfermeras.

Samantha iba firmemente cogida del brazo de Mike, quien se detuvo ante el mostrador de formica y lanzó una mirada desafian-te a la gruesa enfermera de turno. No cabía duda de que era la en-cargada, esa condición era tan evidente que sólo le faltaba llevar-lo escrito en la frente.

—Hemos venido para ver a Su Alteza —dijo Mike, y ante la mirada de estupor que le lanzó Samantha, le dio unos golpecitos en el brazo—. Lo siento, cariño, ya sé que me olvido a cada rato de que su deseo es que nadie conozca su identidad. ¿Cuál es el nombre que usa actualmente?

Por toda respuesta, Samantha parpadeó.

—¿Abby? —inquirió Mike—. ¿Es ése el nombre de Su Alte-za...? ¡Ay!, ya he estado a punto de que se me escape otra vez. Ja-más me perdonaría la princesa si revelo su secreto —explicó, y se inclinó sobre el mostrador para lanzarle al adefesio de enfermera una mirada tan cargada de lujuria que a poco estuvo Samantha de darle un codazo—. Pero bueno, supongo que ya lo sabéis todo acerca de... Abby, ¿no es así?

La mujer se ruborizó como una adolescente, y ese rubor la desmejoró porque, al subírsele la sangre al rostro, se le erizaron los pelos de la barbilla.

—Desde luego, lo sabemos todo sobre la princesa.

—Y la estáis tratando como es debido, ¿no? No se trata de an-dar haciéndole reverencias, ella detesta esas ceremonias. Cuando has tenido una infancia llena de nodrizas que te hacen tantas, lle-gas a odiar esas formalidades. Usted ya me entiende ¿no? Pero...

—¿Qué habrá pasado con aquel brazalete de zafiros que le re-galó a su última enfermera? ¿Recuerdas aquella enfermera que se portó tan bien con ella? —preguntó Samantha, siguiéndole el jue-go, y se inclinó a su vez sobre el mostrador dirigiendo a la enfer-mera un guiño de complicidad, como si aquello fuera a quedar entre las dos, aunque había hablado como para que la oyeran en el otro extremo del pasillo—. Su generosidad será la ruina de esta familia. Os agradeceríamos que si intenta obsequiar a algún miembro del personal con sus joyas, nos mantengáis informados.

—Sí, claro... No faltaría más —respondió la enfermera.

—Y ahora, ¿podemos verla sin que nos molesten? —preguntó Mike

—Sí, ¡claro! ¡Inmediatamente!

Con toda la precisión de una portera con experiencia, la enfermera les abrió la puerta de la habitación de Maxie/Abby y la cerró a sus espaldas.

Abby, que estaba medio dormida, levantó la mirada, y por un momento le resultó difícil ver con claridad.

—No... no esperaba volver a veros —tartamudeó.

Samantha, con la caja de fotos en las manos, que en realidad era la sombrerera de Maxie porque ella había colocado allí todos aquellos recuerdos, dio un decidido paso adelante.

—He venido a pedirle un favor. Usted es la única persona que he encontrado que conoció a mi abuela, y me pregunto si no le importaría ver conmigo unas cuantas fotos antiguas.

—¿Fotos?

—De mi familia. Ya sé que no debería imponerle esto, pero pensé que tal vez pueda decirme algo. No sé, pienso que mi abuela le habrá contado algo de su vida.

—¿Y por qué quieres saber de ella?

—Porque la quiero. —Samantha fue escueta—. Y creo que, de conocerme, ella también me querría. Jubilee dice que nos parecemos mucho.

—Conque lo habéis conocido, ¿eh? —Abby empezaba a despertarse del todo.

Mike se acercó a la cama y dejó la cesta con comida en el borde.

—Sam mete las narices en todas partes —dijo—. Mire, esta mañana se ha puesto a gritarle a Ornette por la ventana. Ornette es el nieto de Jubilee, y...

—Ornette es el biznieto de Jubilee —corrigió Abby, y luego hizo una mueca como arrepintiéndose de haber hablado—. ¿Qué tiene en esa cesta, jovencito? —preguntó.

—Sidecares y blinis de caviar —respondió extrayendo una coctelera de acero inoxidable.

Por un momento pareció que Abby se echaba a llorar, con un

sentimiento entremezclado de felicidad y pesar, porque sabía muy bien que Samantha no debía haber venido.

—Vosotros dos sois unos insensatos —afirmó con voz suave, mirando a Mike.

—Sí, señora, lo sé perfectamente. Pero, por lo visto, Samantha es igual a su abuela. Una atrevida, eso es lo que ha dicho de ella Jubilee. Y como quería mostrarle sus fotos, aquí nos tiene. Piensa que si su abuela Maxie viviera, le gustaría ver lo que se ha perdido, ver a su hijo y a su nuera, ver cómo crecía su nieta, ver a su marido a medida que envejecía. ¿Usted cree que a Maxie le habría gustado?

—Sí —confesó Abby, con voz queda—, le habría gustado.

—¡Dios mío! —exclamó Samantha—, esto parece un funeral. ¡Si a lo que hemos venido es a una fiesta, Michael! ¡Sirve las copas y enrolla esos blinis! Y... —vaciló, mirando a Abby—, no sé cómo llamarla. Si Maxie estuviera viva, ¿cómo cree que le gustaría que la llamara?

—Nana —dijo Abby, sin dudar—. Creo que una vez me dijo que así quería que la llamara su nieta.

—¿Le importaría mucho si la llamara Nana a usted?

—No, no me importaría para nada —reconoció la anciana—. A ver, ¿dónde está esa copa? No he bebido un sidecar desde hace años.

Samantha se encaramó en la cama junto a Abby, le puso la caja llena de fotos sobre las rodillas y la abrió. Mike enrolló unos blinis muy finos con caviar rojo y nata agria, y se los ofreció a las dos mujeres junto con las copas de cristal llenas de la mezcla de coñac, cointreau y zumo de limón.

Al cabo de media hora, había desaparecido toda tirantez entre los tres. Después de la primera copa, Abby ya no mencionaba a Maxie para afirmar que le gustaba eso y lo otro, sino que hablaba en primera persona y decía «Ahora lo recuerdo».

—Guardábamos la máquina de cortar césped en ese cobertizo. ¿Cal nunca lo derribó? —preguntó.

Mike no paraba de hacer bromas sobre las fotos de la infancia de Samantha, y se rió mucho con una en que aparecía con una expresión furiosa que daba a entender que no quería que se la tomaran. Abby defendió a Samantha diciendo que era el bebé más maravilloso de la creación.

Mike volvió a llenar la copa de Abby, y con tono melancólico apostilló que, por lo que suponía, Samantha seguía siendo el bebé más maravilloso de la creación.

—¡Michael! —le recriminó Samantha.

Abby se alió con Samantha.

—¿Quieres decir que un macho fornido como tú aún no ha conseguido llevarse a la cama a esta chica?

Tanto las palabras como el sentimiento que las acompañaba eran tan divertidos en boca de una anciana de ochenta y cuatro años que Samantha y Mike soltaron una sonora carcajada.

—¿Por qué será que todas las generaciones piensan que han inventado el sexo? —preguntó Abby, falsamente escandalizada.

—¿Por qué no nos habla del sexo durante sus años jóvenes? —preguntó Mike, animado—. Al menos así podré gozar de las fantasías ajenas.

—Yo no te daré lecciones de nada, Michael Taggert. Tendrás que descubrirlo por tus propios medios.

La velada se volvió más entretenida cuando Samantha enseñó las fotos en que, como había prometido, aparecía desnuda sobre una alfombra. Abby y Samantha ahogaron unas risitas ante los gruñidos viscerales de Mike al ver las fotografías, dignas de un calendario.

Cuando entró Raine, Samantha se hizo a la idea de que la fiesta había llegado a su fin, y Abby también. Permanecieron un momento abrazadas, Samantha, fuerte y joven, junto al cuerpo frágil y debilitado de la abuela.

—No volváis —murmuró Abby—. No creo que estéis seguros aquí.

Samantha se separó de ella como si no la hubiese oído.

—Me encantaría volver —dijo—. Le agradezco la invitación. ¿Estás listo, Michael?

Abandonó la habitación sin volver la vista atrás, y no vio a Mike estamparle un beso a Abby en la mejilla antes de salir. Tampoco vio cómo le deslizaba un papel en la mano con su número de teléfono y el de algunos miembros de su familia.

De regreso a la casa de Mike en el East Side, Samantha guardó silencio.

—¿Te lo has pasado bien? —preguntó Mike.

—Mmmmm —fue su respuesta.

—¿Te encuentras bien?

—Desde luego. No podría estar mejor. Fue maravilloso pasar la tarde con mi abuela. Estoy un poco cansada, y creo que esta noche me acostaré temprano.

Mike no volvió a hablar durante el trayecto. Al llegar a casa ella entró y Mike se quedó charlando con Raine. Cuando Mike entró a su vez y no la encontró en parte alguna, supuso que había ido a acostarse. Él, en cambio, estaba demasiado despierto como para pensar en dormir, así que se preparó un bocadillo, cogió una cerveza, se instaló en la biblioteca y encendió la tele.

Samantha entró tan sigilosamente que Mike no se dio cuenta hasta que levantó la mirada y la vio, de pie junto a él, envuelta en su albornoz y con el rostro limpio y despejado como una chica de doce años. Se dio cuenta de que ella quería decirle algo, así que apagó rápidamente la tele y se quedó mirándola.

Samantha se sentó en el borde del sofá, a cierta distancia de él.

—Mike —dijo, vacilando y mirándose las manos en el regazo—. Quisiera pedirte un favor.

—Tú dirás.

Samantha se apretó las manos con fuerza para que no le temblaran.

—Cuando miro esta casa y todo lo que contiene, sé que todo eso tiene mucho valor y sé que tú pagaste mi ropa nueva y que le dijiste a mi abuela que tu abuelo tenía una fortuna considerable y que tú podías mantener a otra persona. —Después de la larga perorata sin hacer una sola pausa, Samantha respiró, intentando aquietar los latidos de su corazón, porque la avergonzaba tener que pedirle más cosas a un hombre que ya le había dado mucho más que... lo estrictamente necesario. Levantó la mirada hacia Mike—. ¿Tienes algo de dinero? Quiero decir, lo bastante como para prestarme una cantidad. —En su mirada había algo de súplica y de disculpa al mismo tiempo.

—Sí —contestó Mike, al cabo de un rato, pero sin querer extenderse en la respuesta. Le agradaba pensar que Samantha no tenía ni noción de sus finanzas, porque las mujeres solían acercársele por el dinero. Un par de ellas incluso habían llegado al punto de decirle que lo amaban, cuando lo que amaban era su cartera.

—Quisiera pedirte un favor personal. ¿Me podrías prestar

como unos cuantos miles de dólares? Diez, a lo sumo. Te los pagaré en cuanto pueda.

Mike intentó no fruncir el ceño.

—Todo lo que tengo es tuyo —aseguró—. ¿Puedo preguntarte para qué quieres el dinero?

—Me gustaría comprar algunos muebles.

—¿Para tu apartamento? —preguntó, con un tono más brusco de lo que habría deseado, recordando su idea de pedirle a Jeanne que volviera a decorar el apartamento de Samantha.

—¡No, desde luego que no! —contestó Samantha, enérgica, molesta porque Mike la creía tan frívola y poco agradecida como para pedirle a él, que le había dado tanto, algo que no necesitaba—. No es para mí. Es para mi abuela. Quiero que esa horrible habitación sea más bonita. Comprar algunos cuadros, unos bonitos cuadros, una butaca y unos cuantos accesorios. Pero me gustaría que fueran de muy buena calidad. Mi abuela se vestía en Lanvin y se ponía diamantes y perlas auténticas... Tal vez podríamos alquilar los muebles —agregó, con voz queda—. No los necesitará por mucho tiempo.

Mike le puso las manos en los hombros y la besó con fuerza, un beso con el que quería decirle que estaba orgulloso de ella.

—Compraremos lo que quieras. Mañana vamos a unos cuantos anticuarios donde conocen a mi hermana.

—Michael —exclamó Samantha, sin mirarlo a los ojos—, tengo mucho miedo. No quiero ver morir a uno más de mis seres queridos.

Mike le cogió la barbilla, le levantó la cabeza y la miró con una pregunta muda, como si quisiera saber lo que necesitaba. Y luego, como adivinando la respuesta, abrió los brazos para acogerla, no con deseo carnal, sino con calidez y consuelo, y sin duda con amor.

—Abrázame, Michael —murmuró ella—. Hazme sentir tu fuerza, tu... salud. —Tenía la voz quebrada por la emoción.

Él la abrazó con toda la fuerza que pudo sin quebrarle los huesos, cubriéndole la cabeza y una parte de la espalda con sus brazos extendidos. Imaginó lo que Samantha había experimentado. Ver a su abuelo apagándose lentamente hasta la muerte, y luego a su padre, corroído por la misma enfermedad, muriendo en sus brazos, igual que su abuelo. Ahora había encontrado el último vínculo de sangre en este mundo, y Mike recordó la piel seca y casi carente de vida de Maxie, su palidez grisácea y la muerte flotando en el ambiente, tirando ya de ella para arrancarla de este mundo y de Samantha.

A pesar de la intensidad del abrazo de Mike, Samantha comenzó a temblar.

—¡Sam! —exclamó él alarmado, pero su tono de voz no tuvo ningún efecto en ella, porque el temblor aumentaba. Mike le puso la mano ante los ojos diciendo—: ¡Mira mi mano! ¿Me oyes? ¡Mírala!

Samantha estaba temblando de la cabeza a los pies y le castañeteaban los dientes. No tenía idea de lo que Mike pretendía hacer, pero le miró la mano.

—Fuerte, saludable —exclamó él, con la mano a unos centímetros de su rostro—. Viva y coleando. ¿La ves?

Era verdad que la mano era fuerte, era verdad que brillaba con el fulgor de la juventud y el ejercicio y las ganas de vivir, pero Mike se sintió muy confundido cuando ella le cogió la mano y acercándosela al rostro le tocó la palma con los labios y respiró hondo, como asegurándose de que en realidad él estaba vivo y seguiría estándolo. Sam movió levemente la cabeza y le tocó la mejilla. Luego cerró los ojos y apoyó la cabeza contra el pecho de Mike, escuchando los latidos de su corazón, mientras él la abrazaba con fuerza.

La sostuvo así, acariciándole la espalda, deseando ayudarla, deseando aliviarla de una parte de su dolor, anhelando detener lo que los dos sabían que sucedería tarde o temprano, pero no había nada que pudiera hacer. Ni todo el dinero del mundo ni todo el amor del mundo pueden impedir que una persona muera.

Por fin Samantha se durmió en sus brazos y Mike continuó sosteniéndola, dejando que se relajara, queriendo sentirse junto al pequeño y cálido cuerpo de Samantha.

A veces, cuando pensaba en cuánto la quería, sentía la punzada de un dolor físico. Había llegado al punto de no poder separarse de ella, como si temiera perderse una de sus sonrisas o uno de sus hoscos ceños. Era imposible describir el placer que experimentaba al verla en la plenitud de su juventud, observar cómo evolucionaba desde la timidez de los primeros días hasta el valor que le dio fuerzas para gritarle a alguien como Ornette por la ventana. Le gustaba verla entregar su alegría a otras personas, como cuando besaba a Jubilee, se acercaba a Daphne o se encaramaba en la cama de Maxie y la abrazaba.

Sin embargo, sentía terror ante su incesante afán por buscar a las personas que habían estado relacionadas con Maxie, ante sus ansias de saber qué había pasado años atrás. En ese momento, Mike deseó no haber sabido nada de Doc, nada de Dave Elliot. «Claro que de haber sido así —se dijo—, no habría conocido a Samantha.»

Ella dormía ahora con un abandono que demostraba su confianza plena y absoluta en él, una confianza que comenzaba a volverlo loco. Mike no lograba entender, por más que se devanaba los sesos, por qué Samantha no quería acostarse con él. Había hecho todas las preguntas posibles, había investigado su pasado con lupa, había hecho lo indecible por encontrar una respuesta, por incitarla a hablar; pero, por la manera en que reaccionaba cuando la tocaba, podía sospecharse que la habían violado de niña, o que había sufrido alguna experiencia traumática, y eso la había llevado a rechazar el contacto con los hombres.

Samantha le permitía a Mike tocarla. ¡Era asombroso cómo se lo permitía! Se cogían de la mano, se abrazaban, se besaban y se acostaban juntos en el sofá, hasta parecía que Samantha no quería otra cosa más que tocarlo a él en todos los momentos del día. Mike estaba seguro de que si de ella dependiera, muy bien podría dormir con él en la misma cama todas la noches sin sentir la tentación de ir más allá de estar uno en los brazos del otro.

Tanto dormido como despierto, Mike soñaba en cómo haría el amor con ella. Eso sí, lo más preocupante era cómo convencerla de que el sexo no era nada malo. Pensaba en besarla hasta desarmarla, en seguir luego un poco más lejos, pero Samantha parecía leerle el pensamiento. Cuando se trataba de sexo, ella lo rechazaba.

Ahora se daba cuenta de que su paciencia estaba a punto de agotarse, porque comenzaba a creer que Samantha no correspondería a su amor. Por las conversaciones con su padre y por lo que ella le había contado, sabía que su ex marido era una persona muy diferente del propio Mike, y tal vez eso era lo que ella necesitaba: un hombre diferente. O sólo era capaz de responder ante hombres como su ex marido, y no ante hombres como Mike. Puede que necesitara una especie de contable, un tipo formal, ordenado... y aburrido. ¿Y si Samantha lo consideraba a él nada más que un «amigo»? Sólo con pensarlo se le revolvieron las entrañas. A veces, las mujeres tenían ideas absurdas sobre las relaciones entre hombres y mujeres, pensando que pueden sostener una relación platónica sin las «complicaciones» del sexo. ¿Pensaba Samantha eso de él, como si ambos pudieran seguir viviendo juntos en la misma casa como simples coinquilinos?

Esta teoría se caía por su propio peso. Por ejemplo, ¿por qué sentía Samantha esos malditos celos de cualquier mujer, aunque Mike solamente la mirara? ¿Por qué lo miraba a él como si fuera una mezcla de Apolo, Conan el Bárbaro y Merlín? Era evidente que las inquilinas no solían mirar a los propietarios como si los creyeran capaces de hacerlo todo, conseguirlo todo y transformarse en cualquier cosa.

Entonces, ¿por qué diablos no se iba a la cama con él?

A medianoche, la cogió en brazos y la llevó al dormitorio. Samantha era como una niña de nueve años agarrada a su padre. Cuando la dejó en la cama, Samantha le sonrió como en sueños. Ahora, ¿qué se suponía que debía hacer? ¿Ponerle el pijama?

—Samantha —exclamó—, me gustaría ser uno de esos héroes altruistas de los cuentos de hadas que desnudan a la heroína sin tocarla, pero no puedo. Tendrás que desvestirte sola y ponerte tú misma el camisón. Tengo demasiadas ganas de hacer el amor contigo como para verte desnuda y ser capaz de controlarme. Eso me convertiría en el violador que tanto has temido.

Cuando terminó su discurso, Samantha abrió unos ojos como platos, y vio a Mike de pie junto a ella.

—Mike, gracias por...

Michael cerró la puerta antes de que ella alcanzara a pronunciar esas palabras que él había llegado a odiar.

23

Por la mañana a Samantha le pareció notar en Mike una actitud diferente. Estaba sentado leyendo el periódico, y no lo dejó sobre la mesa ni le sonrió ni le hizo un guiño como solía. Siguió tapándose el rostro con el periódico y cogió la taza de café sin mirarla. Al darle ella los buenos días, él no le hizo ni caso.

Al principio Samantha pensó que Mike se había enfadado porque ella, una vez más, invadía su intimidad, aunque la noche anterior se había mostrado muy gentil con ella. Desde luego, Mike era siempre bueno, siempre amable... «el hombre más maravilloso del mundo», pensó.

Se colocó detrás de él y le puso una mano en el hombro.

—Mike, a propósito de lo de anoche —empezó a decir, pero para su sorpresa, él rehuyó el contacto. ¡Mike no quería que lo tocara!

Samantha se quedó tan sorprendida con su reacción que salió del comedor. Al volver más tarde, ya vestida, esperaba haber recuperado el control de sus sentimientos. Después de tantos años que había vivido fingiendo constantemente con su ex marido, ¿no sería ahora capaz de fingir?

Mike seguía sentado ante la mesa del desayuno, oculto tras el periódico.

—Mike, a propósito de lo de anoche —repitió Samantha, esta vez sin tocarlo—, no intento obligarte a nada. No intento pedirte más de lo que ya me has dado. Y, a propósito del dinero para los muebles, no tienes que prestármelo...

—Samantha —contestó él, con firmeza—, no quiero ni oír

hablar del asunto. El dinero no es el problema para mí; no bien me haya vestido, nos vamos a buscar los muebles para Maxie. De todos modos, hoy tenemos que salir de casa, porque viene mi hermana, y no quiero molestarla mientras esté aquí.

No abrió más la boca, y salió de la habitación sin siquiera mirarla.

Fue un día tenso. Normalmente, los dos charlaban por los codos y se quitaban la palabra, pero esta vez daba la sensación de que no tenían nada que decirse. Mike hizo exactamente lo que había prometido: llevarla a Newell's, donde Samantha se paseó por todos los pisos llenos de valiosas antigüedades, y luego al mercado de anticuarios, donde visitó las tiendas, pero Samantha no parecía contenta. Pensando en Maxie y no en sí misma, compró un par de bellos edredones, un frasco de perfume y unos pendientes, pero no comprendía por qué Mike estaba enfadado con ella.

Lo peor de todo era que Mike se apartaba en cuanto ella se le acercaba, como si no pudiera soportar su contacto. Al atardecer, Samantha estaba harta de todo; harta de lo que estaba sucediendo y harta asimismo de sus recuerdos del pasado, porque su ex marido había hecho lo mismo que Mike. De recién casados, se cogían de la mano, se besaban y gozaban tocándose, pero pasados esos primeros meses, parecía que su marido no soportaba que ella lo tocase. Y ahora resultaba que sucedía lo mismo con Mike. Pero era mucho más comprensible que ocurriera con Richard, su ex marido, porque se habían acostado juntos. «Vete a la cama con Samantha Elliot —pensó—, y te sentirás defraudado para toda la vida.»

Cuando ya finalizaba la tarde, su nerviosismo se había exacerbado tanto que pegó un salto cuando sin querer rozó la mano de Mike.

—Lo siento —se disculpó—. No quería tocarte. Ya sé que no quieres que te toque. No era mi intención...

—Dios mío, Sam, pero si no entiendes nada —dijo Mike, volviéndose hacia ella. La llevó hacia un rincón, la atrajo con sus brazos y la besó dulcemente, manteniéndola entre el muro y su enorme y cálido torso.

Al separar los labios, ella apoyó la cabeza en su hombro, con el corazón saliéndosele por la boca.

—Creí que me odiabas. Creí que...

Mike no quiso oír lo que ella creía, ni hablar de lo que a él le preocupaba, ni tener que decirlo con palabras.

—Te voy a llevar a casa de Blair esta noche. Tengo que salir y tú no puedes volver a casa.

Ella se contentó con asentir con un gesto de cabeza, sintiendo un alivio enorme porque él de nuevo la había mirado a los ojos.

En el taxi, Mike guardó silencio. Samantha, en cambio, deseaba que le dijera qué le preocupaba, pero por muchas preguntas que le hacía, no logró que que le contestara. Al llegar al edificio de apartamentos de Blair, Mike la dejó en la esquina, y esperó a que entrara escoltada por el conserje.

—Diría que necesitas una copa —sentenció Blair cuando Samantha entró en su piso, un apartamento pequeño y ordenado, decorado con muebles cómodos de diseño moderno—. ¿Os habéis peleado?

—Creo que... sí —replicó Samantha, y se sentó en el sofá de Blair—. Bueno, en realidad, no —se corrigió. Miró a Blair, con la desesperación pintada en el rostro—. No sé qué pasa, pero Mike está enfadado conmigo y no sé por qué.

—El sexo —sentenció Blair, sin dudarlo—. Con los hombres en esta primera etapa de las relaciones, siempre es el sexo. No piensan en otra cosa.

—No puede ser el sexo porque no hay nada entre nosotros —repuso Samantha, y cogió el *gin tonic* que Blair le pasaba.

Por un momento, Blair no entendió lo que Samantha quería decirle, pero luego se echó a reír.

—Pobre Mike, me jugaría no sé cuánto a que una cosa así es una sorpresa para él. Dudo que haya tardado más de veinticuatro horas en llevarse a una chica a la cama, incluso en los años del instituto.

—Si se metiera en la cama conmigo, no querría volver a verme en su vida —confesó Samantha, apesadumbrada.

Blair había estudiado medicina, pero en ese momento lo que valía era su experiencia como mujer, y observó que algo le pasaba a su amiga. Visto desde fuera, parecía raro que Samantha y Mike no pasaran hasta el último minuto del día en la cama, porque Blair jamás había visto a dos personas tan apasionadas la una por la otra. Verlos juntos era suficiente para asquear al observador más desapasionado. Reían con todas sus ganas con cada una de las ingeniosidades del otro, se ponían nerviosos cuando uno de ellos dejaba al otro solo en una habitación, y se inventaban cualquier excusa para seguirse los pasos. Se contemplaban con tanta ternura que, comparada con aquellas miradas, la de un cachorro de cocker habría parecido cruel.

Por lo que Blair venía observando, desde la llegada de Samantha a casa de Mike, los dos no se habían separado más de unos cuantos metros, exceptuando el día en que Samantha salió con Raine y Mike los siguió, explicando después que aquel desconocido le había golpeado en la cabeza con una piedra. Historia que Blair no creyó.

La noche anterior Raine había pasado por su piso y le había contado lo de la visita de Mike y Samantha a la abuela. Raine se había reído un buen rato con lo locamente enamorado que estaba su primo, y llegó a afirmar que éste sería capaz de caminar sobre brasas si Samantha se lo pedía, o si llegaba a pensar que eso la impresionaría.

—Espero, por todos los diablos, no caer yo jamás tan bajo como ha caído Mike —había dicho Raine—. Creo que me habría perseguido con una escopeta si yo me hubiera atrevido a tocarla, aunque no fuera más que el borde del vestido, a lo cual me habría arriesgado si piensas en las piernas que hay debajo.

Ahora Blair acababa de oír que Sam y Mike nunca se habían acostado juntos. Era como descubrir que el amor de Romeo y Julieta era una farsa.

—¿Adónde ha ido Mike esta noche? —preguntó Blair.

—A buscar más información sobre mi abuela —contestó Samantha, y explicó algo más del asunto—. No quiere que vaya con él porque cree que no soy del tipo de andar por bares. ¿Sabes lo que dijo de mí? Que tengo una mente vieja dentro de un cuerpo joven. Piensa que soy... de esas mujeres más bien ñoñas, una de esas chicas que van a la iglesia todos los domingos. Me jugaría la cabeza a que Vanessa se iba de copas con él.

—¿Qué sabes tú de Vanessa?

—¿Y tú qué sabes de ella?

Blair se echó a reír.

—¿Sabías que Vanessa se acostaba con otros mientras salía con Mike? ¿Y que Mike lo supo y se quedó tan tranquilo?

Algo sorprendida por este comentario, Samantha parpadeó confusa.

—Ya que Mike es el hombre más celoso del mundo, parece difícil de creer. Si hasta tiene celos de Raine y de Nueva York, y de todo lo que me guste que no sea él. A veces creo que incluso tiene celos de los ordenadores.

—Pues, con Vanessa no tenía celos. Vanessa era una mujer estupenda, una especie de florero. Aparecía cuando a Mike se le antojaba, y se marchaba cuando él no quería que lo molestaran. Pero bueno, yo creo que Vanessa habría hecho lo que Mike le pidiese, porque más que a Mike amaba su dinero.

—¿Es que Mike tiene mucho dinero?

—Pues, claro —repuso Blair. Fingía prestar atención a la copa que tenía en la mano, pero la verdad es que observaba atentamente a Samantha.

—Pues Raine me dijo que todos los Taggert eran pobres.

—Si los comparas con los Montgomery, es verdad. Mike heredó unos diez millones a los veintiún años, y hasta la fecha, con la intuición que tiene para invertir, no me sorprendería que hubiese triplicado esa suma.

Samantha dejó escapar un suspiro largo y profundo, y terminó de beber su copa.

—Empezaba a pensar que habría algo por el estilo —confesó.

Blair se echó a reír por el tono del comentario, porque era como si a Samantha le acabaran de anunciar que Mike sufría una enfermedad incurable.

—El dinero de Mike no es ninguna tragedia, ¿sabes? Le da mucha libertad.

—Libertad para tener cualquier mujer —aseguró Samantha, muy seria. Blair volvió a reírse. Mike no era la única víctima del monstruo de los ojos verdes—. Mike es..., es...

—No hace falta que digas lo que piensas de Mike, porque se te nota en la mirada, y cualquiera puede verlo.

—Me gustaría que pasara lo mismo con mi cuerpo —murmuró, y luego miró bruscamente a Blair—. ¿Sabes lo que me gustaría?

—¿Qué?

—Tener aspecto de puta.

—¿Qué? —Blair casi se atragantó con su ginebra.

—Creo que tengo cierto talento como actriz. Me puse un vestido de los años veinte que perteneció a mi abuela, y fue como si me hubiera transformado en ella. Me convertí en una persona totalmente diferente. Le canté a Mike un *blues* antiguo, y creo que lo dejé traumatizado. La verdad es que yo misma sentí algo extraño. En fin, quisiera ser capaz de ponerme un vestido diminuto, con tacones altos, y luego ir a buscarlo a ese bar. No puedo hacerlo siendo yo, pero si me vistiera como otra, me sentiría otra y tendría más valor. No estoy segura de lo que haría después de dar con él, pero...

—Estoy segura de que el mujeriego de mi primo te ayudaría a decidir qué hacer. ¿Sabes?, tal vez tenga algunos trapos que puedan servir para lo que andas buscando. ¿Qué te parece una prenda de lycra roja?

—¿Un leotardo?

—Mucho más pequeño que un leotardo. He visto tiritas más grandes que la falda en que estoy pensando.

—Me parece perfecto. ¿Puedo verla?

—Claro, buscaré una lupa y la encontraremos en mi armario.

Riendo, las dos mujeres se dirigieron a la habitación de Blair.

—¿Has visto qué bombón acaba de entrar? —preguntó Nelson, mientras las volutas de humo de su cigarro se enroscaban sobre su cabeza.

Mike no se giró para mirar a la que debía ser la mujer número cincuenta que aquel capullo había calificado como la más explosiva del mundo. Bebió un sorbo de su tercera cerveza y se inclinó hacia el delgado hombrecito.

—¿Piensas hablarme de lo que sabes ahora o esperas al siglo que viene? —preguntó.

Había adoptado un tono beligerante, porque así se sentía él. Hacía dos horas que estaba en aquel tugurio de mala muerte intentando comprar, camelar y amedrentar al tipo ése para sonsacarle lo que él necesitaba saber. Hasta ahora no había tenido suerte, y empezaba a pensar que el anónimo autor de la nota había mentido al insinuar que Nelson sabía algo.

—Ahora está comprando un paquete de cigarrillos —le susurró Nelson, mirando hacia la derecha.

Mike sacó otro billete de cincuenta y lo deslizó sobre la mesa.

—Con esto se acabó. Si no me dices nada después de esto, me marcho.

—No te precipites, hombre músculo. ¿Es que no puedes estarte un ratito con un tipo que está pasando una mala racha?

Nelson era una de esas personas nacidas con mala estrella. Sin duda habría tenido una infancia difícil, una madre chillona o algo así, y ahora lo esgrimía como pretexto para regodearse en su sufrimiento y pasarse la vida en los bares dando sablazos por una copa. Era un tipejo pequeño, delgado, sucio, con aspecto de comadreja, que creía que el mundo le debía una vida.

—Supongo que tienes mejores cosas que hacer que estar aquí sentado con alguien como yo —farfulló con una voz quejumbrosa—. Tal vez tengas a alguien en casa esperándote. —De ahí se deducía que Nelson no tenía a nadie, razón por la cual se sentía tan infeliz, bebía y se inyectaba lo que fuera en la parte interior del brazo.

—Sí, alguien me espera —dijo Mike, y pensó en Samantha, en su dulce transparencia, y sintió unas ganas terribles de estar en casa con ella. Jeanne ya habría terminado con el apartamento, de modo que sería estupendo mostrárselo a Samantha y ver la cara que ponía. Tal vez, al ver las habitaciones, estaría tan contenta que se volvería hacia él, se lanzaría a sus brazos, él la besaría, y luego...

Nelson estaba chascando los dedos ante Mike.

—Estás chalado, tío. Dios mío, pero si parece que viene para acá. Tienes que verla. Tiene clase, mucha clase. Jamás he visto un cuerpo como ése en toda mi vida.

En otra época, Mike habría sentido curiosidad y habría mirado a la mujer, pero ahora no le interesaba nadie que frecuentara ese bar de mala nota.

—Chicos, ¿alguno de vosotros tiene fuego? —se oyó una voz provocativa a la izquierda de Mike. Él cogió una caja de cerillas del cenicero, prendió una y se giró para encenderle el cigarrillo a la señorita.

Lo que vio le dejó helado. Samantha la dulce, la perfecta, la inocente Samantha, vestida con un top de lentejuelas rojas tan escotado que se le veía gran parte de los senos. Llevaba una falda ajustada y corta que, por lo que Mike podía ver, no ocultaba absolutamente nada, sino que dejaba al descubierto sus largas piernas.

Cuando Samantha se inclinó, Mike vio la profunda y sensual hondonada formada por sus grandes, redondos y maravillosos pechos, la misma hondonada que veían todos los demás vagos del local. Samantha le cogió la mano para sujetarla mientras él le encendía el cigarrillo. Después, se quedó de pie mirándolo. Con las caderas echadas hacia delante y pestañeando con coquetería.

—¿Os importa si me siento?

Demasiado absorto en Samantha como para prestar atención a la llama, Mike soltó la cerilla cuando se quemó los dedos.

—Siéntate a mi lado, muñeca —insinuó Nelson, presuroso—. Eres nueva aquí, ¿no? ¿Para quién trabajas?

Con el cigarrillo entre los dedos y el codo apoyado en la cadera, Samantha miró a Mike.

—¿No me vas a invitar a sentarme?

—Te voy a matar —masculló él, entre dientes, y se movió un poco para que ella se sentara a su lado.

Una vez sentada, Samantha intentó aspirar una bocanada de humo de su cigarrillo, pero como nunca en su vida había fumado, le entró un acceso de tos muy poco seductor.

—¿A qué te crees que estás jugando? —preguntó Mike. Después de quitarle el cigarrillo con brusquedad, empezó a apagarlo en el cenicero, pero pensándolo dos veces, se lo llevó a la boca y lo aspiró profundamente, hasta quemar la mitad del cigarrillo.

—Mike, no sabía que fumases.

—No fumo —repuso él, dejando escapar el humo lentamente—. Lo dejé hace dos años, pero bueno, hay muchas cosas mías de las que no sabes nada. Un par de semanas más contigo y me habré convertido en un alcohólico perdido.

—Lo mismo digo. —Samantha lo miraba fijamente.

—Mike —intervino Nelson—, parece que os conocéis. ¿Me la quieres presentar o la quieres para ti toda la noche? No pensarás quedártela la noche entera, ¿eh?

—¿Has oído eso, Samantha? Nelson piensa que eres una prostituta.

Samantha se inclinó hacia Mike hasta casi tocarle los labios con los suyos.

—¿Y tú qué piensas? —preguntó con una especie de ronroneo.

—Todo esto es una farsa —explotó él, y apuró la cerveza—. Vámonos de aquí.

Samantha aún no pensaba irse. Si se marchaba ahora con él las cosas no habrían cambiado. Cualquiera que fuera la razón de su enfado, Mike seguía cabreado. Samantha llamó a la camarera y pidió un tequila doble.

—Y una lima y un Dos Equis, si tiene, y patatas bravas —agregó.

Antes de que Mike pudiera protestar, se acercó un hombre a la mesa y sacó a bailar a Samantha.

—Me encantaría —indicó ella, haciendo ademán de incorporarse, pero Mike le puso una mano en el hombro y la empujó a su asiento—. Creo que no —se desdijo en tono de disculpa.

Cuando le hubieron servido las bebidas, Samantha se volvió hacia Nelson.

—¿Y qué sabe usted de mi abuela? —preguntó—. Supongo que usted es Nelson, ¿no es cierto?

Samantha, consciente de la mirada de Mike, tenía ahora la certeza de que él sabía que había hurgado en su billetera hasta dar con la nota.

—No tanto como quisiera saber de ti, muñeca —repuso Nelson, en un tono que pretendía ser provocativo.

Mike seguía mirando a Samantha, esperando que se volviera para hablar con él, pero ella no le hacía ni caso. Al contrario, con descaro y haciendo gala de sus dotes de atracción, se lamió el hueco entre el pulgar y el índice, vertió un poco de sal allí donde lo había humedecido, lamió la sal con un lengüetazo sensual, y con un gesto brusco y lujurioso echó la cabeza atrás y tragó el tequila. Terminó pegando un mordisco jugoso al trozo de lima.

—Que Dios se apiade de nosotros —murmuró Nelson, pero Mike no dijo ni palabra, y siguió mirándola de reojo.

Samantha cogió una patata frita y la sumergió en el plato de la salsa.

—¡Cuidado con lo que haces! —le advirtió Nelson—. Esa mezcla que hace Paddy quema como la lava.

Samantha untó abundantemente la patata frita y se la comió, mientras Nelson la observaba boquiabierto.

—En Santa Fe alimentábamos a los bebés con esto —bromeó, con la boca llena, y bebió un trago de la oscura cerveza mexicana—. Déjeme que le dé un consejo, Nelson. Si en Santa Fe le dicen que algo es picante, tenga cuidado, pero si se lo dicen en Nueva York, ríase usted.

—Ya basta —aconsejó Mike, y la cogió por el brazo para levantarla del asiento. La llevó a la pista de baile, la abrazó y se puso a bailar con paso lento—. ¿Qué intentas hacer? ¿Ser más macho que los chicos? Si eso es lo que persigues, ya lo has conseguido.

Samantha frotó su cadera contra la de Mike, y con una mirada muy seria le acercó el rostro exageradamente pintado y preguntó:

—¿Crees que Nelson es el tipo de persona que se preocupa por los bosques tropicales de América del Sur?

—¿Qué diablos te pasa, Samantha? ¿Quién te ha prestado estos trapos que llevas?

—¿No te gustan?

—No como te quedan a ti.

—¿Quieres quitármelos?

Mike la mantuvo a la distancia de su brazo y la miró fijamente a los ojos.

—¿Cuánto has bebido? —preguntó.

—No demasiado —respondió ella, y volvió a apoyar la cabeza en su hombro—. Mike, ¿por qué te has enfadado conmigo hoy?

Esas palabras aplacaron su cólera, o tal vez fuera el hecho de sentirla entre sus brazos, o de notar sus caderas contra las suyas, sus senos contra su pecho, o el verla con ese vestido que apenas valdría para cubrir a una niña de tres años, pero lo cierto es que Mike no recordaba por qué se había enfadado con ella.

—Ay, cariño —fueron sus únicas palabras.

Samantha siguió apretándose contra él.

—Me has llamado Samantha todo el día. Nada de Sam-Sam ni cosas por el estilo.

—¿No te enteras de que me estás matando? Me estás volviendo loco. Creo que debemos hablar de cuáles pueden ser nuestras relaciones.

—¿Esa pregunta no tiene que hacerla la mujer? Tú dices que no te quieres comprometer, y yo te digo...

—¿Por qué no te callas la boca? —preguntó Mike. Empezaba a sentirse atrapado en los lentos vaivenes del baile, y sus manos se movían arriba y abajo por la espalda de Samantha, los dedos rozándole las nalgas. Ambos prestaban tan poca atención al resto de la gente en el bar que daban la impresión de creerse solos en el local—. ¿Sabes cuánto te deseo?

—Ahora mismo creo que lo estoy sintiendo.

—No te rías de mí, Samantha.

—Oh, Mike, lo siento, lo que pasa es que...

—¿Qué? —preguntó él, con brusquedad—. Dímelo ya de una vez. ¿Qué pasa?

Samantha se apartó, volvió a la mesa, bebió lo que quedaba en su vaso y se preparó para marcharse. Había cometido un error al vestirse de fulana para seducir a Mike, porque bajo esas prendas tan provocativas seguía siendo la misma Samantha Elliot de siempre y no una *femme fatale*. Puede que con las ropas de Maxie se hubiera convertido en cantante, pero ni siquiera esa diminuta minifalda de Blair le había hecho perder el miedo al sexo, el miedo a arruinar todo lo que la unía a Mike.

Se volvió para irse y Nelson le pasó un papel con un nombre y un número de teléfono.

—Llama a Walden. Él te contará muchas cosas acerca de Maxie.

Samantha cogió el papel, se lo guardó en el sujetador, asintió con la cabeza y se alejó. Mike la cogió por el codo.

—No te irás sin mí —le espetó, y la empujó hacia la salida.

Además del lenguaje hablado, Mike tenía otras formas de comunicarse. Esperaban un taxi junto a la acera cuando, de pronto, la cogió y la llevó hasta el callejón, al otro lado del bar. La rodeó con sus brazos y empezó a besarle el cuello con ansia apasionada. Después del primer arrebato, Samantha intentó apartarse, pero Mike no se dio por enterado y ella tuvo que desprenderse a la fuerza.

Totalmente frustrado y confundido, Mike se apoyó contra el muro y levantó las manos sobre la cabeza, como si lo hubieran clavado al muro.

—¿Por qué, Sam? —preguntó—. ¿Qué tienes contra mí? ¿Es que ese marido tuyo era tan bueno en la cama que quieres endiosarlo? ¿Acaso no puedes pensar en otro hombre más que en él?

Samantha se echó a reír. Mike, con el rostro desencajado de ira por creer que se burlaba de él, se apartó del muro. Samantha se le acercó. Había bebido demasiado, primero en casa de Blair y luego aquí, y su estado, ligeramente ebrio, le hizo hacer cosas que de otro modo no hubiera hecho.

Observó que Mike tenía la camisa abierta hasta la mitad del pecho, como para provocarla, y aprovechó para meter la mano y tocarle la piel. Mike estaba enfadado, seriamente enfadado, y ella lo sabía, así que él no respondió a sus toqueteos y mantuvo la mano contra el muro mientras la miraba.

—No lo entiendes, Mike —dijo ella, suavemente.

—Entonces, ¿por qué no me lo explicas? —No había ni el menor asomo de suavidad en su tono.

Desde que lo conocía, Samantha sentía unas ganas incontrolables de tocarlo. Ahora, al deslizar la mano dentro de la camisa, palpó su pecho musculoso. Algunas mujeres, al mirar a los culturistas en la tele o en la playa, piensan que son demasiado fornidos, pero Samantha no era de ésas. Recordaba que en Santa Fe, mientras dirigía sus clases de aerobic, en cierta ocasión se había quedado tan absorta viendo cómo un culturista llamado Tim levantaba unas pesas de doscientos veinte kilos que desatendió la lección y sus alumnas soltaron una carcajada. Avergonzada, volvió a dirigir los ejercicios.

Ahora estaba tocando a uno de esos hombres, una de esas criaturas que parecían capaces de levantar edificios con sus propias manos.

—¿Cuánto peso puedes levantar, Mike? —murmuró.

—Doscientos noventa —respondió él, sin tener la más mínima idea del porqué de su pregunta. Cuando estaba en la universidad, sus amigos solían olvidar su habilidad como levantador de pesas, porque para ellos lo importante en Mike no eran sus músculos sino su cerebro.

—¿Y recostado? —preguntó Samantha, sin dejar de acariciarle el pecho para luego palparle la ancha y musculosa espalda.

Mike no se apartó del muro ni hizo el menor ademán de tocarla, porque no quería asustarla. Si lo que necesitaba para tocarlo era su consentimiento pasivo, permanecería donde estaba aunque eso lo matara.

—Doscientos kilos —contestó.

La camisa de Mike era vieja y suave, y los ojales demasiado anchos, de modo que con sólo tocar los botones ésta se abría hasta la cintura. Samantha deslizó las manos más abajo, hasta el estómago de Mike, duro y consistente.

—¿Peso muerto? —preguntó ella, aludiendo al peso que se levanta desde el suelo hasta la cintura.

—Trescientos veinte. La fuerza está en proporción con la densidad de los huesos, y en mi familia los huesos son más densos de lo normal. Mira, Sam, si lo que quieres son estadísticas

Samantha seguía acariciándolo. ¿Cuánto tiempo había pasado desde la última vez que tocó a un hombre? Lo cierto es que debía preguntarse si alguna vez había tocado a un hombre. Jamás había tenido tantas ganas de tocar a nadie como a Mike, desde la primera vez que miró sus ojos oscuros, desde la primera vez que se rozaron sus labios.

—Quisiera explicártelo —dijo.

—Adelante, pues, te escucho —dijo él con voz quebrada, como si se viera sometido a una gran tensión, aunque mantenía los brazos en alto, alejados de la joven. Si alguien los hubiera visto, habría pensado que una mujer estaba atracando a un hombre con una pistola.

—No eres tú, soy yo. ¿Entiendes esto? Al principio, te tenía miedo —dijo ella. Tenía las manos en su cintura y las movía hacia la espalda, recorriendo aquellos músculos sin grasa—. Bueno, tal vez miedo no, pero no tenía ganas de estar con otro hombre.

—Eso lo has dejado medianamente claro. Sam, ¿quieres hacer el favor de decirme lo que tienes que decir? No sé cuánto más podré aguantar.

—No quiero arruinar lo que existe entre los dos —dijo Samantha, y le deslizó las manos por el pecho hasta llegar a los hombros y luego a los brazos. Un minuto más, y hasta le habría quitado la camisa. La piel de Mike era tan suave y cálida, tan reconfortante y fuerte, que le habría gustado besarla, degustarla en sus labios. Tal vez estaría salada por el sudor.

—¿Qué existe entre nosotros? —preguntó él con voz dura, tensa, y por un momento cerró los ojos. Toda la vida las chicas se le habían entregado con facilidad, pero la que más deseaba, Samantha, era inabordable. Le hacía pensar cosas horribles, como llevarla a un descampado y forzarla, pero sabía que luego no podría perdonarse a sí mismo. Tampoco podría ella, y eso era lo que más importaba.

—Entre nosotros existe ternura —dijo—. Tenemos nuestra generosidad, nuestras conversaciones, nuestra amistad. Nos reímos juntos, hacemos cosas juntos, y...

Con un gesto brusco, Mike bajó las manos, se las puso en los hombros y, mirándola fijamente, a los ojos, le preguntó:

—¿Y crees que todo eso terminará si nos vamos a la cama?

A Samantha le agradaba que se quedara quieto, que la dejara tocarlo, pero no estaba tan ebria como para olvidar su propia inseguridad.

—Mike, si te acostaras conmigo, se acabaría todo —dijo, con una mueca de disgusto—. Soy un desastre con el sexo.

Por un momento, Mike se quedó quieto, sin entender lo que Samantha acababa de decirle, y luego vislumbró un rayo de luz.

—Sí, ya lo creo —replicó, y le cogió el brazo—. Es una lástima que no exista un programa por ordenador para enseñar lo del sexo, porque podrías aprender todo lo que hay que saber. —Por primera vez en toda la semana, se sentía bien. Ahora lo entendía, ahora sabía cuál era el problema. Nunca en su vida, ni en sus largos años de estudio de las matemáticas, había buscado una solución con tanta ansia como ahora.

La llevó hasta la calle y paró un taxi. Samantha soltó una risita maliciosa.

—Es una idea excelente, Mike. ¿A quién podemos decirle que escriba ese programa?

—Yo tengo algunas ideas que se podrían incluir en ese programa tuyo —respondió abriéndole la puerta del taxi.

—¿Ah, sí? ¿En qué tipo de textos se basa tu investigación?

—Yo me he inventado mis propias posiciones —confirmó en tono amistoso—, mis propios movimientos y hasta mis propios sentimientos. No he leído ni un sólo libro sobre sexo.

Cuando Samantha se subió al taxi, se sentó en el otro extremo del asiento.

—Yo sí. Yo he leído muchos libros sobre el tema.

—Ya. ¿Y quién te pidió que leyeras esos libros?

—Richard. Decía que me podrían servir —dijo y se volvió. Vio a Mike bajo la penumbra de la luz de la calle, pero él se había girado hacia el otro lado, como si no quisiera mirarla—. ¿Me entiendes ahora?

—Sí —respondió—. Ahora lo entiendo todo perfectamente.

No volvió a hablarle en todo el trayecto de vuelta a casa. A cada paso del taxímetro, Samantha se sentía más deprimida. No debería haberle contado nada. ¿Cómo se dice? ¡Ah, sí! Es preferible que la gente piense que eres tonta a abrir la boca y despejar todas las dudas. Y bien, ella había abierto la boca y le había contado a Mike su vida sexual. Él la había acusado de no ser más que una farsante, y eso es lo que era, una farsante. Podía vestirse como una mujer de la noche, pero no sabía comportarse como tal.

Al llegar a casa, Samantha ya tenía pensado que le diría a Mike que se marcharía a la mañana siguiente si es que él no quería que se fuera esa misma noche. Lamentaba haberle hecho perder tanto tiempo y tanto dinero y haberle causado tantos problemas.

Con mucha calma, Mike pagó al chófer, abrió la puerta de la casa, dejó entrar a Samantha y la cerró.

—Mike —comenzó a decir ella, dispuesta a recitar el discursillo que había preparado, pero Mike no le dio la menor oportunidad, porque a grandes zancadas se fue hacia ella, como un depredador sigiloso y avisado—. ¡Mike! ¿Te encuentras bien?

—Todo este tiempo pensé que el problema era que no te gustaban los hombres. Había momentos en que creía que el problema era yo, que yo no te atraía, pero no te apartabas de mí cuando te tocaba, a menos que pidiera más, que me hiciera pesado.

—Desde luego que no —repuso ella, retrocediendo hacia el salón—. Mike, me das miedo cuando me miras de esa manera.

—No me lo creo. No creo que haya nada que pueda asustarte a ti. No es que me tengas miedo, al menos no en ese sentido ordinario —dijo Mike, y entornó los ojos—. Lo que pasa es que tienes miedo a no gustar tú a los hombres.

Samantha sintió que se ruborizaba desde la punta de los pies hasta el último pelo de la cabeza. Tal vez con ese vestido rojo Mike no se percató de su rubor.

—Eres el tipo más estúpido que conozco —dijo, intentando fingir cierta indiferencia, como si realmente controlara la situación—. Sólo porque rechazo tus proposiciones te pones a jugar a psicólogos y diagnosticas que yo pienso que no gustaré a los hombres. ¡Ja, ja!

—No es que rechaces mis proposiciones, es que rechazas todas las proposiciones de los hombres.

—Prefiero estar a salvo que... —dijo, y se quedó muda, porque ahora había topado con la pared de la habitación.

Mike se paró muy cerca, como para impedirle escapar, y se inclinó hacia ella.

—¿Por qué te divorciaste?

—No creo que eso sea asunto tuyo —alegó ella, e intentó pasar a su lado, pero él la encerró entre sus brazos colocándolos en la pared.

—¿Por qué, Sam?

—No es asunto...

—Puede que no sea asunto mío, pero me lo vas a decir de todos modos.

—Incompatibilidades —dijo, rápida, pero sin querer mirarle a los ojos.

—Eres muy mala mintiendo.

—Al contrario que tú, que sabes hacerlo muy bien.

—¿Por qué, Sam?

—Él...

—¿Él qué?

—¡Tenía otra mujer! —le soltó con enfado.

—Entonces era un tonto —dijo Mike, suavemente—. ¿Por qué tenía que querer a otra mujer si podía tenerte a ti?

Sam desvió la mirada, pero esas palabras alumbraron en sus ojos un brillo de gratitud.

—Ahora ya te lo he dicho —le espetó—, así que, por favor, quita las manos.

—Sí, ya lo creo que quitaré las manos —dijo, y la cogió en sus brazos y empezó a besarla. Por más que Samantha intentó liberarse, él no la dejó escapar—. ¿Qué te sucedió, Sam?

—Déjame en paz, por favor —murmuró ella, sin mirarlo.

—¿Acaso lo buscaste por las noches y él no quiso saber nada de ti? —preguntó, mientras Samantha seguía luchando contra su abrazo—. El muy cabrón. Estaba demasiado cansado porque se lo hacía con otra, ¿no?

Samantha dejó de debatirse y le fulminó con la mirada.

—Sí, sí, sí. ¿Es eso lo que querías escuchar? Se acostaba con ella dos veces al día, pero a mí ni siquiera me tocaba. Yo parecía ser la que no tenía sexo. Yo era la cocinera, la que hacía la limpieza, la tonta que ganaba el dinero, pero no servía para... —balbuceó, sin poder controlarse. Mike la volvió a besar—. Por favor, déjame.

—¿Por qué habría de dejarte?

—Porque no quiero...

—¿No quieres hacer el amor conmigo? No me cuentes cuentos. Me has deseado desde el primer día, pero te has comportado como si me odiaras. Yo no quería...

Mike dejó de hablar y al mismo tiempo empezó a acariciarle todo el cuerpo, los pechos, los muslos, el cuello, los brazos, la entrepierna. Pero Samantha se mantuvo rígida, inmóvil, decidida a no responderle.

—¿Cuánto tiempo puedes aguantarte, Sam, si hago esto? —dijo, e inclinó la cabeza y le besó los pechos. No le costó nada retirar la tela y liberar un seno cuyo pezón se introdujo suavemente en la boca—. ¿O esto? —y deslizando los labios hacia abajo le acarició el pecho con el pulgar.

—Por favor —murmuró ella, con los ojos cerrados y la cabeza contra la pared.

—¿Por favor qué? Dime lo que quieres. Haré lo que tú quieras, cualquier cosa.

—Entonces, suéltame.

—Cualquier cosa menos eso —alegó él, y siguió recorriéndole el cuerpo con los labios. Luego la besó en la cara y le bajó el «top» deslizando los dedos hasta el estómago y la cintura—. Por favor, Sam, no te resistas.

—No puedo.

Mike la besó en la oreja, acariciándole con una mano el pecho y con la otra recorriéndole el muslo hacia arriba por debajo de la falda.

—¿Qué es lo que quieres? Dímelo. ¿Suave? ¿Con ternura?

De pronto, se apartó de ella y la miró; Samantha tenía los ojos cerrados, como dispuesta a no ceder un ápice.

—No, tú quieres lo mismo que yo —dijo él—. Sam, te necesito —insistió, y cogiéndole el borde de los pantis se los bajó a la vez que conseguía desabrocharse la bragueta y dejaba caer los pantalones.

Al sentir las manos de Mike sobre su piel desnuda, el deseo de Sam, contenido durante tanto tiempo, afloró. Un momento antes estaba inmóvil, sin responder, y de pronto se lanzó a tocarlo y a besarlo por todas partes, lamiéndolo, chupándolo, arañándolo.

Al principio, su reacción tan vehemente sorprendió a Mike,

pero luego la besó en la boca y la abrazó, respondiendo con la misma ansiedad que ella le mostraba.

De pronto, Samantha dejó de moverse, como embargada de una sensación de *déjà vu*. Levantó la mirada hacia Mike, esperando a medias encontrar a Richard con su cara de aburrido, con aquella mirada de adormilado que su marido siempre tenía cuando estaban juntos en la cama. Pero no era su ex marido, era Michael, y la expresión en su rostro era de deseo, de apetito y de necesidad, una mirada... tierna, que quería darle tanto como recibir de ella, una mirada de afinidad con lo que ella sentía.

Mike entendió lo que le pasaba por la cabeza.

—Soy yo, Michael Taggert —dijo, y cogiéndola por el pelo le echó la cabeza hacia atrás para volver a hundirle labios y dientes en el cuello—. Soy yo, y soy otro.

Cuando finalmente la levantó en vilo y la penetró con toda su virilidad, Samantha lanzó un grito, pero le envolvió la cintura con las piernas juntando los tobillos, manteniéndose erguida mientras él la acometía, sosteniéndola de espaldas contra la pared. Sus movimientos, cada vez más profundos, la clavaron en esa posición, mientras ella le hundía las uñas en la espalda y le mordía la parte del cuerpo que conseguía alcanzar.

Cuando Mike hubo terminado propinándole la última sacudida antes de derrumbarse contra ella, Samantha estuvo a punto de lanzar un chillido de frustración, pero se contuvo y lo atrajo entre sus brazos.

Mike se apartó y la miró fijamente, como buscando una respuesta.

—Lo siento, cariño, es que tenía muchas ganas de ti. El próximo será tuyo.

A pesar de que Samantha no tenía ni la menor idea de lo que Mike le quería decir le agradó ver cómo se libraba del pantalón de una patada y cómo la llevaba a la habitación de arriba, donde la dejó de pie junto a la cama. También le agradó que la desnudara y que le besara los senos. Cuando Mike se quitó la camisa, se quedó frente a ella, mirándola, piel contra piel, como si esperara algo de ella.

Finalmente, frustrada al no entender lo que él quería, Samantha dijo:

—Michael, no sé lo que tengo que hacer, no sé cómo hacerlo.

—Cariño, no hay ningún cómo. No hay nada malo ni bueno, salvo evitar que tu compañero se sienta mal.

—No quiero que lo pases mal. Quiero...

Él le besó los senos con suavidad.

—¿Te gusta?

—Sí, sí, me gusta mucho.

—Si hago algo que no te guste, dímelo.

Sin dejar de besarla, le acarició los muslos, aunque seguía esperando una respuesta que Samantha parecía ignorar.

—Me gusta todo —dijo ella, finalmente.

Él se detuvo, sosteniéndola por las caderas y mirándola con una expresión de incredulidad.

—¿Quieres decir que tienes miedo de hacerme algo que no me agrade? Pues haz lo que quieras conmigo. Tócame, bésame. Me puedes hacer lo que quieras, soy tuyo.

Cualquiera se habría reído de esas palabras, pero Samantha no. Richard se había pasado años diciendo «eso no, a los hombres no les gusta que los toquen ahí». O «así no se toca a los hombres, ¿es que no sabes nada? La mayoría de las mujeres de tu edad ya saben estas cosas, ¿por qué tú no?»

Todo eso la había hecho ser cauta. Su ex marido la había convertido en una mujer tímida, insegura, después de haberse pasado años enteros intentando recordar sus normas.

—Supongo que... me gustaría tocarte —dijo. Mike se quedó quieto, mirándola—. ¿Te parece bien?

Mike la besó con ternura.

—¡Y pensar que hay gente que duda de la existencia del cielo! —suspiró—. El cielo existe y está aquí en esta habitación. Soy todo tuyo, cariño.

Le cogió la mano mientras ella seguía de pie, y se tendió sobre la cama. Pero Samantha no podía mirarlo. Esa parte de su cuerpo era tan... íntima, tan privada, mientras él, en cambio, no le quitaba los ojos de encima. Mike pareció leerle el pensamiento, porque se giró y quedó tendido sobre el vientre, para que Samantha pudiera mirarlo sin complejos.

Ella extendió la mano y le acarició el hombro. Sólo estaba encendida una lámpara de luz tenue, y la piel de Mike relucía en la penumbra. Puesto que él se había girado, ella lo podía mirar a gusto, mirarlo y tocarlo en toda su desnudez y su corpulencia.

Mike era el hombre mejor constituido que jamás había imaginado. Era a la vez una estrella de cine y un hombre salido de uno de esos anuncios de ropa interior masculina; era como los tipos del gimnasio y como el albañil con camiseta que le silbaba y que ella fingía no haber oído; era como los hombres elegantes de mentes tan lascivas como sus cuerpos y como los adolescentes perezosos e insolentes con los músculos reventándoles la ropa; era como las estrellas del rodeo y como esos hombres de barba bien afeitada y gafas que juegan tiernamente con sus hijos; era todos esos hombres juntos.

Samantha le acarició el cuerpo mientras él permanecía quieto, tanto que casi parecía haberse dormido; le besó la espalda, y cuando lo hubo cubierto de besos desde la nuca hasta los pies, se sentó a horcajadas sobre las piernas de él y comenzó a frotarse el pelo contra su cuerpo. Se tendió sobre él para que sintiera la desnudez de sus pechos y se acopló a él en cada una de sus curvas.

En algún momento, dejó de pensar en si le agradaría o no lo que ella le hacía, y sólo pensó en sí misma. Recordó el suave trozo de piel donde las piernas de Mike se juntaban con las nalgas, aquel trozo seductor libre de vello que ella una vez había visto reflejado en el espejo con el rabillo del ojo. Aquella vez no se dio cuenta de que le apetecía besarlo, pero ahora sí, y lo besó. No sólo lo besó sino que lo lamió, lo chupó mientras Michael permanecía absolutamente quieto.

Después, Samantha se tendió junto a él, con todo su cuerpo estremecido y la respiración entrecortada. Lo deseaba. Deseaba tenerlo dentro, pero temía confesárselo. En una ocasión, de recién casados, se lo dijo a Richard. «¿Podríamos hacerlo otra vez?», le preguntó, y él se puso como una fiera, recriminándole que pensara que era un mal amante. «¿Es que no te enteras de nada? Los hombres no pueden hacerlo inmediatamente. Es físicamente imposible», le dijo malhumorado.

Ahora se sentía tímida ante Michael, y no quería insultarlo ni enfurecerlo.

—Michael —dijo, suavemente, aunque le costó controlar el temblor de la voz—. Estaba pensando que, tal vez, podríamos, bueno, si es posible... hacerlo otra vez. Si puedes, quiero decir.

Con la furia de una tormenta en alta mar, Mike despertó de su aparente pasividad para saltar sobre ella, con las manos sosteniéndole las caderas, los dedos hundidos en la piel, entrando en ella con toda la fuerza de su virilidad, tanto que Samantha creyó haber perdido un par de dientes con el impacto. Ahora estaba viendo las estrellas.

Mike se detuvo inmediatamente, suspendido encima de ella, con una mirada que reflejaba el temor de haberle hecho daño.

—Sam, cariño, ¿te encuentras bien? ¿Te he hecho daño?

—Dios mío, Mike, ya lo creo que puedes —dijo ella, parpadeando sorprendida.

—Eres un diablillo —le dijo él tendiéndose de espaldas y haciendo que ella se pusiera encima de él.

En los manuales que había leído, Samantha había descubierto distintas posturas, pero su experiencia se limitaba a la posición del misionero. Sentada sobre Mike, lo miró como diciendo «¿y ahora qué hago?»

Mike entrecruzó los dedos detrás de la cabeza y se acomodó como diciéndole «eso es cosa tuya, tú sabrás lo que haces». Y Samantha descubrió qué debía hacer.

Más tarde, tendida junto a Mike, la piel humedecida por el sudor, sintiendo los músculos reblandecidos, Samantha sonreía como si soñara.

—¿Qué ha sido eso?

Hubo cierto tono de suficiencia en la respuesta de Mike.

—Querida Sam, acabas de experimentar lo que comúnmente se denomina orgasmo. ¿Te ha gustado?

—Michael, si hubiera sabido que eras capaz de hacerme esto, el día que te conocí te habría cogido por el cuello, te habría arrastrado dentro de la casa y lo habría hecho contigo en el suelo del vestíbulo.

—Entonces habríamos estado en perfecta sintonía, porque eso mismo era precisamente lo que yo había pensado hacer.

—Aah, pero ¿me habrías respetado a la mañana siguiente?

—Hablando de respeto, tenemos dos opciones. Una, nos acurrucamos el uno con el otro y nos dormimos o, dos, llenamos la bañera con agua caliente, agregamos una de esas sales olorosas tuyas y nos lavamos hasta el último rincón de nuestros cuerpos. Salimos, tú me secas a mí y yo te seco a ti, volvemos aquí y yo te doy lo que probablemente será tu primera lección de sexo oral.

Ella entreabrió los ojos y dejó escapar un largo bostezo.

—Estoy terriblemente cansada, Mike. Deberíamos dormir —dijo. A Mike se le cambió la expresión, como al niño al que acaban de decirle que no irá al circo. Ella volvió a bostezar y se rascó las costillas—. Pero, pensándolo mejor, un baño me vendría bien.

Mike la llevó al cuarto de baño antes de que pudiera volver a pronunciar una palabra más.

24

Una vez en la bañera, Mike le preguntó por qué había esperado tanto tiempo antes de acostarse con él. Intentó que la pregunta sonara como si la respuesta no le importara, pero ella no se dejó engañar por el tono.

—Richard me dijo que yo no valía nada en la cama, y que por eso había tenido que buscarse otra mujer.

—¿Y tú le creíste? —Las palabras de Mike sonaban como si le hablara a la persona más tonta del mundo.

—¿Y cómo diablos iba a saber yo que él no decía la verdad? —le gritó ella—. ¡Se había acostado con tantas mujeres! Yo sólo me había acostado con él. ¿Qué se suponía que debía hacer? ¿Ir a consultar a alguien? ¿Tenía acaso que irme a un bar o algo así, y coger a un hombre e irme a la cama con él para descubrir si yo valía o no en la cama? Déjame decirte una cosa, señor Confianza-en-sí-mismo, cuando una mujer cree que no es deseable para los hombres, sencillamente no es deseable.

Sólo más tarde, después del éxito extraordinario de su lección tan especial, Mike empezó a hacerle más preguntas sobre su ex marido. Ahora, como los boxeadores que descansan después de un asalto, Samantha se refugió en el pecho desnudo de Mike.

—¿Quieres contarme algo de tu ex marido? —preguntó él.

—No.

—¡Ya!

—¿Qué significa eso?

—Significa que aún no he encontrado a ninguna mujer que se

resista a la tentación de contarle a quien quiera oírla lo cabrón que era su ex novio o su ex marido.

Samantha levantó la cabeza y lo fulminó con la mirada, pero él, sin darle importancia a la cosa, la obligó a recostar de nuevo la cabeza en su pecho. En el alma de Samantha tenía lugar un conflicto entre su orgullo y su deseo de hablar. No quería contarle nada de su matrimonio ni de su divorcio, porque al recordarlos se sentía fracasada. Sin embargo, al mismo tiempo hubiera deseado contarle a alguien la verdad, no la versión dulcificada que le había contado a su padre, sino la verdad. Y al final el orgullo fue vencido por la necesidad de vaciar su corazón.

—Los dos primeros años de mi matrimonio fueron estupendos, supongo. No era un matrimonio apasionado, pero aprendimos a amoldarnos el uno al otro. Richard llevaba con dos socios amigos suyos una empresa de contabilidad, y yo trabajaba en Computerland. Todo iba bien por aquel entonces, creía yo, pero un día él llegó a casa y me confesó que era profundamente desgraciado. Profundamente desgraciado. Nada de muy desgraciado o extraordinariamente desgraciado sino *profundamente* desgraciado. Añadió que la razón por la que se sentía profundamente desgraciado era porque siempre había deseado escribir la «gran novela americana», y que se daba cuenta de que no lo iba a conseguir por tener que dedicar todo su tiempo a ganarse la vida. —Al recordarlo Samantha sacudió la cabeza—. A mí eso me impresionó. Era la primera vez que me hablaba de esa gran ambición suya, y me sentí culpable, porque había vivido dos años con aquel hombre y no tenía ni la menor idea de que aspirara a otra cosa que a calcular los impuestos de la gente. Nos quedamos toda la noche hablando. —Samantha se detuvo pensando en aquella noche—. Creo que fue la noche en que más unidos estuvimos. Hicimos un trato, y acordamos que yo trabajaría un año entero para mantenernos a los dos mientras él dedicaba todo su tiempo a escribir. Una parte del trato consistía en que él se cuidaría de las tareas caseras y yo trabajaría en dos empleos simultáneamente para sufragar nuestros gastos.

Samantha parecía incapaz de impedir que la rabia aflorara a su rostro.

—No sé qué sucedió. Todo empezó bien, pero pronto, al volver a casa del trabajo, empecé a encontrar la cocina hecha un asco, todavía con las cosas del desayuno, y tenía que limpiarlo todo antes de partir a mi trabajo en el gimnasio. Luego resultó que se acumulaba la ropa sucia, y yo tenía que hacer la colada los domingos. Al cabo del primer año, yo ya lo hacía todo, el trabajo de la casa, ganar un sueldo, todo. Pero no me importaba, porque los domingos por la tarde, Richard me leía extractos del maravilloso libro en que estaba trabajando. Jamás me contaba la trama, sólo me leía aquellos párrafos, brillantes pero fragmentados.

Samantha tuvo que a respirar hondo antes de proseguir.

—Solíamos hablar de lo que ibamos a comprar y de los lugares que visitaríamos cuando él recibiera el anticipo multimillonario por el libro. Eso de planificar el futuro me hacía las cosas más llevaderas, y no me importaba ocuparme de las labores de la casa y trabajar y ganar el sustento para los dos.

Mientras Mike le acariciaba los cabellos, Samantha pensaba que el tiempo de convivencia con Richard comenzaba a borrarse en su recuerdo, pero enseguida continuó:

—Resulta que el año que habíamos acordado se convirtió en dieciocho meses, y luego en dos años, y al cabo de esos dos años yo estaba tan agotada que no sabía si aún seguía viva.

Mike sintió que a Samantha se le tensaba todo el cuerpo.

—Un día, recibí en el trabajo una llamada de un vecino de papá.

Mike guardó silencio, pero recordó que aquel día él estuvo con Dave, quien le persuadió para que dejara que ese vecino llamara a Sam.

—El vecino me contó que mi padre se estaba muriendo, y cuando oí eso, lo primero que pensé fue en ir a casa y echarme en los brazos de Richard. —Lanzó un resoplido cargado de ironía—. Al enterarme de la muerte inminente de mi padre, comprendí que iba a derrumbarme.

»En fin, cuando llegué a casa, Richard no estaba. Debí de estar un poco frenética, porque empecé a buscar en su mesa de trabajo algo que me indicara dónde podía encontrarlo. Al no encontrar allí nada busqué entre sus libros. Pensándolo bien, creo que Richard nunca se imaginó que me atrevería a revolver sus libros, porque no se había tomado muchas molestias para ocultar su traición. Descubrí que los libros estaban marcados y que tenían algunos pasajes subrayados. Uno tras otro, fui leyendo los fragmentos que él mismo me leía los domingos por la tarde. Richard no había escrito ni una sola palabra, todo lo había plagiado de otros escritores. —Samantha respiró hondo antes de continuar—. Cuando me di cuenta de que no había escrito absolutamente nada, quise saber qué había estado haciendo durante dos años enteros, de modo que busqué en su ordenador. Una de las primeras cosas que me pidió cuando le configuré su programa, fue que le enseñara a marcar una clave que impidiera que nadie accediera a sus archivos sin una contraseña. Sólo tuve que pensar siete palabras para encontrar su contraseña: el nombre de un perro que había tenido en su infancia, y con esa clave supe qué había estado escribiendo.

Samantha tardó un rato en seguir su narración. Mike no rechistó y esperó pacientemente a que continuara.

—En la pantalla apareció un listado detallado de sus encuentros sexuales con su ex secretaria. Hasta el día de hoy, te juro que jamás he entendido por qué la prefería a ella y no a mí. No quiero parecer vanidosa, pero yo soy más guapa, bastante más inteligente, tengo cierto sentido del humor, y en cambio ella carece de todo eso. Aún no logro entenderlo. Siempre estuve dispuesta a complacer a Richard, siempre quise darle todo lo que me pedía. ¿En qué fallé?

—¿Cuándo te dio a leer esos manuales sobre sexo?

—Ah, eso. Bueno, parece que un día metí la pata. Pocos meses después de casarnos, fuimos a ver una película. No recuerdo qué película era, pero la cuestión es que, sin pensarlo, dije que me parecía absurdo tanto alboroto por el sexo con lo aburrido que era. Richard me dijo que tal vez nuestra vida sexual no sería tan aburrida si yo aprendía algunas cosas al respecto.

—¿Y cómo te iba en el trabajo? ¿Tenías éxito?

—Sí —respondió, sonriendo—. Sí, me ascendieron varias veces, y en el gimnasio me pidieron que diera clases a los monitores.

—¿Y qué tal funcionaba la empresa de contabilidad de Richard?

—Ya sé a dónde quieres ir a parar. Le fue bien durante un tiempo, pero pronto empezó a perder clientes, y creo que sus socios pensaban dejarlo fuera del negocio.

—Suena como si lo tuvieras aterrorizado.

—¿Sabes? —dijo ella, suspirando—, eso pensé yo en un par de ocasiones. Había aprendido a contarle sólo mis problemas y mis frustraciones, porque después del sermón que me echaba cuando le explicaba que había hecho algo mal, se portaba bien conmigo durante un par de días. Yo no le decía nada de mis ascensos, pero se enteraba de ellos por mi sueldo.

—Tal vez esa otra mujer lo admiraba, y veía en él a un héroe.

—A esa mujer hasta una liebre le parecía inteligente. Antes, cuando los viernes por la tarde me dedicaba a ayudar a Richard, le enseñaba a ella a ocuparse de la oficina, a contestar al teléfono diciendo algo que no fuera: «Sí, ¿qué quiere?» La pobre era tonta, vulgar, con la cintura y los tobillos gordos, y para colmo jamás se lavaba el pelo. Además era antipática, tenía mal gusto y no entendía los chistes, y una así fue la que me quitó a mi marido. Cuando estábamos a punto de divorciarnos, Richard me dijo que ella era mucho mejor que yo en la cama y que hasta las muñecas hinchables eran mejores que yo.

—¿Y eso lo sabía por experiencia propia?

Samantha ahogó una risita.

—Tal vez una muñeca era una cara bonita a la que podía mirar de cuando en cuando. Ay, Mike, no lo entiendo. ¿Por qué alguien puede sentirse feliz oyendo los fracasos de la persona que ama en lugar de los éxitos? Ya sé que Richard se sentía frustrado en su empleo, por eso me propuse mantenerlo y darle la oportunidad de alcanzar el éxito, pero ni siquiera intentó escribir. Creo que ni siquiera llegó a terminar un capítulo. Durante esos dos años se dedicó a jugar al tenis, a esquiar y... y...

—A follar con la secretaria.

—Sí. Digo yo, si a mí no me quería, ¿por qué no me pidió el divorcio, y luego se buscaba una aventura? ¿Por qué tuvo que portarse como un miserable conmigo?

—Pensaría que era justo hacerte desgraciada porque tú tampoco lo hacías feliz

—¿Yo? Pero si yo hacía cualquier cosa por él. Lo mantenía, le preparaba la comida, le lavaba y le planchaba su ropa, y hasta los jerséis se los lavaba a mano.

—¿Y hacías todo eso y aún conseguías tener éxito en los dos empleos? Tienes suerte de haber sobrevivido.

—¿Estás tomando partido por él? —exclamó ella, y se apartó, recelosa.

Pero Mike la volvió a atraer hacia sí.

—Tu marido era un cobarde estúpido y miedoso, y el castigo que tendrá toda la vida es haberte perdido.

Ella lo abrazó y lo besó en el hombro.

—Ay, Mike, intenté ser lo que él quería que fuese.

—Conmigo no lo intentas tan a fondo —dijo Mike, con una especie de reproche—. A mí no me has lavado nada a mano, y ni siquiera me he enterado de que sepas planchar.

Samantha no se rió con el comentario, sino que, al contrario, adoptó un aire sumamente grave.

—Por lo que he podido observar, lo único que quieres de mí son risas y sexo.

—Por fin lo has entendido. Aquí tienes a Michael Taggert, la encarnación de la frivolidad.

Samantha lo miró, y en sus ojos se retrataba fielmente lo que sentía por él.

—No, Michael, tú no eres un frívolo. Richard sí lo era. Frívolo, superficial y mezquino. Tú... tú sabes amar.

Mike la besó en la cabeza y le puso una mano en el seno desnudo.

—Sobre todo ahora. ¿Quieres que volvamos a jugar a sentarte en el palo mayor?

—¿Otra vez? —preguntó ella, con una risita—. No sé si estoy lista tan pronto.

—¿Quieres que intente convencerte?

—Sí, por favor —dijo ella, con tono muy cortés, como si estuviera pidiendo otro bocadillo—. Quiero decir, si no te importa.

Pero Michael tenía la boca llena y ya no podía hablar.

25

Samantha se despertó al cabo de una hora de sueño, pero nunca en su vida se había sentido tan bien. Tuvo que escabullirse de debajo de Mike, quitándose de encima el peso muerto de los brazos y piernas de él antes de poder deslizarse fuera de la cama. Se puso el albornoz y, cuando estaba a punto de salir de la habitación, se volvió y lo miró dormido, con los brazos caídos y despatarrado sobre las sábanas.

Ahora su vida había cambiado. Había cambiado para siempre, irrevocablemente.

La noche pasada con Mike la había transformado, la había hecho sentirse libre, libre como jamás en su vida se había sentido. Mientras lo miraba sonriendo, cayó en la cuenta de que su vida había empezado a cambiar desde el momento en que lo conoció. Aquella especie de ratoncito asustadizo que llegara en el primer taxi no tenía nada que ver con la mujer que había hecho esas cosas increíbles con Mike la noche pasada.

Resultaba curioso que fuera de una manera con su ex marido y de otra con Mike. Richard la censuraba si se reía demasiado fuerte, si se entusiasmaba con alguna cosa, si se alegraba por un ascenso o con una buena lectura. Mike tenía razón, al decir que cualquier actitud que no fuera sosegada atemorizaba a Richard.

Se inclinó sobre la cama y le acarició el pelo. A Mike no lo atemorizaba porque él estaba seguro de sí mismo, seguro de quién era y de lo que hacía; la vitalidad de Samantha lo alegraba en lugar de atemorizarlo.

Un rizo del pelo de Mike se le enredó entre los dedos. «Si los ángeles existen, tendrán el pelo como Mike», pensó.

Sonriendo al darse cuenta de su propio sentimentalismo, salió de la habitación para ir a su apartamento a buscar algo que ponerse.

Lo primero que notó al llegar arriba fue que la puerta que Mike destrozó de una patada ya había sido sustituida por otra. Eso era algo que ella había pensado hacer, así que no le sorprendió. Cuando abrió la puerta, se detuvo, pensando que se había equivocado de apartamento, pero al mirar con más detenimiento, comprendió que se trataba del suyo, pero estaba totalmente cambiado.

Las paredes del salón conservaban su color verde oscuro, pero ahora las cortinas eran de cretona color crema, con un estampado de flores rosadas y sujetas por una cinta de un verde tan oscuro como el de las paredes. Un amplio butacón, tapizado con la misma cretona, se encontraba junto a un sofá forrado del mismo color que las rosas de las cortinas. Una alfombra Aubusson reproducía el rosado y verde de los muebles. Detrás del sofá, había una mesa larga y estrecha de madera clara con incrustaciones de marquetería en el tablero y en las hojas laterales. El sofá estaba flanqueado por dos antiguas mesas negras de máquinas de coser, con la superficie arrugada por el paso de los años.

Caminando muy lentamente, como si temiera que al moverse con rapidez el sueño fuera a desvanecerse, Samantha se dirigió al dormitorio, y al entrar se quedó boquiabierta.

La habitación estaba pintada en tonos azules cuyos matices iban desde un celeste casi blanco, hasta el azul marino. El papel de las paredes era de franjas de dos tonos de azul pálido y las cortinas de seda, de un azul tan oscuro que rayaba con el morado. En medio de la habitación había una cama con un dosel forrado con algodón de un azul desvaído. Al acercarse a la cama y mirar el dosel, observó que estaba tapizado con la técnica llamada de «puesta de sol», porque la tela, recogida en un medallón central, se estiraba en pequeños pliegues hacia el marco. La colcha, de suave algodón azul cielo, tenía un bordado de finos zarcillos en flor.

—¿Te gusta? —preguntó Mike, a sus espaldas.

Se volvió hacia él, tan emocionada que se quedó sin habla. Que Mike hubiera hecho esta maravilla por ella era algo que no podía entender. Al mirarlo, recordó la noche pasada en sus brazos, y se sintió libre para tocarlo, para tocarlo cuanto le viniera en gana.

Le echó los brazos al cuello y lo abrazó.

—Gracias —murmuró—. Muchas gracias.

—¿Quieres probar la cama? —preguntó él, besándole el cuello.

—No me gustaría deshacerla —dijo ella, riendo.

—Lo haremos con mucho cuidado —dijo él, seductor, y la cogió por la mano para llevarla a la cama.

Cuando se iba a tender, Samantha vio el despertador azul sobre la mesa.

—¡Mike! ¡Son las nueve y cuarto, y a las diez llevarán los muebles nuevos al asilo!

—Ya se las apañarán para dejarlo todo en algún lado —dijo él, tirando de ella hacia la cama.

—Tenemos que estar allí —dijo ella, resistiéndose.

Con un gruñido, Mike se recostó contra las almohadas adornadas con encaje de Bartenburg.

—Sólo iré si prometes pasar la tarde conmigo en la cama.

—Si me obligas a ello —susurró Samantha, con un suspiro largo y cansado.

Cuando Mike dio un brinco hacia ella, Samantha lanzó un chillido y corrió hacia el baño, pero se detuvo en seco al llegar al umbral. Los muebles conservaban su color verde oscuro y el tablero de mármol del lavabo aún era del mismo color, pero todos los accesorios y los apliques habían cambiado; ahora eran de un rosa pálido. En los estantes del lavabo y en la pared que daba a la bañera, había una hilera de frascos de vidrio rosado. De los toalleros colgaban unas bellas toallas color rosa con la inscripción SE, y las paredes, recubiertas de azulejos verdes hasta cierta altura, tenían la parte superior empapelada con un diseño de rosas.

—¿Quién hizo todo esto? —preguntó, volviéndose a Mike.

—Jeanne.

—¿Tu hermana?

Él asintió con un gesto de cabeza y Samantha se preguntó cómo era posible que hubiera podido hacerlo en tan poco tiempo, cuándo lo había decidido Mike y cómo había sabido que eso era precisamente lo que ella quería. Las preguntas se sucedían unas a otras, mientras iba de una habitación a otra y Mike la seguía, visiblemente contagiado con su alegría.

En el transcurso de la noche, Samantha le había dicho que Blair le había contado lo de su fortuna, y Mike se alegró de que aquello no la hubiera afectado. Pensó que ya no tenía que guardar ciertos secretos, ni abstenerse de hablar del jet privado de su familia, y que ahora podía compartir con ella las buenas noticias cuando una operación en la Bolsa le reportaba una ganancia de doscientos cincuenta mil dólares. Ahora podría regalarle ese relojito de oro que había visto en los escaparates de Tiffany's y que la había dejado atónita.

—Si no te vistes ahora —dijo Mike—, te perderás la entrega de los muebles.

Después de darle un último beso lleno de agradecimientos, un beso que casi les supuso un mayor retraso, Samantha corrió a vestirse.

—¿Sabes lo que realmente me molesta de ese asilo? —le dijo a Mike, mientras se arreglaba en el cuarto de baño de él, que era donde tenía sus útiles de maquillaje.

Mike la apartó suavemente para coger del estante del lavabo su espuma de afeitar.

—¿Quieres decir además del mal olor, del personal y de lo horrible que es?

—Sí, además de todo eso. *No hay nada que hacer* en ese lugar. No recuerdo haber visto ni siquiera una revista. Si a Jubilee lo hubieran metido en un lugar así y le hubieran quitado su piano, dudo mucho de que hubiera vivido más allá de los ochenta años.

Mike se miró en los diez centímetros cuadrados de espejo que Samantha le dejaba.

—Si te das prisa y te vistes, tendremos tiempo para detenernos en la Quinta Avenida y comprar algunos libros para tu abuela.

—¿Y eso qué es, Michael Taggert, un soborno para que salga de tu cuarto de baño?

—Y si lo es, ¿funcionará?

—Sí —reconoció ella, y le estampó un beso en el hombro cuando salía hacia la habitación.

Minutos más tarde, entraban por la puerta giratoria de una gran librería de la Quinta Avenida. A Mike le sorprendió ver que a Samantha ya no le asustaban las puertas giratorias, y que ahora parecía dominar la técnica.

Una vez dentro, Samantha se volvió hacia él con un gesto de timidez. Mike le había dicho que podía comprar unas cuantas revistas. ¿Pero cuántas? Con todas sus excursiones de compras, se imaginaba que, al meter su tarjeta de crédito en la máquina, ésta, como un personaje de dibujos animados, se echaría a reír cogiéndose el vientre con las manos.

—Oye, Mike, ¿con qué presupuesto cuento? —preguntó.

—¿De dinero o de tiempo? —preguntó él, impaciente.

—De los dos.

—Puedes comprar todo lo que seas capaz de escoger en doce minutos y medio —advirtió él, mirando el reloj.

—¿Y medio?

—Ahora ya en doce minutos y veinte segundos.

Samantha recordó haber leído que las mujeres solían cometer sus peores errores la mañana después de la boda. Con la intención de complacer a los maridos, les preparaban el desayuno y se lo llevaban a la cama, pensando que se trataba de una mañana especial. Pero el hombre consideraba que ese desayuno en la cama era un indicador de lo que podían esperar durante el resto de su vida conyugal, y se sentía decepcionado cuando, a lo largo de los años, se veía obligado a desayunar en la mesa.

No era como si se hubieran casado ayer, pero la verdad es que habían estado muy juntos. Ahora, cuando Mike la miraba, no lo hacía con lascivia sino con una expresión propia de un... marido. Tenía una actitud protectora, y a ella eso no le gustó. Era indudable que Mike pensaba que cogería un par de libros y unas cuantas revistas, y luego le sonreiría con una mueca paternalista, como diciendo «¿Ahora estás contenta?».

Samantha le devolvió la sonrisa. Estaba dispuesta a demostrarle que no se comportaría como una recién casada solícita de esas que llevan a su marido el desayuno a la cama, sino que, además, pensaba darle una lección. Mike era lo bastante rico como para pagar la trastada que pensaba hacerle en los próximos veinte minutos.

—Conforme, señor Sabelotodo, vamos allá —dijo, levantando una ceja con un gesto de desafío. Se volvió hacia la empleada de la caja—. Necesito dos bolsas. ¡Rápido! —exclamó, y la joven y aburrida dependienta se las entregó al instante.

Samantha empezó por la sección de novelas de misterio, porque entendía algo del género. Cogió todos los libros que encontró de Nancy Pickard, de Dorothy Cannell, de Anne Perry y de Elizabeth Peters, y los metió en una de las bolsas que tenía a sus pies.

Cerca de ella, en la sección de ciencia ficción, había un hombre alto y bien vestido que la observaba con mucho disimulo. En el tiempo que llevaba viviendo en Nueva York, Samantha se había percatado de que a sus habitantes les gustaba fingir que eran gente muy sofisticada, que habían visto todo lo que había que ver, pero la realidad era que tenían una curiosidad insaciable y que, de hecho, eran unos entrometidos. Siempre estaban fijándose en lo que hacía la persona de al lado, siempre intentando ver algo que no hubieran visto antes, porque los habitantes de Nueva York adoraban todo lo que fuera novedad. Lo que sucedía era que costaba trabajo que consideraran algo una novedad.

El hombre miraba cómo Samantha metía frenéticamente los libros en la bolsa.

—¿Está participando en algún concurso? —preguntó. Entre los de Nueva York, la curiosidad siempre podía más que las buenas maneras.

—Sí —respondió Samantha—. Es para un asilo de ancianos, y puedo quedarme con todos los libros que sea capaz de coger en doce minutos.

El rostro del hombre se iluminó.

—¿La pueden ayudar otros? —preguntó.

—Claro que sí —dijo Samantha. Mike no había especificado nada al respecto.

—Yo le puedo ayudar con los de ciencia ficción, y mi mujer se encargaría de los *bestsellers*.

A los cuatro minutos, todos los clientes de la tienda sabían de la existencia de la señorita del concurso, y todos querían ayudarla. Dos chicos negros muy altos (uno de ellos con una zeta dibujada en la mejilla), le preguntaron si quería revistas.

—Una de cada —dijo Samantha, y los dos se miraron como si les hubiera tocado la lotería; dando un salto, chocaron las palmas y se dirigieron a la sección de revistas.

Un hombre y dos niños aparecieron como voluntarios para seleccionar juegos, otra mujer se ofreció a buscar casetes y un joven con mala pinta se ofreció para buscar vídeos.

Al agotarse los doce minutos, Samantha se dirigió corriendo a la caja con los brazos llenos de novelas rosa, y se quedó impresionada al ver los montones de libros, casetes, revistas y vídeos apilados sobre el mostrador. Pero ya no pensaba volverse atrás.

Cuando el encargado llegó al mostrador, todos los clientes de la librería, muchos de los cuales habían participado en la compra, estaban agrupados a un lado y observaban ceremoniosamente.

—Espero que pueda pagar todo esto —dijo el hombre, con cara de pocos amigos.

Samantha asintió con un gesto, y la empleada cogió un libro para pasar el lector de código de barras.

—¡Espere! —gritó Samantha, y todos se quedaron mudos de asombro, pensando que tal vez se había arrepentido—. Supongo que me hará un descuento —dijo—. ¿Cuánto?

Todos los presentes prorrumpieron en aplausos, porque habían reconocido a una auténtica neoyorquina. Al cabo de un rato, tras una discusión acalorada en la que intervinieron varias personas, a Samantha se le hizo un descuento de un doce y medio por ciento.

Después de recibir la factura, Mike pagó con su tarjeta de crédito y los clientes ayudaron a llevar todas las bolsas a la calle, para ayudarlos a cargarlas en un taxi.

Por suerte o por desgracia, el taxista que se detuvo era uno de los pocos conductores nacidos en Nueva York, y les advirtió que no podían meter todo eso en su taxi. No hay nada a lo que un neoyorquino se entregue con más pasión que a la polémica, de modo que surgió un pequeño «altercado». Los turistas se detenían a tomar fotos de los auténticos habitantes de esta ciudad, neoyorquinos de pura cepa que se paraban a discutir en mitad de la acera. Habían oído decir que esas cosas sucedían, pero nunca creyeron verlas en la vida real. Sus propias madres les habían enseñado a discutir sólo en privado.

—Lo conseguí —dijo Samantha, cuando finalmente estuvieron solos en el taxi. Tal vez solos no era la palabra, porque ni una carreta estaría tan atestada como aquel coche. Samantha tenía dos bolsas sobre la falda, cuatro bajo las piernas y dos más detrás de la espalda. Una cinta de Judith McNaught que se le salía de la cartera (pensó que tal vez la escucharía antes de regalarla) se le incrustaba en el riñón derecho.

—Justo doce minutos. A la hora señalada —dijo.

Mike examinaba el tique kilométrico de la compra.

—Doce minutos para acarrear la mitad de la tienda hasta el mostrador, once minutos para regatear el precio como un vendedor de camellos egipcio, diecisiete minutos para que la máquina anote las compras en cuatro rollos de papel, y trece minutos para cargar el taxi, mientras la mitad de Nueva York me daba instrucciones sobre cómo hacerlo. Sí, Sam, justo a la hora señalada.

Samantha se asomó por encima de las bolsas de compra.

—¿Te importa mucho?

—No —dijo él, sinceramente, y le acarició la mejilla. Su mirada ya no era condescendiente, sino que volvía a expresar deseo.

Sin dejar de sonreír, Samantha se reclinó contra las bolsas. No parecía que Mike esperara que su mujer fuera una de esas esposas dóciles que servían el desayuno en la cama.

Los de la mudanza no se habían molestado en ser puntuales, y Samantha y Mike llegaron sólo veinte minutos después que ellos. Encontraron a Maxie sentada en la cama dando órdenes a los tres jóvenes robustos que sudaban metiendo los muebles en la habitación. Junto a ella estaba un médico que la auscultaba con un estetoscopio.

—Señora, ya le hemos dicho que nosotros sólo somos de la mudanza, y que lo nuestro no es colgar cuadros —decía uno de los operarios.

—Bueno, Nana —dijo Samantha al entrar en la habitación—, al parecer lo tiene todo bajo control.

Le dio a Maxie un beso en la mejilla aprovechando que el médico se incorporaba para irse. Cuando éste salió, Samantha empezó a contarle las reformas que Mike había hecho en su apartamento, y cómo había comprado todos esos libros y revistas, y que Mike había dicho esto y lo otro, y...

Entretanto, Mike había salido de la habitación con el médico.

—¿Qué me dice de su estado? —preguntó Mike.

—Se está debilitando por momentos —dijo el médico, y sonrió—. Pero mientras permanezca aquí, está feliz. Ya me gustaría que todos mis pacientes tuvieran por hada madrina a alguien como ustedes dos. Pero les pediría que no se pasen con el alcohol, ¿conforme?

—Hoy le hemos traído chocolatinas.

—Bien —dijo el médico, y su expresión se volvió más grave—. Espero que su mujer esté preparada para la muerte de Abby.

—Sí, Sam ya está preparada —dijo Mike, que había dejado de sonreír—. Ha tenido mucho tiempo para hacerse a la idea, mucho tiempo.

Tres horas más tarde, empezó a sonar el teléfono junto a la cama recién decorada de Samantha.

Mike vio que era su propia línea la que sonaba, y pulsó la tecla correspondiente.

Después de sacarse de encima el tobillo de Samantha y reemplazarlo por el auricular, contestó.

—¿Diga?

—Michael, ¿eres tú?

—Mamá, me alegro de oírte. Parece que estés muy cerca.

Samantha se separó de Mike con la velocidad de la hija de un predicador sorprendida desnuda en un festival religioso, y se sentó con gesto pudibundo, cubriéndose hasta el cuello con la manta.

—Oh, Dios mío, no puede ser —dijo Mike en tono de sorpresa. Al mirar a Samantha vio que se había puesto pálida, como si le acabaran de comunicar la muerte de una persona querida. Mike tapó el auricular con una mano—. Mi familia ha venido a Nueva York a conocerte.

Cuando al cabo de un momento Samantha asimiló el significado de aquellas palabras, cayó de espaldas en la cama. Hubiera deseado que se la tragara la tierra.

—¿Cuántos sois en total? —preguntó Mike, y hubo una pausa—. ¿Tantos? —Pausa—. ¿Y papá también ha venido? —Pausa—. Fantástico, será un placer veros a todos, y estoy seguro de que los chicos se lo pasarán en grande. —De pronto, se le pintó una expresión de horror en el rostro—. Mamá, no me digas que también ha venido Frank. —Pausa—. Sí, por supuesto que me alegraré de verlo. Raine y yo no le hicimos ni un rasguño a su querido coche. —Pausa—. ¿Sam? Sí, está aquí conmigo. —Samantha vio que Mike se sonrojaba—. Mamá, hay que ver qué cosas tienes. De acuerdo, de acuerdo, llegaremos en cuanto nos vista... ejem, en cuanto podamos.

Cuando Mike iba a colgar, Samantha oyó la risa de su madre. Durante un buen rato permanecieron acostados sin tocarse, mirando el dosel de la cama.

—¿Por qué? —murmuró Samantha.

Mike se volvió de costado y le recorrió el vientre con la punta del dedo.

—Ya te lo he dicho. Quieren conocerte.

—¿Por qué quieren conocerme? ¿Qué les has contado acerca de... nosotros? ¿Les contaste que..., que...?

Mike la miró sonriente.

—Una de las principales razones por las que me fui de Colorado fue por ese tipo de llamadas. Aunque no ha servido de nada venir a Nueva York, porque siguen sabiéndolo todo sobre mi vida. Pero, si quieres que te responda, no, no les he contado nada de nosotros, pero estoy seguro de que Raine y Blair y Vicky sí se lo han contado. No sé por qué me marché de Colorado si aquí en Nueva York es como si los Taggert y los Montgomery no nos quitáramos la vista de encima.

Samantha se acurrucó junto a él.

—Mike, tengo miedo. ¿Qué pasará si no les caigo bien?

—¿Cómo puedes temer eso? Yo te quiero.

—Ya, siempre has querido irte a la cama conmigo.

—¿Y qué significa eso? ¿Que no sé distinguir entre una cosa y otra? ¿Que si me apetece acostarme con una chica guapa y sexy eso significa que la quiero?

—¿Cómo diablos puedes distinguir entre si una chica te atrae porque es guapa o porque la quieres?

Mike se encogió de hombros con el típico gesto del hombre que dice «ni lo sé ni me importa.»

Samantha salió de la cama.

—¿Qué me pongo? ¿El traje rosa de Chanel, el rojo de Valentino o el gris de Dior?

—Ponte unos vaqueros. Están en Central Park merendando, y son más de cien.

Samantha se dejó caer sentada. Hubiera preferido caer sobre una silla pero, se encontró en el suelo.

Mike se acercó al borde de la cama para mirarla allí sentada, completamente desnuda y con las piernas cruzadas. Luego sonrió.

—¿Quieres que lo hagamos en la habitación de los invitados antes de salir?

Samantha dejó escapar un gemido.

—Venga, Sammy, cariño, no puede ser tan malo. Habrá cien personas examinándote, haciéndote preguntas, y mi madre querrá saber si eres la persona indicada para vivir con su precioso hijo, y las demás mujeres te escrutarán, y mi padre...

Samantha le lanzó una almohada a la cara.

26

Samantha y Mike estuvieron a punto de enzarzarse en una pelea y tardaron más de una hora en llegar a Central Park, y todo porque él quería que ella se pusiera unos vaqueros ajustados y una camiseta roja sin sujetador. La discusión fue más lejos de lo necesario, porque Samantha prefería reñir que ir al parque y someterse al examen de los cien parientes de Mike.

—Ahí están —señaló Mike, cuando por fin llegaron al parque.

Samantha tardó unos minutos en percatarse de que el grupo de personas que ella había confundido con la totalidad de la población de uno de esos países europeos con nombre raro eran los parientes de Mike. «No son cien sino al menos cuatrocientos por lo menos, o tal vez quinientos», pensó. Sin saber lo que hacía, Samantha giró sobre sus talones y caminó hacia la Quinta Avenida como si se tratara de un refugio, pero Mike la cogió del brazo. Durante todo el recorrido de la casa al parque, Mike se había divertido tanto provocándola y haciendo el ganso que tardó un poco en percatarse de que Samantha no bromeaba y de que, en realidad, estaba cohibida y acobardada.

Cuando Mike se giró para contemplar a su familia, a la multitud de chiquillos que corrían por el parque o jugaban en animados grupos, comprendió que Samantha estuviera nerviosa.

—Quédate aquí y te traeré algo para calmarte —dijo, alejándose en dirección a los suyos.

—¡Michael! ¡No quiero nada para beber!

Pero Mike no la oyó, o hizo ver que no la oía, porque ya se acercaba a la primera mesa instalada bajo los árboles. Samantha, medio escondida detrás de un arbusto, lo vio acercarse a una mujer sentada bajo un árbol que parecía amamantar a un bebé. Mike habló con ella un rato, ésta asintió con un gesto de cabeza, se quitó al bebé del pecho y se lo pasó a Mike.

Como si arrancar al niño del seno materno no fuera suficiente, el que ninguno de los presentes le dijera nada a Mike le extrañó a Samantha, pues sabía que llevaban más de dos meses sin verse. Samantha no entendía que, después de haber viajado desde Colorado y Maine para encontrarse con Mike, la familia no le dirigiera la palabra.

Al cabo de un rato, Mike estaba a su lado y le tendía el bebé medio dormido como si fuera un ramo de flores. Samantha dio un paso atrás.

—Mike, yo no entiendo nada de bebés.

—Tampoco entendías nada de sexo, pero aprendiste —dijo él, sonriendo maliciosamente—. Cógelo.

Samantha pensó que jamás había visto nada más hermoso que aquella criatura de tonos rosados y blancos. Aún tenía algo de leche en la barbilla, y Samantha se la limpió con una punta del babero.

—Tiene que eructar —dijo Mike. Samantha observó cómo le despojaba de la ropita con toda meticulosidad para enseñarle los bracitos y las piernecitas regordetas. Después de poner sobre el hombro de Samantha la mantita que envolvía al bebé, Mike le entregó la criatura. Ella no tuvo más remedio que cogerlo en brazos.

El instinto y el deseo se aunaron para que Samantha lo acunara.

—Una pareja perfecta —puntualizó Mike, y se inclinó para besarla en la boca—. Ahora, lo que tienes que hacer es darle golpecitos en la espalda y procurar que eructe.

—¿Así?

—Perfecto.

El bebé soltó un prolongado eructo, y Samantha miró a Mike como si acabara de llevar a cabo la hazaña más maravillosa del mundo, y aunque Mike se echó a reír, Samantha se dio cuenta de que estaba orgulloso de ella.

—Tú eres el tío Mike —dijo una voz cerca del suelo. Ambos miraron hacia abajo y vieron a una preciosa chiquitina de unos ocho años, de pelo rubio trigueño muy rizado y bien peinado, con un vestido con capullos de rosa bordados a mano en la parte delantera y zapatos y calcetines blancos.

—Y bien, señorita Lisa, tú eres la más bonita de por aquí. ¿De dónde has sacado este vestido?

—De Bergdorf's, ¿no te das cuenta? —dijo ella, con aire de suficiencia—. Es el único lugar en Nueva York adonde se puede ir de compras.

—Eres un poco esnob, ¿no crees?

Sin inmutarse, la niña le dirigió a su tío una mirada encantadora y le enseñó el pie.

—Pero los zapatos son de Lamston's —aclaró, refiriéndose a un baratillo famoso de Nueva York.

Mike se echó a reír y la levantó en vilo, le hundió la cara en el cuello y empezó a hacer ruidos raros que despertaron la curiosidad de los otros niños. De pronto salieron de todas partes, de detrás de los árboles y de las rocas, corriendo por el parque, y se lanzaron sobre Mike. Uno de los niños, de cuerpo atlético, se agarró a la pierna de Mike y se le sentó en el zapato, mientras dos gemelas se aferraban a la otra pierna. Mike cogió en brazos a Lisa, que intentaba rechazar el asalto de los demás chiquillos gritando «¡yo lo vi primero!». Al cabo de unos minutos, Mike parecía un muñeco Zuñi. Llevaba a varios niños colgados del cuello, unos por delante y otros por la espalda, mientras un par más se columpiaba del brazo que no sujetaba a Lisa.

Samantha sonrió al verlo caminar hacia las mesas, arrastrando a un racimo de niños que gritaban y reían.

Llegaron otros cuatro niños corriendo, sólo para descubrir que no quedaba ni un centímetro cuadrado de Mike de donde colgarse.

—Traed a Sam —dijo él.

Samantha, anonadada, retrocedió al ver que los niños se le acercaban con risas de diablillos y que, juntos, pesaban más que ella. Sostuvo al bebé con un gesto protector y miró a su alrededor como si se viera cercada por una manada de lobos.

De pronto se vio en el suelo, y un segundo después ella y el bebé fueron levantados por unos brazos poderosos. Pasada la primera sorpresa, encontró la mirada de su salvador. Tenía los mismos ojos de Mike, pero era un hombre mayor.

—Ian Taggert —dijo el desconocido, como si acabaran de presentarlos en una sala de baile, y no como si en ese momento la llevara en sus brazos—. Soy el padre de Mike —dijo, aunque no había necesidad de aclararlo—. ¿Y quién es éste que llevas en brazos?

—No lo sé —dijo ella, mirando al bebé.

—¿Piensas devolverlo?

Samantha se sonrojó al darse cuenta de que sostenía al bebé como protegiéndolo de alguien que quisiera hacerle daño y ella estuviera dispuesta a defenderlo con su propia vida. Ese gesto le ganó la confianza y el afecto del padre de Mike para toda la vida. Ian jamás había simpatizado con las otras amigas de Mike, que sólo se preocupaban de no ensuciarse el vestido. Esta novia le cayó bien.

—Consíguete tu propia chica —dijo Mike, y le quitó a Samantha de los brazos.

—¡Michael Taggert, bájame! —le pidió Samantha entre dientes mientras él la llevaba hasta la mesa y los muchos familiares allí presentes se reunían en torno a ella para observarla.

Después de los primeros veinte nombres, Samantha no intentó recordar quién era quién, y se alegró de ver unos cuantos rostros conocidos: Raine, Blair y Vicky, que conservaban toda su elegancia aunque vistieran vaqueros. Samantha vio a la madre de Mike, una mujer muy bella, y a su hermana Jeanne, la que había decorado su apartamento, y conoció a Frank, el hermano mayor. Frank se parecía al resto de los hombres de la familia, pero era un ejemplo de cómo la expresión puede cambiar los rasgos de una persona. Los ojos abiertos y sinceros, tan parecidos a los de Mike, estaban entrecerrados, como si lo examinaran todo y a todos. La boca suave y hermosa de los Taggert era en él una línea delgada y firme.

Cuando Frank le estrechó la mano, no coqueteó con ella como el resto de los hermanos. Al contrario, la miró como estudiándola.

—¿Estás dispuesta a firmar un acuerdo prenupcial? —preguntó.

Mike le respondió a Frank que se metiera su acuerdo donde cupiera, y abrazando a Samantha por los hombros se adentró con ella en la arboleda.

—Has conocido a lo peor de la familia, ahora ven a conocer a lo mejor —dijo. Mientras caminaban, ella le hizo unas cuantas preguntas sobre la familia, y Mike le contó que Frank tenía la intención de ser multimillonario a los cuarenta años, y que todo indicaba que lo iba a conseguir. A Samantha le causaba risa el oír a Mike hablar de millones como otras personas hablan de diez y de veinte dólares.

Sentada bajo un árbol, algo apartada del resto de la familia, había una bellísima joven que parecía salida de las páginas de un cuento infantil. Era la hermosa princesa por quien un caballero arriesgaría su vida, la princesa que sabe que bajo su colchón hay un guisante. Vestía una falda larga con capas y capas de gasa, una blusa vaporosa, y se tocaba con una pamela como la que Scarlett O'Hara llevaba el día de la fiesta. A su lado había una cesta de paja llena de novelas románticas, y en sus rodillas descansaba un bebé tan precioso como un cromo, que, como Samantha supo más tarde, era hijo de una de las primas de Mike.

—Querida Jilly —dijo Mike, con voz suave—, quiero que conozcas a Samantha.

Jilly miró a Samantha y Samantha miró a Jilly. Mike fue consciente de que Samantha había encontrado un alma gemela en su inmensa familia y, sonriendo, las dejó hablando de los libros que habían leído. Al cabo de unos minutos, había un grupo de cuatro niños sentados junto a ellas escuchándolas como embobados.

Una tras otra se acercaron las mujeres de la familia a charlar con ellas, y Samantha tuvo la oportunidad de conocerlas a todas. Se alegró de tener la ocasión de decirle a Jeanne lo bonito que había quedado el apartamento, con los colores y tonos adecuados, al igual que todo lo demás. Volvió a agradecerle a Vicky las atenciones del día que pasaron en Saks, y se disculpó por su ingenuidad sobre del precio de la ropa.

Se puso algo nerviosa cuando le tocó hablar con la madre, y las cosas empeoraron cuando Pat le preguntó qué pensaba de «su» Mike. Samantha no dudó en la respuesta.

—Salvo que siempre está mintiendo, que jamás recoge su ropa, que finge ser tonto cuando no quiere hacer algo y que tiene la habilidad de ignorar por completo que yo hago todo el trabajo de su casa, creo que mi Mike es perfecto —respondió, poniendo énfasis en el «mi».

Pat rió y le apretó cariñosamente el brazo.

—Bienvenida a la familia —dijo, y se alejó para jugar con sus nietos.

Entre visita y visita, Jilly y Samantha conversaban. O, mejor dicho, era Samantha la que hablaba. Le contó a Jilly cosas de Mike y de Maxie y, sobre todo, lo ocurrido desde su llegada a Nueva York.

Ya al atardecer Samantha se sintió lo bastante segura para alejarse del remanso brindado por Jilly y acercarse a las mesas de la merienda. Mientras conversaba con una mujer joven llamada Dougless, una de las Montgomery, casada con un hombre muy simpático llamado Reed y que, al parecer, vivía su embarazo número cuarenta, sucedió algo que Samantha deseó que no volviera a sucederle en su vida.

Samantha acababa de sentarse después de coger una aceituna de una bandeja, cuando Mike se le acercó por detrás, le puso los brazos en los hombros y la besó en el cuello.

—Gracias por haber venido Sam-Sam —dijo.

Era un gesto absolutamente normal y aceptable, salvo que el hombre que la había tocado no era Mike. La ropa que llevaba era igual, tenía más o menos su misma estatura, pero Samantha no lo sintió como Mike, y no olía ni besaba como Mike.

—Suéltame —dijo ella, incorporándose, tensa, en sus brazos.

—A nadie le importa —dijo él, hundiendo la cabeza en su cuello.

Samantha hacía lo imposible para no perder la compostura, pero no quería que aquel desconocido la siguiera tocando. Iba a abrir la boca para responder con severidad cuando sintió que el hombre le deslizaba las manos por la espalda desplazándolas hacia abajo hasta las nalgas. Fue entonces cuando Samantha sintió pánico.

—¡Basta! —gritó, intentando separarse—. ¡Basta ya! ¡Suéltame!

Aun a sabiendas de que toda la familia la observaba boquiabierta, no le importó. Que pensaran lo que quisieran.

—¡Apártate de mí! ¡No me toques!

El hombre la soltó, dio un paso atrás, y la miró asombrado. Todos la contemplaban como si fuera una perturbada.

Justo cuando Samantha rogaba que la tierra se abriera y se la tragara, vio a Mike que se acercaba acompañado de unos primos con una pelota de rugby en las manos. Corrió hacia él.

Él le rodeó los hombros con gesto protector, pero a juzgar por cómo se reía, ella comprendió que Mike estaba al corriente de que otro hombre tenía intención de propasarse con ella.

—Samantha, cariño, te presento a Kane, mi hermano gemelo. —Los dos le sonreían y esperaban verla sonreír perdonándoles la pequeña travesura. A Samantha no le cabía la menor duda de que los dos ya habían ensayado muchas veces aquel juego de confundir a la novia del otro.

Pero el perdón no estaba en el ánimo de Samantha. Cuando se volvió hacia Mike, echaba chispas por los ojos.

—Si me quieres hacer un favor, tírate por el tajo más cercano —dijo, y cuando se giró sobre los talones para alejarse de él y del resto del grupo, toda la familia estalló en una carcajada.

Estaba ya a una distancia considerable cuando de pronto Mike la alcanzó.

—Sam, cariño... —dijo Mike

—No te atrevas a dirigirme la palabra —advirtió ella. Mike hizo ademán de cogerla—. No te atrevas a tocarme —añadió, y siguió caminando con él a su lado.

—¿Por qué te has enfadado tanto, Sam?

—Yo intentaba causar buena impresión ante tu familia y tú... tú has querido dejarme en ridículo haciendo que tu hermano me meta mano cuando todos estaban mirándome. Fue humillante. ¿Acaso no pensaste en cómo me sentiría?

—No —dijo él, sonriendo—. La gente nos confunde y pensé que tú creerías que Kane era yo.

Ella se detuvo y le fulminó con la mirada. Pensó que el cerebro se le había desintegrado.

—Sam, Kane y yo somos gemelos, somos idénticos, hasta en los lunares y en las marcas de nacimiento.

Samantha le lanzó una mirada como diciendo «no me vengas con cuentos».

—Dime una cosa, Mike —pidió, haciendo acopio de paciencia—, ¿la comadrona que os vio nacer a ti y a tu hermano era parienta vuestra?

—La verdad es que sí lo era, pero ¿qué tiene que ver eso?

—Porque, igual que vosotros, es una mentirosa. Te mintió a ti y a toda tu familia. Tu hermano no se te parece en nada. Si sois mellizos no sois idénticos, por lo cual, aunque nacisteis al mismo tiempo, sólo sois hermanos.

Mike la miraba, incrédulo, sin ni siquiera respirar.

—Sam, Kane y yo hemos ganado concursos por ser los gemelos más idénticos.

—Entonces los que perdieron serían de diferente color. Ahora, si no te importa...

Samantha no pudo decir nada más porque Mike la levantó en brazos y empezó a besarla, y cuando ella intentó separarse, él no la dejó.

—Sammy, cariño, te juro que no quise humillarte, créeme. Kane y yo le hemos gastado bromas a todo el mundo desde que éramos pequeños. Es una especie de rito de iniciación en la familia.

—Entonces, no he superado la prueba —dijo ella, entristecida.

—¿Que has fallado? —dijo él, echándose a reír—. Has aprobado con un sobresaliente. Venga, volvamos con la familia. Ya verás la buena nota que has tenido.

Samantha dejó que Mike la tomara por los hombros y la llevara adonde estaban los otros, pero cuando se acercaron a las mesas, vio a Kane hablando con su madre.

—Si tu hermano vuelve a ponerme las manos encima, se arrepentirá.

—No dejaré que te toque —dijo Mike sonriendo. Había orgullo en su tono, tanto orgullo que Samantha se abstuvo de preguntarle por qué no le había dicho que tenía un hermano gemelo.

Mike no le había mentido al decirle que su familia se alegraba de que ella no los hubiera confundido. Por lo que luego observó pudo comprender por qué ningún familiar había saludado a Mike cuando éste llegó: lo confundieron con Kane. Se le ocurrió decirles a todos que necesitaban un buen oculista si pensaban que Mike se parecía tanto a su hermano, porque no se parecían en nada. La verdad es que Kane tenía un aspecto más bien normal y corriente. Era ciertamente atractivo, pero no tenía la bella boca de Mike, ni el pelo tan rizado, ni se movía como él. Era algo gordo y menos musculoso.

Durante el día y hasta el anochecer, Samantha tuvo que aguantar una prueba tras otra en la que participaron todos los miembros de la familia excepto los padres y Jilly, porque todos llamaban a los gemelos confundiendo los nombres. En dos ocasiones Kane le puso a Samantha las manos en los hombros cuando ella estaba de espaldas, pero al primer roce supo que aquel hombre no era Mike.

Ya entrada la noche, cuando los niños comenzaban a dormirse y los hombres se apartaron de las mujeres para charlar, Samantha tuvo la oportunidad de sentarse tranquilamente a observar al grupo. Había más personas apellidadas Taggert que Montgomery, pero eran muchos los de ambas familias, y ella ya había pasado bastante tiempo con unos y con otros como para empezar a distinguirlos.

Los Montgomery eran muy diferentes de los Taggert, tanto en lo físico como en lo tocante a personalidad. Los Montgomery eran más altos; los Taggert, más atractivos. Los Taggert, que medían entre un metro setenta y un metro ochenta, eran hombres fuertes, gruesos y corpulentos. Juntos, parecían un hatajo de levantadores de pesas o una cuadrilla de albañiles. Era lo atractivo de sus rostros lo que los diferenciaba de otros hombres igual de musculosos, sus grandes ojos, sus labios carnosos que dibujaban las sonrisas más dulces que imaginarse puedan. Con todo lo grandes y corpulentos que eran, ninguno de ellos parecía capaz de hacer daño ni a una mosca.

Los Taggert eran hombres de los cuales una mujer podía fiarse, hombres a los que una mujer podía acudir en busca de ayuda y en quienes podía confiar para que la sacaran de un edificio en llamas sin que dudaran en arriesgar su vida. Eran hombres seductores. Samantha ya no se preguntaba por qué las mujeres que entraban a formar parte de la familia parecían dispuestas a darles muchos hijos. Tampoco le cabía duda de que todos los Taggert ejercían con cariño su función de padres velando por sus hijos desde que nacían hasta que se enamoraban y se convertían a su vez en padres. No eran de esos hombres que se iban con los amigos los domingos por la tarde. De hecho, observándolos, Samantha se preguntaba si alguno de los Taggert salía alguna vez sin sus hijos. Eran hombres que sabían dar amor y recibirlo, que no sólo declaraban su amor a una mujer sino que la amaban de verdad y con todo el corazón, en los buenos ratos y en los malos, en los trances difíciles y en las épocas de bonanza, en la tristeza y en la felicidad. Los Taggert eran hombres que nunca fallaban a sus mujeres, y éstas sabían que podían confiar en ellos.

Los Montgomery eran diferentes a sus primos: su elegancia contrastaba con la sencillez de los Taggert. Samantha pensó que los Montgomery eran de ese tipo de hombres que saben cuándo alguien se equivoca al atribuir a Puccini un aria que es de Verdi. También se percatarían si alguien utilizaba el cuchillo de la mantequilla para cortar el pescado, y podían distinguir una imitación Chanel del Chanel auténtico. Eran, sin excepción, hombres tranquilos y reservados, altos y guapos, con ojos inescrutables, pómulos muy marcados y mandíbulas prominentes. El único rasgo suave de sus rostros era la boca. Samantha no podía dejar de preguntarse si al enamorarse, esos rostros se suavizarían. En general, eran hombres de aspecto fiero, como los líderes guerreros, hombres que morirían para proteger a sus subordinados, a sus mujeres o a sus hijos.

Samantha se preguntaba cómo serían los Montgomery en la vida privada, si amarían con toda esa fiereza que se reflejaba en su mirada. No le cabía duda de que cuando se enamoraban, la destinataria de ese amor era escogida con sumo cuidado. ¿Reían los hombres Montgomery? ¿Lloraban? ¿Jugaban al fútbol o al baloncesto con los hijos y conversaban con las hijas sobre sus muñecas Barbie? Pensaba que tal vez nunca conocería las respuestas a tales preguntas porque sabía, sin que nadie se lo dijera, que un Montgomery no permitiría que nadie supiese acerca de él más de lo que él quisiera que supiese.

—¿Y qué has decidido? —le preguntó Pat Taggert, que se había sentado a su lado. Esa pregunta le dio a entender a Sam que todos la habían estado observando y que Pat sabía lo que Samantha estaba pensando. Tal vez cuando Pat pensó en casarse con el padre de Mike también estuvo comparando a los Taggert con los Montgomery.

—Que no me importaría tener una aventura con un Montgomery, pero que me casaría con un Taggert —contestó Samantha, y luego se arrepintió de haberlo dicho.

Pat sonrió, como si apreciara la sinceridad de su respuesta.

—A esa conclusión llegué yo hace ya mucho tiempo.

Samantha se miró las manos.

—Tú no..., quiero decir...

—No, eso no sucedió, pero de cuando en cuando me agrada hablarle a Ian del hermano mayor de Raine —confesó, y las dos se rieron.

Más tarde, cuando llegó el crepúsculo, todos empezaron a despedirse, y Samantha cayó en la cuenta de que se sentía a gusto entre aquella gente. Mientras ayudaba a limpiar las mesas para recoger las sobras que serían llevadas a un centro de acogida de indigentes, charló animadamente con varios miembros de la familia.

Mike se acercó por detrás y la abrazó por la cintura.

—Escuchadme todos. Sam dice que jamás en su vida ha cambiado un pañal, así que me gustaría saber quién nos va a prestar un bebé por esta noche.

—Yo —dijo uno de los Montgomery.

—Yo —dijo otro.

—Mike, te puedes quedar con los míos todo el tiempo que quieras..

—¿Qué te parecen mis gemelos? Puede que debiera acostumbrarse a los gemelos.

—Los míos llevan pañales de algodón, Mike. Y unos imperdibles adornados con patitos. Sam debería aprender con pañales de algodón.

Samantha solamente atinaba a parpadear ante la avalancha de ofertas.

—Escoge tú —aconsejó Mike.

—¿A cuántos me puedo llevar? —preguntó ella.

Se produjo un pesado silencio entre los Taggert, porque si había algo que todos se tomaban en serio, eran los críos. No había ninguna esposa en la familia de los Taggert que no tuviera hijos. Ellos presumían de ser capaces de dejar embarazada a cualquier mujer, sin importar que los médicos la hubieran dado por estéril. Habían embarazado a mujeres que tomaban la píldora y a mujeres que usaban el DIU. Uno de los Taggert, después de seis hijos, se había hecho la vasectomía, y cuando su esposa se quedó embarazada, dos años después, dudó de la fidelidad de su mujer. Después de nacer el bebé, la madre insistió en hacer una prueba de ADN para demostrar que el niño era hijo suyo. El marido tuvo que disculparse regalándole a su esposa una casa, un viaje de tres semanas a París y un baúl lleno de ropa. Por eso varias mujeres del clan de los Taggert habían insistido en que sus maridos se hicieran la vasectomía.

—Puedes llevarte a uno, a dos, o a todos —dijo Mike.

Samantha le lanzó una mirada al grupo casi mudo de espectadores, y luego a todos los niños. Las diferencias de edad iban desde una diminuta criatura que parecía tener sólo unos minutos de vida hasta crecidos adolescentes que parecían morirse de ganas de alejarse de sus parientes. Se sentía profundamente tentada por un bebé rollizo y sonriente que parecía tener unos ocho meses.

—Esos dos —dijo, al cabo de un rato de reflexión.

Eran dos pequeños de unos cuatro años, alejados del grupo, los niños más sucios de toda la pandilla. Churretosos, con la cara pringosa y la ropa manchada. Pero bajo la suciedad se adivinaban unas caritas de querubines de pelo negro y rizado, ojos grandes e inocentes y bocas tiernas y dulces.

Cuando Samantha escogió a esos dos niños, Mike dejó escapar un gruñido que hizo reír a carcajadas a toda la familia. Ella lo miró sin entender.

—¿Tienen que ser esos dos?

—¡Mike!

—Esos dos diablillos son los hijos de Kane, y hasta para un Taggert son más que revoltosos. ¿Qué te parece la niñita de Jeanne? Es una chica adorable.

Samantha miró a la hija de Jeanne, con su vestidito limpio y su sonrisa angelical, y luego volvió a mirar a los gemelos que en ese momento se peleaban a muerte.

—Quiero los niños —sentenció.

Mike volvió a gruñir y Kane lo abrazó.

—¡Ah, dormir! —dijo Kane—. ¡El dulce sueño! Eso es lo que yo voy a hacer esta noche y vosotros dos no tendréis la misma suerte.

Mike se volvió hacia Samantha.

—Samantha... —alcanzó a decir, y ella lo detuvo.

—Me recuerdan a ti —dijo—, y cuando estén limpios, me imagino que serán iguales que tú .

La observación hizo reír aún más a toda la familia. Pat sonrió con ternura a sus dos hijos.

—Al fin y al cabo, en este mundo existirá la justicia si tenéis hijos tan traviesos como lo erais vosotros de pequeños. Tú lo has dicho, Samantha, los hijos de Kane son iguales a él y a Mike cuando eran pequeños, y que Dios se apiade de ti si quieres aprender con ese par de pillos.

Después de una ruidosa despedida, con muchos besos y abrazos y cientos de invitaciones para que fueran a visitarlos a Colorado y a Maine, Samantha y Mike partieron de vuelta a casa, cada uno llevando de la mano a uno de los sucios mellizos.

Al llegar a casa, Samantha dejó a los niños jugando en el jardín y se fue a prepararles una cena ligera. Fue entonces cuando comprendió por qué había gruñido Mike cuando ella dijo que quería llevarse a los gemelos.

No eran chicos malos, tampoco pretendían fastidiar a los mayores, ni hacerles jugarretas a sus espaldas. La verdad es que parecían contentos simplemente con estar juntos y daba la impresión de que no se percataban de la presencia de Samantha y Mike. Los problemas surgían porque eran activos, demasiado activos, de modo que parecían multiplicarse.

Samantha miró el jardín ya iluminado y vio que uno de los gemelos trepaba por la verja y estaba a punto de caer y matarse, mientras el otro se encaramaba por la escalera de incendios con toda la rapidez que le permitían sus piernecitas regordetas. A Samantha le pareció que un tercero había subido gateando por la pared de la casa y ya estaba en el rellano de la escalera de incendios, también en peligro de una caída mortal; un cuarto niño se comía las rosas, con espinas y todo, mientras un quinto se estaba aupando en una tumbona, una de cuyas patas se había salido del caminito de baldosas y que estaba a punto de derrumbarse.

—¡Mike! —chilló Samantha, desesperada, desde la puerta de cristal, sintiéndose impotente—. ¡Se van a matar los ocho! ¿O son doce?

Mike no levantó la mirada del periódico.

—Esos dos son de clase especial.

—Creo que deberías... —balbuceó ella, con la voz quebrada por el miedo, porque uno de los chicos trepaba ahora por el muro de la casa hacia la segunda planta.

—Tú los has querido. Ahí los tienes.

Samantha se volvió hacia Mike, sin creer lo que oía, y vio que se ocultaba detrás del periódico. Era evidente que no pensaba ayudarla. Salió al jardín a ver lo que podía hacer para impedir que los niños se mataran.

Aunque no lo parecía, Mike se hallaba al tanto de lo que estaba sucediendo, y seguía con interés los movimientos de Samantha. Fue a apostarse junto a la puerta de cristales y desde allí observó cómo Samantha intentaba primero razonar con los niños como si fueran adultos, diciéndoles que estaban al borde mismo de la muerte y que deberían controlar sus impulsos. Luego les ofreció papel y lápices y una limonada, y como eso no surtió efecto, trató de coger con dulzura al niño que escalaba el muro para bajarlo de allí.

La dulzura no le sirvió de nada, porque el pequeño se escabulló y siguió trepando hacia arriba.

Mike vio que Samantha no tenía ni idea de lo que debía hacer, detalle que su sobrino captó porque se echó a reír, y Samantha supo que el chico se daba cuenta de sus apuros y que gozaba sabiendo que él era la causa.

—Ven acá, diablillo —dijo, entornando los ojos mientras el niño seguía trepando por el rosal junto al muro. Samantha se encaramó tras él, que seguía riendo mientras su hermano lo alentaba desde el suelo.

Samantha emprendió una loca persecución por el muro; parecían dos cangrejos deslizándose por un plano vertical.

Mike salió al jardín, presto a cogerles caso de que llegaran a caer, pero Samantha agarró al diablillo por el pantalón y éste se giró para mirarla fijamente como diciendo «¿y ahora qué vas a hacer?».

Mike vio que Samantha no tenía idea de cómo bajar al chico, aunque intentaba disimularlo, y su desazón le divirtió.

—¿Vas a dejar que un chico de cuatro años pueda más que tú? —preguntó Mike desde el suelo.

Sin mirar abajo, Samantha le lanzó al niño una mueca dándole a entender quién mandaba allí, y un segundo más tarde lo tenía en los brazos; el chiquillo debía de pesar unos cuarenta kilos. Logró bajarlo y Mike la ayudó en los últimos metros, cogiéndolos a los dos cuando una de las ramas del rosal cedió y todos cayeron al césped.

No bien tocó el suelo, el gemelo desapareció corriendo con su hermano mientras Samantha se frotaba el brazo, dolorido por el esfuerzo y por los pinchazos y rasguños de cientos de espinas.

—Ahora entiendo por qué te dedicas a levantar pesas —dijo—. Debe ser para enfrentarte a los niños. ¿Crees que debería darles un baño?

Mike la atrajo hacia sí y le estampó un tierno beso en la frente.

—¡Mike!, ¿adónde han ido los niños?

—Mmm —dijo él, acariciándole la espalda—. Has dicho la palabra que no debías.

—¿Qué? ¿Niños? ¿Por qué no habría de decirlo?

—No, has dicho «baño». Ahora han desaparecido, y tendrás que encontrarlos si tu intención es bañarlos. La mitad de las veces Kane se da por vencido y termina metiéndolos en el abrevadero de los caballos. Tiene la teoría de que sólo se empezarán a bañar cuando descubran la existencia de las chicas, así que ¿para qué molestarse hasta entonces?

Samantha se apartó de él, y cuando Mike la miró vio su gesto de determinación.

—Si mi abuela tuvo que tratar con gángsters, creo que yo podré tratar con un par de chicos. Lo que se necesita aquí es una mente despierta y la fuerza de un Hércules. Quédate ahí —ordenó, y Mike esperó en un lado del jardín—. ¡Dios mío, si están Donatello y Miguel Ángel y Rafael y Leonardo, todos juntos, aquí en nuestro jardín! —exclamó.

Cuando aparecieron los dos chicos, Samantha agarró a uno por la cintura y luego al otro. Inclinada a causa de aquellos dos fardos tan pesados, Samantha avanzó sin soltarlos a pesar de lo mucho que los niños pataleaban.

—¡Has hecho trampa! —gritó uno de ellos, y Samantha se sorprendió porque no sabía que los chicos hablaran.

—Ya lo creo —dijo ella—. Lo aprendí de tu tío Mike, que es el tramposo más grande del mundo.

Los dos chicos dejaron de resistirse durante unos instantes para mirar a su tío Mike con gran respeto, pero él seguía siendo igual a su padre, de modo que no les pareció que tuviera mayor interés. Después reanudaron sus forcejeos para poder liberarse de Samantha, que no era muy corpulenta pero sí extraordinariamente fuerte.

—Vosotros dos os vais a tomar un baño, ahora mismo, luego os leeré un cuento y os meteré en la cama —anunció. Los niños continuaron luchando y Samantha, con las articulaciones de los brazos destrozadas, prosiguió—: Es la historia más horrorosa que jamás habéis oído. Sangre, gente cortada por la mitad, y...

Los dos chicos dejaron de sacudirse, y muy formales subieron las escaleras mientras Samantha les contaba el escalofriante relato.

Mike la observaba bañar a los gemelos. Samantha trataba de quitarles la suciedad que parecía incrustada desde hacía años, sin que ellos dejaran de tirarse el jabón a la cabeza y salpicarse hasta dejarla empapada.

Como Mike había dicho, los chicos se parecían mucho, hasta en los lunares y en las marcas de nacimiento.

—¿En qué somos diferentes Kane y yo? —preguntó Mike.

—Michael Taggert, si lo que buscas son cumplidos... —alcanzó a decir Samantha, y tuvo que agacharse para evitar que la pastilla de jabón le diera en la cabeza.

—Puede que sí, pero ¿no te picaría la curiosidad si toda la vida la gente te hubiera dicho que eres idéntico a otra persona y de pronto alguien te dice que no te pareces en nada? ¿En qué somos diferentes?

—Para empezar, él es más bajo que tú, la expresión de su mirada es diferente, tú eres... más buena persona que él y más tierno.

—Puede que cuando te miro mi mirada se vuelva diferente.

—Quizá sí, pero de todos modos tus pestañas son más largas y más rizadas.

—¿Más rizadas? —preguntó él, riendo.

Samantha se sonrojó y desvió la mirada.

—Ya sé que no debería haber dicho nada. No eres como tu hermano. No te pareces en nada —sentenció Samantha, y Mike se dio por satisfecho y abandonó el cuarto de baño, que comenzaba a tener el aspecto de una zona de desastre total

Una vez bañados los niños y acostados, ella y Mike se retiraron a la habitación y se dispusieron a dormir juntos en la cama de Mike. Samantha estaba extenuada y se creía incapaz de derrochar más energía, pero cuando salió del baño vistiendo su camisón blanco, le bastó mirar la expresión de Mike para que ambos se precipitaran el uno sobre el otro como dos animales hambrientos, arrancándose la ropa y arañándose, besándose y acariciándose por todas partes.

Una hora después, saciados del todo, estaban tendidos uno junto al otro; Mike la mantenía abrazada mientras Samantha le apoyaba la cabeza en el hombro.

—Todo esto es nuevo para mí —apuntó Samantha—. Quiero decir que he hecho esto... pero no así. Mike, entre hacer el amor contigo y hacerlo con mi ex marido hay tanta diferencia que es, como dice Mark Twain, como comparar un rayo con una luciérnaga. No tenía idea de que el sexo pudiera ser tan agradable y divertido, jamás pensé que... me colmara tanto.

Mike permanecía silencioso mientras Samantha le acariciaba el vello del pecho.

—Supongo que habrás hecho esto mil veces y con miles de mujeres. Supongo que esto no es nada... fuera de lo común para ti.

—Samantha, cuando tenía catorce años, mi padre me dio la primera charla sobre el cuidado que debe tenerse con el sexo. Me habló de las enfermedades venéreas y de los embarazos no deseados. Desde entonces, cada vez que he ido a la cama con una mujer me he protegido con esa delgada membrana que es lo único que me separaba de ella. Incluso he usado el preservativo aunque una mujer me dijera que tomaba la píldora. Prefiero estar seguro que arrepentido. Hasta anoche, jamás había estado, si quieres que te diga la verdad, piel contra piel con una mujer. Creo que incluso podría decirse que hasta anoche era virgen.

—¿Y fue mejor esta vez? Sin nada, quiero decir —preguntó ella, vacilando.

—Mucho mejor. Mucho, pero que mucho mejor. Jamás había sentido nada igual. No tenía idea de que el sexo pudiera ser tan agradable.

Samantha le cogió la mano y se la levantó, poniéndola contra la suya, comparando los tamaños y acariciándole las puntas de los dedos.

—Entonces, me imagino que a partir de ahora, quiero decir, después, con otras mujeres, no volverás a usar condón. Siempre querrás estar... piel contra piel.

Samantha entrelazó sus dedos con los de Mike. No soportaba pensar acerca de su vida sin Mike, ni en Mike acostándose con otra mujer.

—Así es. Pero, claro, Samantha, creo que esa actividad ha terminado.

Samantha no se atrevía a preguntarle qué quería decir, pero sus palabras le aceleraron los latidos del corazón. De pronto, se giró hacia él.

—¡Michael! Si no te has puesto nada, quiere decir que puedo haberme quedado embarazada.

—¿Ah, sí? —preguntó él, como si no se hubiera dado cuenta de la posibilidad de un embarazo. Apretó suavemente la mano de Samantha—. ¿Te importaría?

Ella ignoró su pregunta.

—Pienso que te has portado como un perfecto irresponsable. Deberías haber usado algo.

—¿Yo? ¿Y por qué no tú?

—Yo lo habría hecho, pero la verdad es que la primera vez no me diste tiempo para pensarlo. Además, estaba un poco achispada y tenía las ideas borrosas.

Él le sonrió cariñosamente.

—¿Sabes cuál es el grito de apareamiento de la princesa sureña? ¡Ooooh, estoy tan borracha!

—Ya me las pagarás por esto —replicó ella, y se lanzó sobre él con la intención de hacerle cosquillas, pero su camisón los envolvió a los dos.

Los interrumpió la presencia de los dos pequeños impecablemente limpios que los observaban junto a la cama. No había necesidad de que dijeran nada, porque lo que sentían se les veía en la mirada: estaban lejos de casa y de su padre y querían que alguien los acogiera. Ni Samantha ni Mike vacilaron. Los metieron en la cama y los dos chicos se acurrucaron el uno junto al otro como las dos mitades de un solo ser y se durmieron inmediatamente entre Mike y Samantha.

Samantha pensó que para Mike dormir acurrucado con niños no era ninguna novedad, pero para ella sí, y sintió que algo profundo palpitaba en su interior.

—Mike, ¿tú también haces gemelos? —preguntó en un susurro. Había intentado darle un tono ligero a la pregunta, pero no lo consiguió. Quería a Mike y quería a los hijos que éste pudiera darle.

Mike comprendió lo que preguntaba. Samantha quería saber si él estaba dispuesto a tener hijos con ella. Mike tenía muy presente que una respuesta afirmativa por su parte implicaba un compromiso para toda la vida. Pero, de hecho, ya se había comprometido para toda la vida, al ser la primera noche que no usaba preservativo, y eso había sido una decisión muy consciente por su parte.

—Es probable —dijo al cabo de un rato—. ¿Quieres un par?

—Creo que sí —respondió ella, como si no fuera la respuesta más importante que había dado en toda su vida.

Por encima de las cabezas de los dos chavales, sus dedos se entrelazaron con fuerza.

27

Mike se despertó al oír el leve ruido de una llave que abría la puerta de entrada. Desde el atentado contra Samantha, no lograba conciliar un sueño profundo, y siempre estaba ojo avizor. Ahora sabía que la persona que entraba tenía que ser su hermano Kane, porque, por muy indiferente que pudiera parecer, lo cierto era que Kane adoraba a sus hijos y soportaba a duras penas estar lejos de ellos.

Mike se levantó de la cama y caminando de puntillas salió de la habitación. Se estaba poniendo los pantalones cuando Kane entró en el salón.

—Veo que tu casa aún está intacta. ¿Le han dado muchos dolores de cabeza a tu amiga mis dos monstruos? ¿O ha optado por lo más sensato y te ha abandonado?

Mike se llevó un dedo a los labios y le hizo señas para que lo siguiera. Sin ruido, abrió la puerta del dormitorio que compartía con Sam, y Kane miró dentro. Samantha estaba tendida de espaldas, y en el hueco de cada brazo dormía uno de los hijos de Kane, uno boca abajo y con la cabeza apoyada en el antebrazo de Samantha, y el segundo, tendido de lado con la mitad del cuerpo sobre Samantha.

—Ha pasado tanto tiempo desde la última vez que los vi limpios que no estoy seguro de haberlos reconocido —dijo Kane, y cuando Mike cerró la puerta, le dirigió una mirada cargada de añoranza—. ¡Dios mío, cómo te envidio!

Mike sonrió con un deje de tristeza al recordar la muerte de la mujer de su hermano. Pero su melancolía no tardó en disiparse al oír el grito de «¡papá!» y ver cómo, uno tras otro, los pequeños se lanzaban a los brazos de su padre. Cargado con aquellos cuerpecitos que aún conservaban el calor de la cama, Kane se dirigió al salón.

—¡Sammy! —gritó uno de los chicos estirando los brazos hacia Samantha para que ella los acompañara.

Pero Mike se plantó en el umbral como una barrera.

—¡Ah, no, pequeño monstruo, ya la has tenido suficiente tiempo! Ahora me pertenece a mí —advirtió. Cerró la puerta, hizo girar la llave, y volviéndose hacia Samantha, que acababa de despertarse, se atusó unos bigotes imaginarios—. Ahora, mi bella amiga...

—Mike —alegó Samantha, sentándose en la cama—, no puedes... Quiero decir, hay gente ahí fuera.

—Eso es algo que sucede con frecuencia en mi familia —replicó él, y dio un salto hacia la cama, la cogió por la cintura y la acarició.

—Mike, no puedes, tu hermano...

—Lo sabe todo sobre las flores y las abejas —la cortó él, y buscó el borde de su camisón mientras ella intentaba, no del todo convencida, apartarle la mano. No del todo convencida porque ¿qué pasaría si era ella quien ganaba?

Cuando Samantha salió de la habitación, encontró a Kane en la cocina sumido en la lectura del *Wall Street Journal*. Los gemelos estaban sentados en el suelo comiendo.

—¿Qué comen éstos ahora? —preguntó, aunque sabía perfectamente qué les había dado Kane, pero quería que él lo reconociese. Le estaba costando mucho tomarle afecto a aquel hombre.

—Galletas y Coca-Cola —respondió Kane, que no parecía demasiado preocupado, porque ni siquiera levantó la mirada del periódico.

Sin pedirle permiso al padre, Samantha retiró de las manos de los niños las servilletas de papel, las galletas y las latas de Coca-Cola.

Kane dejó el periódico y la observó. El gesto de Samantha no era poco habitual, porque todas las mujeres de su familia habían intentado, sin éxito, que esos niños comieran como Dios manda. Lo que sí le sorprendió fue que los chiquillos no se pusieron a gritar y a protestar al ver que les quitaban el desayuno.

Kane, que sabía que sus hijos nunca se sentaban a la mesa para comer, contempló asombrado cómo, después de colocar sobre las sillas de la cocina unos cojines que protegió con unos paños, Samantha cogía a los dos chicos y los hacía sentar.

Kane olvidó por completo la lectura del diario y miró estupefacto a sus alborotadores gemelos que permanecían quietos mientras esperaban a que Samantha les preparara huevos revueltos, tostadas de pan integral y dos vasos de leche. Kane estaba ahora realmente fascinado. Durante no sabía cuántos años no había visto comer a sus hijos otra cosa que no fuera patas de langostas, espinas de rosales y azúcar. En dos ocasiones logró encontrar la mirada de uno de los niños, y alzó las cejas en señal de pregunta, pero por toda respuesta recibió una sonrisa angelical, como si lo de comer huevos y tostadas y sentarse a la mesa sin derramar una gota de líquido fuera cosa de todos los días.

Después del desayuno, Samantha les lavó a los niños las manos y la cara, algo que Kane presenciaba también por primera vez, y se arrodilló ante ellos para darles dos galletas

—¿Qué me daréis a cambio? —preguntó Samantha.

—Besos —dijeron ellos al unísono, sonriendo como niños de una película educativa de los años cincuenta.

Sonrieron y le estamparon un beso a Samantha en cada mejilla, y luego le presentaron la cara para que ella hiciera lo mismo. Cuando los gemelos salieron corriendo al jardín, Samantha les recordó que si se ensuciaban tendría que volver a bañarlos.

—¿Los genitales también? —preguntó uno de los gemelos.

Samantha se volvió hacia Kane, boquiabierta.

—Quiere decir los dedos de los pies —explicó Kane, encogiéndose de hombros—. Oyó esa palabra en *Los Simpson* y yo le dije que eran los dedos de los pies.

—Sí, querido —dijo Samantha—. También te lavaré los dedos y, además, si te ensucias, cambiaré tus muñequeras de las tortugas ninja por unas cualquiera. ¿Qué te parece eso como castigo?

Los chicos dejaron escapar una risita y salieron al jardín.

Ahora era Kane el que estaba boquiabierto mientras observaba cómo Samantha quitaba los platos del desayuno.

—No deberías dejarlos comer esas galletas para el desayuno, y la Coca-Cola *light* es química pura—observó ella, con el ceño fruncido en gesto de reprimenda—. Y en cuanto a la higiene, dejan mucho que desear.

Kane volvió a coger el periódico y se lo plantó delante de la cara.

—No te los puedes quedar, Samantha. Son míos. Dile a Mike que te haga unos para ti.

Samantha no contestó, pero se le salieron los colores a la cara. Sabía que Kane era viudo y, por lo tanto, había albergado la esperanza de que, hasta que encontrara una madre para sus hijos, los dejara estar con ella.

28

—¿Quieres hablarme de ti y de Nelson?

—¿Nelson? —preguntó Samantha, distraída, pues pensaba en los gemelos, en los adorables niños que Kane se había llevado inmediatamente después del desayuno. Había actuado casi como temiendo que si dejaba a los chicos con Samantha, tarde o temprano ella consiguiera quitárselos.

—Aquel tipo del bar, ¿te acuerdas? Lo conociste cuando te exhibiste ante la mitad de Nueva York medio vestida.

—Ah, sí, Nelson —respondió Samantha, riendo—. Mike, ¿tú crees que estoy lo bastante cualificada para trabajar de noche como prostituta cara?

Mike soltó un gruñido y le dijo con malhumor:

—¿Piensas contarme o no lo que Nelson te escribió en el papel que te dio? Desde luego, podría hacer lo mismo que tú y empezar a hurgar en tus cosas para encontrarlo, pero mi comportamiento es más ético.

Samantha recogió el plato sucio de la comida y le dio un beso en la nariz.

—Veo que no lo has encontrado, ¿eh?

Por un momento, Mike desvió la mirada, luego se incorporó y la siguió a la cocina.

—Samantha, ¿qué estás tramando? —preguntó.

—En ese papel había un nombre: Walden, y un número de teléfono.

Mientras contemplaba cómo ella metía los platos en el lavavajillas, Mike se percató de que Samantha evitaba mirarle a los ojos.

Le puso las manos sobre los hombros y la obligó a volverse de cara a él.

—¿Qué has hecho con ese nombre y con ese número de teléfono?

—Ya llamé. Al parecer, el señor Walden es abogado y estoy citada con él hoy a las tres de la tarde.

—¿Y pensabas ir sola, decirme que te ibas de compras para escaparte a tu cita?

—Mike, no es como si pensara visitar en secreto a alguien como Doc. Este hombre es un abogado, es joven, al menos es más joven que la mayoría de los que saben algo sobre Maxie, así que no puede estar demasiado implicado en lo que sucedió en 1928. El señor Walden tiene cincuenta y cinco años.

—¿Y tú cómo lo sabes?

—¿Cómo lo sé? Se lo pregunté a la secretaria. Le dije que pensaba que lo había conocido en un bar, y lo describí como un joven de unos veintiséis años, rubio y alto. Me informó de que el señor Walden tiene cincuenta y cinco años, está casado, es padre de cuatro hijos, mide un metro sesenta y cinco y tiene el pelo canoso y una barriga como un tonel. Si ésa es la edad que tiene, ¿cómo puede saber algo acerca de mi abuela? ¿Crees que se habrá ocupado de algún asunto legal suyo, o que realmente sabe algo?

—Supongo que sólo hay una manera de saberlo. Vístete y vayamos a verlo juntos.

—Mike, tú no tienes por qué ir. Puedo encontrarme con él, volver y contarte lo que me haya dicho.

Mike se sintió irritado pero también halagado por el hecho de que Samantha intentara protegerlo, pues comprendió que era precisamente eso lo que Samantha pretendía. Él le había dicho claramente que no quería que siguiera metiendo las narices en el misterio de por qué Maxie había abandonado a su familia. Samantha pretendía no sólo seguir adelante con su investigación, sino también mantener en secreto sus descubrimientos. La besó suavemente.

—¿Te has dado cuenta de que son más de las dos? Si piensas vestirte con uno de esos trajes tuyos, ponerte esa laca hedionda en el pelo y luego maquillarte... —Samantha ya se había lanzado corriendo al baño.

A las tres y cuarto, Samantha y Mike entraban en el despacho del señor Walden, acompañados por su delgada y estirada secretaria. Mediante un procedimiento que enfureció a Samantha (Mike la había enviado a los lavabos de señoras mientras él se sentaba en la mesa de la guapa recepcionista y mirándola a través de sus seductoras pestañas le hacía preguntas sobre el señor Walden) se enteraron de que el señor Walden era abogado criminalista. Se encargaba de defender a los delincuentes de la más deleznable reputación y conseguía que no entraran en la cárcel. La recepcionista se había estremecido coquetamente al describirle a Mike los siniestros personajes que a veces entraban en aquel despacho. Le confesó que al señor Walden no parecía importarle el hecho de que, gracias a sus excelentes oficios, siguieran en libertad unas personas tan aborrecibles.

—Relaciones con los bajos fondos —explicó Mike—. No es de extrañar que Nelson lo conozca. ¿Qué te pasa?

Samantha caminaba tan rígida al lado de Mike que casi no doblaba las piernas.

—No me pasa absolutamente nada. ¿Es que tiene que pasarme algo? Si tú te pones a mirarle el escote a esa mujer, no hay razón para que a mí me pase nada.

Sonriendo, Mike la cogió por el brazo y no la dejó apartarse.

—Tenía un buen par de …

—Conque te gustan las vacas —masculló ella. Dio un tirón para desprenderse de él y se adelantó.

Cuando los hicieron pasar al despacho de Walden, Samantha estaba furiosa y Mike intentaba ocultar su risa. El señor Walden, que era tal como lo habían descrito, los miró de arriba abajo mientras se sentaban.

—Los divorcios no son mi especialidad —advirtió de entrada.

Mike se echó a reír. Trató de coger la mano que Samantha tenía apoyada en el brazo de la butaca, pero ella se liberó de un tirón.

—En realidad, venimos por otro asunto. Nos dio sus señas el señor Jubilee Johnson.

En menos de un segundo, la expresión jovial del señor Walden se desvaneció. Resultaba difícil creer que aquel hombre era un defensor de criminales, porque con una peluca y una barba blancas y un traje rojo sería la viva imagen de Papá Noel.

—Ah, sí. Jubilee. Espero que se encuentren bien él y su familia.

En aquel preciso momento Samantha se fijó en la mano izquierda de Walden. Al entrar en el despacho, estaba tan enfadada con Mike que no se había detenido a observar al abogado, y sólo vió en él a un hombre de aspecto agradable. Su primera impresión fue que no sabía absolutamente nada de Maxie.

Ahora le miró la mano izquierda, que a partir de la muñeca estaba cubierta de un espeso tatuaje negro que se prolongaba por el meñique y el anular, cuyas uñas estaban pintadas igualmente de negro.

—Media Mano —susurró, ya que a primera vista parecía que le faltaba la mitad de la mano—. Media Mano —repitió algo más alto, interrumpiendo la conversación de Mike con el abogado.

Walden se incorporó, rodeó la mesa y extendió la mano con la palma hacia abajo. Samantha se la estrechó, la examinó, y al soltarla lo miró a la cara.

—¿Quién es usted y qué sabe de Maxie? —preguntó ella.

El señor Walden lanzó una risa bonachona, muy propia del Papá Noel a quien se parecía.

—Mi nombre de pila es Joseph Elmer Gruenwald. Dado que a mi padre le llamaban Joe, a mí normalmente me llamaban Elmer. Es un nombre poco atractivo. No fue fácil abrirse camino en este mundo con un nombre como ése, porque uno se pasa la mitad del tiempo escuchando chistes de Elmer Fudd. Para no tener que pensar en el nombre, dediqué buena parte de mi tiempo a conocer las andanzas de mi abuelo, un gángster...

—Joe, Media Mano —Ahora fue Mike el que interrumpió.

—Sí —asintió el señor Walden—. Joe Media Mano era mi abuelo. Mi padre tenía nueve años cuando le mataron, y creo que desde entonces se dedicó a glorificar su figura. En lugar de reconocer que mi abuelo no era más que un matón a sueldo, intentó convertirlo en héroe, así que yo crecí escuchando las hazañas que contaban del magnífico Joe Media Mano. —Se detuvo, como vacilando—. Cuando Joe murió, mi padre recibió algún dinero, pero mi abuela se lo gastó todo en menos de seis meses.

Levantó la mano izquierda y se la examinó.

—A los dieciséis años me emborraché por primera vez en mi vida, y al despertar descubrí que había ido a que me tatuaran la mano, como si quisiera honrar la memoria de mi abuelo. Una vez sobrio, quise quitarme el tatuaje, pero mi padre me advirtió que sería un mal presagio.

Mike y Samantha lo miraron, perplejos.

—Mi padre era capaz de grandes fantasías. Se casó cuando no era más que un chaval, y yo llegué pronto a este mundo, de modo que él nunca tuvo la oportunidad de estudiar. Cuando vio lo que yo me había hecho en la mano, pronosticó que estaba destinado a convertirme en abogado para salvar a gente como mi abuelo. No sé cómo llegó a la conclusión de que un adolescente de dieciséis años con la mano tatuada podía estar predestinado a ser abogado, pero a mí me pareció convincente. Fui a la facultad de Derecho pensando consagrar mi vida a salvar a hombres y mujeres incomprendidos, y resulta que ahora defiendo a la escoria de la sociedad.

Parecía haber cierta discordancia entre sus palabras y sus gestos, porque daba la impresión de que el señor Walden era un hombre satisfecho de sí mismo.

—¿Por qué? —preguntó Samantha.

—El dinero, querida. La escoria de la tierra no se dedicaría a cometer delitos si no ganaran una porrada de dinero, así que como defensor de esta gente me he convertido en un hombre rico. Mis padres vivían con cinco hijos en un piso de dos habitaciones. Yo tengo un ático en la Quinta Avenida y una segunda residencia en Westchester. He costeado a mis cuatro hijos los estudios en las mejores universidades del país, y mi mujer se hace confeccionar la ropa en París.

Sonrió ante la inocencia de los atractivos jóvenes que lo observaban, pues en la expresión de ambos se leía que ninguno de ellos vendería su alma a cambio de dinero. Claro que, a juzgar por su vestimenta y por su manera de actuar, ninguno de los dos había pasado hambre ni frío ni se había visto desalojado del piso en plena noche por no haber pagado el alquiler. Sus propias hijas eran unas chicas bonitas como Samantha, bien vestidas y alimentadas, y no las perseguían los recuerdos de la pobreza. Sin proponérselo, la basura humana que él defendía le había hecho un favor al permitirle poner en el mundo a personas buenas y sanas.

—A los veintiún años, me cambié el nombre por el de M.M. Walden, un nombre decente que utilicé durante toda la carrera en la facultad. Me sirvió para trabar amistad con la gente guapa y rubia que juega al tenis y, más tarde, cuando les conté a los vagos que defendía que las iniciales M.M. correspondían al nombre de Media Mano, también me fueron útiles.

—Porque habían oído decir que Joe Media Mano tenía escondidos tres millones de dólares —intervino Mike, lo cual hizo sonreír a Walden.

—Veo que usted también ha hecho algunas averiguaciones.

Mike le contó que estaba escribiendo una biografía, y le explicó que Maxie era la abuela de Samantha.

—¿Qué nos puede contar de ella? —preguntó.

—Nada —replicó Walden, fijando la mirada en Mike sin siquiera pestañear. Mike pensó que el hombre estaba acostumbrado a mentir.

—¿Ni siquiera el nombre del asilo donde se encuentra? —preguntó Mike—. ¿Sabe usted quién le paga las facturas?

Al oír esto, Walden echó la cabeza atrás y se echó a reír estruendosamente.

—Conque me ha pillado, ¿eh? Sí, sé dónde se encuentra Abby, pero yo no pago sus facturas. Si es eso lo que quiere saber, tendrá que preguntarle a ella de dónde saca el dinero.

—Dice que se llama Abby y ni siquiera quiere reconocer que es Maxie.

—Bueno, eso se comprende. Probablemente tema por esta señorita, porque Doc podría hacerle algo. Y si no es Doc, tal vez lo haga otro. La leyenda del dinero de Joe aún está viva en algunos círculos. Supongo que saben que su verdadero nombre es Abby, ¿no? Se llama Mary Abigail Dexter. Cuando firmó un contrato con Jubilee para cantar en su club lo hizo con sus iniciales, pero en lugar de escribir M.A.D., escribió M.A.X. El contable de Jubilee, que necesitaba gafas, pensó que se llamaba Maxie, y ése fue el nombre que le quedó.

Mike se quedó mirándolo fijamente seguro de que el tipo les ocultaba información que no pensaba darles.

—Alguien entró en el piso superior de mi casa e intentó matar a Samantha —declaró.

Walden no se inmutó, pero Mike pensó que su impasibilidad era lógica porque en su oficio tenía que tratar con muertes y todo tipo de violencia.

—¿Ah, sí? ¿Y lo cogieron? —preguntó el abogado.

—No —respondió Mike con brusquedad—. ¿Tiene alguna idea de quién podría haberlo hecho? ¿Alguien que usted conoce?

—Cualquiera de los miles de personas que conozco —dijo Walden, sonriendo—. De la gente que he defendido, no hay ninguno que no sea capaz de subir a una segunda planta para intentar matar a una chica guapa. Basta con que me diga una fecha y un lugar, y yo lo relacionaré con un asesinato.

Samantha iba a decir algo, pero Mike se adelantó.

—Febrero de 1975. Louisville, Kentucky —dijo, sin volverse hacia Samantha, que en ese momento lo hubiera fulminado con la mirada. Era la fecha y el lugar de la muerte de su madre.

—Me gustaría irme, Mike —dijo en un susurro, pero Mike había clavado la mirada en Walden y no se movió de su asiento.

Después de pasear la mirada de uno a otro, Walden pulsó una tecla del teléfono y le pidió a la secretaria que le trajera toda la información disponible sobre la fecha y el lugar que Mike le había dado.

—Lo tiene todo en el ordenador, así que no tardará nada —explicó, rompiendo el silencio que pendía sobre ellos después de la pregunta de Mike.

Durante cinco minutos, reclinado en su silla, no dejó de mirarlos a los dos, intentando descubrir qué había más allá de la redacción de una biografía. Se preguntaba si sabrían hasta qué punto Doc era una criatura diabólica, o si, por el contrario, lo creían un viejecito simpático sólo porque se había enfrentado al diablo el tiempo suficiente para llegar a la edad de noventa y pico de años.

La secretaria entró y depositó sobre la mesa una carpeta gruesa de archivo. Walden se inclinó para recogerla.

—Ya. Me acuerdo muy bien de este monstruo. Lo ejecutaron en la cámara de gas hace unos diez años. Se puede decir que jamás ésta tuvo más merecido inquilino. Yo lo defendí, pero debo decir que me alegré de que no hubiera manera de ganar. La víspera de su ejecución me pidió que fuera a su celda para contarme su vida. Me gustaría afirmar que se sentía roído por el arrepentimiento, pero lo que me dijo fue que quería que yo lo pusiera todo por escrito para que hicieran un telefilme o una película con su vida, como Al Capone —dijo mientras hojeaba la carpeta—. Yo no le dije que probablemente habría muerto antes de que yo pudiera convertirlo en héroe popular, pero grabé todo lo que me dijo para el caso de que algún día acusaran a uno de mis clientes de algún crimen cometido por él. —Volvió a recorrer las páginas de su carpeta—. Aquí lo tengo. 1975. Dios mío, qué ajetreado estuvo ese año. Cuatro, no, cinco víctimas, todas de la Mafia. No, aquí hay una excepción —dijo, y levantó la mirada hacia Mike—. Louisville, Kentucky. Febrero —recitó, y volvió los ojos a su archivo—. Un caso muy feo. ¡Dios mío! Me había olvidado. El asesino andaba buscando el dinero de Joe Media Mano. Creo que alguien lo contrató, pero no quiso decir si trabajaba para otro o para sí mismo. Creo que quería hacerme creer que era lo bastante listo como para matar a alguien sin que nadie le dijera a quién, cómo y dónde.

—¿Qué hizo? —preguntó Mike, en voz queda.

—Mató a una mujer. Me aseguró que tenía información de que alguien en su familia conocía el secreto del dinero de Joe, así que viajó a Louisville, raptó a la mujer y la torturó para que hablara. Veamos... Dice que la sostuvo contra un radiador encendido, pero al darse cuenta de que no sabía nada, salió con ella a la calle y la atropelló con su coche. Se jactaba de que la mujer le imploraba que no le hiciera daño a su hija pequeña. Después de haberla matado, se quedó en la ciudad un par de semanas, habló con la chica y se dedicó a hacerle preguntas para averiguar si ella o su padre sabían algo. Cuando vio que no tenían la menor idea nada, abandonó la ciudad.

M. M. Walden los miró fijamente. Hacía un momento, los dos parecían saludables y sonrosados, ahora tenían un aspecto enfermizo y la tez pálida. Vio que Mike alargaba la mano y cogía la de la joven, que permanecía agarrada al brazo del sillón. Fue entonces cuando se percató de que era probable que la mujer torturada hubiese sido la madre de esa joven.

—Yo... —balbuceó, y M. M., aquel hombre que jamás estaba falto de palabras, no supo qué decir. Mike se levantó.

—Señor Walden, le agradezco su ayuda. Creo que es hora de retirarnos.

—Oiga, siento haberle contado esa historia. No era mi intención... —alcanzó a decir el abogado, pero luego calló, porque los dos salían ya del despacho.

—¿Te encuentras bien? —preguntó Mike, ya en la calle.

—Sí, estoy bien —asintió ella—. Me encuentro bien, Mike, pero creo que me gustaría caminar. Sola. Te veré más tarde.

—¿Estás segura?

—Totalmente segura —replicó. Como él la seguía mirando con inquietud, ella esbozó una leve sonrisa y le puso la mano sobre el brazo—. Mike, todo eso sucedió hace años y yo he tenido mucho tiempo para superar lo de la muerte de mi madre. Ahora ya no importa cómo murió. Un muerto es un muerto, y da lo mismo que fuera por accidente o por asesinato. Ahora sólo quiero estar sola. Acaso me vaya a la iglesia un rato —murmuró, y despidiéndose de Mike con otro leve apretón en el brazo y una sonrisa, se giró para marcharse.

Mike la cogió por el brazo y la miró de frente. Era una buena actriz, y si él no supiera lo que ella acababa de descubrir, no se daría cuenta de que que estaba sufriendo. Pero ahora comenzaba a conocerla tal como era. Samantha se había pasado casi toda su vida ocultando el dolor y la desesperanza sin sincerarse con nadie.

—Tú vienes conmigo —decidió Mike.

—No...

Samantha intentó liberarse, pero Mike la cogió por el brazo y la atrajo hacía él. Luego tensó el labio inferior contra los dientes y lanzó un silbido estridente, con lo que logró que un taxi se detuviera dando un frenazo. Mike abrió la puerta y la obligó a subir. Durante el trayecto no la dejó hablar, pero al acercarse a su casa, la cogió por el mentón y le volvió la cara hacia la luz. Samantha estaba muy pálida, tenía la piel sudorosa y jadeaba al respirar.

Cuando el taxi se detuvo, Mike pagó y bajó. Arrastrando a Samantha de la mano subió las escaleras de dos en dos, y al ver que no podía seguirlo la llevó casi en volandas y metió la llave en la cerradura, abrió la puerta de un golpe y corrió con Samantha hacia el cuarto de baño.

Llegaron justo a tiempo, pues nada más entrar Samantha empezó a vomitar en el inodoro. Sosteniéndole la frente con su manaza y la caja torácica con el antebrazo, Mike aguantó los espasmos que la sacudían sin parar aunque en su estómago revuelto no quedaba ya nada que devolver. Mientras Samantha permanecía inclinada sobre la taza del váter, Mike empapó una toalla en agua fría y se la aplicó en la frente. Luego tiró de la cadena y bajó la tapa de la taza, donde la ayudó a sentarse.

—Estoy bien —murmuró ella—. En serio, ya estoy bien.

—¡Y un huevo! —replicó él, y fue a buscar un vaso de zumo de naranja que le obligó a tomar—. Y ahora esto —dijo, enseñándole una pastilla de menta, y al negarse ella, Mike le alzó el mentón y se la introdujo en la boca con un movimiento certero.

Cogiendo la toalla, Mike la aclaró, la estrujó y se la pasó por el rostro. ¿Qué se hacía en estos casos? ¿Cómo se enfrentaba uno a noticias tan demoledoras como la que Samantha acababa de recibir? Intentó imaginar cómo se sentiría él si de pronto se enterase de que su madre había sido torturada y luego asesinada por un criminal que sospechó que sabía dónde se ocultaba un montón de dinero.

—Cuando eras pequeña y te ponías mala, ¿quién cuidaba de ti? —preguntó Mike, pasándole con delicadeza el paño frío por el rostro ardiendo.

—Mi madre —murmuró ella.

—¿Y después de los doce años? —Mike dejó el paño y esperó su respuesta, pero Samantha, sin contestar, se limitó a mirar al otro lado.

—Creo que me acostaré un rato —anunció, y empezó a levantarse.

—¿Te vas a acostar? ¿Sola?

—Mike, por el amor de Dios, realmente no tengo ganas de...

Mike no quiso enfadarse por el hecho de que Samantha supusiera que él quería hacer el amor en un momento como aquél. Se limitó a acariciarle la mejilla, recordando que ella le había contado que lo primero que quiso hacer al enterarse de la enfermedad mortal de su padre fue correr a casa para refugiarse en los brazos de su marido. Pero su marido no había estado allí cuando lo necesitó, y cuando su madre murió y tuvo necesidad de su padre, también él le había fallado. Mike pensó que había llegado el momento de que el hombre estuviera donde tenía que estar.

—Sam-Sam, no pienso dejarte sola. Puede que tu padre te abandonara cuando te hacías mayor, pero yo no haré lo mismo —expuso con sinceridad, y cogiéndola en brazos como quien lleva a un niño, salió del cuarto de baño.

—Suéltame —ordenó ella.

Mike se detuvo en el pasillo y la miró.

—No permitiré que te quedes sola. Podrás decir que soy un autoritario o un redomado cerdo machista, podrás decir lo que quieras, pero esta noche no te dejaré sola. Esta vez no tendrás que enfrentarte sola a la muerte —dijo, y Samantha intentó liberarse de él empujándolo, pero él la atrajo con más fuerza—. No eres lo bastante fuerte como para pelear conmigo.

Mike se puso a andar, pero no en dirección a su habitación como ella había pensado, sino hacia el jardín. Al pasar junto a una silla, cogió una manta para taparla. En el jardín se sentó con ella en una tumbona, sosteniéndola sobre las rodillas como a una niña, y le cogió la cabeza para apoyarla sobre su hombro.

—Cuéntame cosas de tu madre —le pidió.

Samantha hundió la cabeza en su hombro y se negó a hablar. En ese momento, lo último en que deseaba pensar era en su madre, no quería pensar que la habían torturado con un radiador mientras ella suplicaba que no le hicieran daño a su hija.

—¿Cuál era su color favorito? —preguntó Mike.

Esperó la respuesta pero Samantha guardó silencio.

—El color preferido de mi madre es el azul —dijo él—. Dice que es el color de la paz, y con la casa llena de chicos lo único que ella quiere es paz.

Samantha permaneció callada mientras él estiraba la manta sobre los dos. El día era cálido, pero el impacto de la noticia la había dejado helada como un témpano, como si toda su sangre hubiese desaparecido en un recoveco de su interior. Mike le acarició el cabello húmedo y la abrazó, intentando cubrirla con su propio cuerpo. Sin saber exactamente por qué, estaba convencido de que era crucial que Samantha hablara.

—¿Te cantaba a veces tu madre?

Samantha no respondió.

—¿Alguna vez te he contado que mi tatarabuela era una famosa cantante de ópera? La llamaban la Reina. ¿Has oído hablar de ella?

Samantha negó con la cabeza.

—Mi padre tiene algunos discos grabados por ella. Una voz estupenda, si me permites decirlo. Me extraña que nadie en mi familia sepa cantar sin desafinar. No me parece justo, ¿tú qué opinas?

Samantha permanecía muda mientras él le frotaba la espalda y la estrechaba con fuerza contra su cuerpo fornido. Ella recordó lo que con tantos esfuerzos había tratado de olvidar. Nadie la había consolado por la muerte de su madre: su padre se refugió durante tres años en una habitación a oscuras. La mayor parte de los días ni siquiera se molestaba en afeitarse ni en quitarse el albornoz, comía sólo lo suficiente para mantenerse vivo. Y a pesar de los esfuerzos que Samantha hizo por animarlo, jamás le permitió que se asomara a su soledad, que era la misma que ella sufría. Jamás dejó traslucir su tristeza, ni quiso darse por enterado de lo mucho que ella lo necesitaba ni de cuánto echaba en falta a su madre.

—Amarillo —murmuró Sam de pronto—. A mi madre le gustaba el amarillo.

Horas enteras estuvo Mike sosteniéndola mientras la pobre chica le contaba cosas de su madre y rememoraba cuánto había significado en su vida. Mike recordó que ella le había confesado que se sintió como un reloj sin cuerda después de la muerte de Allison Elliot, y empezó a entender lo que se escondía detrás de sus palabras: Samantha creía ser culpable de la muerte de su madre, pues le había dicho en una ocasión que su madre no habría muerto si ella no hubiera insistido en ir a la fiesta de una amiga. Luego se había retractado diciendo que sabía que no era cierto, pero Mike comprendía ahora que esta última afirmación procedía de la razón pero no del sentimiento. En su subconsciente Samantha seguía sintiéndose culpable de la muerte de su madre. Además, pensaba que su padre también la creía igualmente culpable. Si no, ¿por qué su padre no cuidaba de su única hija, ni le hablaba ni la consolaba?

«Cabrón egoísta», se dijo Mike. Sólo pensaba en su propio dolor, no adivinaba el de su hija. En cambio Kane, aunque se había desmejorado mucho tras la muerte de su esposa, hizo todo lo posible por estar junto a sus hijos cuando se despertaban de noche llorando y llamando a mamá.

Pero Samantha no había llorado, como tampoco lloraba ahora. Estaba pálida, fría y tan débil que ni siquiera lograba mover las manos, pero sus ojos estaban secos. El negarse a abandonarse al llanto era el castigo que se infligía por la muerte de su madre y por el dolor de su padre.

—Cuando niña, yo era el terror de medio mundo —explicó—. Era egoísta y exigente, siempre tenían que complacerme. En una ocasión, mi madre me compró unos zapatos de terciopelo azul, y yo estaba tan mimada que ni siquiera me los probé porque quería unos zapatos rojos de charol.

—¿Qué hizo tu madre?

—Me dijo que no pensaba volver al centro a comprarme otro par de zapatos. Y añadió que no era su intención criar a una *prima donna*, de modo que tendría que conformarme con lo que me daban.

—¿Y te compraron los zapatos rojos? —preguntó él, pensando que detestaba la anécdota. Era la tercera vez que ella recordaba una situación en la que el egoísmo natural, como el de todos los niños, era recalcado para hacerla parecer un monstruo.

—Claro que sí. Al día siguiente le dije a mi madre que me encantaba su peinado y sus bellos ojos azules. Le dije que me encantaba que no pareciera una vieja como las madres de mis amigas, que eran todas, sin excepción, gordas y feas. Le dije que debería vestirse realzando su belleza. Me sonrió, me preguntó qué era lo que tramaba, y le contesté que había visto un vestido en un escaparate de la tienda Stewart's que le quedaría perfecto.

—¿Y ella volvió contigo al centro?

—Me dijo que tantos y tan sinceros cumplidos y tanta inteligencia para conseguir lo que quería merecían ser recompensados, pero me advirtió que si no encontraba ese vestido en el escaparate de Stewart's me daría de lo lindo.

—Supongo que el vestido estaba allí.

—Sudé durante todo el trayecto. Temía que sólo encontráramos ropa de hombre en el escaparate, pero no fue así. Yo conseguí mis zapatos rojos y mamá su vestido nuevo —dijo Samantha, y después de una pausa añadió—: Con aquel vestido la enterraron.

Mike siguió abrazándola y acariciándole el pelo mientras escuchaba su relato, y con cada anécdota su determinación crecía. Blair le había sugerido que Samantha fuera a ver a un psiquiatra. ¿Para qué? ¿Para que un tipo le repitiera una y otra vez que ella no tenía la culpa de la muerte de su madre? ¿Para que le dijera que la depresión de su padre tampoco era culpa suya? Para que Samantha llegara a creer que nada de eso era culpa suya se necesitaba algo más que meras palabras.

De pronto Samantha mencionó que en una ocasión su padre llevó a Richard Sims a casa para que ella lo conociera. Al cabo de unas cuantas preguntas, Mike entendió que Samantha se había casado para complacer a su padre. ¿Y por qué no? De los doce años a los veintitrés, Samantha se había consagrado a su padre en cuerpo y alma, intentando redimir el daño que creía haber hecho, así que ¿por qué no habría de casarse si eso le hacía feliz?

El abogado de su padre le había contado que Samantha había dedicado todo su tiempo libre a estar con su padre y a ayudarlo en su depresión, y que su aislamiento fue tan absoluto durante toda esa época que el abogado supuso que habría sido víctima de un incesto, pero como no quería comprometerse, no siguió indagando.

Sola desde los doce años, sin la madre que, según lo que Mike había observado, había sido su mejor amiga, Samantha se quedó sin tener a quién recurrir. Pero había intentado ser la niña más buena del mundo para recuperar el cariño de su padre, y por eso resultaba comprensible que se casara con el hombre que su padre le había elegido. Tal vez al aceptar esa elección conseguiría que su padre volviera a amarla.

Cuando su matrimonio empezó a resquebrajarse, Samantha no contó con el consuelo de nadie. Le resultaba imposible llamar a su padre y contarle que el hombre que le había elegido (Mike descubrió que fue el padre de Samantha quien había financiado la participación de Richard en la oficina de contabilidad de Santa Fe) además de explotarla la consideraba una mula de carga. Samantha vivió su infancia aislada y agobiada por sus secretos, y no aprendió a entablar amistad con nadie, a tener amigos y amigas a quienes contar sus problemas.

Ahora Mike recordó los primeros meses que ella había pasado en su casa, y comprendió su depresión y por qué se refugiaba en una habitación y se negaba a salir. «Se refugiaba en la habitación, como hacía su padre», pensó. Su padre la había abandonado en vida, y tal vez Samantha tenía la ilusión de reencontrarlo una vez muerto.

Mike se preguntaba una y otra vez qué podía hacer él. ¿Qué

hacer para que Samantha se diera cuenta de que ni la muerte de su madre ni la depresión de Dave eran culpa suya? Mike había oído decir que la depresión es la ira que se vuelve contra uno mismo. ¿Qué podía hacer él para que esa ira se manifestara hacia fuera? Quería ver a Samantha romper algo, quería oírla maldecir a su padre por haberla abandonado, quería oírla gritar por lo que su ex marido le había hecho, quería verla llorar.

Se levantó de la silla y la llevó adentro. Samantha pensó que la llevaría a la cama, y esperaba que así fuera, porque se sentía terriblemente cansada. Pero Mike se dirigió a la puerta de entrada.

—¿Adónde vamos? —inquirió ella, con gesto de cansancio.

—Te llevaré donde tu abuela. Creo que ha llegado el momento de deshacer tanto equívoco, es hora de encontrar las respuestas a unas cuantas preguntas.

29

Ya había amanecido cuando Mike volvió a la habitación de Maxie. Él también había pasado la noche en el establecimiento. Cuando la víspera llevó a Samantha a ver a su abuela, Mike le pidió a Maxie que le contara la verdad a su nieta. Le dijo que la vida era en sí demasiado corta y demasiado misteriosa para que las dos siguieran fingiendo que cada cual desconocía quién era la otra. Debido a su irritación, tal vez dijera ciertas cosas que no debería haber dicho, pero Samantha necesitaba a su abuela y su abuela la necesitaba a ella.

Después, las dejó solas, y las dos mujeres pasaron buena parte de la noche conversando, mientras Mike se retiraba a descansar unas horas, en una dura cama plegable dispuesta en lo que con mucho eufemismo llamaban «sala de invitados». Mike no sabía de qué habían hablado tanto tiempo, pero cada vez que fue a verlas durante la noche, seguían en lo mismo.

—¿Cómo está? —preguntó Mike al entrar, mirando a Samantha acurrucada en brazos de Maxie. Él no se había afeitado y aún llevaba la misma ropa, ahora arrugada y sucia, que vestía el día anterior cuando fueron a ver a Walden. Sonrió al contemplar a Samantha, que dormía el sueño profundo de los que han vivido un gran trauma emocional. Tenía la boca ligeramente abierta, el pecho sacudido por un leve hipo esporádico, y los miembros le colgaban, relajados como los de una niña.

—Venga, déjeme que la coja —dijo Mike, dando un paso adelante—. Pesa lo suyo, y seguro que a usted se le ha dormido el brazo.

Maxie le respondió con una mirada cargada de tal ferocidad que Mike dio un paso atrás. Tras recuperarse, la miró a su vez, sonriendo.

—Supongo que, al fin y al cabo, no debe pesar mucho.

Algo avergonzada, Maxie ahogó una risita.

—No, no es demasiado pesada. Me hubiera gustado tenerla en brazos cuando era niña, me hubiera gustado estar allí después de...

—¿Después de morir su madre?

Maxie desvió la mirada, porque de sobra sabía que la muerte de Allison era culpa suya. De no haberse casado ella con Cal, la familia Elliot no habría tenido ninguna relación con Doc ni con Joe Media Mano.

—El médico le ha puesto una inyección para que duerma —dijo Maxie—. No quería hacerlo, pero los demás residentes le obligaron —explicó mirando a Mike y sonriéndole con amor y agradecimiento—. Mira, Mike, desde que compraste los libros y los juegos y todo lo demás para este asilo, sin hablar de lo que hiciste con mi habitación, creo que esta gente haría cualquier cosa por ti. Para ellos, eres un cruce entre un santo y Supermán.

—No dejes que te engatuse Sam. Nada de esto fue idea mía. Hasta que la conocí, vivía una tranquila existencia de soltero. Me pasaba el día pensando en cómo agregar más dinero a la cantidad enorme de que ya dispongo, y yéndome cada noche de juerga con una mujer guapa, con mujeres por las que no sentía nada en absoluto.

Maxie acarició el brazo y luego la mejilla de Samantha. Maxie parecía más vieja hoy que el día que la conocieron porque el relato que le hizo Samantha de la muerte de Allison le había hecho mella.

—¿Y ahora tu vida es diferente?

Mike se acercó a la cama y le retiró a Samantha el cabello de la frente.

—Ahora mi vida es muy diferente. Ahora me siento como si... Oiga, esto es muy cursi.

—Me gusta lo cursi —replicó Maxie, con una mirada brillante e intensa—. Sobre todo cuando está implicada mi nieta.

—Ahora siento como si tuviera sentido mi vida. ¿Le parecería muy tonto si dijera que pienso que he estado esperando a Sam? ¿Y sabe qué otra cosa? Creo que su padre sabía que yo la esperaba.

—David —dijo Maxie, con voz queda—, mi querido hijo. —Por un momento desvió la mirada, con los ojos humedecidos al pensar en todo lo que no había conocido: la vida de su nieta, la muerte de su hijo. Si hubiese estado allí en 1975, tal vez la habrían matado a ella y no a la madre de la pequeña.

Mike le cogió la mano, que ella tenía en el hombro de Samantha.

—Dave no quería que yo viera a su hija —dijo—. En aquel momento pensé que era raro que prefiriera que me fuera de su casa antes de que su hija llegara, sobre todo porque me instaló en la habitación de Samantha en vez de hacerlo en la habitación de invitados —explicó, y de pronto guardó silencio, porque acababa de entender lo de la habitación, acababa de comprender que, para Dave, el tiempo se había detenido aquella mañana fría de febrero, el día en que asesinaron brutalmente a su mujer. Como consecuencia, también se había detenido el tiempo para esa alegre muchachita que era su hija—. Dave escogió para Samantha su primer marido —añadió Mike, mirando a Maxie fijamente a los ojos.

Ella tardó sólo un momento en comprender qué quería decir con eso.

—¿Y crees que también te escogió a ti para Sam? —Más que una pregunta, su frase pareció una afirmación.

—Así es. Dave no paraba de decir que quería reparar el daño que le había ocasionado. Me avergüenzo al decir que durante un tiempo pensé que él la había molestado sexualmente. Ahora supongo que su intención era demostrar que la primera vez había escogido mal al candidato. Ahora que pienso en lo que pasó, tengo la impresión de que al conocerme Samantha creyó que se trataba de otro de los arreglos de su padre, y eso explica en parte su hostilidad del principio. Su padre había escogido muy mal la primera vez.

—Y supongo que la segunda vez no tuvo tan mala suerte —aclaró Maxie, con su pícara sonrisa.

Mike no le devolvió la sonrisa.

—Casi cometió un error gravísimo. Durante el primer mes que Samantha vivió en mi casa, dejé que se quedara sin salir de su apartamento. No sé qué habría sucedido si mi amiga Daphne no me hubiese señalado que Sam estaba... estaba —balbuceó, y respiró hondo—. Creo que se encontraba al borde del suicidio.

Con un gesto que le devolvió la confianza, Maxie le apretó los dedos, jóvenes y fuertes.

—Ya has recuperado el tiempo perdido —dijo, con voz más alegre—. Y ahora que eres el héroe que la ha rescatado, ¿cómo te sientes? ¿Como si hubieras hecho un acto heroico?

Mike se echó a reír tan fuerte que Samantha se desperezó sin despertar del todo de su profundo sueño.

—Sí. Al principio, me sentí así. Al principio me sentía un mártir. Ahí estaba yo, salvándola de sí misma, y la bonita niña mimada ni siquiera me lo agradecía acostándose conmigo.

—Ese problema, por lo visto, lo has solucionado ya —dijo Maxie, riendo.

—Ella lo solucionó. Lo solucionó todo. Ella ha sido quien me ha hecho ver lo solitario que me había vuelto estos últimos años, lo harto que estaba de todo. Sam mira la vida como si todo en ella fuera nuevo y maravilloso. Debería verla cuando va de compras. Es la misma historia de siempre, pero para Sam es como si explorara un planeta nuevo. Me imagino que nadie que haya vivido lo mismo que ella da por sentadas las cosas buenas de la vida —sentenció, acariciándole la mejilla a Samantha—. Debería haberla visto en el parque con mi familia. Se acercó a ellos con tanta naturalidad como si fuera una más del grupo, y los niños se enamoraron de ella. Los niños intuyen la bondad de los adultos, la sienten en la piel; ella y mi hermana menor estaban rodeadas de niños.

Mike se apartó de la cama y se acercó a una pintura de un paisaje victoriano, un paisaje indescriptiblemente idílico. Maxie sabía que no lo estaba mirando.

—¿Le ha contado lo de la merienda en el parque? —preguntó él.

—Algo. Parece que se lo pasó maravillosamente. —Aunque Samantha le hubiera contado paso a paso lo sucedido aquel día, Maxie lo habría callado, porque era evidente que Mike quería decirle algo, y ella quería escucharlo.

—Yo estaba furioso con mi madre por haber planeado aquel tinglado, porque yo sabía que querían poner a prueba a Samantha, pero ella lo ignoraba. ¿Le ha contado que tengo un hermano gemelo?

—No.

Mike miró a Maxie y sonrió.

—No se lo ha contado porque para ella no tiene importancia —dijo, y después de un silencio, continuó—: Todo lo que es importante para otros en relación a mí, como pueden ser las cosas que definen lo que soy, no significan nada para Sam. Le da igual lo de mi dinero y el hecho de que yo tenga un gemelo. Casi siempre es divertido ser gemelo, pero a veces se siente uno como si no fuera una persona única, como si, al contrario de lo que le sucede al resto de la gente, uno fuera la mitad de un todo. Una de las razones por las que vine a Nueva York era que estaba harto de vivir en un pueblo pequeño, en un pueblo donde hasta mis propios parientes me preguntaban cuál de los dos era yo. —Se detuvo un momento y pasó la mano sobre el tablero de una mesa de cerezo—. Hay un dicho en mi familia, un dicho tonto y ridículo que ni siquiera sé de dónde proviene, que dice «cásate con la que puede diferenciar a los gemelos».

Al ver que se detenía, Maxie lo miró, intentando figurarse lo que Mike intentaba decir.

—¿Tu familia vino hasta Nueva York para descubrir si Samantha podía distinguir entre tú y tu hermano? ¿En eso consistía la prueba?

—Para ser breve, sí. Hace unos cinco años, mi hermano Kane, el gemelo, llamó a mi madre desde París y le contó que se había enamorado locamente de una bella joven francesa, y que iba a casarse con ella. Mi madre lo felicitó, luego me llamó por teléfono y me dijo que cogiera el Concorde y fuera a conocerla a París. Nunca lo dijo, porque no tenía por qué decirlo, pero los dos sabíamos por qué me había mandado a París.

—¿Tenías que descubrir si tu futura cuñada podía distinguirte a ti de tu hermano?

—Sí.

—¿Y os distinguió?

—No. Kane no sabía que yo iba a París, así que fui a la dirección donde él se hospedaba. Resulta que era la casa de los padres de la muchacha. Llamé a la puerta, pero nadie contestó así que me dirigí al jardín de atrás. Allí estaba ella, tan bella como

Kane la había descrito. Pero en cuanto me vio saltó de la silla, corrió hacia mí, se lanzó a mis brazos y me dio un beso apasionado. Cuando llegó Kane, ya casi había logrado quitarme la camisa.

—¿Y tu hermano se enfadó al encontrarte en esa situación con su novia?

—No, no somos así. Comprendió lo sucedido, y no se dignó ni mirarme, porque se había dado cuenta de que ella no nos había distinguido y que nunca nos distinguiría. Cada vez que me acercaba, me preguntaba si era Kane o Michael.

—¿Qué le ocurrió? Hablas como si perteneciera al pasado.

—Murió en un accidente. Kane quedó destrozado. Estaba loco por ella, pero...

—Pero ¿qué? —preguntó Maxie.

—Mi familia nunca llegó a conocerla, pero intuyo que todos creyeron que había muerto porque no era la mujer para Kane, su... media naranja, por así decirlo.

—¿Qué sucedió en la merienda del parque?

—Sam supo que mi hermano no era yo. Lo supo inmediatamente, pero supongo que Kane no podía creerlo. La estuvo sometiendo a pruebas toda la tarde. Se acercaba por detrás y le ponía las manos en los hombros, pero Sam ni siquiera tenía que mirarle la mano. Era como si *sintiera* que no era yo, y entonces decía algo así como «¿Qué quieres ahora, Kane?». Y lo decía con un tono más bien molesto.

Esta vez su sonrisa fue tan ancha que le llegaba de oreja a oreja.

—Creo que no le gusta mucho ese hermano mío —aseveró.

—¿Y qué piensa él de ella?

Mike reflexionó un momento, y recordó haber visto a su hermano observando a Sam junto a sus hijos, y también recordó cómo la miraba en el parque.

—Si mañana yo llegara a morir, creo que mi hermano le pediría que se casara con él. No, creo que le imploraría que se casara con él. Kane me ha hecho darme cuenta de la suerte que tengo y cuánto le debo a Samantha. Si no la hubiera conocido, es probable que me casara con la última de mis amigas, y luego habría vagado por la vida sin ser feliz ni infeliz, sino un ser inestable.

Maxie se inclinó y le cogió la mano.

—Eres como la respuesta a mis oraciones. Si me dejaran pedir que se cumpla un deseo, ése sería irme de este mundo sabiendo que mi nieta tiene a alguien que cuide de ella, alguien que la ame.

—No tiene por qué preocuparse de eso. La quiero más de lo que yo mismo puedo entender. Ya ni recuerdo cómo era mi vida antes de conocerla. He pensado mucho en ello, pero no logro recordar a qué dedicaba mi tiempo —dijo, y sonrió—. Puede que, como he dicho, sólo estaba esperando a que llegara, a que mi destino y Dave Elliot me la presentaran.

Recorrió con la mirada la habitación, ahora llena de antigüedades, cuadros en las paredes y alfombras en el suelo, e hizo un amplio ademán.

—Todo esto es obra de ella. ¿Sabe usted lo que hace? Cada diez minutos, más o menos, me da las gracias, y cada vez que lo hace me siento culpable. No he hecho más que invertir algún dinero, un dinero que me sobra, pero ella entrega parte de sí misma. Se entrega a mí, a usted, a mi hermano solitario y a los bárbaros de sus hijos. Hasta cuando creía odiarme, se preocupó por mí cuando me abrieron la cabeza de un golpe.

—¿Y ahora qué piensas hacer con ella?

—Lo primero en la lista es dejarla embarazada.

Maxie comenzó a reír tan fuerte que las agujas del monitor se dispararon de un lado a otro de la pantalla, como si también rieran.

—Eres un joven malvado —dijo.

—¿Algo parecido al abuelo de Sam? —preguntó él, en voz baja—. ¿Parecido a Michael Ransome?

—¿Cuánto tiempo hace que lo sabes?

—Desde que la desnudé la primera vez. Debo agregar que de eso no hace mucho. Tiene el mismo lunar en el hombro que el tío Mike —dijo, y mirándola con cierta dureza, preguntó—: ¿Se lo ha contado usted?

—Sí, se lo he contado todo. Le he contado todo lo que tiene que saber. Me gustaría que te la llevases. Llévala a ese pueblo tuyo en Colorado y cuídala bien.

—Ahora estamos metidos en este follón. Hay demasiada gente que piensa que hemos dado con la pista del dinero de Joe Media Mano. O quién sabe qué otra cosa quieren de ella. La madre de Sam no estuvo a salvo en Kentucky, y ella, en Colorado, no estará más a salvo que su madre.

—¿Y qué vas a hacer? —Había un cierto tono de miedo en la voz de Maxie.

—Voy a resolver el misterio. Voy a averiguar qué pasó aquella noche. Voy a descubrir la verdad... Toda la verdad.

30

Tres días se pasó Mike tratando a Samantha como si fuera de vidrio. Ella sólo hablaba para responder a sus preguntas, apenas comía, apenas se interesaba por nada, ni por los libros ni por los ordenadores y, para asombro de Mike, ni por el sexo.

Al cuarto día, Mike ya no podía aguantar más, y tuvo que echar mano de la artillería pesada: traer a los hijos de Kane. A las seis de la mañana se abrió la puerta de la habitación y Sam y Mike despertaron, materialmente arrancados del sueño por dos cuerpos voladores que chillaban «¡Sammy, Sammy!»

Kane contempló desde la puerta cómo Sam abrazaba a los niños, que aparecían sucísimos y la cubrían de húmedos besos, mientras Mike intentaba evitar que le dieran en la cara con los zapatos.

—¿Cuándo empiezan los ensayos? —preguntó Kane.

Al oír la pregunta, Mike saltó de la cama y sacó rápidamente a su hermano de la habitación. Sólo después de bañar a los gemelos, darles el desayuno y decirles que fueran a jugar al jardín, Samantha se encaró con Mike.

—¿Qué ensayos? —preguntó.

Era la primera vez en varios días que demostraba interés por algo. Mike se lo quería decir, pero tenía miedo de contarle su idea. Sabía demasiado bien que ya había quemado sus naves y que ahora no podía volverse atrás.

—He pensado en qué podríamos hacer para descubrir lo que sucedió aquella noche de 1928 —dijo Mike—. Creo que hay gente, yo entre ellos, que quiere protegerte, y por eso mismo hace todo lo posible por guardarse lo que sabe. Pero he pensado que no estarás protegida hasta que todo haya terminado, y puede que no termine todo hasta que sepamos con claridad lo que sucedió aquella noche.

Samantha se sentó ante la mesa frente a Mike y su hermano, y al mirar alternativamente aquellos dos pares de ojos oscuros, se dio cuenta de que los gemelos trataban de ocultarle algunas cosas.

—Quiero saberlo todo, hasta la última palabra. No quiero que me ocultéis nada.

Mike y Kane empezaron a hablar interrumpiéndose mutuamente.

—Frank ha comprado el club de Jubilee y Jeanne ha empezado a adquirir lo necesario para decorarlo. Mi padre hará de jefe de los gángsters. Vicky piensa pasar las vacaciones buscando vestidos para todo el mundo. Mamá se ocupa de la comida, tú cantarás con Ornette, M.M. Walden hará de abuelo, y...

Al oír mencionar su nombre emparejado con el de Ornette, Samantha les pidió que se explicaran. Por la mirada de Mike comprendió que éste estaba muy preocupado por cómo reaccionaría ella ante esa ocurrencia.

Kane, que al parecer estaba al tanto de todo lo que había que saber sobre Doc y Maxie, le dijo que todos los que sabían algo estaban mintiendo.

—Jubilee no quiere contar lo que sabe. M.M. no quiere contar lo que sabe. Maxie tiene demasiado miedo a contar lo que sabe por lo que te pueda pasar a ti. Y Doc lo cuenta pero nadie le cree.

Mike había ideado una manera de resolver el rompecabezas. Él, su familia y Sam iban a recrear la noche del 12 de mayo de 1928. Pensaban volver a decorar el interior del local de Jubilee, tal como era la noche de la matanza, y luego escenificar el episodio, con metralletas y todo.

Después de su primera intervención, Kane descansó y dejó hablar a su hermano mientras éste intentaba explicarle a Samantha las razones de su plan. Los dos se habían pasado la noche conversando. Mike había contado la vida de Samantha, especificando que había sido una niña buena desde que murió su madre, una niña encantadora que nunca le causaba problemas a nadie, que jamás le había pedido ayuda a nadie y, que, en consecuencia, jamás la había recibido. Dijo que ella había hecho todo lo posible por complacer a su padre, incluso hasta casarse con un hombre que jamás le había gustado pero al que intentó complacer en todo, sintiéndose culpable cuando no lo conseguía.

Ahora, Mike le contó a Samantha que quería recrear lo que había sucedido aquella famosa noche, a fin de poder terminar su libro. Pero la verdadera intención de Mike era crearle a Samantha un impacto emocional para que se enfrentara a la realidad. Quería impresionarla hasta que diera rienda suelta a su dolor, a su pesar y, sobre todo, a su ira.

Cuando Mike le hubo contado a Kane lo que le había sucedido a la madre de Samantha, le dijo también que la muchacha, después de cada una de estas horrendas revelaciones, solía encerrarse en sí misma durante un tiempo y, al cabo de unos días, se comportaba como si nada hubiera cambiado. Durante muchos años, la vida de Samantha había sido una lista interminable de desastres, una larga lista a la cual la mayoría de la gente no hubiera podido sobrevivir. Pero Samantha no sólo había sobrevivido sino que llevaba su vida diaria como si tal cosa. Lo único que a Mike le importaba era saber qué había sucedido aquella noche, y Maxie se lo podría contar con detalle. El problema estribaba en que se imaginaba a Samantha vestida con uno de sus graciosos trajes y escuchando muy modosa una más de las increíbles tragedias, para luego levantarse y decir: «¿Dónde cenamos esta noche?» Por terrible que fuera lo que Maxie le contara a Sam, por perversas que fueran sus revelaciones, Mike estaba seguro de que Sam se tragaría la información, acallaría los sentimientos que despertara en ella y seguiría adelante con su vida, sin que, aparentemente, eso la afectara.

Mike temía que algún día, tal vez al cabo de veinte años, Sam fuera como una de esas mujeres que salen en los periódicos porque a los cincuenta años, después de haber llevado una vida aparentemente normal, adoptan un comportamiento suicida. Esas personas tan sufridas, al final tienen que enfrentarse a las iniquidades que soportaron en la infancia, a unos incidentes que prefirieron silenciar cuando estaban sucediendo.

Mike temía por Samantha, temía lo que pudiera sucederle si no abría las compuertas de la ira que debía estar incubándose en ella. Temía que, al igual que un volcán, Samantha explotara tarde o temprano. Lo único cierto de todas sus especulaciones era que, con el tiempo, Sam debería dar rienda suelta a lo que había reprimido.

Por eso Mike había planeado toda aquella escenificación diciéndole a Samantha que su finalidad no era otra que la de descubrir lo que había sucedido aquella noche, pero Kane sabía que si de su hermano dependiera, ya habría abandonado aquel asunto con tal de no volver a oír el nombre de Doc, ni incluso el de Maxie. Hacía tiempo que Mike había perdido la curiosidad por saber lo ocurrido en el pasado, y ahora sólo le importaba Samantha, y sólo buscaba su bien de cara al futuro. Si había algo en el mundo que Mike pudiera hacer para ayudarla y darle lo que necesitaba, él lo haría sin importarle el precio, ni el tiempo, ni la gente a la que tuviera que pedir ayuda.

No era agradable para Mike conseguir que Samantha se prestara a aquella escenificación. Sospechaba que, en el mejor de los casos, sólo sería un trance difícil para ella, pero también sabía (gracias a algo que él llamaba sexto sentido y que para Kane no era otra cosa que un amor profundo y desprendido) que ésa era la única terapia con la que Samantha alcanzaría la paz que necesitaba con tanta urgencia.

Mike estaba convencido de que éste era el único medio, por muy aborrecible que le pareciera, y pensaba emplear todos los argumentos necesarios para persuadir a Samantha de que participara en el plan. No podía decirle de golpe y porrazo que le haría bien ver la sangre y presenciar con detalle lo que un gángster hizo para diezmar a su familia. Lo que le dijo fue que la escenificación de aquellos acontecimientos sería una ligera diversión para sus parientes y que todo el mundo se lo pasaría en grande.

Mike mentía, y Kane sabía que ése era uno de los defectos que Samantha le recriminaba; pero, por otro lado, Mike sabía que Samantha jamás se prestaría a participar en la tragedia si supiera que lo hacían únicamente por ella. Por Mike, ella haría lo que fuera, pero no por sí misma, no.

Kane escuchó sin rechistar mientras su hermano recitaba una larga lista de falsas razones, como la de que Jubilee guardaba secretos, que M.M. sabía más de lo que había contado, y que si él mismo lograba encontrar las respuestas que buscaba, podría realizar la ilusión de toda la vida, que era la de escribir su libro. Kane sabía a la perfección lo que su hermano estaba haciendo, y jamás se había sentido tan orgulloso de él. Su mirada delataba la admiración y el cariño que le profesaba. Como de costumbre, Mike comprendió lo que su hermano pensaba. Se sonrojó un poco y desvió la vista, pero luego sonrió, feliz por haber captado el mensaje de ánimo que Kane le infundía.

Al oír lo que Mike tenía que decir, Samantha comprendió que si no hubiera estado ya sentada, se habría caído de la impresión.

—¿De dónde sacaremos el público? —preguntó, con expresión asombrada—. ¿De dónde sacaremos tantos actores? Y aunque los encontremos, nos llevaría meses preparar los ensayos. —La insinuación de que a Maxie no le quedaba mucho tiempo quedó flotando en el ambiente.

—Lo haremos con nuestros parientes —dijeron Mike y Kane al unísono, algo que, como Samantha comenzaba a observar, hacían a menudo. Esta vez hablaron con el mismo tono con que dirían «usaremos muñecos».

—Mike —suplicó Samantha, tratando de razonar—, necesitaríamos a más de cien personas, y tendrían que vestirse con ropa a la moda de los años veinte y eso puede costar...

—¡Al diablo! Pagan los Montgomery o pagará Frank. Frank es capaz de comprar todo el vestuario de Hollywood y encima hacer una fortuna. Siempre hace lo mismo. No te preocupes por el dinero.

Samantha se miró las manos y los miró a los dos haciendo una mueca. El nombre de Ornette la desconcertaba un poco.

—¿Y qué pasa con la orquesta?

—La música corre a cargo de Jubilee.

Samantha los miró, incrédula.

—¡Jubilee tiene ciento un años!

—Y se aburre como un burro —repuso Mike—. Si lo podemos arrancar de las garras de la arpía de su hermana, te aseguro que le encantará colaborar.

Samantha hubiera querido decirles que la idea la aterrorizaba. No sólo la angustiaba la perspectiva de cantar ante un público, ni de que éste estuviera compuesto por más de cien personas. La conmovía sobre todo pensar en la masacre que tuvo lugar aquella noche. Murió mucha gente y fue la causa de que luego asesinaran a su madre y de que su abuela se pasara la mitad de la vida escondida. Ahora ella no estaba segura de querer revivir tantos horrores.

Mike la vio vacilar. Estiró la mano sobre la mesa y le cogió la suya.

—Creo que la idea del espectáculo le gustará a Jubilee, y M.M. con su tatuaje será un actor de lo más caracterizado, y puede que si Maxie ve lo que todos están haciendo, se sincere con más facilidad.

—¿Y qué me dices de Doc? —preguntó Samantha, mirándolo fijamente.

—Doc lo presenciará todo —contestó Mike al cabo de un momento, y Samantha se echó a reír.

—Sí, ya puedo imaginarme la invitación: «La señorita Samantha Elliot y su grupo tienen el honor de invitarle al Jubilee's Place para rememorar la peor noche de su vida.»

Kane y Mike no intercambiaron miradas, pero Samantha sintió que se comunicaban sin palabras.

—Mike, ¿cómo piensas llevarlo allí? —preguntó con dulzura.

—Deja que yo me ocupe de eso —replicó Mike, con aire de suficiencia.

Pero Kane no le mintió. Desde luego, no tenía razones para mentir como las que tenía Mike, para quien la vida habría acabado si algo le pasaba a Sam, y que además conocía la propensión de Samantha a meter la nariz donde no la llamaban.

—Vamos a raptarlo —se apresuró a decir Kane.

Samantha asintió con un gesto de cabeza, porque era lo que había pensado cuando Mike le dijo que Doc estaría presente.

—¿Y qué habéis hecho hasta ahora? —preguntó. Sabía que durante los últimos días, mientras ella había vuelto a vivir el duelo por su madre, Michael había estado muy ocupado.

Esta vez Kane y Mike sí se miraron; en la expresión de Mike había un matiz de orgullo, como si le hubiera contado a su hermano que Sam era la persona más valiente que había conocido, y ahí estuviera la prueba.

Mientras los gemelos hablaban, Sam pensó en todo lo que tenían que hacer, en quién interpretaría el papel de Doc, cómo sería éste de joven, en qué locales celebrarían las reuniones, y dónde se hospedarían los padres de Mike, esperando que no fuera en un hotel.

Kane se reclinó en su asiento y observó a Mike y a Samantha discutiendo sobre si sus parientes debían vivir en su casa mientras durara aquel jaleo.

—Se encuentran muy a gusto en los hoteles donde se hospedan. Tienen servicio de habitación y camareras, y yo a mi vez disfruto de paz, intimidad y silencio.

—¡Todo Nueva York ofrece buenos servicios! —le espetó Samantha—. ¿Y dónde se hospeda tu hermano? ¡Tu hermano gemelo y sus adorables niños!

—¡Esos bichos son cualquier cosa menos adorables! —le contestó Mike—. Ya se han comido la mitad de mis rosales esta mañana, y uno de ellos cavó en el jardín un agujero donde cabría un coche. Si los dejo entrar en casa, lo destrozarán todo.

—Ah, conque sí, ¿eh? —dijo ella, apretando los labios—. Claro, es tu casa y son tus sobrinos. Nada de eso me pertenece, supongo, ni siquiera el apartamento de arriba. Debería haberlo entendido desde el principio. Al fin y al cabo, sólo soy tu inquilina y nada más. No tengo derechos.

Por toda respuesta, Mike la abrazó.

—Nena, cariño, no quise decir eso. Desde luego que tienes derechos. Si los quieres a todos aquí, primos y primas, ya los puedes traer.

Samantha miró por encima del hombro de Mike y le guiñó el ojo a Kane. Puede que hubiese jugado demasiado sucio, pero había ganado. ¿No era eso lo que contaba? Kane levantó el vaso para rendirle un mudo homenaje.

31

Después de superar Samantha sus primeras dudas sobre su capacidad para recrear un episodio del pasado, se metió de lleno en el trabajo. Empezó por invitar a cenar en su casa a todos los que interpretaban papeles importantes, a fin de elaborar con ellos un plan de acción.

—Y yo cocinaré —advirtió, a lo cual Mike respondió con una risotada, porque suponía que al decir cocinar quería decir telefonear hasta que le dolieran los dedos. Sin hacerle caso, Sam entregó a los hermanos una larga lista para la compra que incluía especias como cilantro, pimientos verdes picantes («no esos que van enlatados»), cominos, piñones y azafrán.

Por la noche, cuando los parientes de Mike empezaron a llegar, la casa olía a pimiento picante, a maíz y a guisado de carne. Mike, Kane y los chicos se habían pasado el día obedeciendo a Sam como en el ejército, picando cebollas, asando y pelando los pimientos. Los niños se entretenían en partir el pan para hacer un budín.

Todos llegaron con hambre. Mike sirvió unas bebidas y entre todos empezaron a organizar la recreación de lo sucedido aquella noche ya lejana.

Pronto apareció Jubilee acompañado de su nieta, antipática mujer canosa, a quien envió a casa al cabo de cinco minutos para quedarse sólo con Ornette, su biznieto.

Aquello fue un auténtico banquete: bandejas colmadas de enchiladas, carne guisada y frijoles. Todos se hacían lenguas de lo buena que estaba la comida, asegurando que no podían ingerir ni un bocado más, pero no paraban de servirse. Samantha empezó a pensar que todo saldría a pedir de boca. La gente ya comenzaba a revelar secretos. Jubilee aconsejó que a quien hiciera de cabecilla de los hombres de Scalpini le convenía antes hablar con él. Y M.M. (cuyo tatuaje tenía fascinados a los chicos mayores, a quienes se había admitido en la reunión) dijo que tenía que hablar con Samantha/Maxie.

En la mitad de la cena, cuando todos charlaban tan alto que nadie se entendía, se abrió la puerta y entró Blair empujando a Maxie en su camilla, con los tubos conectados a la máquina que también venía rodando.

—Intenté disuadirla —dijo Blair con su expresión más profesional—, pero me lo suplicó. ¿Queda algo de comida?

Todos respetaron unos momentos la intimidad del encuentro entre Jubilee y Maxie, que se cogieron de la mano mirándose a los ojos y compartiendo secretos que los otros sólo podían imaginar. Para sorpresa de Mike y de Samantha, M.M. parecía conocer bastante bien a Maxie, y además le profesaba un respeto tan grande como el que normalmente se dedica a los personajes más encumbrados.

—¿Quién hará de Doc? —preguntó Samantha, a voz en grito, con la mano sobre el hombro de su abuela, intentando romper la atmósfera de tristeza que cobraba la velada, porque Maxie parecía más débil cada día—. Desde luego, nos ayudaría saber cómo era Doc en aquella época.

Eran las palabras justas para introducir a Maxie en la conversación. Durante el trayecto en la ambulancia que las transportó a ambas a casa de Mike, Blair la había puesto al corriente de lo que planeaban, de modo que ahora sabía qué necesitaban.

Blair le confirmó a Mike que la sangre de la mancha en el vestido de Maxie era del grupo A positivo, el grupo más corriente, y podría ser de cualquiera de las víctimas de aquella noche. No era la sangre de Michael Ransome, que era del grupo 0 positivo.

A continuación, llegó Daphne con seis amigas. Su aparición provocó un murmullo entre los presentes, porque Daphne vestía de un modo tan llamativo como una turista de Texas en Santa Fe, con un traje bordeado de dorados flequillos, y plumas blancas y negras que le colgaban de los hombros. Después de que Samantha la presentara a la familia de Mike, éste les contó que Daphne y sus amigas harían de coro acompañando a Samantha. Uno de los sobrinos adolescentes de Mike se quedó boquiabierto al ver a Daphne y no le quitaba los ojos de encima. Cuando por fin recuperó el habla, le preguntó a Vicky si podía tomar las medidas a Daphne y sus amigas para el vestuario. Vicky puso los ojos en blanco, pero una de las amigas de Daphne, viendo a aquellos mocosos tan correctos, dijo que no les importaría que los chicos les tomaran las medidas, y que ellas se portarían como maestras de escuela.

Samantha enseñó a los invitados la ropa de Maxie.

—Bonitos zapatos —dijo Raine, provocando una risotada general.

Al preguntar Samantha cuál era el chiste, le contaron que la madre de Raine era tan fanática de los zapatos que tenía todo un armario lleno.

—¿De qué número? —preguntó Samantha, con semblante serio, y todos rieron con más ganas.

Mientras comían los postres, consistentes en budín y flanes, repartieron los papeles y organizaron los ensayos por grupos. Algunos no tenían más papel que ayudar a los encargados como Vicky, y luego harían de público. Jilly se encargaría de la investigación histórica, y ella les aconsejaría cómo vestirse, cómo actuar y qué tipo de argot emplear. Esto último surgió espontáneamente cuando uno de los primos jóvenes de Mike dijo que estaba convencido de que el término «pirado» venía de los años veinte.

Sólo en una ocasión Samantha pensó en mandarlo todo a paseo, y fue cuando Ian, el padre de Mike, propuso encargarse él de lo tocante a las metralletas. Pero al ver la expresión de Sam le aclaró que las armas no serían diferentes a las de las películas, pero a ella le vino a la mente la muerte reciente de un actor que jugaba con una pistola de fogueo.

Ya era tarde cuando todos se fueron, poniendo por las nubes la comida de Samantha.

—Hace muchos años que no he estado en Santa Fe —dijo Ian, ya en la puerta—, pero la recuerdo como una ciudad más bien sofisticada.

—No digo que no sea sofisticada —dijo Samantha, sin la sombra de una sonrisa—, pero la verdad es que las novias hacen sus listas de boda en los supermercados.

Ian no paró de reír hasta llegar abajo. Pat quedó de acuerdo con Samantha en que ella y su esposo se mudarían a casa de Mike al día siguiente. Al partir, besó a Samantha en la mejilla.

Cuando todos se habían marchado, Maxie acompañada de Blair de regreso al asilo, y Kane con los niños al hotel para recoger sus cosas y volver al día siguiente, Samantha miró a Mike.

Un minuto más tarde estaban los dos enzarzados en un abrazo, haciendo el amor en el suelo del recibidor, desplazándose hacia el salón, luego hasta la biblioteca, los dos tan apasionados como si no se hubieran visto en seis meses. Llevado de su ardor, Mike le hacía adoptar a Samantha posturas insólitas y ella, después de años de aerobic, estaba en plena forma y se doblaba con facilidad, arqueando las piernas en torno del cuerpo de Mike. Se durmieron en el suelo del comedor y se despertaron al amanecer. Bostezando, Mike dijo que deberían ir a acostarse, pero Samantha le contestó que se moría por un buen baño, un baño completo. Sonriendo, Mike la levantó y la llevó hasta el cuarto de baño del piso de arriba.

El infierno, pensó Samantha, debía consistir en practicar con Ornette Johnson. Jamás en su vida había visto a una persona tan intolerante y racista, y cuando se lo dijo a la cara (después de que él afirmara por cuarta vez en tres horas que Samantha era demasiado blanca para cantar *blues*) se produjo un silencio sepulcral en la habitación. Según Ornette, sólo los blancos eran racistas. Al oír tamaña estupidez, Samantha se enfureció.

Cuando Mike entró en la sala de juegos del asilo, encontró a Samantha subida en una silla gritándole a Ornette, que a su vez le chillaba improperios. Maxie y Jubilee, sentados algo aparte, los observaban con expresión de adoración.

—¿Y quién gana? —preguntó Mike, instalándose junto a Maxie.

—Yo diría que es un empate, ¿qué me dices, Jube?

—Un empate, sí. Creo que Ornette ha encontrado la horma de su zapato.

Mike se inclinó y les contó que había contratado a un productor discográfico para la noche de marras, la noche en que tocaría Ornette.

—¿Quién sabe lo que sucederá?, pero al menos lo oirán —dijo.

Jubilee sonrió y asintió con la cabeza, al tiempo que le daba un codazo a Maxie para indicarle que Samantha acababa de llamar racista a Ornette, y que deberían seguir el espectáculo de cerca, al igual que el resto de los ancianos del asilo.

Una mañana, dos días antes del espectáculo, Samantha vomitó. «—Son los nervios», dijo, y Mike le pasó un paño húmedo. Como la otra vez, Mike le sostuvo la cabeza, y luego, maliciosamente, le sugirió desayunar, tras lo cual Samantha volvió a vomitar.

A eso de mediodía se sentía mejor, y comió unas tostadas y bebió un zumo, además de las vitaminas que Mike le pasaba.

—¿Cómo va lo del baile? —preguntó, con sonrisa maliciosa. Había tenido que estar cuatro días acosando a Mike para descubrir que se preparaba para interpretar el papel de Michael Ransome. Cuando finalmente se lo confesó, Mike tenía una mirada de mártir que hizo reír a Samantha.

A las once, Mike la acompañó a ver a Maxie, y tuvo que esperar tres horas mientras ésta contaba a Samantha lo que recordaba de aquella noche de 1928. Al salir, Samantha estaba pálida y tenía el rostro desencajado.

—¿Te lo ha contado? —preguntó Mike, cogiéndole la mano.

—Sí —respondió ella—, casi todo... pero no todo —aclaró, mirándolo. Tenía la boca apretada formando una línea delgada—. Ese viejo corrupto —dijo, y Mike sabía que se refería a Doc. También sabía que Samantha habría soltado un par de tacos, pero no había palabras para describir la iniquidad de ese hombre.

Todo había marchado tan a pedir de boca que algo tenía que fallar. Y eso fue lo que sucedió. La mañana antes del espectáculo, cuando Samantha acababa de vomitar por tercera vez, llamó Kane para decir que uno de los gemelos estaba enfermo. Añadió que no era nada grave, pero Samantha percibió la inquietud en su tono.

—Blair está con él y ha dicho que no hay por qué preocuparse, pero no quiero dejarlo solo. ¿Podría Mike llamar a papá o a Frank para que lo acompañaran a...?

—¿A buscar a Doc? —Samantha le ayudó a terminar la frase.

—Sí —dijo él, con un suspiro, porque hubiera querido que Samantha no supiera tantas cosas—. Papá sabrá lo que hay que hacer.

Después de colgar, Samantha llamó a Mike, que estaba en a la biblioteca, y le contó lo de Kane.

—Conforme, buscaré a papá —dijo Mike, yendo hacia la puerta, pero Samantha le cerró el paso.

—Seré yo quien vaya contigo —sentenció.

—Ja, ja, ja —rió Mike. En su tono no había la menor chispa de humor, y estiró la mano para abrir la puerta.

Samantha puso la mano encima de la suya.

—Escúchame, Mike, esto no tiene sentido. Ya sé lo que tú y Frank habéis hecho, y no pienses que me puedes mentir para decirme lo contrario. Tu hermano cree que con dinero se puede comprar cualquier cosa.

—A él generalmente le da resultado.

—Sé que esta vez el dinero le ha servido para comprar a los guardaespaldas de Doc.

—No fue muy difícil porque hace semanas que no les paga. Doc les promete que habrá una pasta gansa que llegará de Europa, pero en mi opinión es que ha quebrado. Frank no pudo averiguar nada sobre el dinero que viene de Europa.

—¿A quién le preguntó? ¿A sus amigos de la Bolsa?

—El dinero es dinero en todas partes, Samantha. Frank preguntó en lugares que vale más que tú no sepas.

—La pobre tonta de Sam es demasiado tonta para que se lo cuenten todo —dijo ella.

—La pobrecita de Sam, cuya vida está en peligro —contraatacó Mike.

Más tranquila, Samantha lo miró.

—¿A cuántos guardias de Doc pudiste sobornar? —preguntó.

—A la mayoría. Bueno, vamos a dejarlo en el ocho por ciento. Con tres no pudimos contactar, y luego está la servidumbre. Será peligroso entrar allí —dijo, y se inclinó hacia Samantha—. Sam, esos tipos van armados.

—Mike —repuso ella, haciendo una profunda inspiración—, yo soy pequeña, puedo entrar en lugares donde no cabríais ni tú ni tus hermanos musculosos. Puedo escalar verjas y trepar a los árboles. ¿Qué pasará si tú y tu padre tenéis que saltar una verja? ¿Quién levanta a quién? En cambio a mí puedes lanzarme como una jabalina, si quieres.

—¿Para que aterrices sobre tu cabecita?

—¡No te hagas el paternalista conmigo! —replicó, y le puso la mano en el pecho. Luego se tranquilizó—. Mike, tienes que llevarme. Si hay problemas, Doc no me matará, y yo te podría proteger.

—¿Y qué te hace pensar que a ti no te matará? Sabes que no eres su nieta.

—Porque ahora sé dónde está el dinero de Joe —dijo ella, muy tranquila—. Y si Doc llega a tocarnos un pelo, jamás verá un centavo de esa pasta.

32

Tenían que pasar por encima del muro.

Ocultaron el coche entre los árboles, en una zona oscura, se dirigieron a la puerta y constataron que estaba cerrada. La primera reacción de Samantha fue dar media vuelta y volver a la ciudad. Según Mike, Frank había sobornado al personal de la entrada, y se suponía que debía estar abierta.

—No hay tiempo para que te acobardes ahora —advirtió Mike. Temía por ella, desde luego, pero confiaba en su hermano Frank. Si éste le había dicho que la puerta estaría abierta, era que se habían equivocado de puerta.

En el extremo de la parte trasera de la propiedad había un árbol con una rama gruesa que colgaba por encima del muro. Mike trepó primero y ayudó a Samantha. Después de lanzar al césped unos cuantos paquetes con carne de olor muy penetrante para asegurarse de que los perros estaban encerrados como habían convenido, la ayudó a bajar a ella. Samantha levantó los brazos sobre la cabeza y entrelazó los dedos para que Mike la cogiera. Mike, tendido sobre la rama, la hizo descender lentamente al suelo, y después bajó de un salto junto a ella.

—Corre —ordenó, y Samantha corrió tras él.

Como les habían prometido, la puerta lateral de la casa estaba abierta, y gracias a las luces piloto podían ver los muebles. Mike observó que en algunos sitios faltaban mesas y sillas.

Al pasar junto a la cocina, oyeron voces, a pesar de que era pasada la medianoche y los habitantes de la casa deberían estar dormidos. Aguantando la respiración, pasaron de puntillas junto a quienquiera que estuviese en la cocina y subieron lentamente la escalera.

Uno de los peldaños crujió al pisarlo Samantha. Unos segundos después, apareció uno de los guardias y miró hacia la escalera sumida en la oscuridad. Pero Mike fue rápido, porque de un empujón hizo saltar a Samantha los últimos dos peldaños y ésta se ocultó detrás de un mueble. Mike desapareció tras el marco de una puerta.

—La vejez te está volviendo nervioso —dijo un hombre.

—Algo está sucediendo esta noche, no sé por qué, pero lo presiento —comentó el otro—. ¿Crees que el viejo se encuentra bien?

—Creo que nos enterrará a todos —fue la respuesta, y se notaba en el tono de voz que el que hablaba no apreciaba mucho a su patrón.

Al alejarse los dos hombres, Samantha respiró tranquila. Mike, que parecía haber memorizado los planos de la casa porque sabía adónde ir y qué puertas abrir, le hizo una seña y ella le siguió.

Sentado en la cama, Doc los esperaba. No dormía, no leía, sencillamente estaba esperándolos. Se había recostado vestido sobre el edredón, y ni siquiera pestañeó cuando los vio entrar.

—Los he oído en la escalera —dijo a Mike—. No habrías hecho carrera como caco.

—Lo de robar se lo dejo a usted —respondió Mike, y se quedó mirando al anciano—. Venga, tiene que acompañarnos.

—Ésta era mi intención. Me gustaría ver esa fiesta que han preparado para mí. Hace años que nadie se afana tanto por mí, y no me lo perdería por nada del mundo.

—¿Qué sabe de nosotros? —preguntó Samantha, con un hilillo de voz.

Cuando Doc se volvió a mirarla, Samantha sintió que la sangre se le helaba, porque en la penumbra, no parecía un viejo achacoso y desvalido sino un gángster joven y despiadado, un hombre al que no le importa nada ni nadie.

—No he vivido todos estos años sin preocuparme de lo que sucede a mi alrededor. Sé que habéis sobornado a la mayoría de mis guardias para que dejen las puertas sin cerrar con llave y en cambio a los perros bien encerrados —dijo con una sonrisa malévola—. Volví a cerrar la verja principal, porque no quería que lo tuvierais demasiado fácil. Y dentro de siete minutos, soltarán a los perros.

Al oír esto, Samantha pensó que ella y Mike debían largarse lo antes posible. No quería embarcarse en una carrera con los perros pisándole los talones. Al parecer, Mike opinaba igual, pero antes de salir de la habitación, cogió al frágil anciano en sus brazos y bajó las escaleras de dos en dos, con Samantha siguiéndolo de cerca. Cuando los guardias de la cocina medio adormilados fueron a investigar qué pasaba en la escalera, ya salían de la casa.

Mike corría tanto que Samantha apenas podía seguirlo. Claro que la idea de una jauría de perros y unos cuantos hombres armados corriendo tras ellos puso alas en sus pies. No sabía adónde se dirigía Mike, pero lo seguía como si en ello le fuera la vida, lo que probablemente era verdad.

Mike se detuvo bruscamente y ella chocó contra su espalda, pero no perdió el equilibrio. Vieron que estaban frente a una puerta estrecha, y cuando Samantha, que miraba nerviosamente a todos lados, quiso abrirla, descubrió que estaba cerrada con un candado de combinación.

—¿Cuál es la combinación? —preguntó Mike al anciano que llevaba en brazos.

Doc se limitó a sonreír siniestramente.

—Si vienen los perros, primero lo lanzaré a usted —declaró Mike.

—Estimado joven —respondió Doc, y su tono hacía pensar que en lugar de ser la víctima de un secuestro, el viejo hablaba desde un trono—, ya me he dado cuenta de que eres el tipo de hombre que daría su vida por otro.

Samantha pensó que, más allá de lo que Doc pudiera ser, sabía juzgar con mucha precisión a los hombres, porque ella estaba segura de que Mike era incapaz de hacer algo tan vil como lanzar a un anciano a una jauría de perros.

—¿Qué hacemos? —susurró Samantha, casi muerta de espanto por lo que estaba a punto de suceder.

Mike miró a Doc, que se limitaba a observarlos como si todo aquello fuera muy divertido. Luego miró a Samantha.

—Prueba con el 5-12-28 —dijo. Samantha tardó un momento en darse cuenta de que la combinación correspondía a la fecha de la matanza, el día de la fuga de Maxie.

Con manos temblorosas giró la combinación. Al ver que no funcionaba, miró a Mike con el terror y la impotencia pintados en el rostro.

—Inténtalo otra vez —dijo él, como si tuvieran todo el tiempo del mundo.

La segunda vez el candado se abrió, y los dos salieron. Samantha tardó unos segundos en volver a cerrar con el candado para detener a los perros y a quienes se lanzaran tras ellos.

Corrieron hasta el furgón estacionado bajo los árboles. Una semana antes, Raine había llamado a su hermano mayor, Kit, pidiéndole consejos sobre un coche muy rápido, especificando que tenía que haber espacio para cuatro personas, una de ellas en estado delicado. Según los Montgomery y los Taggert, Kit era la persona que más sabía de coches después de su madre.

Para sorpresa de todos, Kit condujo desde Maine un furgón GMC llamado Syclone. Según Kit, habían fabricado una partida pequeña de ese modelo en 1990, antes de que el gobierno lo retirara del mercado por ser demasiado veloz (0 - 45 kph en 1,4 segundos). Los únicos coches legales más rápidos que el Syclone era el Porsche 959 y un Ferrari de cuatrocientos mil dólares. Kit poseía un ejemplar de cada uno, pero ambos eran deportivos biplaza.

A Kit le intrigaba lo que estaba sucediendo y decidió ayudar. Equipó el furgón con una botella de oxígeno y demás aparatos clínicos y el coche quedó convertido en una verdadera ambulancia.

Ahora, Blair los esperaba dentro del espacio preparado para acoger a Doc, dispuesta a ocuparse de que éste sobreviviera a lo que prometía ser una velada sonada. Mientras Mike depositaba a Doc dentro del vehículo y lo sujetaba a la camilla, Samantha se puso al volante. Mike corrió hacia la cabina y le dijo a Samantha que se pasara al otro lado.

—Conduzco yo —dijo ella.

—¡Y un huevo! —respondió él, e intentó empujarla hacia el otro lado. Pero Samantha se había abrochado ya el cinturón, y no era fácil desplazarla.

—¡Mike! ¡Sé conducir! Conduje en Santa Fe durante cuatro años, y nunca me di un golpe ni siquiera en el parachoques —protestó ella, con el mismo tono con que hubiera dicho «Corrí tres años seguidos las Quinientas millas de Indianápolis», pero en el caso de Samantha, sus palabras no tenían ningún sentido.

En aquel preciso momento sonaron los primeros disparos. Mike comprendió que no tenía tiempo que perder discutiendo y de un salto subió al furgón agarrándose a la portezuela al tiempo que le decía a Samantha que arrancara sin más.

Y eso fue lo que ella hizo. Tres automóviles se dirigían directamente hacia ellos; era vehículos americanos pesados, y Samantha logró esquivarlos como si estuviera conduciendo los coches de choque de un parque de atracciones. Pasó junto a ellos a un centímetro de distancia, sin que el preciado furgón de Kit sufriera el menor rasguño.

Cuando dejó a los tres coches atrás, frenó bruscamente y le dijo a Mike que entrara en la cabina. Sin mediar más palabras, él rodó sobre el capó del furgón, se subió por el lado opuesto y cerró de un portazo. Acto seguido, se abrochó el cinturón.

Cuando Samantha arrancó de nuevo él la miró con mucho respeto y no poca admiración, a lo que ella respondió girándose para lanzarle una rápida ojeada.

—Si eso te ha gustado, deberías ver lo que son los cruces con cuatro STOPS en Santa Fe. No hay reglas. El más macho es el que pasa primero, y yo aprendí a no ceder nunca el paso.

Para Mike fue como un paseo por el infierno. Con los tres coches siguiéndoles camino de la ciudad, Samantha entraba y salía de un carril a otro como si fuera una lanzadera a toda marcha en un telar. El furgón no sólo era endiabladamente rápido sino también muy manejable, además de ser un auténtico 4 x 4, es decir, con tracción en todas las ruedas, lo cual significaba que el coche podía subir hasta por una cucaña. Samantha vio una abertura en la valla de la carretera, giró bruscamente a la derecha y subió la pendiente del terraplén para pasar a la autopista. Lamentablemente, la suspensión del furgón era tan baja como la de un BMW, de modo que rasparon los bajos hasta llegar a lo alto del cerro. Pero para entonces ya habían dejado atrás a sus perseguidores.

Cuando llegaron al asilo de Maxie, los hombres de Doc habían desaparecido, pero los seguían tres coches de policía. Mike bajó del furgón temblando como un flan. Nada de lo que había hecho en su vida, ni secuestrar a un hombre, ni estar a punto de perecer bajo las dentelladas de los perros, nada de eso lo había aterrorizado tanto como el modo de conducir de Samantha. Ella, por el contrario, estaba serena, y subió corriendo las escaleras del asilo, dejando a Mike que se encargara de la policía. Se trataba de mostrarles a Doc durmiendo para justificar que aquella carrera se debía a una emergencia.

Samantha entró en la habitación de su abuela sabiendo que estaría esperándola despierta, porque Maxie se hallaba al corriente de lo que Mike y Samantha habían planeado.

—Ya está hecho —dijo, y se encaramó a la cama junto a su abuela.

Maxie la rodeó con los brazos.

—Entonces, está aquí —dijo suavemente.

—Sí —susurró Samantha, y no tardó en cerrar los ojos y quedarse dormida.

«Está aquí», pensó Maxie. Doc estaba allí, bajo el mismo techo que ella, después de tantos años.

33

Después de pasar la mañana en el cuarto de baño vomitando la cena de la noche anterior, Samantha pasó el resto del día con las demás chicas en una peluquería de la calle Ochenta. A todas las peinarían y les enseñarían a maquillarse al estilo de los años veinte. Vicky se había ocupado de todo. Las que interpretaban el papel de amantes de los gángsters, vendedoras de cigarrillos y camareras, estaban contentas y excitadas, y no paraban de reír. Sólo Samantha se sentía ajena a todo el ajetreo, sentada bajo un secador mientras hojeaba el último número de *New York Woman*.

En casa de Mike la paz brillaba por su ausencia. No había ningún rincón tranquilo donde poder sentarse y pensar en la noche que les esperaba, porque la casa se había convertido en el cuartel general de la operación. Era natural que Pat Taggert se convirtiera en la «jefa del equipo», como ella misma se había apodado.

—Si has criado a doce hijos, ya me dirás si puede haber algo en la vida que te siga pareciendo difícil —le advirtió a Samantha.

Uno de los dormitorios hacía las veces de vestidor, otro era la sala de maquillaje donde Vicky trabajaba con un par de especialistas. Otras dos habitaciones se reservaban como salas de reunión. En una de ellas, el padre de Mike informaba a sus actores sobre el espectáculo, y cuando vio aparecer a Samantha, sin ni siquiera dirigirle una sonrisa le cerró la puerta en las narices.

Al final de la tarde, Samantha se recluyó en un rincón del jardín para estar sola. No podía explicarse lo que sentía. Estaba tranquila pero nerviosa; nerviosa pero tranquila. No deseaba otra cosa que tener a Mike a su lado, pero él se encontraba lejos de casa, haciendo cosas de las que no quería hablarle.

De pronto aparecieron los gemelos de Kane, provistos de libros de cuentos, y ella se lo agradeció a su padre con una sonrisa. Con ambos chicos sentados sobre las rodillas, empezó a leerles un cuento.

Ya era de noche cuando Vicky le dijo que era hora de partir a Jubilee y prepararse para el espectáculo. Samantha se despidió de los niños con un beso, lamentando tener que dejarlos, y se dirigió al coche que la esperaba para llevarla a Harlem.

Durante las semanas anteriores, mientras todos trabajaban y ella ensayaba con Ornette, nadie le había permitido ver la restauración del Club Jubilee. Ahora, deslizándose por la puerta trasera del escenario, Samantha se apartó de Vicky sin decir nada y se acercó a un rincón oscuro para mirar lo que estaba sucediendo.

Jeanne había hecho un trabajo sorprendente en la decoración del club. Parecía salido directamente del periodo del *art déco*, la moda con más éxito de los años veinte. Los tonos que allí dominaban eran el turquesa y el plata, y la pista de baile, frente a la orquesta, daba la impresión de estar recubierta con una lámina plateada.

Más allá de la pista, había lo que parecía un centenar de mesitas, todas cubiertas con manteles largos de color turquesa e iluminadas con una lamparita colocada en su centro.

En un estrado divisó la orquesta, y junto a ella, a Ornette, rabiosamente elegante, vestido de esmoquin, conversando con los músicos y sosteniendo su venerada trompeta. Al verlo, Samantha sonrió. A pesar de su talante irascible Ornette era un hombre bueno que amaba la música más que la vida misma, pero a la vez tenía miedo de expresar sus sentimientos. Ahora ensayaba con la orquesta una pieza de jazz, y Samantha pensó que no tardaría en empezar con los *blues*. En 1928, durante la época desaforada y dispendiosa que precedió al desastre de la Bolsa, todos adoraban los *blues*, pero con la Depresión la gente sólo quería canciones alegres, como *Happy days are here again*. Como resultado, las cantantes como Bessie Smith pasaron a la historia.

Oculta en la sombra, Samantha vio entrar a la gente riendo, las mujeres luciendo sus exquisitos vestidos largos. Hoy en día, la moda de los años veinte puede parecer poco atractiva, pero la verdad es que esos vestidos mostraban casi todo lo que una mujer tenía que mostrar.

Cuando caminaban, la tela ondulaba ciñéndoseles al cuerpo con insinuaciones muy provocativas.

Entraron dos bellas jóvenes con sus respectivos gángsters detrás, tipos de aspecto duro y condescendiente, incluso algo pagados de sí.

Samantha los observó y retrocedió en la sombra para ocultarse. Empezaba a pensar que, vestida con pantalones vaqueros y una simple blusa, quedaba fuera de lugar.

El club comenzaba a llenarse poco a poco, y cuanta más gente entraba, más se sentía ella como si se hubiera perdido en los pliegues del tiempo, porque tanto la gente como el ambiente pertenecían a 1928.

Cuando Mike entró en la sala, Samantha siguió retrocediendo hasta la pared y observó cómo se movía por el club, evidentemente muy familiarizado con todo. Tal vez debería estar celosa, porque Mike coqueteaba con todas las mujeres de la sala. Pero no tenía celos, porque ese hombre no parecía *su* Mike. En realidad, era Michael Ransome. Este Mike caminaba de forma diferente, vestido con su impecable esmoquin, y era evidente que se aprovechaba de su atractivo.

Samantha vio cómo Mike se dirigía hacia una de las furcias de los gángsters, que representaba bien su papel con su exagerado maquillaje, sus movimientos torpes, su risa chillona que se oía hasta en la calle y un busto que a juicio de Samantha era demasiado prominente. Mike la sacó a bailar. Con un chillido de entusiasmo, la mujer se puso en pie con un meneo que hizo que temblara toda su figura exuberante. Antes de cogerle la mano que ella le ofrecía, Mike miró al hombre sentado junto a ella, como pidiéndole permiso. Era un hombre gordo que, haciendo gala de un horrible mal gusto, había elegido una chaqueta de franjas negras y amarillas. Contemplando a Mike por encima de su barriga, el tipo asintió con aire de superioridad, como el rey que concede favores a uno de sus súbditos. A Samantha siempre le había asombrado que una persona pudiera sentirse superior a otra, gracias a su condición de criminal, como si hubiese logrado algo que diera sentido a su existencia.

Mike acompañó a la mujer hasta la pista de baile y, bajo unas luces tan tenues que habrían hecho parecer bella hasta a la bruja más malvada, dieron unos pasos de tango. Desconcertada por un momento, Samantha se quedó boquiabierta, porque acababa de pillar a Mike en una de sus mentiras; él le había confesado que no sabía bailar, que sólo sabía agarrarse bien a las chicas para rozarse con ellas. Pero ahora, observándolo, vio que era un bailarín consumado. Con todos esos músculos, podía llevar a una mujer a cualquier paso. Sabía girarla cuando tenía que girar, y en sus brazos se diría que hasta aquella payasa sabía bailar. Al terminar el tango, Mike condujo a la mujerzuela al lado de su gángster. Mike le lanzó una mirada a éste pidiéndole permiso y besó a la chica el dorso de la mano.

—Oye, muchacho—dijo el gángster, llamándolo con un ademán.

Sin mostrar el desagrado que le provocaba esa orden tan autoritaria, Mike se acercó y él gordo le metió un billete de diez dólares en el bolsillo.

Samantha tuvo qué contenerse, aunque le faltó muy poco para entrar en la sala. ¿Cómo se atrevía a tratar a Mike de esa manera el gordinflón ese de tres al cuarto, ese cabrón cuyo mérito era haberse enriquecido con negocios sucios?

—¿Estás lista?

Samantha se sobresaltó; era Vicky, que vestía un modelo muy seductor de raso azul. Unas plumas blancas le asomaban por detrás de la cabeza, y una triple diadema, de verdaderos diamantes, le adornaba la frente.

—Sí, estoy preparada —dijo con voz queda.

Siguió a Vicky a los camerinos a sabiendas de que con cada minuto que pasaba, ella perdía el contacto con la realidad. Cuando Vicky abrió la puerta, Samantha se sintió fuera del año 1991. Daphne y las demás mujeres estaban medio desnudas, la ropa tirada por todas partes, frente a un largo espejo exageradamente iluminado y al tocador repleto de frascos sucios y botes de maquillaje.

—¿Lila? —preguntó Samantha.

—Sí —dijo Daphne/Lila, y se volvió para mirar a Samantha de pies a cabeza—. Será mejor que te prepares. Sólo te quedan unos minutos —advirtió—. No querrás defraudar a Mike la última noche —dijo Lila en un susurro.

Como si le hubieran propinado un puñetazo en la boca del estómago, Samantha se quedó boquiabierta. Se suponía que Lila desconocía que era la última noche en que Maxie cantaba en el club de Jubilee. Lila miró a las demás chicas.

—No te preocupes. Ninguna lo contará —aseguró.

Samantha asintió con un gesto de la cabeza.

—Aquí está tu vestido —dijo Vicky.

Al volverse, Samantha vio el vestido de Maxie en manos de Vicky. No era la copia exacta que habían pensado utilizar en un principio, sino el auténtico.

Mike había explicado que costaría demasiado dinero confeccionar uno idéntico, de modo que Jilly consultó a la Asociación Americana de Confección y, a través de ellos, a un tintorero especialista que limpió el vestido.

A Samantha le temblaban las manos cuando Vicky se lo entregó.

—Las joyas están en el tocador, y la ropa interior detrás de ti.

—Daos prisa —dijo Lila dirigiéndose a las chicas, que salieron en tropel del camerino, seguidas de Vicky.

Sola en el largo y estrecho camerino, con el vestido rojo, antaño manchado de sangre, en los brazos, Samantha se estremeció con un escalofrío. Se giró y vio el sillón, cubierto como de costumbre con ropas femeninas: medias rotas, blusas manchadas, zapatos sin tacones.

En un rincón había otra pila de ropas, bajo la cual Samantha no dudaba que se ocultaría el maletín de viaje de Maxie, con los ahorros de toda una vida para ella y para Mike: cerca de cinco mil dólares en billetes de cien.

Sin dejar de temblar, Samantha dejó el vestido en el respaldo de una silla, y empezó a desnudarse y a ponerse la ropa interior de Maxie. Como había sucedido la primera vez, al entrar en contacto con esa ropa sintió que se convertía en una persona diferente. Era como si la ropa tuviese poderes mágicos, y transformara en otra persona a quien la vistiera . «No es de extrañar —pensó Samantha mientras se ponía el vestido—, porque lo que este vestido vio aquella noche fue casi como para dejar el recuerdo grabado en la tela.»

Pocos días antes, su abuela le había contado lo que sucedió en el club antes de abandonarlo por la puerta trasera con realmente su maletín y la bolsa de Joe, la noche aquella que cambió la vida de tanta gente.

Mientras la escuchaba, Samantha a veces creía sentir en sus propias carnes parte de lo que le contaba, pero también se sentía aturdida. Pocos días antes, le habían contado que su madre fue torturada brutalmente y a sangre fría antes de morir. ¿Acaso no había límites a lo que una persona podía sentir? ¿Cuánto podía llegar a asimilar?

Con el vestido puesto, se sentó frente al espejo para proceder a maquillarse.

—Tienes diez minutos, Maxie —dijo una voz masculina al otro lado de la puerta.

Faltaban diez minutos para presentarse ante el público y cantar para ellos.

Tendría que repetir lo que Maxie hizo aquella noche. Lanzó una mirada brusca a la puerta cerrada del camerino, toda ella sucia, pero sin rasponazos, porque nadie había intentado escapar de allí arañándola con las uñas.

Se volvió hacia el espejo. Tenía que recordar que no era más que un espectáculo. Ella sólo debía actuar para ayudar a Mike, que incluso pensaba tomar fotos para su libro, según le había dicho. Además... Dejó descansar la cabeza entre las manos. Se oía una trompeta. Era Ornette que tocaba dentro del club. A Samantha le estaba costando recordar que aquello no era más que una actuación.

Le costaba no pensar en su madre y en la soledad de su abuelo Cal después de que su mujer lo abandonara. Todo lo que sabía se confundía originando dentro de su cabeza un estrépito que no conseguía calmar como siempre había hecho.

Todo empezó aquella noche. Todo lo que vino después se originó aquella noche larga y siniestra: vidas destrozadas, segadas, odios enconados.

—No puedo hacer esto —murmuró Samantha, y comenzó a levantarse. De pronto vio una polvera sobre el tocador, una caja normal, azul y blanca, con una borla de lana adornada con un lazo rosa. La caja estaba llena de polvos.

Cogió la borla y la observó. Todo había empezado con la caja de polvos que Maxie le tiró a la cabeza a Michael Ransome. Durante unos momentos, Samantha reclinó la cabeza en los brazos, apoyados en el tocador, dejando que su mente divagara sobre todo lo que le habían contado, sin enfrentarse a ello, dejándose ir, permitiéndose recordarlo todo.

Se abrió la puerta y asomó Vicky

—Ya te toca — dijo.

Cuando Samantha Elliot se incorporó alisándose el pelo rubio perfectamente ondulado, era Maxie y estaba preparada.

34

MEDIO OESTE DE ESTADOS UNIDOS
1921

A sus catorce años, Mary Abigail Dexter le descerrajó un tiro a su cuarto padrastro. Aquel hombre la había estado violando desde que ella tenía doce años. El único desconsuelo de la chica fue no haberlo matado, porque ésa había sido su intención. Lloraba y no dejaba de llorar, furiosa y dolida por no haber sabido apuntar bien. Cometió un error estúpido, pues había apuntado a la diminuta cabeza del hombre en lugar de apuntar a la enorme barriga. La bala sólo le rozó el hombro en lugar de alojársele en la boca, que una vez más volvió a reírse de ella.

El disparo y la visión de su propia sangre alarmaron al cabrón lo bastante para permitirle a Abby salir huyendo de la chabola donde vivían, huida que en el pasado había intentado sin éxito.

Caminó durante dos días sin probar bocado, lo cual no era desacostumbrado en ella, porque su madre solía estar demasiado borracha o demasiado ocupada con los hombres para alimentar a su hija única. Cuando Mary Abigail estuvo lo bastante lejos de su «hogar» (un pueblo en el que todos condenaban a los hijos por los pecados de los padres), trocó el arma por un billete de autobús a Nueva York, donde esperaba gozar del anonimato.

Al llegar allí, y después de gastar muy poco en alimentos, empleó el dinero restante en comprarse un vestido barato de rayón, un par de zapatos de tacones altos y un lápiz de labios con el fin de aparentar más edad. Cogió un periódico abandonado en un banco del parque y buscó un empleo.

Lo único que anhelaba era no tener nunca que vivir como su madre: dependiente del deseo sexual de los hombres para poder comer. Para éstos, la madre de Abby parecía ser una puta de buen corazón, una mujer con quien siempre podrían pasárselo bien y hacer lo que se les antojara en la cama. Abby había visto la desesperación de su madre, que siempre había soñado con un hombre que la amara para siempre y la cuidara. Con el tiempo, Abby llegó a comprender que si una mujer no cuidaba de sí misma, nadie lo haría por ella, y se juró que cuando tuviera cuarenta y siete años no viviría en la sordidez en que había vivido su madre.

En aquel periódico de Nueva York no había muchos empleos bien pagados para mujeres y menos aún para una chica de catorce años absolutamente ignorante y además fugada del hogar. Al cuarto día, hizo acopio de todo su ánimo y se dirigió a un bar en Greenwich Village con ánimo de hablar con el propietario para trabajar de camarera. Al hombre le bastó echarle una ojeada para decir que no. Pero Abby estaba desesperada: llevaba unos cuantos días sin comer, dormía en los bancos de los parques y tenía los pies destrozados y sangrando a causa de los zapatos baratos de tacón alto, de modo que empezó implorarle. Jamás en su vida había implorado a nadie, ni siquiera cuando la maltrataban los amigos y los maridos de su madre (ésta tenía la costumbre de casarse a menudo y jamás se había tomado la molestia de divorciarse), pero esta vez llegó a implorar.

—¿Qué edad tienes? —preguntó el hombre, sin dudar de que sus propios hijos fueran mayores que esa chiquilla.

—Veintiuno —dijo ella, sin titubear.

—Y yo soy Rodolfo Valentino —respondió el hombre, que se llamaba Willie. Sabía que se metería en líos si contrataba a una chica como aquélla, que si sus cálculos no fallaban, no era más que una adolescente. Pero bajo ese pelo que no se había lavado desde hacía mucho tiempo y bajo esos labios pintarrajeados y partidos, se ocultaba una chica que tenía clase y pensaba. No tenía esa mirada de conejo abatido de muchas mujeres, que eran camareras de club a los dieciseis años y seguirían siéndolo a los sesenta, si antes no morían de alguna infección venérea.

—Bueno, chica, el trabajo es tuyo. Pero si alguien se queja —advirtió Willie—, vuelves a la calle.

La mirada de gratitud que le dirigió Abby lo hizo sentirse incómodo. Metió la mano en el bolsillo y sacó un billete de veinte dólares.

—Aquí tienes un adelanto. Cómprate ropa decente y algo de comer.

Lo que Abby sentía no podía expresarse con palabras; lo único que atinó a hacer fue clavar los ojos en el billete que el hombre tenía en la mano.

—¡Anda, largo de aquí! Vuelve mañana a las siete de la tarde.

Cuando Abby volvió al día siguiente, Willie comprendió que había hecho un buen negocio, porque la chica tenía clase, vestía sencilla y elegantemente, como salida de una revista femenina de moda. No bien la vio, Willie intuyó que su vida daría un vuelco.

En dos años, su negocio dejó de ser un prostíbulo de tres al cuarto y se convirtió en un lugar frecuentado por hombres y mujeres respetables. Abby, que anhelaba esa respetabilidad y esa responsabilidad, se encargaba de todo. Decoró de nuevo el bar, creó uniformes para las camareras, estableció un código de conducta para todos los empleados y además se encargó de llevar la contabilidad, de la que hasta entonces se había ocupado Willie. Al cabo de tres años, Willie vestía trajes a medida y llevaba un alfiler de corbata con un diamante de tres quilates.

En 1924, a los diecisiete años, Abby conoció a un joven gángster, por entonces en ascenso, al que todos llamaban Doc. Inmediatamente, Abby reconoció en él a una persona tan ambiciosa como ella.

Doc era bajito y esmirriado, y esas características sólo podían ser consecuencia de la desnutrición sufrida de pequeño. Una gran cicatriz que le cruzaba el cuello revelaba una herida antigua casi mortal, y sus ojos siempre miraban inquietos a todos lados. De hecho, él mismo nunca estaba inmóvil. Se movía sin cesar, mirando hacia atrás, jugando con una bala pendiente de una cadenilla que le colgaba del chaleco. Y cuando caminaba, arrastraba una pierna que tenía algo tiesa.

El hombrecillo iba siempre acompañado de un tipo enorme con una expresión estúpida pintada en la cara, cuya mano izquierda semimutilada le había valido el apodo de Joe *Media Mano*. Joe acompañaba a Doc a todas partes, ya fuera al baño o a cualquier otro sitio. Incluso probaba su comida antes de que Doc le hincara el diente.

A partir de la primera noche en que Doc se presentó en el club, Abby se encargó de atenderlo personalmente, cosa que no solía hacer desde que era administradora del local. Pero había algo en la manera de caminar de Doc, y en su mirada nerviosa, que le hizo ver en él un alma gemela. Los dos habían sufrido muchas desgracias en su corta vida, y en algún punto del camino habían perdido la capacidad de sentir de la misma manera que los demás.

Doc visitó el club durante seis meses, y en todo ese tiempo jamás le dirigió la palabra a Abby, pero al cabo de ese medio año, una noche se le acercó Joe y le dijo que Doc quería hablarle en el coche.

Abby se lo pensó dos veces antes de ir, porque sospechaba que Doc quería proponerle que fuera su amante. Por un lado, le atraía la idea de disfrutar de la protección de un gángster porque sabía que solían hacer regalos caros a sus mujeres, y ella pensaba que podría vender los regalos para, un día, tener su propio local. Por otro lado, los gángsters no tenían una esperanza de vida muy larga, pero tratándose de hombres eso, para ella, era un punto a su favor. Lo que no le gustaba era pensar en el sexo. La triste existencia de su madre y sus maridos le habían quitado para siempre el interés por el sexo.

Al cabo de un rato, decidió averiguar lo que Doc tenía que decirle, y fue al coche, una limusina larga y negra de la que Joe no salió. Allí estuvo un rato conversando con él. A Abby le sorprendió la petición de Doc. Él quería que fuera su amante, pero sólo la quería para exhibirla. Las reglas eran: nada de sexo entre ellos y nada de otros hombres en la vida de Abby. Como contrapartida él cuidaría de su situación financiera, aunque Abby decidiera dejar de trabajar con Willie y sólo se ocupara de su pelo y de sus uñas. Pero Abby sentía una profunda lealtad por Willie y, a pesar de que éste no le pagaba lo suficiente, ni nunca se había mostrado agradecido por lo que había hecho por él, prefería quedarse en el club. Willie la necesitaba. A Doc eso le daba igual, y Abby dejó escapar un suspiro de alivio, complacida al descubrir que Doc no era un hombre intransigente.

Sentados en el asiento trasero de la limusina, Abby aceptó las condiciones de Doc, y él le entregó un collar de diamantes, el primero de muchos regalos que vendrían después. A lo largo del año siguiente, Abby recibió un apartamento amueblado con la escritura a su nombre, pieles, joyas y vestidos elegantes. Por su parte, cuando no trabajaba, Abby acompañaba a Doc adonde éste quisiera ir, siempre luciendo lo mejor, porque eso era lo que le importaba a Doc. Deseaba mostrarle el mundo que a su lado podía tener a una mujer con clase.

En 1926, cuando Abby contaba diecinueve años, tuvo que dejar a Willie. Para entonces, Abby había contratado una orquesta y, una noche, la cantante no pudo actuar porque tenía la garganta irritada, de modo que Abby se encontró sin espectáculo para entretener a los clientes. Después de pasar horas enteras buscando a alguien que reemplazara a la cantante, decidió probar suerte cantando ella misma.

Desde el momento en que pisó el escenario, supo que ése era su lugar. Todos, incluyendo a Doc y a Willie, pensaban que Abby era una mujer tan fría por dentro como aparentaba serlo por fuera. Nadie tenía idea de la pasión que se agitaba en ella, porque sólo surgió cuando empezó a cantar. Abby no sabía decirle a la gente lo que sentía, pero podía cantarlo. Cada una de las palabras de los *blues* que cantó aquella noche estaban impregnadas de su desgracia.

El público respondió con un aplauso atronador, y al oírlos, Abby decidió lo que quería hacer con su vida.

El único que no quería que cantara era Willie, porque preveía que en el futuro Abby lo dejaría, y sabía que él, sin ella, era incapaz de administrar el club. Por eso le dijo que no sabía cantar, que la habían aplaudido por su elegancia, no por su voz. Con estas palabras perdió para siempre la lealtad de Abby, que si estaba dispuesta a perdonarlo por no haberle pagado un sueldo justo, además de por otras minucias, no le perdonaría aquella mentira.

Le dijo a Doc que quería cantar en un local agradable y dejar a Willie, así que él la instaló en Jubilee's Place, en Harlem, un lugar frecuentado por mujeres enjoyadas con diamantes y por hombres que parecían envueltos en un aura de poder. Fue entonces, al firmar un contrato de dos años con Jubilee, cuando Abby cambió su nombre por el de Maxie.

A Maxie no le resultó fácil acostumbrarse al nuevo local, porque las otras chicas la rechazaban. En el bar de Willie las coristas eran seres apocados que la consideraban con respeto y temor, pero en Jubilee, eran amantes de los gángsters, algunos de ellos hombres de Scalpini, un mafioso bastante más poderoso que el pequeño Doc.

Como si Maxie no tuviese suficientes problemas (ensayaba largas horas todos los días, soportaba sin rechistar el mutismo de los empleados de Jubilee en el mejor de los casos, o su hostilidad, en el peor, y estaba cada vez más molesta con la intransigencia de Doc, que le exigía estar siempre impecable) apareció Michael Ransome. Jubilee lo había contratado para bailar con las amigas de los gángsters que eran demasiado gordos, o perezosos, o simplemente estaban demasiado cansados para bailar con ellas.

Michael Ransome se convirtió en un verdadero problema para Maxie, porque todas las chicas estaban enamoradas de él. No era sólo porque fuera un hombre guapo, ni porque tuviese los párpados algo caídos, cosa que, como decían las chicas, le daba una mirada lasciva, tampoco era su mentón hendido, ni sus ojos del color de un mar tormentoso, entre azules y grises, ni su espeso pelo ondulado de color castaño, ni sus labios generosos y sensuales. La razón por la cual todas las chicas deseaban a Michael Ransome era por su manera de ser, dulce y suave como la miel. Miel caliente. Caliente, líquida, dulce. A Michael le bastaba con mirar a una mujer para intuir lo que ella necesitaba. Y se lo daba. Podía ser gentil y seductor, y también podía ser rudo y exigente, pero era lo que todas las mujeres habían soñado en un hombre, y se rumoreaba que Michael Ransome había seducido a mujeres sin pronunciar una sola palabra. Lo único que tenía que hacer era contemplarlas por encima de una copa fría de champaña con aquella mirada seductora y las mujeres empezaban a sentir calor, tanto calor que a veces llegaban a quitarse alguna prenda. Las chicas del local solían decir en secreto que aunque una mujer pudiese resistirse a la mirada de Michael, jamás podría resistirse a su voz profunda, suave y lánguida. Michael Ransome les cogía la mano a las mujeres, se las levantaba con la punta de los dedos, sin dejar de mirarlas con los ojos entornados, y luego se llevaba la palma de la mano a los labios, a esos labios suaves y bien perfilados, mientras murmuraba un «te quiero».

A Michael jamás le había fallado una mujer. Conseguía de ellas lo que quería, y al final eran ellas quienes terminaban diciendo «gracias».

Entonces Michael Ransome conoció a Maxie. La primera vez que entró en los camerinos —qué más daba si las veía desnudas, si se las había llevado a la cama a todas— después de la llegada de Maxie al club, quiso metérsela en el bolsillo con un truco de poca monta. Al fin y al cabo, ¿para qué gastar energías si una mujer que cantara con la sensualidad que cantaba Maxie tenía que ser una mujer ardiente?

En lugar de la conquista fácil que esperaba, para su propia consternación y, sin mediar palabra, Maxie le vació una polvera en la cabeza. Al comienzo, ni Mike ni las chicas lograban creer lo que había sucedido. Nadie le decía que no a Mike. Irse a la cama con él era una especie de iniciación en el club.

Cuando finalmente asumieron lo que Maxie había hecho, resultó difícil saber quién estaba más enfadado, si las chicas o el propio Mike. Un mes tras otro después del incidente de la polvera, Maxie tuvo que soportar pequeños ataques perpetrados por las mujeres. Le robaban el maquillaje, le escondían los zapatos, le manchaban los vestidos: Maxie lo aguantaba todo sin rechistar, sin quejarse y sin hablar mal de ninguna. Al contrario, siempre fue amable con ellas.

Más difíciles de soportar que el desprecio de las chicas, fueron las estocadas de Michael Ransome, que estaba muy enfadado por haber sido rechazado, y porque el rechazo hubiese tenido tanta resonancia. Después de intentar seducirla dos veces más sin éxito, hizo correr el rumor de que Maxie era frígida, y le puso motes como la «Princesa de hielo», y le contó a la gente que Maxie se creía demasiado buena para trabajar en un club nocturno; pero la acosaba sin tregua.

Fue Lila, la primera bailarina, quien le advirtió a Mike que ella estaba harta de sus quejas y plantes y que comenzaba a admirar a Maxie por la entereza que había demostrado.

También fue Lila la que invitó a Maxie a salir de compras con ella y las otras chicas para ayudarlas a escoger vestidos que no fueran demasiado llamativos. Maxie sentía cierto recelo por lo que pudiesen estar tramando, pero acabó por acompañarlas y se alegró de haberlo hecho. Cuando descubrieron que Maxie no era distante sino sencillamente tímida, Lila pensó que la pobre chica jamás había tenido la oportunidad de entablar amistad con nadie.

Al cabo de poco tiempo, las chicas empezaron a aceptar a Maxie en su grupo, a invitarla y a responder a sus invitaciones.

Pero Mike seguía acosándola, tan enfurecido estaba con ella que intensificó sus ataques para provocar una reacción de su parte. Sus esfuerzos resultaron infructuosos. Cuando Lila le aconsejó que no la molestara más y le dio con la puerta del camerino en las narices, la ira de Mike se transformó en odio feroz.

Una noche, la vida de Michael cambió para siempre. Una hora después de haber salido del club, echó mano al bolsillo y descubrió que se había dejado la billetera en el esmoquin que guardaba en el club. Enfadado consigo mismo, volvió al local, pero lo encontró cerrado y a oscuras. Como sabía que una ventana de un retrete del segundo piso tenía el cristal roto, apiló unos cubos de basura y escaló hasta la ventana.

Cuando salía del club después de haber recuperado la cartera, creyó oír algo. Caminó por un pasillo y descubrió una luz tenue que brillaba por debajo de la puerta de un camerino. La abrió con cautela y vio a Maxie sentada junto al tocador, llorando. Lloraba como él y los demás chicos del orfanato habían llorado siempre, en silencio, como sabiendo que si los descubrían sufrirían un serio castigo por su llanto.

Sin pensárselo dos veces, hizo lo que siempre había querido que alguien hiciera con él. Fue hacia ella, se arrodilló, la abrazó y, tras un momento de resistencia, Maxie se calmó y le devolvió el abrazo. Si alguien le hubiera dicho a Michael Ransome que la razón por la que se acostaba con todas las mujeres era porque quería estar cerca de ellas y porque necesitaba que lo quisieran, se habría reído, ya que creía ser una persona sumamente independiente, un individuo que no necesitaba a nadie. Le gustaba pensar que él era de esos hombres que las aman y las dejan, y sabía que las mujeres pensaban otro tanto de él. Ninguna de ellas se tomaba en serio a un bailarín de bar demasiado atractivo.

Al ver que Maxie no podía dejar de llorar Michael la llevó al destartalado sofá que había junto a la pared y apartó un montón de vestidos cubiertos de lentejuelas y de mallas rotas para sentarse junto a ella y abrazarla.

Fue lo más natural del mundo el que empezaran a besarse. Aquellos meses de furia y rabia mutuas se convirtieron en un arrebato de pasión que los llevó a tratar de desnudarse el uno al otro y finalmente a arrancarse la ropa. Hicieron el amor en el sofá una, dos, tres veces, sin hablarse, temiendo que las palabras rompiesen el hechizo, temiendo que ambos se convirtieran en aquello que no querían ser. Michael temía que Maxie terminara siendo una mujer como todas las demás y dijera «fue fantástico, Mike, pero ahora debo volver con mi hombre». Por su parte, Maxie temía ser para él una más de sus tantas conquistas.

Amanecía cuando Maxie rompió el silencio. Cansada, saciada, acurrucada en brazos de Mike, supo que jamás querría salir de aquel refugio donde se sentía segura por primera vez en su vida.

—Si Doc nos descubre, nos matará a los dos —advirtió.

Mike tardó unos minutos en responder, esperando que se calmara su corazón desbocado, porque esas palabras indicaban que Maxie tenía la intención de volver a verlo.

—Lo mantendremos en secreto —dijo, y Maxie asintió, porque intuía que él tendría tantos secretos como ella.

A lo largo de algunos meses estuvieron viéndose clandestinamente en un piso destartalado que servía sobre todo para criar ratas y cucarachas. Hacían el amor, pero también charlaban y se contaban sus vidas, puesto que por primera vez tenían un amigo en quien confiar.

En el club hicieron lo posible por mantener en secreto el amor que los unía. Fingieron todo lo necesario para mantener las apariencias.

Mike seguía hablando de ella como de una perra frígida, y no le dirigía la palabra. Por su parte, Maxie seguía manteniendo una actitud distante cuando él se encontraba cerca.

Pero las mujeres no se dejaban engañar. Para empezar, Mike dejó de perseguir todo lo que tenía faldas, y hasta empezó a comportarse en la pista de baile. Luego estaba su mirada, que si antes irradiaba furia, ahora brillaba con una chispa de amor. No de lujuria, sino de amor.

Comprendiendo que las chicas sabían lo que estaba sucediendo, una noche Maxie intentó lo imposible para hacerles creer que ella y Mike seguían odiándose, y le lanzó una copa de champaña a la cabeza. Mike lo echó todo a perder, porque la cogió por los hombros y le estampó un beso en la boca. Las chicas sabían reconocer cuándo un gesto era familiar, y esta vez lo advirtieron. Cuando Mike salió del camerino, se produjo un silencio pesado, que al final rompió Lila.

—Cariño, tienes que tener mucho cuidado con los tipos como Doc.

Maxie se limitó a asentir con un movimiento de cabeza.

35

12 DE MAYO DE 1928

Esa noche Maxie sabía que jamás en su vida se había sentido tan feliz. Todo lo que había en el club Jubilee era especialmente bello, desde las esferas de espejuelos que colgaban del techo y lanzaban destellos iluminando los rostros del público hasta la misma gente. Aquella noche el local estaba abarrotado de los matones de Doc, que ni siquiera con su rudeza conseguía empañar la alegría de Maxie.

No era fácil cantar *blues*, no era fácil lamentar el abandono de un hombre que ya no te quería, sobre todo sabiendo que esa misma noche ella abandonaría la ciudad con Michael. Había preparado sus cosas, y sólo tenía que esperar a que acabara el último número de la noche para huir los dos juntos. Irían al Medio Oeste, a California o a cualquier lugar que estuviese lo bastante lejos de Doc y de su gente.

Mientras cantaba, veía a Mike bailando con una mujer de pelo castaño y encrespado. La mujer apoyaba el brazo sobre el ancho hombro de Mike, y sus labios le rozaban la oreja. Al pasar junto a Maxie, él le guiñó el ojo y entornó los párpados mirando al cielo. La canción doliente que Maxie entonaba se convirtió en una balada de amor enternecido.

Cuando Maxie finalizó su actuación, Lila y las otras chicas salieron al escenario. Maxie apenas lograba contener su excitación.

Iba ya corriendo hacia el camerino por el oscuro pasillo, cuando de pronto apareció Jubilee.

—No deberías delatarte de esa manera, chica —dijo, y Maxie supo que se refería a cómo estaba cantando, a las sonrisas que le estuvo dedicando a Mike durante toda la noche. Maxie se alegró de que la oscuridad ocultara su rostro sonrojado y lamentó no haberle contado a Jubilee que se marchaba esa misma noche, pero ella y Mike habían decidido que su partida debía ser un secreto, y eso significaba no decir nada a nadie, no despedirse de nadie.

Fingiendo que ignoraba a qué se refería, Maxie pasó de largo y se dirigió al camerino. Pero de súbito apareció Michael y se la llevó hacia una puerta en la oscuridad. La besó como si la vida le fuera en ello.

—Mike —dijo ella, intentando pensar mientras las manos de él le recorrían todo el cuerpo—. Mike, nos pueden ver.

Con ternura, él le acarició la mejilla y la besó suavemente.

—¿Cómo está mi hijo? —preguntó.

—Tu hija está muy sana —contestó Maxie—. Segura y feliz, igual que su madre.

Él volvió a besarla.

—Igual que su padre —repuso él.

Rieron juntos en silencio, porque el ser que Maxie llevaba en sus entrañas era para ella una niña y para él un niño.

Maxie tuvo que hacer un gran esfuerzo para separarse de él.

—Tres horas más —dijo—. Sólo tres horas y partiremos. —De pronto tuvo miedo al pensar que todos sus seres queridos la habían abandonado—. Mike, tú no pensarás..., quiero decir...

Mike la hizo callar poniéndole un dedo en los labios.

—¿Crees que estoy jugando con tu cariño? ¿Crees que te he dejado embarazada para abandonarte y obligarte a criar a tu hijo sola? La respuesta es sí, porque quiero pasarme el resto de la vida bailando valses con mujeres tontas, y me encanta pasar mis veladas acompañando a esos gángsters de conversación estimulante: «Oye, narizotas, ¿a cuántos te has cargado esta noche? ¿Sólo a tres? Yo me cepillé a cuatro. Así que me debes diez pavos.»

Maxie dejó escapar una risita.

—Mike, eres terrible. Venga, vete de aquí antes de que alguien nos vea.

Después de otro largo beso, Mike la dejó para volver a la pista de baile y Maxie entró en el camerino para arreglarse el pelo y el maquillaje antes de salir de nuevo al escenario.

Con un pintalabios en la mano, se miró en el espejo, y al principio no creyó lo que veía. Un niño de unos nueve años había abierto sigilosamente la puerta y la observaba mientras las lágrimas le resbalaban por las mejillas.

Maxie se volvió hacia él.

—¿Qué sucede? —preguntó, con un deje de preocupación en la voz, pero también con miedo. Siempre estaba presente el miedo en un lugar visitado por gente como Doc.

—Le han disparado a mi padre —dijo el niño, con voz queda.

Sin articular palabra y con una mirada de sorpresa, Maxie se acercó al chico y le dio la mano. Él se la cogió y la condujo hasta la oficina de Jubilee.

Al principio, Maxie no vio al hombre que estaba en el suelo, porque lo ocultaban parcialmente la mesa y la puerta entreabierta de un armario. Era Joe Media Mano, el hombre que seguía a Doc a todos lados. Al primer golpe de vista parecía estar muerto, porque tenía un agujero en la cabeza, un agujero perfecto y casi limpio de sangre al borde de la frente, ya marcada por varias cicatrices. Pero en ese momento Joe parpadeó.

Maxie se arrodilló a su lado y le colocó suavemente la cabeza sobre su regazo.

—Joe —murmuró, acariciándole el pelo sobre la frente. Empezaba a sentir que la sangre de la herida que éste tenía en la nuca fluía sobre su vestido.

Joe Media Mano abrió los ojos y la miró, pero enseguida desvió la mirada hacia su hijo, que de pie junto a ella sollozaba en silencio. Maxie no había pensado que Joe pudiese tener hijos. De hecho, nunca había pensado nada de él, ni bueno ni malo, como si fuera sólo una sombra que seguía a Doc, en apariencia contento de estar cerca de su amo.

—Cuídalo, cuida... de él..., hazlo por mí —murmuró Joe, mirando a su hijo.

—Calla —dijo Maxie—, llamaré a un médico.

—No —dijo Joe, luego cerró los ojos y Maxie pensó que había muerto. Pero volvió a abrirlos—. Escucha... —dijo—, debo decir...

—Sí —murmuró Maxie, inclinada sobre él. Incluso ella sabía que con una herida como aquélla no haría falta ningún médico.

—Doc me ha matado.

Lo que acababa de escuchar iba más allá de todo lo creíble. Si había alguien por quien Doc tuviera algún sentimiento, ese hombre era Joe.

—No, no puede ser.

Muy débilmente, Joe levantó su mano mutilada.

—Ya no le sirvo. No sé disparar. Soy un estúpido.

Maxie le cogió la cabeza. Aunque sentía la sangre tibia que le manchaba el vestido, aún era incapaz de creerle. Joe empezó a buscarse algo en el forro del abrigo, y Maxie se dio cuenta de que quería sacar algo. Efectivamente, sacó una bolsa de lona con cremallera, como las que usan los bancos para llevar el dinero.

—Yo lo sabía ... —balbuceó Joe—. Lo vi venir. Cogí... el dinero. Dinero marcado. No lo gastes.

Maxie cogió la bolsa y asintió.

—No, desde luego que no lo gastaré.

—Ayuda a mi hijo. —Por un momento, Joe intentó levantarse y los ojos le brillaron intensamente—. Júralo.

—Sí —dijo Maxie, sintiendo que le corrían las lágrimas por el rostro—. Te juro que lo cuidaré.

Joe volvió a tenderse, ya casi agotadas todas sus fuerzas.

—Doc no sabe... nada del niño. El niño es un secreto. El dinero también.

—Yo guardaré tus secretos —repuso Maxie—. Los guardaré todos —prometió.

Joe acababa de morir.

Lo tendió con cuidado en el suelo y dirigiéndose hacia el niño, lo cogió en brazos y lo sostuvo un momento.

—Quiero a mi papá —repetía él, llorando.

Su instinto le decía a Maxie que no tenía tiempo para consolar al hijo. Doc había asegurado que esa noche no iría al club, que tenía que atender otros asuntos. Su ausencia fue la razón por la que ella y Michael habían escogido aquella noche para escapar. Pero ahora Maxie sintió que se le erizaban los pelos de la nuca, porque intuía que algo horrible iba a suceder. Algo había llevado a Doc a mentirle. Acababa de matar al hombre que había sido su guardaespaldas y su amigo.

Maxie se levantó como un rayo y se apartó del niño. Lo más importante ahora era el tiempo. Lo sabía con la certeza más absoluta que jamás hubiera tenido en su vida. Debía cuidar del niño, encontrar a Mike para abandonar el local, y si ella y Mike pensaban escapar, no tenían que esperar hasta el último número de la noche, tenían que hacerlo inmediatamente.

Llevó al niño y la bolsa de dinero al camerino. Allí adentro, oculto bajo lo que parecía un hatillo de ropa, estaba su maletín de viaje lleno de cosas, y en el forro buscó un paquete de billetes de cien dólares: era todo el dinero que había ahorrado en sus años de trabajo como camarera y cantante. Sin vacilar, sacó el dinero del maletín y lo envolvió en una blusa de Lila que colgaba del respaldo de una silla.

—¿Quién es tu madre? —le preguntó al niño. Intentaba no transmitirle el pánico que se iba adueñando de ella, pero no lo conseguía.

El niño no entendió lo que quería decir. Su madre era su madre, y nada más.

Maxie le cogió el mentón y lo sujetó, tal vez algo más bruscamente de lo que pretendía.

—Dime la verdad. ¿Es buena tu madre contigo? —preguntó. Tenía experiencia suficiente para no confiar en las mujeres sólo porque tuvieran el sagrado título de «madre».

El chico seguía sin entenderla.

—¿Te pega? ¿Tu casa está limpia? ¿Hay muchos hombres que pasan la noche en la cama con tu madre? —Maxie estaba llegando a la exasperación.

El niño se echó a llorar de nuevo.

—Nunca me pega, siempre está limpiando la casa y sólo mi papá duerme con ella.

Maxie se sentía algo culpable y quiso consolarlo, pero vio que era incapaz. Como si la bilis le subiera por la garganta, era consciente de que el tiempo se acababa y de que debía ir a buscar a Mike y escapar del local.

Le entregó al niño el paquete de billetes, que era todo lo que ella y Mike poseían. No tenía idea de cómo viajarían ahora, ni de cómo ni dónde se instalarían. Pero no podía pensar en eso, sólo podía pensar en que lo que importaba era que ella y Mike salieran vivos de allí.

—Dale esto a tu madre —le ordenó al niño—, y dile que se marche de Nueva York. Corre todo lo que puedas. Dile que se marche esta misma noche.

Después de mirarla, pestañeando y con los ojos irritados por las lágrimas, el niño salió corriendo del camerino y desapareció por la puerta trasera del local. Maxie esperó un momento hasta verlo salir, y luego se giró para volver al camerino. Pero no pudo entrar porque Doc le cerraba el paso y en su mano sostenía una pistola de cañón largo. Sin mediar palabra, le hizo un gesto para que entrara en el camerino.

Sería difícil describir lo que Maxie sintió en aquel momento. No sintió terror, como podía pensarse, sino una especie de pesadez, consciente de que había llegado su hora. Un hombre como Doc no permitiría que hicieran de él un cornudo sin castigar al culpable, y ahora Maxie no dudaba que Doc lo sabía todo sobre ella y Michael.

Pensó que tal vez era eso lo que se merecía por haber roto unas reglas que antes habían pactado.

Doc entró sigilosamente tras ella y cerró la puerta con una llave cuya existencia Maxie ignoraba. Deseó ser valiente y enfrentarse a la muerte con la cabeza alta. Se giró hacia él y quedó de espaldas al espejo, exageradamente iluminado, enfrentándose al gángster mientras éste tomaba tranquilamente asiento.

—¿Cómo lo has descubierto?

Él se limitó a encogerse de hombros con una leve sonrisa de sorna que a Maxie le provocó un escalofrío y que le hizo comprender que el gángster no pensaba revelárselo.

«Qué bien se lo está pasando —pensó ella, mientras lo observaba—. Dios mío, realmente se lo está pasando bomba. Nada en la vida le da tanto placer ni lo excita tanto: ni el sexo, ni la comida, ni la gente que lo ama, nada le gusta tanto como esto, saber que va a matar a alguien, tener un control absoluto sobre la vida y muerte de un ser humano.»

—¿Por qué mataste a Joe? —preguntó, sabiendo que no tenía nada que perder.

Doc volvió a encogerse de hombros.

—Era demasiado torpe, ya no me servía.

—¿Y yo, tampoco te sirvo ya?

—Exactamente.

Maxie respiró profundamente y, con las manos a la espalda, se apoyó contra el borde del tocador. La sangre de Joe empezaba a secársele en el vestido, que se volvía tieso, repugnante.

—Será mejor que acabes pronto con esto —advirtió—. Las chicas van a terminar su actuación y entrarán en cualquier momento.

—No, no entrarán —dijo Doc, y volvió a sonreír.

A Maxie se le heló la sangre, y sólo atinó a pensar en Michael. No sabía lo que Doc había tramado, pero no le cabía duda de que Mike era uno de sus blancos.

Sin pensar lo que hacía se abalanzó contra Doc.

El tipo era pequeño y delgado, pero fuerte. De un manotazo la lanzó al suelo, pero Maxie se incorporó, lenta y dolorosamente hasta quedar sentada. La sangre le asomaba en la comisura de los labios. Volvió a mirar a Doc.

—Mátame —murmuró—. Mátame ya.

—No, todavía no —dijo Doc, con voz pausada, y sonriendo—. Esta noche vas a morir más de una vez.

Al principio, Maxie pensó que la torturaría, pero al oír los primeros disparos de las metralletas, y los gritos que se generalizaron, aterrorizada y sin saber lo que ocurría, se lanzó sobre la puerta con la intención de salir en busca de Michael, pero la puerta estaba cerrada. Tiró del pomo frenéticamente y luego se volvió hacia Doc.

—¡Dame la llave! —chilló, apenas capaz de oírse a sí misma por encima del tiroteo y del griterío que provenía del interior—. Si te queda algo de compasión, dame la llave.

Pero Doc permaneció sentado, observándola con su sonrisa enigmática, fascinado por su desesperación, como un científico estudiando las reacciones de una especie animal muy interesante.

Las metralletas seguían escupiendo balas mientras Maxie arañaba la puerta hasta romperse las uñas, y luego, sollozando, se dejó caer deslizándose hasta el suelo, con la espalda apoyada contra la puerta cerrada.

Mientras que, sin dejar de llorar, Maxie se decía que la aflicción había presidido toda su existencia, vio algo que a primera vista le pareció un milagro. A su derecha estaba la bolsa que Lila llevaba consigo a todas partes, llena de ropa, de zapatos y quién sabe de cuántas cosas más. Asomando por un lado, había un pequeño revólver con empuñadura de carey. En una ocasión, Lila había dicho que ella llevaba su propio guardaespaldas, y cuando las chicas se echaron a reír les enseñó el pequeño revólver Derringer.

Maxie no pensó en lo que hacía. Con un movimiento rápido como el de una serpiente, cogió el revólver y, sentada, se volvió y disparó. Años antes había cometido el error de apuntar a la cabeza del hombre, pero esta vez apuntó al estómago, y disparó las dos balas al centro exacto del tórax.

Maxie no sabía nada de anatomía, pero por la manera en que se doblararon las piernas de Doc, pensó que le había dado en la espina dorsal. Doc dejó escapar un grito agudo y se deslizó de la silla soltando su pistola del 38, que cayó al suelo.

Maxie no pensó en la pistola de Doc ni por un momento, porque sólo pensaba en Michael. Los disparos habían cesado, pero aún se escuchaban chillidos de pánico, gemidos y gritos de dolor.

Mientras Doc, desde el suelo, la fulminaba con una mirada de dolor y odio, ella hurgó en sus bolsillos hasta encontrar la llave de la puerta, que abrió, con manos temblorosas.

En el umbral la detuvo la voz de Doc que se elevó a sus espaldas.

—Por favor, ayúdame —murmuró.

Por un instante, Maxie vaciló, movida a compasión, pero luego se volvió y echó a correr hacia el escenario. No estaba preparada para lo que la esperaba: sangre, nada más que sangre, personas cuyos miembros habían sido amputados por las balas, Lila en un charco de sangre con la mitad del rostro perfectamente maquillada y la otra mitad destrozada. Maxie reconoció a otras tres chicas, las tres muertas.

El lugar empezaba a llenarse de camilleros y ambulancias y Maxie se dijo que para llegar con tanta rapidez, alguien los habría avisado antes de comenzar la matanza. «Ésta es la idea que Doc tiene de la compasión», pensó con amargura.

Caminó entre los cuerpos destrozados, sin hacer caso de cómo sus zapatos se pegaban al suelo, buscando a Mike, y cuando lo divisó, vio que un hombre de bata blanca le echaba una sábana empapada de sangre sobre el rostro sereno. Corrió hacia él, pero el camillero la cogió por los hombros.

—Está muerto, y no creo que deba mirarlo —dijo—. Le han destrozado la parte inferior del cuerpo.

Debatiéndose histéricamente, Maxie intentó deshacerse del hombre para inclinarse sobre Mike.

—Si no se calma, tendré que inyectarle algo —la previno el

hombre—. Ya tenemos bastantes problemas aquí. Si encima los que no han sido heridos se descontrolan...

Por un instante, Maxie lo recorrió de arriba abajo con la mirada.

«¿Los que no han sido heridos?», pensó. Ella estaba lejos de encontrarse en esa condición.

—Así está mejor —dijo el hombre cuando Maxie dejó de debatirse—. ¿Por qué no se va a su casa?

Ella pensó que era eso lo que debía hacer, porque si se quedaba, no viviría más de cuarenta y ocho horas. En ese momento, no había nada en la vida que le importara un bledo. Lo único que le importaba era el hijo de Michael que crecía en su vientre.

Con un gesto mecánico se alejó de los cuerpos que se retorcían en el suelo, apartó la mirada de la sangre, y volvió al camerino. Sin ni siquiera mirar a Doc, aún tendido en el suelo, y a pesar de que sentía su mirada clavada en ella, cogió su maletín y la bolsa que Joe le había entregado. Algo le decía que debería coger la pistola de Doc y acabar con él, pero no podía hacerlo como quien alivia el sufrimiento de una mascota querida. Prefería que viviera. Y que sufriera, como ella iba a tener que sufrir.

Mirando al frente, abandonó el club por la puerta trasera.

36

1991

Samantha se despabiló como quien sale de un trance hipnótico, y de pronto dejó de ser Maxie, y la fecha ya no fue 1928 sino 1991. Había pensado que Mike prepararía a una persona para interpretar el papel de Doc, pero por lo visto él había optado por otra solución, porque ahora frente a ella estaba el hombre diminuto en persona, el hombre de sonrisa maliciosa pintada en la cara. Todo se había recreado tal como sucedió. Nada había cambiado con el paso del tiempo.

Aquella noche de 1928, Maxie le había disparado a Doc provocándole lesiones en la columna vertebral. Sin embargo, durante dos años Doc logró mantener el secreto de su invalidez antes de declarar que había sufrido un accidente de coche. Maxie le había arrebatado su movilidad y se había llevado el dinero que Joe, bajo sus órdenes, había robado a Scalpini. Desgarrado por el odio que sentía contra Maxie por haberlo traicionado, Doc juró buscarla en los mismos infiernos toda su vida y acabar con ella y con cualquier otra persona que supiese su paradero. En 1964, al ver la foto de Maxie con su nieta, que parecía tan feliz, enloqueció de pronto. Eso sí, cometió un error al llamar para amenazarla, porque cuando envió a un asesino a sueldo, Maxie ya había abandonado Louisville.

En 1975, los días de gloria de Doc comenzaban a decaer, y decidió enviar a un hombre a Louisville para descubrir si la familia de Maxie sabía algo del dinero perdido de Joe, de «su» dinero.

Ahora, sabiendo todo lo ocurrido, Samantha se encontraba con una pistola en la mano frente al hombrecillo que estaba encogido en una silla de ruedas. A esa distancia, poco importaba que el arma estuviera cargada con balas de fogueo o con balas verdaderas. Si Samantha disparaba, lo mataba. Hasta entonces había visto en él sólo a un anciano. Ahora veía en él al hombre que había segado las vidas de muchas personas para vengarse del joven que había embarazado a «su» chica. Samantha veía al hombre que, con el fin de controlar las ventas ilegales de alcohol, llegó a matar a sus propios hombres para luego culpar a otro mafioso.

—Mataste a un hombre que te quería a ti más que a su propia vida —murmuró Samantha, refiriéndose a Joe—. Habrías matado a cualquiera que intentara ocuparse de ti. ¿Ha valido la pena? Ahora estás aquí sentado, hecho un viejo solitario y abandonado al que nadie quiere, y por el que nadie daría un duro. Te dejó inválido tu propia avaricia. ¿Acaso ese dinero merecía tanto dolor?

Doc sonreía como si estuviera escuchando a una mujer simple y boba.

—Eres una chica estúpida. Piensas que todos somos iguales que tú. Sí, ha valido la pena, y te diré que no me he aburrido ni un solo momento en mi vida. He cogido siempre todo lo que quise coger y he ganado todas las partidas. Eso es lo único que vale en la vida. Yo he ganado.

—Mi madre... —murmuró Samantha.

—Ella no era nada. Joe no era nada. Maxie no era nada, pero casi me gana. Me habían contado que tenía un amante, pero no supe que estuviera embarazada hasta que me lo contó tu musculoso amigo. Sabía que no tenías ninguna relación conmigo, y jamás habría aceptado que me visitaras si no tuvieras algo que ver con el dinero.

Resultaba difícil para Samantha entender tales razonamientos. Tal vez Doc tuviera razón, pues era verdad que creía que todos eran como ella; sin embargo, toda su vida había pensado que los seres humanos buscaban el amor y la amistad. Si eso era lo que la gente perseguía, no tendría por qué existir gente como ese hombre.

—Te odio —susurró.

Él le contestó con una sonrisa, una sonrisa suave y condescendiente, como si hubiese hurgado en sus pensamientos. Fue entonces cuando Samantha comprendió que el viejo pretendía que ella lo matara. Intentando mirarlo sin que el odio la cegara, vio a un hombre viejo y frágil y, peor aún, un pobre hombre. A Mike le había oído decir que habían averiguado que a Doc ya no le quedaba dinero, porque se lo había gastado todo en proteger su vida. ¿Quién cuidaría de él si no tenía dinero para pagar a sus hombres? Tal vez pasaría el resto de sus días en un asilo en el que enfermeras despóticas le llamarían Tony.

Volvió a mirarlo y por su mente cruzó un pensamiento: si le disparaba, Doc se iría al infierno creyendo que había ganado el asalto final, porque al matarlo, paradójicamente, sería ella quien acabaría en la cárcel.

Inclinó la cabeza levemente hacia un lado y vació el cargador de seis balas contra la pared detrás de Doc.

Al volver en sí, Samantha vio que Mike sostenía una copa de coñac junto a sus labios.

—Bébelo —le ordenó, y eso hizo Samantha. Pero Mike tuvo que sujetarle las manos porque le temblaban demasiado para sostener la copa.

—¿Cómo...? —Cuando vio que el temblor le volvía la voz ininteligible, tuvo que empezar de nuevo—. ¿Cómo sobrevivió Michael Ransome?

12 DE MAYO DE 1928

Cuando el camillero vio el cuerpo de Michael Ransome, no dudó de que estaba muerto. Nadie podía perder tanta sangre y sobrevivir. Michael tenía al menos veinte balazos en la parte inferior del cuerpo y sus piernas parecían carne picada.

Pero cuando el camillero se inclinó, el herido abrió los ojos.

—¡Oye! ¡Éste aún está..!. —exclamó el camillero.

Con la poca fuerza que le quedaba, Michael agarró al hombre por el brazo y lo acercó a él.

—Si tienes una chispa de bondad, no les digas que estoy vivo.

El camillero estaba seguro de que el hombre se encontraba en estado de *red* y no sabía lo que decía.

—Pero si se está desangrando.

—Si ellos se enteran de que estoy vivo, sangraré mucho más.

En ese momento se acercó un hombre, un tipo alto con un bulto bajo el abrigo que sólo podía ser un arma, y miró el cuerpo mutilado de Mike.

—¿Cómo está éste?

El camillero comprendió que aquello había sido un ajuste de cuentas, aunque esta vez había muchas mujeres muertas. De hecho, todas las coristas habían caído acribilladas a balazos. Un hombre que se había salvado y lo había visto todo, declaró que las mujeres habían sido las primeras en caer, como si los gángsters hubiesen respondido a la orden de acabar con ellas primero, como si los pistoleros tuvieran algo contra las mujeres. También dijo que los asesinos habían apuntado deliberadamente al hombre que estaba bajo la sábana y que tenía que estar muerto pero no lo estaba, y añadió que, por alguna extraña razón, sólo le habían disparado de la cintura para abajo.

El camillero cubrió el cuerpo con una sábana.

—Está muerto —dijo. El grandullón asintió con un gesto de cabeza y se alejó, como satisfecho de la misión cumplida.

Cuando el pistolero desapareció, el camillero se inclinó sobre Mike.

—Haré lo que pueda para que nadie se entere de que está vivo. —Más tarde, lamentó tener que decirle a la mujer que Mike estaba muerto, temiendo que si le contaba la verdad, ella los delatara. En cuanto pudo fue a buscarla a los camerinos, pero no la encontró. En lo que a todas luces era el camerino de mujeres, el camillero vio un charco de sangre, pero ningún cuerpo.

Tuvo que esperar hasta que todos los sobrevivientes fueran evacuados antes de llevarse al hombre que yacía bajo la sábana. En el hospital, el médico le reprendió por haber dejado que aquel herido se desangrara e incluso apuntó que no valía la pena intentar salvarlo, porque no había ninguna esperanza, mientras que otros requerían su ayuda con urgencia, pero el camillero le rogó que lo atendiera y, lanzando un suspiro de resignación, el médico envió a Mike a la sala de operaciones.

Dos días más tarde, el camillero entró en la habitación de Mike y le dijo que tenía que escapar.

—Están registrando el hospital, y creo que es a usted a quien buscan.

Atontado por las drogas y por el dolor, Mike pidió a un camillero que lo llevara hasta un teléfono, porque tenía que hacer una llamada.

Mike llamó a su amigo Frank Taggert, a quien él le salvara la vida durante la guerra. En el hospital, Frank le había dicho a Mike que si algún día necesitaba algo, no tenía más que pedírselo. Y ahora había llegado el momento de recurrir a ese amigo.

Al cabo de dos horas apareció una escolta de coches de la policía y Mike fue trasladado hasta un avión que lo esperaba para llevarlo a Chandler, Colorado, a casa de su amigo, donde le brindaron la mejor atención médica posible. Después de la convalecencia, la familia de su amigo se convirtió en su propia familia.

Durante aquellos años, Mike se preguntó qué le habría sucedido a Maxie, pero prefirió no indagar por temor a que Doc terminara por encontrar a alguno de los dos. A Mike le agradaba pensar que Maxie y su hijo vivían en alguna parte, pero hasta 1964, cuando vio la foto en el periódico, no supo que la mujer que amaba no sólo había sobrevivido, sino que además era feliz, como se constataba en la foto donde aparecía con su preciosa nieta en brazos. «Nuestra nieta», pensó Mike, complacido de dejar una parte de sí mismo en su paso por el mundo. Después de ver las fotos de los periódicos, empezó a trabajar en una novela que se titularía *El cirujano*.

1991

—Creo que será mejor que vengas ahora —dijo Blair suavemente a Mike, expresándole con los ojos algo que él no quería oír.

—Sammy —susurró él con voz queda.

Samantha lo miró y supo lo que él quería decirle.

—No soy tan frágil, Mike —dijo, incorporándose y alisándose el vestido rojo de Maxie manchado no de sangre verdadera sino de la de los efectos especiales.

M. M. Walden había interpretado el papel de Joe Media Mano, ya que su padre era aquel chico que, oculto en el armario, vio a Doc matar a su propio padre. Maxie había sido quien costeó la educación de M. M. y de sus hermanos, salvando a su familia del hambre y de la miseria.

—Mi abuela se está muriendo, ¿no? —preguntó Samantha, mirando tan pronto a Blair como a Mike.

Ninguno quiso mentirle.

—Sí —dijo Blair.

—¿Y ella lo sabe?

—Sí, quiere veros a ti y a Mike. Quiere hablar con vosotros.

—Conforme —dijo Samantha—, me gustaría saber algunas cosas del abuelo Cal. —De pronto le parecía importante saber si el hombre que ella tanto había querido había gozado del amor de su mujer, o si Maxie había amado sólo a Michael Ransome.

No tuvo que esforzarse para sonreír cuando vio a su abuela tendida en la cama cubierta con sábanas de color rosa. Blair la había llevado temprano al club de Jubilee para que presenciara la representación, pero después de ver a Samantha vestida de Maxie salir por la puerta de atrás del local, Blair trasladó a su paciente a una habitación, la misma que antiguamente fuera el camerino de Michael Ransome.

Como de costumbre, Samantha se metió en la cama con su abuela, pero esta vez Maxie estaba demasiado débil para abrazarla.

—Dime qué pasó —inquirió Samantha, alisándole el pelo. Ella y Mike tuvieron que inclinarse para oírla.

—Yo me marché —murmuró Maxie, con voz entrecortada—. No tenía maletas, sólo el maletín y la bolsa de lona que me entregó Joe. Fui a la estación del ferrocarril y compré un billete con el dinero que me quedaba, y que sólo me alcanzó para llegar a Louisville, Kentucky. Al bajar en Louisville me senté en un banco de la estación. Tenía hambre, no había comido en dos días, el hombre que yo amaba había muerto, y yo había herido, tal vez mortalmente, a un hombre que quería vengarse. Estaba embarazada de tres meses y no tenía un hogar adonde ir.

»Sólo tenía diez mil dólares en una bolsa de lona. Dinero marcado que me costaría la vida si se me ocurría gastar un solo centavo, y algunas joyas que me delatarían si trataba de empeñarlas.

Maxie se detuvo para respirar, y Samantha y Mike esperaron a que siguiera, porque sabían que tenía que contar todo lo que sabía. Continuó:

—En Louisville, cuando fui al baño de la estación para lavar la sangre de mi vestido, busqué en la bolsa y encontré un monedero en el fondo. Estaba lleno de grandes diamantes, tres millones de dólares, para ser exactos, todo lo que había robado Doc. Joe había convertido el dinero en diamantes para que fuera más fácil de transportar. Al ver las piedras, no dudé de que si Doc o sus hombres me encontraban, acabarían conmigo. Volví a la sala de espera pensando en la posibilidad de quitarme la vida.

Maxie se detuvo y sonrió.

—Se sentó a mi lado un hombre joven. «Su aspecto se parece a lo que yo estoy sintiendo —me dijo—. ¿Quiere que la invite a comer y charlamos?» Yo lo miré a los ojos, a sus generosos ojos oscuros, y le dije que sí. Y así fue se como conocí a Calvin Elliot. Me llevó a una cafetería, tomamos café, comimos y se lo conté todo, mientras él me escuchaba sin juzgarme. Cuando acabé, me contó parte de su vida. Lo habían dado de baja del ejército y, dos años atrás, su padre y su madre habían muerto. Unos meses antes, la chica que amaba desde pequeño se había fugado con un tipo al que había conocido seis días antes, y hacía sólo tres días que el ejército le había comunicado que las paperas que padeció lo habían dejado estéril.

Maxie tenía dificultad para respirar, pero Samantha se resistía a la tentación de decirle que descansara, que callara. Todos sabían que ningún descanso la salvaría.

Maxie continuó hablando con apenas un hilo de voz.

—Cal y yo nos quedamos sentados mirándonos, sin saber qué decir, hasta que de pronto Cal dijo que debíamos casarnos. Que tenía sentido, porque él jamás podría tener hijos, y sería una lástima que mi hijo creciera sin un padre. Me dijo que en ese momento no nos queríamos, y que tal vez nunca nos quisiéramos, pero sí querríamos al hijo y con eso bastaba.

—¿Y tú dijiste que sí? —preguntó Samantha, que sostenía a Maxie, sintiendo que se debilitaba por momentos.

—No inmediatamente. Le dije que sería peligroso si me encontraban los hombres de Doc, pero Cal me replicó que conseguiríamos una nueva identidad para mí, y que nunca me encontrarían. Intenté disuadirlo, añadiendo que él no ganaría nada. Se rió y me dijo que no me había mirado en el espejo últimamente.

—¿Así que te casaste con él?

—Tres días más tarde —dijo Maxie, cerrando los ojos—. Doc no me encontró hasta que vio la foto en el periódico. Tuve que irme, pero eso no bastó para salvar a tu madre.

—¿Y tú llegaste a amarlo? —preguntó Samantha. Habló en voz alta, como si le asustaran los ojos cerrados de su abuela. Quería rogarle a Dios que no se la llevara, pero no era tan egoísta. Maxie nunca se había quejado, pero Samantha sabía que el dolor era constante, y que aumentaba día a día. El médico le contó que, desde su llegada, Maxie se había negado a tomar analgésicos porque no quería estar adormilada y perderse ni un solo momento de la presencia de su querida nieta.

—Sí —continuó Maxie, abriendo y cerrando los ojos—. Amar a Cal era muy fácil. No era un hombre tan excitante como Michael, nunca me dio grandes sorpresas, pero siempre estuvo a mi lado cuando lo necesité.

Abrió los ojos, se volvió hacia su nieta con una mirada de amor y suspiró.

—Cal siempre me quiso.

Fue así como murió Maxie, con el amor iluminándole el rostro.

37

—Me tiene preocupada —le dijo Blair a Kane.

Estaban en casa de Mike, sentados uno junto al otro en los taburetes de la mesa alta del desayuno, y oían los lloros de Samantha en su apartamento.

Blair nunca había oído a nadie llorar así y, además, durante tantas horas. Maxie había muerto alrededor de las dos de la mañana. Después, Mike se llevó a Samantha de la habitación y la acompañó a su casa, adonde también acudieron Blair y Kane. Los padres de Mike se habían llevado a los gemelos de Kane, y ellos cuatro pasarían la noche en el apartamento de Blair.

No bien entraron en la casa, Mike condujo a Samantha al piso de arriba. Blair y Kane le oyeron decir:

—¡Llora! ¡Maldita sea! ¡Llora! ¡Tu abuela merece al menos unas cuantas de esas preciosas lágrimas tuyas!

—¡Por todos los...! —exclamó Blair, haciendo ademán de subir, escandalizada por lo que había oído decir a Mike—. ¿Cómo se atreve a decir algo así después de todo lo que ha sufrido Samantha?

Kane la detuvo y la miró fijamente a los ojos. Desde niños, Mike y Kane habían sido más que hermanos. Eran como clones uno del otro, y Blair dudaba de que cualquiera de los dos hubiera tenido un secreto para el otro.

Por cómo la miró Kane se dio cuenta de que estaban sucediendo cosas que ella no sabía, y Kane sí, y por eso le pedía que no se inmiscuyera.

Oyeron que Mike seguía gritando.

De pronto, Samantha rompió a llorar a lágrima viva con unos sollozos que parecían resonar por la casa como gemidos de un fantasma doliente.

Sentados, Blair y Kane escuchaban en silencio. ¿Qué podían decir ante el abatimiento y el desamparo que expresaba el lamento de Samantha?

Al cabo de dos horas, Blair no pudo más, dijo que le era insoportable, y sacó de su bolsa una aguja hipodérmica.

—Le pondré algo para que se duerma —avisó.

Kane le colocó las manos sobre los hombros.

—Samantha tiene años de lágrimas acumuladas en su interior —fue su respuesta.

De mala gana, Blair guardó la aguja hipodérmica y llenó una jarra de agua.

—Se va a deshidratar —advirtió, y empezó a subir las escaleras. Cuando volvió a bajar, Kane la miró esperando una explicación.

—Mike está con ella, y sigue llorando sin consuelo. —Blair se sirvió una taza de café y se sentó junto a Kane para continuar la silenciosa vigilia.

Cuando oyeron subir de tono la irritada voz de Samantha por primera vez, Blair y Kane se sobresaltaron e intercambiaron una mirada.

La voz de Samantha iba in crescendo, y pronto empezó a maldecir, y maldecir con tanta rabia que Kane llegó a fruncir el ceño, extrañado.

Cuando oyeron estrellarse el primer plato, Blair se incorporó, como si hubiera decidido subir para detener esa absurda escena, pero Kane volvió a detenerla.

Los gritos, las maldiciones, el ruido de los platos al romperse y el de los muebles que parecían lanzados de un lado a otro, duraron una hora. Oyeron palabras como: *padre, Richard, sexo, Doc y Joe Media Mano.*

Justo cuando Blair comenzaba a pensar que Samantha no se detendría, se produjo un repentino silencio y ella y Kane levantaron la mirada al techo, preguntándose qué estaría pasando.

Al cabo de un rato, bajó Mike, tan demacrado como nunca Blair lo había visto, aunque a pesar de sus ojeras su mirada tenía un brillo de felicidad.

—Ahora se pondrá bien —dijo Mike sentándose en el taburete que su hermano había dejado. Kane lo abrazó—. Está durmiendo. —Al percatarse de la mirada de escepticismo de Blair, le cogió la mano y se la apretó—. Lo digo en serio, está bien. Dame una copa de coñac y un vaso grande de leche para Samantha, por favor. La despertaré porque tengo que decirle algo.

Mike miró fijamente a su hermano y ninguno de los dos necesitó comunicarse para saber lo que Mike tenía que decirle a Samantha.

Mike puso el vaso de leche en una bandeja y subió. Encontró a Samantha echada sobre la cama.

La cocina parecía un campo de batalla y por todo el apartamento había muchos objetos rotos, objetos que el padre de Samantha había escogido.

Por fin la joven había sido capaz de dar rienda suelta a su rabia contra él por haberla abandonado después de la muerte de su madre, y por haberla prácticamente forzado a casarse con un hombre como su ex marido.

Mike dejó la bandeja en la mesilla de noche y la despertó. La cogió en brazos y le dijo que las personas nacían y luego morían, y la vida era así.

—Mike —dijo Samantha, extenuada—, ¿qué estás diciendo?

—Estoy hablando de los bebés, de la vida nueva que nace después de la vieja. —Al observar la expresión de perplejidad de Samantha, Mike le puso las manos sobre el vientre—. Ahora llevas dentro una nueva vida, una vida que reemplazará a la de Maxie, a la de tu madre, a la de tu padre y a la del abuelo Cal.

Samantha estaba tan cansada que no lo entendía, pero cuando finalmente lo entendió, se llevó las manos al vientre juntándolas con las de Mike.

—¿Eso crees? —preguntó, intentando aparentar calma.

—Estoy seguro —respondió él. A Mike no le engañaba la aparente tranquilidad de Samantha, porque sentía su corazón que latía desbocado junto al brazo de él—. Tengo suficiente experiencia en mi familia con los mareos matutinos como para saber cuándo una mujer está embarazada. He sostenido la frente de mis hermanas, de mis primas, de mis tías e incluso la de mi madre cuando estaba embarazada de Jilly. Samantha, amor mío, tienes mareos desde hace una semana.

Ella se acarició el vientre, y luego la mano de Mike.

—¿Crees que tendré gemelos?

Mike la besó en la oreja.

—Kane le dio a su mujer gemelos al primer intento, y a mí no me gustaría ser menos. Supongo que serán dos, así que bebe la leche para que mis hijos sean sanos y robustos —dijo, y le pasó el vaso de leche.

—Michael, te a...

Él la silenció poniéndole un dedo sobre los labios.

—Ya lo sé. —No quería oír esas palabras que estaban en todos los libros, en la televisión, en todas partes, palabras manidas que habían perdido su significado.

—Ahora que lo pienso —dijo, con el rostro iluminado—, no querrás que mis hijos sean unos bastardos, ¿verdad?

Ella sonrió y cerró los ojos un momento.

—Mike, ¿podemos celebrar una boda por todo lo alto? Quiero decir, una boda sonada, muy sonada.

Mike se alegró mucho de que Samantha hubiera cerrado los ojos porque de este modo no podía ver la mueca que esa perspectiva le provocó.

—¿Quieres decir una de esas bodas solemnes donde se reza mucho y se habla de «unir el amor de estos dos jóvenes»?

—¡Dios me libre, no! ¡Quiero una orquesta de jazz y centollos rellenos y enchiladas y mucho tequila y bailes que duren días enteros. Quiero escuchar muchas risas, y... saber que al cabo de nueve meses habrá muchos nacimientos.

—Desde que te conocí, sabía que te amaba. Lo que no sabía era cuánto te amaba.

—Mike —dijo ella, lamiéndose la leche del labio—, ¿cuánto tiempo podemos seguir... ya sabes... antes de que le haga daño al bebé?

—Hasta que lleguemos a la sala de partos —afirmó él, acariciándole el muslo.

—¿Es verdad? —preguntó ella, haciéndose la ingenua.

—Tú confía en mí. Yo sé de estas cosas.

—¿Y eso no le creará problemas al médico?

Mike empezó a deslizarse sobre ella, acariciándole el costado.

—Nooo, porque el médico será un pariente mío, y ellos saben cómo es la familia.

—*Nuestra* familia, dirás, porque yo pienso adoptarlos como míos.

—Desde luego, cariño, lo que tú quieras —dijo Mike, que trataba de desabrocharle la falda—. ¿Dónde está el botón de esta condenada falda? Ahhh, ahí va —dijo, cuando oyó que la tela se rasgaba.

EPÍLOGO

Samantha siguió a Mike al salir del ascensor; su estómago la precedía como un remolcador cuya estela ella siguiera. Precisamente aquella mañana las pruebas de Blair habían confirmado que Samantha estaba embarazada de gemelos y mientras ella permanecía en su asiento, como atontada, con lágrimas de felicidad rodándole por las mejillas, Mike escuchó atentamente las instrucciones sobre los cuidados prenatales que Blair les aconsejaba.

Fueron a F.A.O. Schwarz y compraron juguetes y ropa de premamá para Samantha. Aunque no estaba todavía tan abultada como para usar vestidos anchos, ella insistió en salir con una blusa que acentuaba su gestación.

—Eres una presumida —dijo Mike, y sonrió con orgullo, preguntándose si dentro de dos semanas, cuando se casaran en Colorado, en una fiesta con cerca de quinientos invitados, Samantha se pondría un vestido de novia premamá. Samantha estaba tan orgullosa de su embarazo que era probable que así lo hiciera.

La única nota amarga del día fue que esa mañana llegó una carta urgente de Frank, con una llave dentro. Mike aún no le había dicho a Samantha nada de la carta ni de la llave, porque la misiva trataba del testamento de Maxie, que había nombrado a Frank albacea. Samantha aún no se había recuperado de la muerte de Maxie, y Mike sabía que la muerte de Doc, al parecer un suicidio, también la había afectado.

Maxie había dejado una carta relatando que había cogido los diamantes de Joe Media Mano, al salir de Louisville en 1964, y que los había vendido en Amsterdam. También había gastado una parte de los billetes que Joe *Media Mano* le había dejado, porque temía que la descubrieran y que la pista los condujera a Cal y a su familia.

Frank, que entre otras cosas era licenciado en derecho, había redactado el testamento de Maxie y, con su delicadeza habitual, le preguntó qué había hecho con los millones que recibiera por los diamantes. Frank le escribió a Mike que Maxie se había echado a reír al responder que se los había gastado hasta el último centavo. Mike percibía casi el desdén con que su hermano le había transcrito esa frase, porque Frank creía que no se debía comprar nada cuyo valor no pudiera triplicarse.

Una de las cosas que Maxie había comprado era un apartamento en Nueva York, donde vivió casi recluida muchos años, después de abandonar a su marido y a su hijo, y después de decidir vivir en la ciudad, donde podía enterarse de lo que estaba tramando Doc. Maxie le contó a Frank que lo que más lamentaba en su vida era la foto publicada en el periódico después del nacimiento de Samantha, porque se vio obligada a abandonar a su familia, y sobre todo porque ocasionó la muerte de Allison Eliott. Maxie desapareció en 1928 tras dejar inválido a Doc, quien la buscó y la encontró en Louisville, de donde también desapareció. Por lo tanto, años después envió a un hombre a descubrir si su familia sabía algo de su paradero. Por desgracia, la víctima fue Allison.

En su testamento, Maxie dejaba el apartamento y sus pertenencias a Samantha, y allí la llevó Mike. Había esperado que se sentiría lo bastante animada como para que *nada* la deprimiera de nuevo.

Feliz y contenta después del informe de Blair, Samantha entró como flotando en el apartamento. Lo primero que vio fue una foto suya, casi en pañales, en un marco de plata sobre una mesa junto a la chimenea.

—¿Éste es el apartamento de mi abuela? —dijo Samantha, con voz queda. Mike asintió con un movimiento de cabeza.

Con las manos sobre el vientre, que a Samantha le hubiera gustado tener más voluminoso, la joven recorrió el apartamento. Era un lugar espacioso, lo que los agentes inmobiliarios llaman un «clásico de seis», un ático con tres terrazas. Samantha dio su opinión sobre la decoración del piso, que le pareció preciosa. El apartamento de Maxie era el hogar de una mujer bella para quien el buen gusto era tan natural como respirar.

Cuando Samantha volvió después de inspeccionar todas las habitaciones, Mike estaba reclinado contra el hogar y tenía una mirada extraña.

—¿Qué te pasa?

—Creo que ahora sé qué hizo Maxie con los millones de Joe Media Mano. —Samantha lo miró, intrigada—. ¿Has visto los cuadros que hay aquí?

Como en una casa de campo inglesa, las paredes estaban materialmente cubiertas de cuadros, al igual que las mesas y todas las superficies planas.

—Son preciosos —dijo Samantha—. ¿No te gustan?

Mike observaba una acuarela que había sobre la chimenea.

—En la universidad, tuve que seguir un curso de arte y elegí una asignatura llamada *El arte perdido*. Era un estudio sobre las obras de arte desaparecidas a lo largo de los siglos. Se han destruido muchas obras arquitectónicas, se han refundido piezas de oro, se han desmontado joyas y muchas pinturas han desaparecido en los últimos cien años. La revolución rusa, la Segunda Guerra Mundial, etcétera. A mí no me interesaba demasiado la asignatura, pero si mi memoria no me falla, veo tres de esos cuadros en la pared que está detrás de ti.

Mike esperó a que Samantha se volviera a mirar unas pinturas de varios impresionistas franceses.

—Aunque mi memoria para los cuadros no es muy buena, sí recuerdo las cifras. Sam, si éstos son parte de los cuadros perdidos y tú puedes demostrar que eres la propietaria, me imagino que eres una joven con una envidiable fortuna.

—¿Una gran fortuna? —preguntó ella.

—Una gran fortuna —afirmó Mike, guiñándole el ojo—. ¿Qué piensas hacer con ella?

—Pienso abrir unos cuantos asilos —se apresuró a contestar Samantha, sonriendo, como si ya tuviera pensado lo qué haría si de pronto recibiera una herencia fabulosa—. Asilos bonitos donde a la gente se la trate con respeto y donde no haya luces de neón. Los llamaré Maxie's —añadió, con una sonrisa de satisfacción que reflejaba su ironía—. Y el primero que abra será en la propiedad de Doc en Connecticut. —Luego miró a Mike como sorprendida y con la mano en el vientre—. Mike, ¿crees que es muy pronto para que los niños se muevan?

—Sí —dijo él con voz suave—. Creo que eso es una señal de que Maxie aprueba lo que quieres hacer. Venga —dijo, ofreciéndole el brazo—, vamos a alimentar a mis bebés. —Se detuvo un momento y se quedó mirando el reflejo del sol poniente sobre el dorado pelo de Samantha—. A mis tres bebés.

AGRADECIMIENTOS

No podría haber escrito este libro sin todo lo que he conocido sobre Nueva York estos últimos diez años, y me gustaría pensar que no podría haberlo escrito sin haber cumplido con un sueño: comprar mi propio apartamento en esta ciudad que tanto quiero.

Doy las gracias a Paula Novick, una extraordinaria agente inmobiliaria de Douglas Elliman, por haberme llevado a conocer las casas de Nueva York, por encontrar mi precioso apartamento y, entre tanto, haberse convertido en mi amiga.

A Nancy Miller, del Bank of New York (sucursal de la calle Cincuenta y uno), que me ayudó a cumplir mi sueño y me hizo reír mucho. Gracias.

A los agentes de Pocket Books, que con tan buena voluntad escribieron y reescribieron cartas de recomendación para que me admitieran en la junta de la cooperativa inmobiliaria.

A Jack Romanos, que se ocupó de la parte económica y dijo cosas tan gentiles sobre mí.

A Bill Grose, que me acompañó al apartamento y me dio su aprobación y algunos consejos.

A Richard Snyder, que tan gentilmente me ayudó a poner la casa.

Al padre de Lily Alice, Irwyn Applebaum, mi editor, que me ayudó a escribir cartas, me dió ánimos y dinero, me llevó a comer y me hizo reír hasta que ya no pude tenerme en pie.

A todos ellos, muchas gracias.

Quisiera darle las gracias a Carrie Feron, de Putnam-Berkley, por haberme enseñado lugares interesantes de Nueva York, como los mercadillos y los anticuarios de la Segunda Avenida. Carrie también fue una de las primeras lectoras de *Dulces mentiras*, y no se cansó de decirme una y otra vez que le gustó el libro.

También quiero dar las gracias al personal de Santa Fe Computerland por haberme vendido los nueve ordenadores y las ocho impresoras, que aún conservo (me encantan los endiablados chismes).

A Judith McNaught, que me enseñó a escribir, y luego estuvo toda la noche leyendo *Dulces mentiras* y me llamó para decirme lo mucho que le había gustado.

El precioso camión de juguete de Claude me permitió escribir el primer párrafo de mi vida sobre tecnología punta. Según me ha dicho Claude, compró el camión sólo para que lo pudiese usar en mi libro. Sacrificios como esos merecen un reconocimiento.

También quiero agradecer a Lamont, el perro de mi hijo adoptivo, el que me acompañaba a escalar montes mientras yo componía la trama del libro. Fue el más paciente de los oyentes, y nunca se impacientó al oírme repetir los mismos pasajes de la trama a medida que los elaboraba.

Sobre todo, quiero dar las gracias muy especialmente a tres personas muy importantes en mi vida: a mi marido, Claude; a mi secretaria y amiga, Gail; y a mi editora y amiga, Linda. Ellos me conocen de verdad y, a pesar de todo, me siguen queriendo.